中国文学史，就是一部包含着种种个体和集体记忆的怀旧回忆录。

题 记

几回花下坐吹箫，银汉红墙入望遥。
似此星辰非昨夜，为谁风露立中宵。
缠绵思尽抽残茧，宛转心伤剥后蕉。
三五年时三五月，可怜杯酒不曾消。

——（清）黄仲则《绮怀》（十六首之十五）

二十年前，一次不经意的邂逅，一句“似此星辰非昨夜，为谁风露立中宵”的诗句，让一名刚刚步入文学殿堂的少女，与怀旧文学结下了不解之缘。怀旧文学的凄迷、无助、失意和孤独都使她痴迷不已……在二十年的追随探索中，她越来越折服于怀旧之美，并甘愿为其穷尽一生，去寻求、品味那种独特的魂牵梦萦、悲凉凄怆之美！

此书正是她二十年来对“怀旧”痴迷、爱恋的印记……

文字与怀旧

——论民族记忆的艺术传承

赵玲玲 著

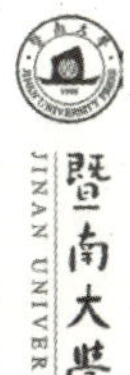

暨南大学出版社
JINAN UNIVERSITY PRESS
中国·广州

图书在版编目（CIP）数据

文学与怀旧：论民族记忆的艺术传承／赵玲玲著. —广州：暨南大学出版社，2012.3
ISBN 978－7－5668－0036－7

Ⅰ. ①文…　Ⅱ. ①赵…　Ⅲ. ①文学美学—研究　Ⅳ. ①I01

中国版本图书馆 CIP 数据核字（2011）第 229298 号

出版发行：暨南大学出版社

地　址：中国广州暨南大学
电　话：总编室（8620）85221601
　　　　营销部（8620）85225284　85228291　85228292（邮购）
传　真：（8620）85221583（办公室）　85223774（营销部）
邮　编：510630
网　址：http://www.jnupress.com　http://press.jnu.edu.cn

排　版：广州市友间文化传播有限公司
印　刷：佛山市浩文彩色印刷有限公司

开　本：787mm×1092mm　1/16
印　张：19
字　数：283千
版　次：2012 年 3 月第 1 版
印　次：2012 年 3 月第 1 次

定　价：48.00元

本书由广东技术师范学院资助出版

序

文学与怀旧，是一个非常值得我们去研究的重大命题。因为文学作为文化的形象表述，无疑就是一种民族情绪记忆的历史呈现。著名心理学家荣格在其《集体无意识的概念》一文里，曾把“集体无意识”视为人类先天就具有的遗传因素，认为它以带有普遍性质的“原始思维”，构成了人类社会精神生活的象征符号。荣格试图以他的“集体无意识”，去超越弗洛伊德的“个人无意识”，进而寻找出人类精神生态的共性原则，这一努力无疑是值得肯定与赞赏的。但是，我们也必须实事求是地加以承认，人类精神生态的共性原则，毕竟不能超越或消解种族文化的基本范畴，成为一种我们去诠释抽象“人性”的理论法宝。所以，我个人觉得在关注“集体无意识”之外，更应该去关注“集体有意识”的重要意义，因为恰恰是由于“集体有意识”的客观存在，才能够使种族文化得以繁衍生息世代相传。毫无疑问，文学创作中的“怀旧”主题，正是作家以其“集体有意识”，既传承着一个民族文化的情绪记忆，又维系着一个民族文学的精神资源。

谈及“文学与怀旧”这一话题，我们可以发现这样三个有趣的现象：一是古代先民的生命体验，连续不断地被后人所自觉地重复，这种于“无意识”中的“有意识”，无疑是构成民族文化独特性的重要因素。比如，欧洲文艺复兴时期的文学创作，几乎都是在刻意模仿古希腊与古罗马的崇高母题，尽管这种模仿无非是要“借古喻今”进行思想启蒙，但它却客观地反映出了欧洲人对于传统文化的自觉传承。像索福克勒斯的《俄狄浦斯王》与莎士比亚的《哈姆雷特》，虽然两者之间的时间跨度约有千年之久，可他们对于命运悲剧的深刻体验，却有着根深蒂固的血脉联系。二是古代先贤的理想抱负，被后人刻意追求自觉效法，这种有意而为之的继承关系，更是极大地强化了民族文化的固有秉性。比如，中国文人历来推崇“进者为王前驱，退者独善其身”的人生哲学，屈原、杜甫、梁启超、鲁迅，他们“入世”言志为民请命的文学诉求，显然是前者精神意志的最好典范；而“竹林七贤”与“京派作家”超然“出世”的清高傲骨，则显然又是后者精神意志的最好典范。无论是日月轮回还是时代更替，中国文学所负载着的人文理想，自始至终都保持着中国文人的精神信仰，并没有因历史变迁而发生变化。三是古代先人的生活情致，伴随着文化基因的代代相传，自觉或不自觉地重复吟唱，最终形成了一个民族文学的创作母题。像卢梭在《爱弥儿》里自觉地运用古希腊的“自然观”去表达其重返大自然的神圣理想，雨果在《悲惨世界》里自觉地运用古罗马共和制去营造其民主社会的美好蓝图，毫无疑问都是如此。而中国文学从古到今，对于父母人伦的亲情眷恋，对于故土家园的难以割舍，那种挥之不去的情绪记忆，同样也都是以文学“怀旧”的表现形式，直接地展示着我们民族文化经久不息的强大生命力！

我之所以要写这么多“废话”，原因是博学多识的赵玲玲女士，要我为其大作《文学与怀旧》一书作序，说实话这叫我有些勉为其难。在我个人看来，作序者应是大家名流之辈才对，“大家”可以提携晚辈，“名流”可以光泽后进，而由我来为其作序，赵女士恐怕得不到半点好处。盛情之下，其实难却，推脱不过，只能应付。然而，当我认真读完书稿全文之后，却被赵女士精细入微的治学精神所感动。这部书稿所涉及的理论问题，远比我想象的要深刻得多，作者以作品文本为分析对象，深刻地探讨了一个文学创作的关键命题——“文学与怀旧”的辩证关系！第一章是通过对不同文学体裁的文本研究，去认真探索“文学与怀旧”的意象呈现，进而把“文学与怀旧”总结为一种文学创作的普遍现象，追根溯源言之成理；第二章是以心理学为理论基点，去发掘“文学与怀旧”的主体意志，进而去揭开往事叙事的精神动能，娓娓道来曲径通幽；第三章是以现象学为价值尺度，去探讨“文学与怀旧”的哲学

意义，进而分析了历史与现实之间的经验延续，深入浅出明白如话；第四、五、六章是以文学审美为焦点，专门诠释“文学与怀旧”的艺术表现，进而论述了“怀旧”意象的种类特征，言出有据令人信服；最后一章则是以人类文化学为旨归，意在说明“文学与怀旧”的种族特性，进而去求证民族文学个性的不可替代性，见解精辟令人深思。纵观全书文稿，作者具有清晰的哲学思维与雄厚的文学功底，故能够深入浅出将一个十分复杂的理论命题，运用浅显易懂的文字语言说得透彻明白，我相信读者会从这部力透纸背的学术著作里，不仅学到一些颇有价值的文学知识，更能了解到许多未知的文化知识。

对了，只要稍加注意一下作者对于这本书的装潢设计，你就能够体会到作者的人格气质与文化修养——一种为现代中国人所始终都无法割断的怀旧情绪与精神本色！

寥寥数笔，是为序。

宋剑华

2012年2月20日于暨南大学明湖苑

（宋剑华，国务院特殊津贴专家，现任暨南大学中文系特聘教授、博士生导师，台湾佛光大学客座教授，中国现代文学研究会理事，中国现当代文学研究领域的权威。）

引言

“怀旧”既是日常生活中常见的事件[①]，也是文艺作品中极常见的事件。在文艺作品中，“怀旧”不但作为一个具体的文学话语、文学主题出现，还常以“怀旧”的审美风格出现，呈现出一种“怀旧之美”的意向或“怀旧”情结[②]。在东西方的文学史上，具有“怀旧”情结及其因素的文学作品多如繁星恒沙。从中国文学史中屈原的《哀郢》、《怀沙》到鲁迅的文言小说《怀旧》，从西方文学史中古老的荷马史诗到《失乐园》和《追忆逝水年华》，都标志着“怀旧”意识和风格是一种经久不衰的叙事话语和美学传统。不仅东方抒情类艺术偏好怀旧风格，以古希腊和古希伯来文化为背景，以古希腊造型艺术、《圣经》文本为艺术源泉的西方艺术同样具有强烈的怀旧风格。美国学者李维说：“所有西方的文化，都萦绕于对先前黄金时代的回忆。”[③]就比较文学的视野而言，所有中华文明，大多萦绕于对古代世界的怀旧和复归。

面对这样一些文艺美学现象，国内目前缺乏正面系统研究，往往是在文艺批评中，简单粗暴地说一句“……是一种怀旧颓废的古典保守主

① “事件”是一个现象学术语，指连接在意向性结构中的主体和客体之间的互动，并由之引发的一系列有思维或情感参与的行为序列。参见倪梁康：《面对实事本身：现象学经典文选》，东方出版社2000年版。

② “情结”的一般诠释是：精神分析学基本概念之一，指部分或全部被意识压抑而在无意识中持续活动的、带感情色彩的、以本能冲动为核心的观念群；它能吸附许多与它具有一致性的经验，使当事者的思想行为及情绪受它的影响，执意地沉溺于某种东西而不能自拔。参见鲁枢元、童庆炳等：《文艺心理学大辞典》，湖北人民出版社2001年版，第204页。

③ [美]李维著，谭震球译：《现代世界的预言者》，黑龙江教育出版社1989年版，第1页。

义者的手法”或“作者不自觉地陷入了怀旧伤感的情绪里，丧失了文学体验的深度”等。然而，“怀旧”现象不是浅层次的一般审美标准或粗浅的情感体现，而是具有本体论意义的社会学、心理学、文学、美学交织的综合现象，有其深刻的人类学、哲学意蕴，对之进行深入的研究是有极其重要的心理美学、审美文化学和文艺美学意义的。

中国文学史，就是一部包含着种种个体和集体记忆的怀旧回忆录。

美国著名学者宇文所安认为，“回忆和过去在文学中居于中心地位，已经有很长的传统了”；“回忆总是同名字、环境、细节和地点有关。……有一些场景可以使得回忆的行为以及对前人回忆行为的回忆凝聚下来，让后世的人借此来回忆我们”。[①]而中国文学、史学等，无不充斥着这种怀念与记忆，渗透着浓烈的怀旧色彩。

由于中国“文史哲不分家”的“模糊学”传统，中国文学和中国历史学往往混杂在一起，故而研究者对于古代文学的研究需要从历史文本展开论述。而文学与历史尤其是古代史的这种姻亲关系，也昭示着文学的怀旧传统，一方面和历史紧密相关，一方面又饱含着对历史真相的“合情地选择式”遗忘。

据《晋书·列传第四·羊祜传》云：

祜乐山水，每风景，必造岘山，置酒言咏，终日不倦。尝慨然叹息，顾谓从事中郎邹湛等曰：“自有宇宙，便有此山。由来贤达胜士，登此远望，如我与卿者多矣！皆湮灭无闻，使人悲伤。如百岁后有知，魂魄犹应登此也。”湛曰：“公德冠四海，道嗣前哲，令闻令望，必与此山俱传。至若湛辈，乃当如公言耳。”

……祜所著文章及为《老子传》并行于世。襄阳百姓于岘山祜平生游憩之所建碑立庙，岁时飨祭焉。望其碑者莫不流涕，杜预因名为堕泪碑。荆州人为祜讳名，屋室皆以门为称，改户曹为辞曹焉。

后世纪念羊祜，不仅用文学诗句，也包括刻碑及青史留名，甚至形

① ［美］宇文所安著，郑学勤译：《追忆》，生活·读书·新知三联书店2004年版，第131、28页。

成了一个文化现象，并使得无数后来者因纪念他而名垂千古。尽管孟浩然不是因为羊祜而出名，却多少因为追忆羊祜而成为这一具体历史的见证者而更出名。孟浩然《与诸子登岘山》诗曰：

人事有代谢，往来成古今。江山留胜迹，我辈复登临。水落鱼梁浅，天寒梦泽深。羊公碑字在，读罢泪沾襟。

孟浩然追忆和怀旧的对象是羊祜，然而对于读诗者而言，孟浩然又成为被追忆和怀旧的对象。所以，孟浩然的追忆与怀旧，不能只看做是一种偶然的文学现象。我们通过阅读古代中国的诗词曲赋等具体文本可以发现，在“怀旧”行为的背后还存在着更为辽远、更加广阔的民族性集体思旧怀古的原型性审美倾向。

类似的作品，如向秀所作的《思旧赋（并序）》：

余与嵇康、吕安居至接近，其人并有不羁之才；然嵇志远而疏，吕心旷而放，其后各以事见法。嵇博综技艺，于丝竹特妙。临当就命，顾视日影，索琴而弹之。余逝将西迈，经其旧庐。于时日薄虞渊，寒冰凄然。邻人有吹笛者，发音寥亮。追思曩昔游宴之好，感音而叹，故作赋云：

将命适于远京兮，遂旋反而北徂。济黄河以泛舟兮，经山阳之旧居。瞻旷野之萧条兮，息予驾乎城隅。践二子之遗迹兮，历穷巷之空庐。叹《黍离》之愍周兮，悲《麦秀》于殷墟。惟古昔以怀今兮，心徘徊以踌躇。栋宇存而弗毁兮，形神逝其焉如！昔李斯之受罪兮，叹黄犬而长吟。悼嵇生之永辞兮，顾日影而弹琴。托运遇于领会兮，寄余命于寸阴。听鸣笛之慷慨兮，妙声绝而复寻。停驾言其将迈兮，遂援翰而写心！

故而，向秀的“思旧”中隐藏着对现实的焦虑与恐惧。

鲁迅在《为了忘却的记念》[①]中写道：“年轻时读向子期《思旧赋》，很怪他为什么只有寥寥的几行，刚开头却又煞了尾。”鲁迅自有

① 本篇最初发表于1933年4月1日《现代》第2卷第6期，后收入《南腔北调集》。

其疑惑的道理，而本书所关注的，是这种“思旧”的文学乃至文化传统本身。

中国文学的世界里，不仅存在着大量以“怀旧”作为主题的文艺作品，还存在着诸多以“怀旧”、复古为指向的文艺批评理论。对此，当代学者刘绍瑾已有精辟论析：

宗经是刘勰《文心雕龙》的理论基础，体要、雅正之倡则是把儒家经典运用于文学批评上而形成的具有古典主义色彩的审美理想，而对舍本逐末、“文体解散”的近今的文学现象的痛心和批判则成为他论文的具体针对对象。三个方面都有一共同基调：复古。

在《文心雕龙》的文论术语词典中，有一系列关乎新旧古今的范畴，颇能说明其复古心态，它们是：在风格上有“典雅”与“新奇”、“正”与“奇”、“体要”与“好异”；在源流、发展上有“本”与“末”、“枝”与“叶”、“源”与“流”；在作者构成上有“诗人”（《诗经》的作者）与“辞人”、“古人”与“后进”；在时代上，有“古”与“今”、“远”与“近”；在体制上有“正体”（“正言”、“正响”、“正式”、“正声”、“正音”）、“变体”、“讹体”；这些范畴的一大特点，就是所有关于风格、体制这些共时性的概念，都与关于源流、时代这些历时性的思考对应着！他把文学的最高标准、理想之所在都放到了“古”、“远”、“诗人”、“古人”那里，即以所谓的“圣人时代”为关键、枢要。在刘勰看来，理想的风格之典雅、体要，文学之本质、体制上的“正体”等代表他最高理想的东西，都体现在“圣人时代”，包括在儒家经典那里。①

近20年来，中国大陆关于“怀旧”的研究逐渐增加，相关的学术论文有300余篇，部分章节内容涉及“怀旧”（包括有些学者称之为“怀古”的研究）的著作则有30多部。②这些论文或论著所研究的“怀旧”，

① 刘绍瑾：《以比较的视野看刘勰的复古文学思想》，载《江西社会科学》2004年第7期。

② 数据统计主要来自于“中国期刊网”电子数据库以及历年公开发表的学会刊物。

既包括古代诗文、戏曲中的怀古、怀乡意向等，也包含20世纪中国文学中的乡土文学、寻根文学中的怀旧情结，同时也在比较文学的视野中将中西方文学中的文艺“怀旧”心理进行了综合性研究。

作为一种审美情结、文艺主题或审美意向的“怀旧”，并不是艺术家凭空捏造的，而是有着坚实的生活、社会、历史的思想感情基础。可以说，无人不怀旧。因而，“怀旧”作为文学的一个基本主题、基本意向，是值得去作一种深入而广泛的研究的。

就西方文化情境而言：

怀旧，顾名思义，就是“怀念往事和旧日有来往的人”。“怀旧”的英文词为“nostalgia”，它由希腊语nostos和algia两部分组成，前者意为“回家”，后者意为“痛苦的感觉”。该词最初是一个医学术语，1688年由瑞士军医约翰尼斯·霍弗（Johannes Hofer）所造，用于描述一些瑞士士兵因长期离家、渴盼回家而出现的一些诸如失眠、食欲减退、精神萎靡等症状。18世纪末、19世纪初，该词开始具有“感怀旧时”的意思，但当时主要指对一去不返的孩童时光的怀恋。如今，“nostalgia”除保留它作为疾病名称这个意义之外，又有了新的变化，强调“对过去时代的情形的伤感向往”或“渴望过去的情景、事件重新出现”。一般来说，怀旧往往以过去的情境和事件为中心，并与相应的具体时间、地点或环境、人物有联系。当然，不同文化产品的实际表现（以及不同文化研究者的论著里）会有不同的侧重。①

故此，有不少研究者认为：“‘怀旧’一词，即nostalgia，从希腊的字源看，nostos是‘回家’的意思，algia是痛苦的状态，联结起来便是指渴望回家的痛苦。十七世纪后期，作为病理学的用语，‘怀旧’又指‘思乡病’（homesickness），包含沮丧、抑郁，甚至倾向自毁等情绪的毛病；至十八及十九世纪，‘怀旧’又变成单用的术语，泛指士兵离乡在外打仗的精神及心理状态。及至近代，‘怀旧’的定义已逐渐远离医

① 胡宝平：《哈代作品中的怀旧》，载《外国文学评论》2005年第2期。

学和军事的应用范畴，而指向个人的意识和社会文化趋势，并且在二十世纪成为整个人类文化景观的重要一景。”①

本书在综合考察各种“怀旧”之说的基础上认为，首先，“怀旧”是一种个人生活的心理指向，“旧”并不仅仅是字面意义上的时间之“旧”，更是一种感情的追寻、感性的依赖，“旧”意味着熟悉和温馨的精神港湾；其次，“怀旧”也是一种社会历史的意义追求，意味着对失落的“天道”的情感认同，体现着对现实社会制度的某种排斥和否定；再次，“怀旧”作为一种文化“寻根”，不仅是个别艺术家、个别时代的价值追寻的一个维度，也是所有人、所有时代的精神向度，体现了一种形而上的终极性追求、精神家园的浪漫化和理想化。

研究中国文学的“怀旧”主题，在今天还具有文化更替的潜在思考意义。《文化哲学》的作者们认为：“新传统代替旧传统的过程是文化的一种进步，这种进步是一个渐进的演化过程，并非瞬间的飞跃和突变。它常常跨越几代人的肩膀，表现为老一辈和子一代的差异。但主体对新旧传统的不同感受，使进步的价值大打折扣。”②一百多年来，中国社会的经济、政治、文化、教育等领域，无不经历着这种文化的冲突和“代替”。也许出于执著，也许出于顽固，又或许出于痛惜，但旧传统及其旧的文化生活不断地在近现代中国人身上重演，已经构成了“文化还乡”的怀旧审美倾向，值得我们去探讨背后的“阴云”或者推动力。

因此，本书关注的是“怀旧”主题在文学作品中出现时所具有的美学特征，由此深入分析其发生的情感心理机制、审美意义，追寻其反现实的社会学立场，探讨文学文本中“怀旧”情结和“思旧”传统的具体展示和类型体系，并通过其意象符号，考察其“返乡”、“怀古”意向，揭示在种种“怀旧”文化现象下面的哲学思绪和文化意蕴。

① 罗岗：《找寻消失的记忆——对王安忆〈长恨歌〉的一种疏解》，载《当代作家评论》1996年第5期。

② 杨善民、韩锋：《文化哲学》，山东大学出版社2002年版，第278页。

目 录

第一章

“怀旧”的文学文本呈现

在中国浩如烟海的文艺典籍中，无数个审美意象和主题犹如群星闪烁般点缀其间，而“怀旧”主题，就是其中明亮而美丽的一颗星球。“怀旧”主题及“怀旧之美”在中国文学作品中得到了最好的诠释和表现，因此，对“怀旧”作本体论的探讨和解释，首先必须进入具体的文学文本中。在对中国文学“怀旧”主题的“现象学追问”的过程中，那些隐蔽的情感的本质才能向人们“倾诉”和“解蔽”，才能让人们更深入地抵达“怀旧”事件和“怀旧”情感的本质存在，洞彻“怀旧之美”背后隐藏的巨大的心理时空和宏大叙事。

第一节 “怀旧”的诗歌文本呈现

美国学者宇文所安说过：“在中国古典文学里，到处都可以看到同往事的千丝万缕的联系。‘后之视今，亦犹今之视昔’，既然我能记得前人，就有理由希望后人会记住我，这种同过去以及将来的居间的联系，为作家提供了信心，从根本上起了规范的作用。就这样，古典文学常常从自身复制自身，用已有的内容来充实新的期望，从往事中寻找根据，拿前人的行为和作品来印证今日的复现。”①故而，在古典文学作品中，作家们常追忆往事，从旧事中寻得今日情感之契合点，以此抒怀，而其中古典诗歌是作家们最爱的怀旧情愫的载体，“怀旧”成为古典诗歌永恒的母题之一。其中，“怀乡思旧”、“怀旧伤时”、“怀旧思故人”成为其中最常见的三种主旨或曰意向类型。

一、怀乡思旧

“怀乡思旧”主题入诗的传统，最早可追溯到《诗经·采薇》：“昔我往矣，杨柳依依。今我来思，雨雪霏霏。”②此文大意为：回想当初出征时，杨柳依依随风飘；如今归家路途，却是大雪纷纷满天飞。该诗写出了一位解甲退役的征夫在返乡途中遥望家乡，抚今追昔，追忆多年在外，承受的服役、思乡念亲人之苦，悲痛之情渗透全诗。这首诗对于后世诗歌的写作具有极大的影响，甚至可以说是后世军旅诗、边塞诗的鼻祖，奠定了这类诗歌描写行军（出行）在外，恍惚间时光已逝、青春不再、难以“回到原点”的悲凉。

屈原作品中也不乏怀乡思旧之作。当然，作为一个政治家，屈原

① [美] 宇文所安著，郑学勤译：《追忆》，生活·读书·新知三联书店2004年版，第1页。
② 高亨：《诗经今注》，上海古籍出版社1980年版，第227页。

试图在楚国建立“美政”，即建立圣君贤相的政治，因此他在失意流浪中的“怀乡思旧”有了更多家国政治的意味。然而，他的美好愿望却在现实政治之中一再碰壁，甚至最终遭遇被放逐的命运。可是，即使流放在外，他的爱国心依然一刻未变，他仍心念故国，不断反思着国家的盛衰得失，这种反思将他领入割舍不断的怀旧情绪之中。“昔三后之纯粹兮，固众芳之所在，杂申椒与菌桂兮，岂维纫夫蕙茝？彼尧舜之耿介兮，既遵道而得路。”“已矣哉！国无人莫我知兮，又何怀乎故都？既莫足与为美政兮，吾将从彭咸之所居！”[①]屈原追忆古代三王（禹、汤、文王）的美德，三王能举贤任能，具有圣君的风范；赞赏尧舜的光明正大，能遵循正道而使大道畅通。尧舜禹等君王正是屈原心中圣君的标准，他们所建立的政治是实行美政的典范。只是他的美政理想，外人永远无法明白。“忽反顾以流涕兮，哀高丘之无女。”反顾走过的路途，不禁心生悲痛，在世上竟无一人理解自己。“何所独无芳草兮，尔何怀乎故宇！”即使如此，他仍然心怀故土，不忍离开故乡，不忍抛弃自己的理想。

屈原不仅作为一个忧心时政而不得志的文人典范，引起后世文人的深刻共鸣，他的文学抒情方式对于后世文人的创作也起到了典范作用。其中，男性文人的“女性化自喻”即为其中之一[②]。

东汉后期，中原再一次陷入纷乱不休的战争之中，死亡成为最平常不过的现象，常常出现“白骨露于野，千里无鸡鸣”的悲惨境况。文人在死亡的逼迫之下，过着朝不保夕、颠沛流离的生活。一部分文人消极遁世，借酒浇愁，或佯狂装疯。然而，他们并没有放弃对于生命的热爱，仍不断追问历史，积极地寻找属于自己的一席之地，同时寻求心灵的安慰剂。故而20世纪中国“美学双峰”之一的宗白华先生认为：“汉末魏晋六朝是中国政治上最混乱、社会上最苦痛的时代，然而却是精神史上极自由、极解放，最富于智慧、最浓于热情的一个时代。因此也就

① 屈原：《离骚》，见陈器之：《中国历代文学精华译注》，湖南出版社1995年版，第102页。

② 郭守运：《“病态美”文学呈现与指真》，载《华南师范大学学报》（社会科学版）2003年第5期。

是最富有艺术精神的一个时代。王羲之父子的字，顾恺之和陆探微的画，戴逵和戴颙的雕塑，嵇康的广陵散（琴曲），曹植、阮籍、陶潜、谢灵运、鲍照、谢朓的诗，郦道元、杨衒之的写景文，云冈、龙门壮伟的造像，洛阳和南朝的宏丽寺院，无不是光芒万丈，前无古人，奠定了后代文学艺术的根基与趋向。”①

东汉末年著名文学家、“建安七子”之一的王粲登楼作赋，咏出一曲思旧怀乡赋——《登楼赋》，感叹由古至今的思乡情怀。在诸多叩问天地苍生、追索精神家园的诗作中，这首诗赋别具一格。以下是其中一段：

遭纷浊而迁逝兮，漫逾纪以迄今。情眷眷而怀归兮，孰忧思之可任？凭轩槛以遥望兮，向北风而开襟。平原远而极目兮，蔽荆山之高岑。路逶迤以修迥兮，川既漾而济深。悲旧乡之壅隔兮，涕横坠而弗禁。昔尼父之在陈兮，有“归欤”之叹音。钟仪幽而楚奏兮，庄舄显而越吟。人情同于怀土兮，岂穷达而异心？

诗人王粲感叹自己恰逢乱世流亡已超十二载，“怀归”的情愫一直缠绕折磨着自己，这种思乡的忧愁，到底能够向谁倾诉呢？到此登楼眺望故乡，视线却被荆山的高峰所遮蔽，道路崎岖而漫长，河水浩瀚无边，故乡仿佛遥不可及，现实为何如此残酷，连见面的机会也不赐予“我”这个可怜的人儿，不由得眼泪簌簌而下。抚今忆昔，孔子在陈国时，也曾经发出过“不如归去”的怀乡之音。其实，无论是过去还是现在，人类思乡的感情都是一样的，不会因为穷困潦倒或富贵显达而有所不同。归乡愿望，人皆有之，但乱世之中又有多少人能愿望成真呢？

盛唐是我国古代社会的鼎盛时期，国力强盛，经济发达，思想兼容并包，文化得到了极大的发展。但是，即使在这样的有利环境下，敏感的诗人仍然常常陷入怀旧的思绪之中，企图在与古人的联系中，获得真正的情感栖息。崔颢的《黄鹤楼》诗云：“昔人已乘黄鹤去，此地空余黄鹤楼。黄鹤一去不复返，白云千载空悠悠。晴川历历汉阳树，芳草

① 宗白华：《美学散步》，上海人民出版社1981年版，第208页。

萋萋鹦鹉洲。日暮乡关何处是，烟波江上使人愁。”诗前半段抒发人去楼空的感慨，后半段转入沉重的思归之情。所用典故“鹦鹉洲”是连接前后段的转捩点，相传该洲是汉末名士祢衡的葬身之所，一代狂生早为“萋萋”、“芳草”所湮没，可是与祢衡同样以狂放闻名的诗人，却名陷轻薄而游历到此，面对此情此景，顿生茫然、惆怅之感，有不如归乡之思。“日暮乡关何处是，烟波江上使人愁。”“乡关”一词点明了诗人的乡愁，可是这一思乡之情说到底，只是一种为逃避现实，逃避精神痛苦而思“归”之情。

作为唐代诗坛一代奇才的“谪仙人”（贺知章语）李白，在颠沛流离之中，也暂且收起“仰天大笑出门去，我辈岂是蓬蒿人”的狂妄，发出“床前明月光，疑是地上霜。举头望明月，低头思故乡”（《静夜思》）的感慨，或许世事有太多的不如意，宇宙之间只剩故乡能成为避风港，为疲惫的诗人暂时遮一下风挡一下雨。当明月退下，旭日东升时，相信李白思念的又会是另一个故乡——他的政治故乡——长安。政治上的不如意，并未完全磨灭李白实现政治抱负的热情，故都成为不断缠绕他的梦魇。“凤凰台上凤凰游，凤去台空江自流。吴宫花草埋幽径，晋代衣冠成古丘。三山半落青天外，二水中分白鹭洲。总为浮云能蔽日，长安不见使人愁。”（《登金陵凤凰台》）此诗一、二句以传说入题，象征着六朝繁华的不复存在，金陵曾为三国之东吴、东晋以及南朝宋、齐、梁、陈的故都，但现在却是“凤去台空”，一切已成历史陈迹。三、四句抒发历史兴亡的感叹，旧日吴王宫苑的奢侈繁华，今日已沦为废墟；往日王公贵族的显赫，现今已荒为坟墓。五、六句写金陵城内山水之壮丽。“总为浮云能蔽日，长安不见使人愁。”从浮云联想到其能蔽日，引发出不能见到政治故乡长安的忧愁。李白的这种乡愁之思，颇有前辈屈原的遗风。事实上，两个诗人的确有着若干精神上的契合之处。

安史之乱致使无数人背井离乡，诗人虽是理想主义者，却也不得不孤身漂泊在外，杜甫就是其中一员。秋天是思念的季节，一片片泛黄的叶子、一只只南归的大雁都似乎在告诉着诗人是时候归家了，可是有家归不得，还需继续在异地靠记忆中的“家”度过萧瑟的秋天，“一辞故国十经秋，每见秋瓜忆故丘”（《解闷十二首》）。秋风吹起，年老多病的诗人继续在他乡颠簸漂泊，心中积蓄的空虚、哀愁在秋思的撩拨下，来得更为强烈。故乡在脑海中反复出现，才清楚记得自己已经离家很多个年头了，老了也该是时候回“故丘”养老了。可是时局如此不安，真的能回乡安度晚年吗？那有着“大庇天下寒士俱欢颜”的“广厦千万间”的温暖之乡又在何处呢？

秋色催思，生活在元代的马致远也有同样的思乡怀旧情绪，“枯藤老树昏鸦，小桥流水人家，古道西风瘦马。夕阳西下，断肠人在天涯。”（《天净沙·秋思》）苍凉萧瑟的秋天，又到夕阳西下之时，该是归家的时候了，可是游子还在天涯流浪，做伴的只有枯藤、老树、乌鸦、小桥、流水，以及身边不断晃过的属于他人的家，而属于自己的只有茫然无依的孤独感。

清兵入侵，山河沦丧，明末少年英雄夏完淳奋起抗清，可是明朝大势已去，坚决反抗落得的结局只能是“不识时务，理当处死”。夏完淳终被捕，在被解往南京、告别家乡之际，他写下《别云间》一诗，表达自己的恋乡之情以及高远志向：“三年羁旅客，今日又南冠。 无限山河泪，谁言天地宽？ 已知泉路近，欲别故乡难。 毅魄归来日，灵旗空际看。”三年抗敌，今朝成为俘虏，并将被押解离开故乡。国破家亡，谁说天地宽阔无边？有志之士却是英雄无用武之地。“已知泉路近，欲别故乡难。”黄泉路已不远，但是想到故乡，却是“离乡情更怯”。最后两句，表达了自己对抗清事业的信心，相信抗清的烽火还将绵延下去。故乡永远是最让人牵念的地方，故乡沦落敌人之手，故英雄要奋起反抗，即使反抗失败，难逃被夺颈上人头的厄运，英雄也无怨无悔，害怕的只是要离开故乡。

概言之，无论何朝何代，无论贫穷富足，一代代的诗人都在现实的困境、短暂的生命过程中寻找着自己的精神故乡、心灵家园，却又寻而未果，求之不得。这种悲剧性的咏叹才更加凄美动人。

二、怀旧伤时

无论是哪一个朝代的诗人，在残酷的现实、难测的命运面前，都会喟叹不已。因而，追忆圣君贤臣，向往盛世时代之辉煌，并最终在文学作品中凝结为一种浓郁的怀旧伤时情感，这就是古典诗歌中常见的“怀旧伤时”意向。学者缪钺认为：“两千年来，中国诗人虽在历史上发挥过很重要的作用，但他们的生活道路是坎坷的，命运常是悲凉的。”①

怀旧伤时的文学传统由来已久。《诗经·都人士》道：“彼都人士，狐裘黄黄。其容不改，出言有章。行归于周，万民所望。彼都人士，台笠缁撮。彼君子女，绸直如发。我不见兮，我心不说。彼都人士，充耳琇实。彼君子女，谓之尹吉。我不见兮，我心苑结。彼都人士，垂带而厉。彼君子女，卷发如虿。我不见兮，言从之迈。匪伊垂之，带则有余。匪伊卷之，发则有旟，我不见兮，云何盱矣。”由诗观之，大概为平王东迁后，周人见今日之衰，而忆昔日之盛，叹息今不如昔。现实不取悦于人，而记忆中的往事饶人，给予人一道抚平心灵不安的镇静剂。

之后的上千年时光中，无论是春秋战国还是魏晋南北朝时期，无数文人墨客和其他的普通人一样，在战乱频仍、颠沛流离中不断追寻那理想的家园，并在想象中构建古代的和谐家园，于是凝结成为“桃花源”的文学审美意象。

安史之乱以后，唐朝进入衰退期，文人们昂扬的精神风貌随之流逝，他们开始流连于追忆盛世情感之中，怀旧伤时成为文人诗作的重要主题。在无休止的战乱中，生活失去了秩序，各种苦难折磨着诗人脆弱的神经，杜甫也无奈追忆起开元盛世的繁荣景象。“忆昔开元全盛日，小邑犹藏万家室。稻米流脂粟米白，公私仓廪俱丰实。九州道路无豺虎，远行不劳吉日出。齐纨鲁缟车班班，男耕女桑不相失。”（《忆昔》）盛世时期，小邑也有万户人口。稻米粟米多且白，公私仓廪十分之殷实，官府百姓都不缺粮食。太平盛世，出门也不需挑选吉日。男耕

① 缪钺：《二千多年来中国士人的两个情结》，载《中国文化》1991年第1期，第101、102页。

女桑，一切平实地进行着。时间不待人，诗人追忆的盛世已逝去，如今的社会已失去了秩序。战乱中，人口锐减，百姓饱受饥饿；连出门也要择吉日而出，害怕遇上“豺虎”；男耕女桑的画面已荡然无存。

安史之乱的发生，盛世的凋落，与唐玄宗的荒淫有着直接的联系，李商隐的《马嵬》将讽刺锋芒直指唐玄宗：“海外徒闻更九州，他生未卜此生休。空闻虎旅传宵柝，无复鸡人报晓筹。此日六军同驻马，当时七夕笑牵牛。如何四纪为天子，不及卢家有莫愁。”李隆基过去享受着“鸡人报晓筹”的奢侈生活，沉迷于与杨玉环的甜蜜爱情之中，“七夕笑牵牛”，许诺要“世世为夫妇”。可是兵变之际，李隆基连普通男人保护妻子的责任也无法尽到，“卢家有莫愁”，卢家的男人尚能在战乱之中保护妻子莫愁，而他却下令赐死妻子杨玉环。过去的享乐生活是美好的，只是他的不珍惜、不专心打理政事致使兵变，让一切的美好都画上句号，让大唐盛世画上休止符，让人民的生活再一次坠入纷争之中。

国都落入敌人之手，国已不国，一代君主沦为阶下囚，南唐后主李煜心中有着说不尽的惆怅：“春花秋月何时了，往事知多少？小楼昨夜又东风，故国不堪回首月明中。雕栏玉砌应犹在，只是朱颜改。问君能有几多愁？恰似一江春水向东流。”（《虞美人》）往事影影绰绰，东风起，才记起故国已不在，“雕栏玉砌”应该还在，可是已不再属于他，他也不可能再使用了。今已非昔，亡国的忧愁痛楚有多深，“恰似一江春水向东流”，语意悲痛难抑。南宋赵王朝偏安一隅，半壁江山沦落敌手，许多宋人都遭受到国破家亡的痛楚，词人李清照也有同样的遭遇。面对国不国、家非家的现实，她有道不尽的悲愁，故其不少词作笼罩着或浓或淡的怀旧伤时的气息。《蝶恋花·上巳召亲族》：“永夜恹恹欢意少，空梦长安，认取长安道。为报今年春色好，花光月影宜相照。随意杯盘虽草草，酒美梅酸，恰称人怀抱。醉里插花花莫笑，可怜春似人将老。”“空梦长安，认取长安道”二句，“长安”是国都的代称，如今国都沦陷，家乡难归，“认取长安道”成了痛彻的梦境。“随意杯盘虽草草”，道尽了生活的艰苦，语出王安石的《示长安君》诗“草草杯盘供笑语，昏昏灯火话平生”，以此书写今不如昔的感慨。最

后，“醉里插花花莫笑，可怜春似人将老”语意悲痛沉郁，展现了一种凄楚的怀旧之情。

生性豪放如苏轼在游历赤壁之时，也不由得顿生怀旧之情，追昔抚今。《念奴娇·赤壁怀古》云：“大江东去，浪淘尽，千古风流人物。故垒西边，人道是，三国周郎赤壁。乱石崩云，惊涛裂岸，卷起千堆雪。江山如画，一时多少豪杰！遥想公瑾当年，小乔初嫁了，雄姿英发，羽扇纶巾，谈笑间，强虏灰飞烟灭。故国神游，多情应笑我，早生华发。人生如梦，一尊还酹江月。”在游历壮丽的古赤壁时，词人不禁遥想起赤壁之战，想起具有非凡气概的周瑜。战役激烈进行，周瑜仍能镇定自若，“羽扇纶巾”、“谈笑”如常，而顷刻之间，“强虏灰飞烟灭”。赤壁之上，追忆三国战役，凭吊周郎，实质只因时光流逝，词人自己却未能如周瑜一样实现壮志，偏偏落得“华发早生”。生命短促，岁月无常，词人不禁发出“人生如梦，一尊还酹江月”的感慨，人生如梦，不如喝酒慰藉，忘记今日的痛苦。苏轼还有另外一首怀旧词——《和子由渑池怀旧》：“人生到处知何似，应似飞鸿踏雪泥。泥上偶然留指爪，鸿飞那复计东西。老僧已死成新塔，坏壁无由见旧题。往日崎岖还记否，路长人困蹇驴嘶。”人的一生忙忙碌碌，就如南来北往的大雁，偶然在雪泥上留下痕迹，也将很快消失。“老僧已死成新塔”转入怀旧，过去拜访过的老僧已埋骨塔下，曾题字的墙壁也已崩坏而不复存在，过去在崎岖山路上艰难行走的事情也已随风飘逝。全词渗透着淡淡的感伤，追寻着人生的意义，原来人生不过是雪泥上的爪印，转头即逝，无法留住。

生活在明末清初的文人，其遭遇到的历史动荡和生活变故赋予其词作以怀旧伤今的沧桑之美。《夏初临·本意（癸丑三月十九日用明杨孟载韵）》：“中酒心情，拆绵时节，瞢腾刚送春归。一亩池塘，绿阴浓触帘衣。柳花搅乱晴晖，更画梁、玉剪交飞。贩茶船重，挑笋人忙，山市成围。蓦然却想，三十年前，铜驼恨积，金谷人稀。划残竹粉，旧愁写向阑西。惆怅移时，镇无聊、掐损蔷薇。许谁知？细柳新蒲，都付鹃啼。”[①]词作大

① 钱仲联：《清八大名家词集·湖海楼词集》，岳麓书社1992年版，第185页。

意为：夏初临时节，“贩茶”、“挑笋”等忙于初夏事物之农人对时间流逝茫然无知，敏感的词人却对时间有着清醒的认识，清晰地记得三十年前明朝覆亡的往事，记得“铜驼恨积，金谷人稀”，自己的“旧愁”也因之而生，词中字字蕴涵悲痛的忆昔之情。陈维崧的另一首词《尉迟杯·许月度新自金陵归，以〈青溪集〉示我感赋》云：“青溪路，记旧日、年少嬉游处。覆舟山畔人家，麾扇渡头士女。水花风片，有十万珠帘夹烟浦。泊画船柳下楼前，衣香暗落如雨。闻说近日台城，剩黄蝶蒙蒙、和梦飞舞。绿水青山浑似画，只添了、几行秋戍。三更后、盈盈皓月，见无数精灵含泪语。想胭脂，井底娇魂，至今怕说擒虎。”[①]上片回忆过去南京青溪、秦淮河两岸的繁盛兴旺，下片写南京现在的凄冷。这一“剩黄蝶蒙蒙、和梦飞舞”景象的出现，源于那个众所周知的历史变故，今已非昔，旧梦颓然。

概言之，童年和往日的美好时光，总是在失去的时候才更加怀念。文人的怀旧伤时，在人生困苦、前路茫茫的时候不免流露，而在家园荒芜、时局纷乱的社会现实中，“生不逢时”的哀叹更如“春草渐远渐生”了。

三、怀旧思故人

古典文学“怀旧”主题在诗歌文体中除了“怀乡思旧”、“怀旧伤时”两个意向类型外，还有“怀旧思故人”一类。

秦至汉四百年间战争不断，百姓饱受战争徭役之苦，故反映战争徭役之苦一直是诗歌的重要主题，早在秦朝就有“生男慎勿举，生女哺用脯。不见长城下，尸骨相撑拄”的民歌，到汉代更有了著名的《饮马长城窟》，曹丕继承这一传统，创作了《燕歌行》，反映妻子对在外服役丈夫的思念。

秋风萧瑟天气凉，草木摇落露为霜。群燕辞归雁南翔，念君客游多思肠。慊慊思归恋故乡，君何淹留寄他方？贱妾茕茕守空房，忧来思君

① 钱仲联：《清八大名家词集·湖海楼词集》，岳麓书社1992年版，第282页。

不敢忘，不觉泪下沾衣裳。援琴鸣弦发清商，短歌微吟不能长。明月皎皎照我床，星汉西流夜未央。牵牛织女遥相望，尔独何辜限河梁?

诗人在诗歌开头展示了一幅萧条的秋色图，秋风萧瑟，天气寒冷，草木零落，白露为霜，候鸟南归，以此衬托妇人对远在他方的男子的思念之情。处于闺房的妇人，想象着男子也必定思念着拥有甜蜜回忆的故乡，想象着男子滞留异地，迟迟未归的原因。妇人独守空房，忧愁之中，只能苦苦地靠回忆与男子美好的过去来度过难熬的每一分每一秒。思君的愁绪就如“白发三千丈”，浓厚得无法排遣，想借抚琴来抚慰心灵，可是“短歌微吟不能长”。空荡荡的房间，只有清冷而皎洁的月亮陪伴着寂寞的妇人。妇人不由追忆起牛郎织女的故事，感慨与男子的相会难道也如牛郎织女受到的“河梁”的限制，相望而不可会?

杜甫诗云：“孤雁不饮啄，飞鸣声念群。谁怜一片影，相失万重云。望尽似犹见，哀多如更闻。野鸦无意绪，鸣噪自纷纷。”（《孤雁》）在高远浩茫的天空中，小小的孤雁仅是“一片影”。写孤雁，实质是在写诗人自己。由诗观之，诗人所念的不仅是兄弟，还有可以陪伴在旁的友人。安史之乱后，社会动荡不安，诗人流落异乡，与亲朋好友离散，常常在回忆与他们相处的时光中打发孤独的煎熬，梦想着与亲朋好友重逢的时刻。

游子在外，思乡念亲之情萦绕心头是常事，每逢佳节，这种情绪则会更为强烈。王维《九月九日忆山东兄弟》：“独在异乡为异客，每逢佳节倍思亲。遥想兄弟登高处，遍插茱萸少一人。”独在异乡的游子每逢佳节就倍加地思念故乡的亲人，今日为九月九日重阳节，往年兄弟们都会登高望远，插上茱萸。今年的佳节却少了“我”，少了一个人插上茱萸。全诗渗透着孤独的诗人的伤感之情，思念亲人，却无法团圆的无可奈何。

斯人已逝，生者为活着，需继续舔舐着生活赋予的各种苦难，孤独和寂寞之时，回味一下过去，追忆逝去的美好。苏轼的《江城子》：“十年生死两茫茫，不思量，自难忘。千里孤坟，无处话凄凉。纵使相逢应不识，尘满面，鬓如霜。夜来幽梦忽还乡，小轩窗，正梳妆。相顾无言，惟有泪千行。料得年年肠断处，明月夜，短松冈。”梦中与妻子相逢，妻子仍如在世时那样临窗而坐，对镜梳妆，这一场景，既突出了往昔夫妻间的和睦，同时也突出了如今词人“无处话凄凉”的痛苦。蓦然相逢，“相顾无言，惟有泪千行” 。十年的辛酸痛楚顿然涌上心头，在默然无言中泪流满面地倾诉着。词人在思念妻子的深情中，悲叙着生者在世的辛酸。

迫于家长专权而与妻子唐琬离异的陆游，晚年重游沈园悼念已逝的唐琬，作诗《沈园》：“城上斜阳画角哀，沈园非复旧池台。伤心桥下春波绿，曾是惊鸿照影来。”开头以斜阳和彩绘的管乐器画角，将人置入一种悲哀的情调之中。他为寻找曾留下斯人痕迹的旧池台而来，只是旧池台已无可辨认，愿望落空。伤心的桥下，已泛起绿波，想必春天已到，诗人不禁想起此桥曾照见曹植《洛神赋》中“翩若惊鸿”的凌波仙子的倩影。诗人到此悼念斯人，可是沈园内已物是人非，青春也飘逝，一切已无迹可寻。

身为宫廷一等侍卫的纳兰性德常要入值宫禁，或者随驾外出，故与新婚燕尔的妻子卢氏饱受聚少离多的煎熬，可是夫妻俩仅仅一起生活了三年，卢氏就因难产而死，年仅二十一岁。对于妻子的离世，纳兰性德一生都难以释怀，写下多首悼念妻子的诗词：

辛苦最怜天上月。一昔如环，昔昔都成玦。若似月轮终皎洁，不辞冰雪为卿热。无那尘缘容易绝。燕子依然，软踏帘钩说。唱罢秋坟愁未歇，春丛认取双栖蝶。

上片以月自喻，追忆爱情的甜蜜与遗憾，表达对亡妻的挚爱。最值得怜爱的是好事多磨的爱情，犹如天上的月亮圆少缺多。难以圆满的爱情带给词人的是无尽头的痛苦，词人将爱妻化作天上一轮皎洁的明月，如果高处不胜寒，他也一定不辞冰雪，以爱情温暖爱妻。下片抒发了词人孤寂的感受，以及对亡妻至死不渝的爱。“无那尘缘容易绝”表达了词人对如此短促的爱情的无可奈何。“燕子依然，软踏帘钩说”出自李贺

《贾公闾贵婿曲》诗“燕语踏帘钩”，人已不在，唯有堂前燕依然软踏帘钩，呢喃絮语。“唱罢秋坟愁未歇”用的是李贺《秋来》中“秋坟鬼唱鲍家诗，恨血千年土中碧”诗意，未亡之人幽怨至死未歇。“春丛认取双栖蝶”，待到春暖花开时，与亡妻化作双栖双飞的彩蝶，永不分离。

通过上述诗歌文本的分析，我们可以看出“怀旧”主题在诗歌中的三层意蕴：首先，“怀旧”是一种个人生活的心理指向，“旧”并不仅仅是字面意义上的时间之“旧”，更是一种感情的追寻、感性的依赖，“旧”意味着熟悉和温馨的精神港湾；其次，“怀旧”也是一种社会历史的意义追求，意味着对失落的“天道”的情感认同，体现出对现实社会制度的某种排斥和否定；再次，“怀旧”作为一种文化“寻根”，不仅是个别艺术家、个别时代的价值追寻的一个维度，也是所有人、所有时代的精神向度，体现了一种形而上的终极性追求、精神家园的浪漫化和理想化。

就此观之，中国古代诗歌在历史中占据着显赫的地位，有着广阔的写作范围和题材视野，并有着最为众多的阅读受众，无疑是顺理成章的。因为无论中国的历史如何发展，诗人都不会停止对过去的追忆，无法抵抗对过去的缅怀所带来的审美情感。正如宇文所安所说：“引起回忆的是个别的对象，它们自身永远是不完整的；要想完整，就得借助于恢复某种整体。记忆的文学是追溯既往的文学，它目不转睛地凝视往事，尽力要扩展自身，填补围绕在残存碎片四周的空白。中国古典诗歌始终对往事这个更为广阔的世界敞开怀抱：这个世界为诗歌提供养料，作为报答，已经物故的过去像幽灵似的通过艺术回到眼前。”[①]因而，诗人们不断重新打捞和包装过去，把自己的思想融汇其中，通过艺术化加工，把成型的诗词展现在读者面前，成为读者记忆的一部分。

①［美］宇文所安著，郑学勤译：《追忆》，生活·读书·新知三联书店2004年版，第3页。

第二节 “怀旧”的小说文本呈现

怀旧作为对过去向往的一种情愫，一直都是文学创作的重要源泉之一，对于小说创作而言，更是重中之重的源泉。虽然过去已不在，但是后人总能在回忆中找到叠影，发现自己的影子，作家以虚构的形式在小说中再现符合自己标准的历史，以鲜活的场景、人物、意象等将读者置放在故事之中，引导读者去反思历史，去进行事物价值的判断。

唐代在魏晋南北朝志怪小说和杂史杂传的基础之上，出现了新文体——传奇小说，而“绝大多数的唐五代小说都是安史之乱之后的产物，中唐以后的作家们目睹现实，不由自主地从心底期盼贤明君主的出现，追忆大唐盛世的辉煌，从而在小说中凝结为一种浓郁的怀旧心态，对唐玄宗及开元盛世的怀念就是这种心态的集中体现。以唐玄宗以及开元、天宝为创作背景的小说很多，如小说集《名皇杂录》、《次柳氏旧闻》、《开元天宝遗事》、《开天传信记》、《高力士外传》、《安禄山事迹》等，单篇小说《长恨歌传》、《东城老父传》等”[①]。以《长恨歌传》为例，作者陈鸿在白居易《长恨歌》的基础之上作传，情节安排上与《长恨歌》略同，追忆唐玄宗与杨贵妃二人昔日美好的爱情生活，并在小说结尾将其二人的爱情结局仙化，作者如此苦心营造实为出于对唐玄宗、杨贵妃昔日爱情的眷恋与痛惜。

鲁迅的第一篇小说《怀旧》被誉为“中国现代文学先声”，以怀旧的角度记述了“予”儿童时代的事情，而其中又掺杂着那时芜市人们对于40年前真“长毛”的回忆。那时，“予”在私塾读书，备受秃先生的压迫，在对完对子后，雀跃而跳出，秃先生即“复作摇曳声曰：‘勿跳。’”在追王翁说故事时，“而秃先生必继至，作厉色曰：‘孺子勿

① 程国赋：《论唐五代士子文化心态的嬗变及其在小说中的体现》，载《学术研究》2003年第3期。

恶作剧！食事既耶？盍归就尔夜课矣。' "在这里读书，很少有机会停课玩乐，可是某一天却有了这样难得的好机会，耀宗来报告长毛要来的消息：

"先生，闻今朝消息耶？"

"消息？……未之闻……甚消息耶？"

"长毛且至矣！"

其中，又夹杂着王翁对于40年前长毛至，耀宗家族得以"致富"的回忆：

王翁曾言其父尝遇长毛，伏地乞命，叩额赤肿如鹅，得弗杀，为之治庖侑食，因获殊宠，得多金。逮长毛败，以术逃归，渐为富室，居芜市云。

耀宗与秃先生商议后便离去，秃先生"止书不讲，状颇愁苦，云将返其家，令子废读"，予终于得以休息玩乐。就这样，鲁迅先生"气定神闲"地叙述旧时的故事，其实他并非在单纯地怀旧，而是在借怀旧将锋芒对准国民的"劣根性"。

从旧时贵族家庭走出的张爱玲对封建大家庭有着天然的亲切感，这也融入了她的小说之中。张爱玲小说中设定的时代已经进入民国，社会在激烈变化中，但旧时大家庭却仍自觉地将自己困在"清朝"之中，《倾城之恋》中的白公馆、《金锁记》中的姜公馆、《琉璃瓦》中姚先生的家等都停滞在过去的时代之中，"他们唱歌唱走了板，跟不上生命的胡琴"①，被时代忘却，犹如一座座"清凉"的"古墓"。家庭里的人也同样停滞不前，在"古墓"中发霉。《茉莉香片》中的聂传庆生活在鸦片烟香缭绕的旧式家庭中，其父是典型的遗少，他常被粗暴专横的父亲打耳光，打得耳朵几乎听不见，精神更是受到不断折磨以致变态。作为没落文化、没落家族殉葬品的父亲是笼罩在他头上挥之不去的阴影。

① 张爱玲：《倾城之恋》，见《张爱玲全集》，长春出版社2000年版，第131页。

更可怕的是，旧式文化的力量如此强大，即使他对环境不满，充满憎恶之情，也无力摆脱它，摆脱父亲的影子："他跟着他父亲二十年，已经给制造成了一个精神上的残废，即使给了他自由，他也跑不了。"[①]犹如屏风上绣着的白鸟，"打死他也不能飞下屏风去"[②]，腐朽的封建文化已经深入他的骨髓之中，无论他是否挣扎、如何挣扎都无法去掉。

普希金在诗中写道："而那过去了的，就会成为亲切的怀念。"[③]当社会面临变革，旧的秩序需要重整时，许多曾经熟悉的事物就会离人们远去，痛苦和惆怅便会随之而生，怀旧情绪也会开始在内心积聚，给人灵魂深处一个平衡的支撑点。在老舍的《断魂枪》中，就塑造了这样一个具有怀旧气质的人物——沙子龙，沙子龙曾经是有名的拳师，一套"五虎断魂枪"为他赢得"神枪沙子龙"的美誉，20年内，在西北从未遇到过敌手。可是"东方的大梦没法子不醒了。炮声压下去马来与印度野林中的虎啸"[④]。还在睡梦中的中国人不得不揉揉眼睛，睁开双眼，面对旧梦的破灭。沙子龙迫于现实的生计，将镖局改为客栈，让往日的辉煌成为过去，白天绝口不提武艺与往事，不与人交手，即使孙老头先打败自己的弟子再跑上门来领教他的"五虎断魂枪"，他依然只是轻描淡写，"'五虎断魂枪？'沙子龙笑了，'早忘干净了！早忘干净了！告诉你，在我这儿住几天，咱们各处逛逛，临走，多少送点盘缠。'"此后，即使遭到弟子们的奚落，沙子龙也从未改变初衷，坚持不授武艺，然而，他其实从未忘记过自己过去的威风。"夜静人稀，沙子龙关好了小门，一气把六十四枪刺下来；而后，拄着枪，望着天上的群星，想起当年在野店荒林的威风。叹一口气，用手指慢慢摸着凉滑的枪身，又微微一笑，'不传！不传！'"一阕"断魂"的残梦，就这样把包括沙子龙在内的所有人的"过去"埋葬了，剩下的是源流不尽的孤寂、苍凉。

① 张爱玲：《茉莉香片》，见《张爱玲全集》，长春出版社2002年版，第330页。

② 刘艳军：《对张爱玲、白先勇小说怀旧意识的文化解读》，湖南师范大学硕士学位论文，2003年。

③［俄］普希金：《假如生活欺骗了你》，见戈宝权：《戈宝权译文集·普希金诗集》，北京出版社1987年版。

④ 老舍：《断魂枪》，京华出版社2006年版。

"'恋乡'是中国传统文化的重要精神特征之一。无论是'少小离家'，还是'故国回首'，历代文人墨客总是摆脱不了故土、故人、乡音、乡情的精神缠绕。"[①]出于对人生形式追忆的茫然和对现实人生形式探索的失落，沈从文用理想之光烛照湘西人生历史图景，在《边城》中展现了他心目中记忆的故乡——湘西，这是一个牧歌式的地方，"茶峒地方凭水依山筑城，近山一面，城墙俨然如一条长蛇，缘山爬去"，"那条河水便是历史上知名的酉水，新名字叫做白河。白河到辰州与沅水汇流后，便略显浑浊，有出山泉水的意思。若溯流而上，则三丈五丈的深潭皆清澈见底。深潭中为白日所映照，河底小小白石子，有花纹的玛瑙石子，全看得明明白白。水中游鱼来去，皆如浮在空气里。两岸多高山，山中多可以造纸的细竹，长年作深翠颜色，迫人眼目"。[②]这里的人很淳朴，连妓女也不例外，"由于边地的风俗淳朴，便是作妓女，也永远那么浑厚，遇不相熟的主顾，做生意时得先交钱，数目弄清楚后，再关门撒野"。一个美丽而凄凉的爱情故事就此展开，茶峒白塔下住着两个相依为命的摆渡人——年逾古稀的外公和清纯的翠翠。一年端午节赛龙舟盛会上，翠翠与外公失散，幸得夺魁的美少年、当地船总的小儿子傩送相助。而傩送的哥哥天保爱上了翠翠，派人说媒。与此同时，傩送也被王团总看中，愿以碾坊作为女儿的嫁妆与船总结为亲家，可是傩送宁愿要渡船而不要碾坊，与哥哥相约唱歌由翠翠挑选。哥哥天保自知唱歌不如弟弟，便为成全弟弟外出闯滩，结果不幸遇难。傩送为哥哥之死悲痛不已，也放下儿女私情驾船离开伤心地。翠翠的外公不堪打击离开了人世，留下翠翠孤身一人，继续着摆渡的生活，等待着她所爱的人归来。可是"这个人也许永远不回来了，也许'明天'回来"。《边城》是沈从文的一个旧梦，融汇了他记忆中的故乡，他美丽的逝去的情窦初开年华，在散文《老伴》中，他曾提到塑造"翠翠"这一人物形象，源于17年前随旧部队在"这地方"与"老伴"赵开明认识并喜欢

① 徐敏：《都市边缘的乡土回望——论施蛰存小说中的传统文化特征》，载《南昌大学学报》（社会科学版）2007年第3期。

② 沈从文：《边城》，人民出版社1991年版。

上的一个叫“小翠”的女孩。“同我们到县城街上转了三次，就看中了一个绒线铺的和他年龄差不多的女孩子，问我借钱向那女孩子买了三次白棉线草鞋带子……他且说‘将来若做了副官，当天赌咒，一定要回来讨那女孩子做媳妇。’那女孩子名叫‘小翠’，我写《边城》故事时，弄渡船的外孙女，明慧温柔的品性，就从那绒线铺小女孩印象而来。”[①]过去大抵在记忆中总是美好的，没有太多的污染，可这永远只是虚构的美好，可以用来麻痹一下痛楚的神经，但现实总归现实，总是残酷的、无法改变的，所以沈从文在《边城》的结尾只给了翠翠一个可能实现的梦。

沈从文的湘西系列小说传达了对质朴自然的乡土生活的向往，对现实工业文明的失望，这种怀旧的感伤情怀，一直为后来的作家所继承，并加以发扬。“40年代的汪曾祺师法沈从文，以《鸡鸭名家》等作品崭露头角，维系着这一形态并不强盛的命脉，此外，田涛的《沃土》等作品也清晰地传达出战乱时代流亡者的精神怀乡之情。80年代后，随着汪曾祺《受戒》和《大淖记事》的问世，文明怀旧形态焕发出新的生命力。何立伟的《白色鸟》、铁凝的《哦，香雪》等作品，表露出对这一形态的明确的继承趋向。90年代，更有迟子建、刘庆邦、张宇、田中禾、张炜、贾平凹等作家加盟这一创作形态，使之达到了历史上的最鼎盛时期。”[②]汪曾祺的《受戒》实质上传达的也是作家几十年前的一个旧梦，这一旧梦在作品中以一幅幅清新淡雅、意蕴高远的水乡泽国风俗画出现。在这种如梦似真的环境里谱出明海与小英子的纯真恋情，寄托着作者对逝去旧梦的眷恋，对于乡土自然之美的向往。

进入20世纪90年代，小说创作中的文化怀旧倾向开始成为一种潮流，而其中以上海文学怀旧风最甚，怀旧想象成为上海小说创作的主要内容，作家纷纷把目光投向三四十年代的上海，在虚构想象中构筑着华丽的上海滩梦，想象中的上海，既有繁华的景象，又有精致优雅的生

① 沈从文：《沈从文别集：湘行集》，岳麓出版社1992年版。

② 贺仲明：《20世纪乡土小说的创作形态及其新变》，载《南京师范大学学报》（社会科学版）2004年第3期。

活；既有奢丽的场景，又有极富韵味的风情。王安忆的《长恨歌》，陈丹燕的《上海的风花雪月》、《上海的金枝玉叶》与《上海的红颜遗事》，以“老上海后裔”身份自居的程乃珊的《上海探戈》、《上海LADY》、《上海女人》等都成为这一时代这一文学风潮的代表之作。

在这股想象怀旧文学风潮中，王安忆是走在最前面的作家之一，其代表作《长恨歌》以一个女人的命运“复活了一个逝去时代的城市的民间记忆”①。女主角王琦瑶是20世纪40年代风光无限的“上海小姐”，自委身于李主任起便开始了其跌宕起伏的悲剧性命运，先后与阿二、康明逊、程先生、老克腊等男性产生情感纠葛，最终死于非命。王安忆笔下的《长恨歌》处处洋溢着怀旧的色彩。弄堂是上海市民文化的象征，上海基本由弄堂组成，集中着上海大多数的人口。女主角王琦瑶是典型的上海弄堂的女儿，为一户上海市民的小女儿，代表着上海普通的小市民阶级，书中如此描绘：“上海的弄堂里，每个门洞里，都有王琦瑶在读书，在绣花，在同小姐妹窃窃私语，在和父母怄气挥泪……”②王琦瑶又是精致优雅的上海小姐，“王琦瑶美而不艳，耐人寻味；她情态优雅却又不高不可攀；她矜持却又亲切；造作而又不浮夸；她不高尚但绝不低俗；她现实却又讲情调；她缺少见识但又通情达理；她难免俗气但那俗气已经过文明的淘洗。王琦瑶是最懂生活的人，没了她，生活便没了情致和韵味。王琦瑶的一举一动，一颦一笑，她的吃、穿、用以及爱好都流溢着难以言说的韵味。所以在小说的第二部分中，王琦瑶尽管韵华已逝却仍然是年轻人的中心，她宁静致远，那独特优雅的气质已成为新上海的一道独特风景。在张永红、老克腊的眼里，王琦瑶是他们这个粗糙时尚中的罗曼蒂克，是历史留下的一点精细。同样，在程先生身上体现的老派绅士风度、康明逊的贵族习性以及老克腊极力保持的文明遗风，无不体现着一种怀旧情调”③。王安忆精心绘制的这场悲剧，实质就是旧

① 邱单丹：《寻找消逝的记忆——读王安忆的〈长恨歌〉》，载《龙岩学院学报》2005年第23卷第2期。

② 王安忆：《长恨歌》，作家出版社1995年版。

③ 杨莉：《繁华而凄凉的梦——评王安忆小说〈长恨歌〉的悲剧性》，载《西安建筑科技大学学报》（社会科学版）2005年第24卷第4期。

梦重温，为远逝文化吟唱的一曲挽歌，写尽了上海的繁华与时尚，写尽了王琦瑶的美丽与优雅，却只是一种华而不实的繁华，空有华表，全篇阅遍，留下的是梦破后的无奈与悲戚。

从八岁开始就在上海生活的陈丹燕，喜欢听老街坊讲上海往事，在此熏陶下长大的她，常以虚构的形式描述着过去上海的繁华与变迁。如她在《上海的风花雪月》中如此描绘那个时代的咖啡馆："一进去，最先听到咿咿呀呀的音乐声，唱针在密纹唱片上轧到了细尘，扑扑地响。那是周漩的细嗓子，像一根细而坚韧的尼龙线……然后才看到瘦瘦的一个小姐，穿着齐膝的蓝色改良旗袍，披着一件短而窄的家织开丝米毛衣，清清爽爽地迎上来……这里也有咖啡和蛋糕，一九三一年热朱古力，还有简单的日本菜……一幅笔法老旧的画，里面几个细眉红唇女子在玩麻将，烫着齐肩的长发，穿着缎子的旗袍，脸上的笑容富足而时髦，还有些大圆脸带来的喜气洋洋的通俗，落款是吴光玉，听说他是上海最早的广告人，现在垂垂老矣。一张拜耳大药厂的阿司匹灵药饼广告。一张旧结婚纸，那是中国画轴的规模，上面有娟秀不已的小楷，从浙江来的人和从广东来的人在民国三十四年十一月六日结婚。"①如此描绘那个时代的法租界："从申申面包房出来，向第二个弄口去，走进一条在上午很安静的上海弄堂。在弄堂的底部，夹杂在各种呆板的灰色的建筑里，有一栋完全不同的南欧式样的房子，有红色的瓦顶，窗子的两边，有藤蔓般的卷曲而上的柱子，小而细长的！深陷在墙里的窗子，那就是上海已经有了一百多年历史的老房子，法国城的遗迹，西班牙式的房子。如今这些遗迹，像打碎在地上的玻璃杯一样，片片撒落在小街深处。"②就这样，她在小说中构造着想象中的旧上海繁华而精致的朦胧面容，期待在其中寻得梦想中的都市境界。

具有上海贵族血统的程乃珊似乎对旧上海的贵族生活有着天生的钟爱，她笔下常描绘上海贵妇、阔少等人的贵族式生活，夹杂着上海交际

① 陈丹燕：《上海的风花雪月》，作家出版社1998年版，第9、10页。

② 陈丹燕：《上海的风花雪月》，作家出版社1998年版，第87页。

花、金融家、银行家等各类人的面孔，飘荡着留声机的靡靡之音，飘溢着咖啡馆内的咖啡清香，晃动着黑白电影的镜头……"在《上海探戈》里，她细说上海滩当年的繁华景象，想象着当年豪华奢靡、夜夜笙歌的旧上海情景。在《上海LADY》里，她讲述着旧上海名媛淑女的故事，勾画着少奶奶、阔太太、歌女、保姆等的坎坷人生。在《上海女人》里，她或勾画大家名媛，或速写上海太太；或勾勒嗑瓜子、结绒线，或描述做头发、高跟鞋，在上海女人的面影中展示上海的历史风尘。"[①]虽然上海下层人士的命运也会偶尔出现在她的小说之中，但是总体而言，上海对于程乃珊来说都是涂上一层贵族色彩的，这无疑表征着其对于不复存在的旧上海典雅生活的向往与追求，期待着旧梦的重温。

与上海怀旧想象遥相呼应的是北京的怀旧想象，文学中的北京想象大致呈现出三种形态：一种是作为"社会主义城市"的"红色北京"，尤其是对于作为当代中国政治中心的20世纪70年代北京形象的个人化书写，其代表作是王朔于90年代初期完成的《动物凶猛》；一种是作为"帝都"、"皇城"的北京，尤其是对于在近现代社会政治变迁中逐渐沦落的皇城和贵族群落的书写，其代表作是90年代中后期出现的清朝贵族后代、女作家叶广芩的系列小说《采桑子》；还有一种是作为平民城市的北京，将其置身于历史与现实的变迁过程中，对于胡同文化、北京精神的追认，其代表作是陈建功的《辘轳把胡同九号》系列以及90年代后期铁凝的《永远有多远》。[②]铁凝在《永远有多远》中讲述了一个胡同里长大的女孩子白大省的故事，在故事中传达了对于北京文化精神的追忆。小说以怀旧氛围开篇："世都百货、天伦王朝、新东安市场、老佛爷、雷蒙、凯伦饭店，它们谁也不能让我知道我就在北京"，可是"就是脚下这两级边缘破损的青石台阶，就是身后这朝我背过脸去的陌生的门口，就是头上这老旧却并不拮据的屋檐使我认出了北京，站稳了北京，并深知我此刻的方位"。[③]即使是"坐在透明玻璃窗前，品着名为

① 程乃珊：《上海的贵族之血》，见《海上萨克斯风》，文汇出版社2004年版，第44页。

② 王鹏：《当代京味小说的怀旧视野与北京记忆》，吉林大学硕士学位论文，2007年。

③ 铁凝：《永远有多远》，解放军文艺出版社2000年版。

'西班牙大碗'的咖啡"，"我"怀念的却是20年前胡同口小酒馆的冰镇杨梅汽水和肚片儿。由此处可见，给"我"以方向的唯有胡同，也就是一种古老的北京文化，作者写北京的意图昭然若揭，她甚至用了一个比喻："北京若是一片树叶，胡同便是这树叶上蜿蜒密布的叶脉。"可是胡同文化却在走向没落，胡同对于经济发达的北京来说开始显得格格不入，小说主角白大省的精神就是老北京的象征，尽管它在时代冲击下"像常年被雨水洇黄的顶棚的气息，樟木或羊皮箱子的气息"，显得那么不合时宜，但是作者依然眷恋着它，希望这种文化能得到延续。

贾平凹在中篇小说《废都》中，围绕一座古城和一口古井展开叙述，邱老康和孙女匡子是土城里的送井水人，平静地过着日子，自新市长提出"振兴古都"的口号后，生活开始掀起波澜。政府拆建西街，为街道居民铺上自来水管，大部分市民都拍手赞好，邱老康却坚决反对，气愤地说："这就是振兴古都吗？古都之所以是古都就是有这些古街古宅！西街曲里拐弯为什么？这是龙形穴街，没有这龙形街哪儿就会有了甜水井，把街改直扩宽，你能改成北京城吗？就是这曲里拐弯的街，当年有一家多红火的焖鸡店，慈禧老佛爷经这儿到西安去，闻香下辇过去还吃鸡爪，赏了个店名'辇止店'！'辇止店'现在是没有了，我还只说市长要重修个焖鸡店的，他倒要扒了这条街，连甜水井也填了吗？"[①]形势总比人强，沉湎于旧日美好的邱老康终于在轰隆轰隆的拆建声中病倒，九强帮忙照顾邱老康，并接过邱老康的工作继续送水，但九强在与匡子发生关系后就舍弃了这爷孙女俩。生活陷入更大的困境，邱老康恢复暴躁的脾气，匡子怀孕了，并最终决定把孩子生下来。整篇小说洋溢着浓重的"怀旧"气息，邱老康最常乐道的话题是白石桥菜市没人照看，买菜人主动将钱塞入竹筒的风俗；程顺迷恋人头化石，毅然离开爱人上京；林青云整日沉浸于古书《邵子神数》之中……小说最后并没有留给他们任何一个梦想成真，而是给他们一场巨大的转变，如古都改造，匡子未婚怀孕。虽然说不准这些转变是好是坏，但是"这是一个时代的裂

① 贾平凹：《废都》，文化艺术出版社2007年版，第27页。

变，新旧时代的交替避免不了会有阵痛，但有新的东西出现总是好的，有新生就有希望”[①]。

在台湾文坛，同样飘荡着怀旧的幽曲，如白先勇的《思旧赋》、《梁父吟》、《岁末》、《玉卿嫂》、《台北人》等，朱天心的《古都》……白先勇在《岁除》中塑造了一个迷恋过去的末路英雄、典型的怀旧主义者赖鸣升。赖鸣升曾是民国历史战场上叱咤风云的英雄，是功勋卓著的忠臣，16岁就参加北伐，跟着革命军打孙传芳。抗日战争爆发，台儿庄之役中，日本矶谷师团攻打枣泽那场战役，更是他一生最值得炫耀的战功。所以当俞欣问他：“老前辈也参加过‘台儿庄’吗？”他才显得自豪而不屑置辩：“‘台——儿——庄——’，俞老弟，这三个字不是随便提得的。”“台儿庄”在他的心目中永远是神圣不可侵犯的。可是今非昔比，他所有“过去的辉煌”都已成灰烬，现在他是在台湾，这里已不需要老兵、抗日英雄，可是他永远都沉醉在旧日之中，混淆了旧日与今日之别，甚至在怀旧中，错把“昔日”当成是“现实”，把“今日”当成是“梦境”，所以他是活在他所认为的“现实”之中。

“引发香港的‘怀旧’之风的最有影响的作品，是李碧华的《胭脂扣》（1984）。”[②]《胭脂扣》以一个妓女为线索，叙述了一段有情有义的民间香港历史。红牌阿姑如花爱上风流倜傥的十二少之后，全心投入爱情，无心应付其他嫖客，致使“花运日淡，台脚冷落”，但“终无悔意”，以死殉情，死后化为鬼穿越阴阳界寻找情人。可是50年后的香港，一切都变了，石塘咀不见了，苟活于人间的十二少变得龌龊丑陋，昔日的浪漫爱情早已随风而逝，如花不得不返回阴间。这个烙上香港历史印记的故事，感动了许多香港人，1989年被改编为电影，由关锦鹏执导，梅艳芳、张国荣主演，获得香港电影金像奖最佳电影奖；1990年被香港芭蕾舞团改编为芭蕾舞在第十三届亚洲艺术节上演出。周蕾在分析《胭脂扣》时说：“对于八十年代后期的读者和观众来说，这种鸳鸯蝴

① 贾平凹：《废都》，文化艺术出版社2007年版，第67页。

② 赵稀方：《香港情与爱——回归前的小说叙事与欲望》，载《当代作家评论》2003年第5期。

蝶派式的故事之所以引人入胜，重要的原因也是因为它的社会背景，李碧华显然为写这篇小说，做了不少历史调查，搜罗了二十世纪初各个方面有关香港娼妓这门职业的有趣资料。小说《胭脂扣》因此也可看作是种某个历史时代的重构，透过这个时代的习俗、礼仪、言语、服饰、建筑，以至以卖淫为基础的畸形人际关系，这个时代得以重现眼前。”①《胭脂扣》让那么多香港人对其产生共鸣，决不仅限于它重构了一段历史，更在于它重新发现了香港人的情义和精神，这些非物质性的东西正是香港人在致力寻找的。香港舞蹈团的艺术总监舒巧曾指出，《胭脂扣》引起的共鸣在于它自身所携带的“香港的情怀”：“如花的故事，看起来是爱情的执著，但她的执著也藏着一种落拓迷蒙的感情。往事只能凭着记忆；未来，也不可知。在冥冥的等待中，她所有的，不过是对往昔一种美化了的感怀，和从往昔投射而来的憧憬。如花，不也是香港人的心态吗？”②

总而言之，过去无论多么的坎坷不平，回眸时总能找到灿烂的瞬间，所以作家们总爱在小说里构建他们想象中的历史，追忆过去的美好，凭吊失去的光辉，正因为如此，小说创作才有了“怀旧”主题这光芒四射的一环。

第三节　“怀旧”的散文文本呈现

美国学者詹姆逊说：“无论基于何种特殊的原因，我们都注定要通过我们自己的流行形象和关于往昔的套话寻找过去的历史，而过去本身是永远不可企及的。”③人总不免会追忆过去，寻找记忆中的故乡、童年、亲朋好友，夹杂着或喜或悲、或忧或甜的情感，在精心描绘中，作

① 周蕾：《写在家国以外》，牛津大学出版社（香港）1995年版。

② 赵稀方：《香港情与爱——回归前的小说叙事与欲望》，载《当代作家评论》2003年第5期。

③［美］弗雷德里克·詹姆逊著，胡亚敏等译：《文化转向》，中国社会科学出版社2000年版。

家们会展现灵魂深处最真挚的情感，这正是怀旧散文一直为作家所倾心的一大原因。

一、童年、故乡、故人

冰心说：“提到童年，总使人有些向往，不论童年生活是快乐，是悲哀，人们总觉得都是生活中最深刻的一段；有许多印象，许多习惯，顽固地刻画在他的人格及气质上，而影响他的一生。”[①]冰心的评述极具哲理性。鲁迅在散文集《朝花夕拾》中重提旧事，回忆自己宁静的、乡土的、充满着关爱与美好的童年。童年有阿长的陪伴，有三味书屋的快活生活，有让人害怕的《山海经》里的人面兽、九头蛇，有东关看五猖会的经历……如描绘自己渴慕获得一幅《山海经》图的经历：“他说给我听，曾经有过一部绘图的《山海经》，画着人面的兽，九头的蛇，三脚的鸟，生着翅膀的人，没有头而以两乳当作眼睛的怪物……可惜现在不知道放在哪里了。我很愿意看看这样的图画，但不好意思力逼他去寻找，他是很疏懒的。”[②]童年的记忆在鲁迅笔下是无忧无虑的，洋溢着各种乐趣的，让人无法忘却的，鲁迅自己也说过：“我有一时，曾经屡次忆起儿时在故乡所吃的蔬果：菱角、罗汉豆、茭白、香瓜。凡这些，都是极其鲜美可口的；都曾是使我思乡的蛊惑。后来，我在久别之后尝到了，也不过如此；惟独在记忆上，还有旧时的意味留存。他们也许要哄骗我一生，使我时时反顾。”[③]即使“哄骗”，也会“时时反顾”，由此可知童年、故乡在鲁迅心中之地位。

故乡仿佛有一种魔力能让人放下面具，以“素面”示人。“闲适”如周作人，在怀乡的散文中，也暂且收起“闲适”的外表，低唱着一首幽幽的怀乡曲。“在水乡的城里是每条街几乎都有一条河平行着，所以到处有桥，低的或者只有两三级，桥下才通行小船，高的便有六七级了。乡下没有这许多桥，可是汊港纷歧，走路就靠船只，等于北方的用

① 童庆炳等：《现代心理美学》，中国社会科学出版社1993年版，第103页。

② 鲁迅：《阿长与〈山海经〉》，见《鲁迅散文全编》，浙江文艺出版社1991年版。

③ 鲁迅：《朝花夕拾·小引》，见《鲁迅散文全编》，浙江文艺出版社1991年版。

车，有钱的可以专雇，工作的人自备有‘出坂’船，一般普通人只好趁公共的通航船只。这有两种，其一名曰埠船，是走本县近路的，其二曰航船，走外县远路，大抵夜里开，次晨到达。”埠船“航走的多是从前的驿路，终点即是驿站，它的职业是送往迎来的事，埠船却办着本村的公用事业，多少有点给地方服务的意思，不单是营业，它不但搭客上下，传送信件，还替村里代办货物，无论是一斤麻油，一尺鞋面布，或是一斤淮蟹，只要店铺里有的，都可以替你买来，他们也不写账，回来时只凭着记忆，这是三六叔的旱烟五十六文，这是七斤嫂的布六十四文，一件都不会遗漏或是错误”①。怀念水乡的水、桥以及风土人情，埠船不仅载客，还经营起传送信件、代办货物的业务，可是这种古老的职业现在是否依存，周作人也不知道，“我看见过这种船店，趁过这种埠船，还是在民国以前，时间经过了六十年，可能这些都已没有了也未可知，那么我所追怀的也只是前尘梦影了吧”②。原来记忆中的故乡，已经成为“前尘梦影”，不知是否还在继续着原来的秩序。由此可见周作人历经沧桑之后“冠盖满京华，斯人独憔悴”之态。

对于故乡，周作人还回忆道：“故乡对于我并没有什么特别的情分，只因钓于斯游于斯的关系，朝夕会面，遂成相识，正如乡村里的邻舍一样，虽然不是亲属，别后有时也要想念到他。”③想念起故乡，连常见的野菜也会成为“美味佳肴”。“日前我的妻往西单市场买菜回来，说起有荠菜在那里卖着，我便想起浙东的事来。荠菜是浙东人春天常吃的野菜，乡间不必说，就是城里只要有后园的人家都可以随时采食，妇女小儿各拿一把剪刀一只‘苗篮’，蹲在地上搜寻，是一种有趣味的工作。那时小孩们唱道：‘荠菜马兰头，姊姊嫁在后门头。’后来马兰头有乡人拿来进城售卖了，但荠菜还是一种野菜，须得自家去采。”④不仅荠菜，还有紫云英。“扫墓时候所常吃的还有一种野菜，俗称草紫，通称紫云英。农人在

① 周作人：《水乡怀旧》，见《怀旧》，江苏文艺出版社2005年版，第9页。

② 周作人：《水乡怀旧》，见《怀旧》，江苏文艺出版社2005年版，第11页。

③ 周作人：《故乡的野菜》，见《怀旧》，江苏文艺出版社2005年版，第88页。

④ 周作人：《故乡的野菜》，见《怀旧》，江苏文艺出版社2005年版，第88页。

收获后，播种田内，用作肥料，是一种很被贱视的植物，但采取嫩茎瀹食，味颇鲜美，似豌豆苗。花紫红色，数十亩接连不断，一片锦绣，如铺着华美的地毯，非常好看，而且花朵状若蝴蝶，又如鸡雏，尤为小孩所喜，间有白色的花，相传可以治痢。很是珍重，但不易得。”[①]普通不过的野菜，一牵上“故乡”这一坐标，便成为记忆里甜美的一部分，滋味总在不经意间涌上心头。

对于故乡的菜，记住味道的，还包括叶圣陶。藕在他的故乡原本是一种极普通的食物，“他们各挑着一副担子，盛着鲜嫩的玉色的长节的藕。他们要稍稍休息的时候，就把竹扁担横在地上，自己坐在上面，随便拣择担里过嫩的‘藕枪’或是较老的‘藕朴’，大口地嚼着解渴”[②]。这种故乡普通的食物，“在这里上海，藕这东西几乎是珍品了”，一年也吃不上一回，“这仅有的一回不是买来吃的，是邻舍送给我们吃的。他们也不是自己买的，是从故乡来的亲戚带来的。这藕离开它的家乡大约有好些时候了，所以不复玉样的颜色，却满被着许多锈斑。削去皮的时候，刀锋过处，很不爽利。切成片送进嘴里嚼着，有些儿甘味；但是没有那种鲜嫩的感觉，而且似乎含了满口的渣，第二片就不想吃了”。想起藕，又会想起莼菜：“想起了藕就联想到莼菜。在故乡有春天，几乎天天吃莼菜。莼菜本身没有味道，味道全在于好的汤。但是嫩绿的颜色与丰富的诗意，无味之味真足令人心醉在每条街旁的小河里，石埠头总歇着一两条没篷的船，满舱盛着莼菜，是从太湖里捞来的。取得这样方便，当然能日餐一碗了。”“而在这里上海又不然，非上馆子就难以吃到这东西。”（《藕与莼菜》）带上故乡香味的野菜，又一次牵动了思乡的情怀：“向来不恋故乡的我，想到这里，觉得故乡可爱极了。我自己也不明白，为什么会起这么深浓的情绪？再一思索，实在很浅显：因为在故乡有所恋，而所恋又只在故乡有，就索系着不能割舍了。像我现在，偶然被藕与莼菜所牵系，所以就怀念起故乡来了。”

---

① 周作人：《故乡的野菜》，见《怀旧》，江苏文艺出版社2005年版，第89页。

② 叶圣陶：《藕与莼菜》，见《叶圣陶散文》（甲集），四川人民出版社1983年版。

白居易在《忆江南》中曾如此赞许过江南的好："江南好，风景旧曾谙。日出江花红胜火，春来江水绿如蓝。能不忆江南？"可是无论江南多么的好，都抵不上记忆中的故乡好，所以郁达夫身处江南仍然时时怀念故乡。他在散文《故都的秋》中说："不逢北国之秋，已将近十余年了。在南方每年到了秋天，总要想起陶然亭的芦花，钓鱼台的柳影，西山的虫唱，玉泉的夜月，潭柘寺的钟声。在北平即使不出门去罢，就是在皇城人海之中，租人家一椽破屋来住着，早晨起来，泡一碗浓茶，向院子一坐，你也能看得到很高很高的碧绿的天色，听得到青天下训鸽的飞声。"[①]怀念中故乡的景物都是美丽而有灵性的，"北国的槐树，也是一种能使人联想起秋来的点缀。象花而又不是花的那一种落蕊，早晨起来，会铺得满地"（《故都的秋》）。不仅槐树，还有果树，"北方人的果树，到秋来，也是一种奇景。第一是枣子树；屋角，墙头，茅房边上，灶房门口，它都会一株株地长大起来。象橄榄又象鸽蛋似的这枣子颗儿，在小椭圆的细叶中间，显出淡绿微黄的颜色的时候，正是秋的全盛时期；等枣树叶落，枣子红完，西北风就要来了"（《故都的秋》）。忆起故都的秋，才发现是如此的绚丽，如此的耐人寻味，所以郁达夫才会说："秋天，这北国的秋天，若留得住的话，我愿把寿命的三分之二者去，换得一个三分之一的零头。"（《故都的秋》）

故乡的北京是一个千般好的地方，老舍曾在《想北平》中如此与伦敦等欧洲四大"历史的都城"对比描述："伦敦，巴黎，罗马与堪司坦丁堡，曾被称为欧洲的四大'历史的都城'。我知道一些伦敦的情形；巴黎与罗马只是到过而已；堪司坦丁堡根本没有去过。就伦敦，巴黎，罗马来说，巴黎更近似北平——虽然'近似'两字要拉扯得很远——不过，假使让我'家住巴黎'，我一定会和没有家一样的感到寂苦。巴黎，据我看，还太热闹。自然，那里也有空旷静寂的地方，可是又未免太旷；不象北平那样既复杂而又有个边际，使我能摸着——那长着红酸枣的老城墙！面向着积水潭，背后是城墙，坐在石上看水中的小蝌蚪或

① 王俊：《中华散文·百年精华》，延边人民出版社2008年版。

苇叶上的嫩蜻蜓，我可以快乐的坐一天，心中完全安适，无所求也无可怕，象小儿安睡在摇篮里。是的，北平也有热闹的地方，但是它和太极拳相似，动中有静。”[①]北京的好，让人无法不深深地爱她。“我真爱北平。这个爱几乎是要说而说不出的。我爱我的母亲。怎样爱？我说不出。在我想作一件讨她老人家喜欢的时候，我独自微微的笑着；在我想到她的健康而不放心的时候，我欲落泪。言语是不够表现我的心情的，只有独自微笑或落泪才足以把内心揭露在外面一些来。我之爱北平也近乎这个。”爱之深，而思之切。“好，不再说了吧；要落泪了，真想念北平呀！”

故乡是一块具有巨大吸引力的磁石，常常使人在经意或不经意时，回想起关于她的一切，可以是普通的野菜，可以是某个季节，也可以是某个习俗。鲁迅在童年故乡的记忆里，除了那个有各种玩意的三味书屋外，还有社戏。在菡子这位作家的记忆里，也同样深记着那段在故乡看戏的岁月。“故乡的人们，不问男女老幼，自古至今都是喜欢看戏的。正月里倾巢而出，看各种各样的戏，进城和各村之间的路上，看戏的行人，谈着戏的内容。”[②]看戏在故乡是大家最热爱的活动，连作者“我”也成了一个小戏迷，在看戏中度过美好的童年岁月，因为大家都热衷看戏，所以某些戏会在生活中激起一圈圈的波浪，“戏目中给人强烈影响的莫过于《珍珠塔》，大凡痛恨‘欺贫爱富’的，都是小方卿的同情者，那个‘头顶香炉十八斤’的姑妈，更是人们奚落的形象。于是我的老乡之中，挂在口头上的‘欺贫爱富’，成了骂人的生活语言”[③]。而且这种影响并不只限于当时，还会扩散到很远的将来，“还很难找出一个戏有这么亘古不变的戏剧效果，以至十几年后，我居然靠这个故事，使

① 朱栋霖：《中国现代文学作品选（1917~2000）》（第二卷），高等教育出版社2002年版，第173页。

② 朱栋霖：《中国现代文学作品选（1917~2000）》（第四卷），高等教育出版社2002年版，第189页。

③ 朱栋霖：《中国现代文学作品选（1917~2000）》（第四卷），高等教育出版社2002年版，第190、190、191页。

老乡帮助我逃脱敌人的虎口。四十年后在故乡重看两遍，还感到十分亲切”。尽管故乡这个地方经历了几度盛衰，但是看戏仍然很热闹。看着乡亲们如此钟爱看戏，作者也曾担心大家没戏看会怎么样。但是这种担心很快又被一种对故乡的自信战胜了，“溧阳人要没有戏看，该怎么办呢？但是看着潮涌的人流，又在向剧场走来，我想就是这些要看戏的人们，将会占领舞台，创造新的戏和看戏的历史”。

故乡就是家，无论离开多久，距离多远，记忆里都会残留着她的味道，即使白天不会在脑海里浮现，夜里都会在梦里重现她的样子，在叫唤她中惊醒。冰心在《我的家在哪里？》中如此描述：“昨天夜里，我忽然梦见自己在大街旁边喊‘洋车’。有一辆洋车跑过来了，车夫是一个膀大腰圆，脸面很黑的中年人，他放下车把，问我：‘你要上哪儿呀？’我感觉到他称‘你’而不称‘您’，我一定还很小，我说：‘我要回家，回中剪子巷。’他就把我举上车去，拉起就走。走穿许多黄土铺地的大街小巷，街上许多行人，男女老幼，都是‘慢条斯理’地互相作揖、请安、问好，一站就站老半天。”“这时我忽然醒了，睁开眼，看到墙上挂着的文藻的相片。我迷惑地问我自己：‘这是谁呀？中剪子巷里没有他！’连文藻都不认识了，更不用说睡在我对床的陈妈，只有住着我的父母和弟弟们的中剪子巷才是我灵魂深处永久的家。”①人无论走过多少里路，经历过多少风霜，蓦然回首，才发现原来那个远去的家会在记忆中等待着自己。

在这个世界上，总有一些人让我们深情地牵挂着，他们可以是父母，可以是爱人，可以是朋友，可以是偶遇的人。一向感情不外露的周作人，在《若子的病》中，情绪随着若子的病情变化而起伏不定，充分地展现了一位父亲的慈爱与“血浓于水”的真情。在《悼志摩》中，林徽因告诉世人另外一个真相，她对徐志摩的爱同样终其一生。在文章中，她如此称赞徐志摩：一个“比我们近情近理，比我们热诚，比我们天真，比我们对万物都更有信仰”的人。其对志摩的挚爱由此可见一

① 冰心：《我的家在哪里？》，见《樱花赞》，百花文艺出版社1962年版。

斑。在《悼鲁迅》中，林语堂以真诚的笔墨还原了他所记得的鲁迅，并真实地叙述他们俩在思想立场上的分歧，“鲁迅与我相得者二次，疏离者二次，其即其离，皆出自然，非吾于鲁迅有轻轩于其间也。吾始终敬鲁迅：鲁迅顾我，我喜其相知，鲁迅弃我，我亦无悔” 。即使有分歧，作者仍敬重他、珍爱他，情谊永远不变。在《给亡妇》中，我们看到了一个爱妻情切的朱自清，亡妻生前为子女、为丈夫付出了自己的一切，直至离开这个世界。为子女，她默默奉献，全然不顾自己的身体：“这孩子生了几个月，你的肺病就重起来了。我劝你少亲近他，只监督着老妈子照管就行。你总是忍不住，一会儿提，一会儿抱的。可是你病中为他操的那一份儿心也够瞧的。那一个夏天他病的时候多，你成天儿忙着，汤呀，药呀，冷呀，暖呀，连觉也没有好好儿睡过。那里有一分一毫想着你自己。瞧着他硬朗点儿你就乐，干枯的笑容在黄蜡般的脸上，我只有暗中叹气而已。”[①]为丈夫，她可以忘记身份，忘记地位，吃尽苦头：“暑假时带了一肚子主意回去，但见了面，看你一脸笑，也就拉倒了。打这时候起，你渐渐从你父亲的怀里跑到我这儿。你换了金镯子帮助我的学费，叫我以后还你；但直到你死，我没有还你。你在我家受了许多气，又因为我家的缘故受你家里的气，你都忍着。这全为的是我，我知道。”如此贤妻良母，却早早离世，注定会给作者留下难以遗忘的悲痛，故全文读来，像抚摸到一道道深深的泪痕。一个个曾给我们带来或喜或悲情感的人，被深藏在我们灵魂的最隐秘处，在某一天某一刻令我们再度怀念起他们，怀念起与他们共度的岁月。

台湾女作家也爱好怀旧散文，例如被誉为“20世纪最有中国风味的散文家，台湾文坛上活生生的国宝”的琦君。琦君常以“怀乡思亲”为散文的主题，倾吐着她“魂牵梦萦的故乡情，缤纷秀媚的童年梦，润物无声的师长情”，她曾说：“每回我写到我的父母家人与师友，我都禁不住热泪盈眶。我常常想我若能忘掉亲人师友，忘掉童年，忘掉故乡，我若能不再哭、不再笑，我宁愿搁下笔，此生永不再写，然而，这怎么

① 朱栋霖：《中国现代文学作品选（1917~2000）》（第二卷），高等教育出版社2002年版。

可能呢？”在《髻》里，她叙说着母亲与姨娘关于“髻”的故事：“母亲年轻的时候，一把青丝梳一条又粗又长的辫子，白天盘成了一个螺丝似的尖髻儿，高高地翘起在后脑，晚上就放下来挂在背后”[①]。后来父亲带来了“挽一个大大的横爱司髻”的姨娘，三十岁的母亲却开始梳起老太太的“鲍鱼头”；姨娘洗头不像母亲洗头总拣七月初七，而是“一个月里都洗好多次头”；姨娘会请人梳“各式各样的头，什么凤凰髻、羽扇髻、同心髻、燕尾髻，常常换样子”，而母亲却总是单一的“鲍鱼头”。父亲去世后，姨娘多样的髻换成了“一条简简单单的香蕉卷”，风华已逝，时髦也遁逃，只是姨娘不像母亲一样自甘淡泊，“一朝失去了依傍，她的空虚落寞之感，将更甚于我母亲”。一位是传统的贤妻良母，一位是新时代女性，然而，都逃不过岁月的魔刀，不能永远年轻。琦君在追忆这段往事时，不禁发问：“这个世界，究竟有什么是永久的，又有什么是值得认真的呢？”其实岁月如歌，它对谁都是公平的，有年轻的一天，也会有衰老的一刻，可以追忆年轻的岁月，可以惋惜，但不可过于执著，过于痴迷已经过滤了的美好往昔。

二、文化怀旧

每当民族文化面临着重大转变时，有社会责任感的文人就会站出来，围绕知识分子的境况以及文化发展的命运展开讨论与思索，在不断追忆历史文化中，为民族文化的发展指明方向。

时光进入20世纪90年代，工业文明更加汹涌地向中国人扑来，传统的农业文明开始大规模地瓦解，人们的心理不得不在现实面前拐弯。“在传统农业文明向现代工业文明的迈进中，千年传统所形成的心理定势会在每一次向前的启动中逆发出向后移动的惯性，使人对逝去的一切怀恋和追忆。”[②]文明的失落，让许多人在现实中丧失了精神家园，而尝

① 琦君：《红纱灯》，台湾三民出版社1969年版。

② 谭云明：《90年代散文怀旧倾向的文化批判》，载《中国文学研究》2000年第1期。

试在逝去文明中找寻自己的一处栖息之所。以余秋雨为先导，逐渐形成了一股文化散文热潮。作家们走水访山，在历史“遗留物”面前，思索着民族的起源、辉煌、没落，反思着人类文明的真谛，思考着未知的将来。如余秋雨的《贵池傩》记载着偏僻山村仍在进行着具有几千年历史的傩事：

开始是傩舞，一小段一小段的。这是在请诸方神灵，请来的神也是人扮的，戴着面具，踏着锣鼓声舞蹈一回，算是给这个村结下了交情。神灵中有观音、魁星、财神、判官，也有关公。村民们在台下一一辨认妥当，觉得一年中该指靠的几位都来了，心中便觉安定。于是再来一段《打赤鸟》，赤鸟象征着天灾；又来一段《关公斩妖》，妖魔有着极广泛的含义。其中有一个妖魔被迫竟逃下台来，冲出祠堂，观看的村民哄然起身，也一起冲出祠堂紧追不舍。一直追到村口，那里早有人燃起野烧，点响一串鞭炮，终于把妖魔逐出村外。①

历史的车轮不断行进，许多地方都抛弃了古老的文明，向新文明大步迈进，为什么这种古老仪式仍在这里继续上演呢？余秋雨也好生疑问：“这块灰黄的土地，怎么这样固执呢？固执得如此不合时宜。它慢条斯理地承受过一次次现代风暴，又依然款款地展露着自己苍老野拙的面容。坟丘在一圈圈增加，纸幡飘飘，野烧隐隐；下一代闯荡一阵、焦躁一阵，很快又雕满木讷的皱纹。路边墙上画着外国电影的海报，而我耳边，已响起傩祭的鼓声……”一种文明未完全在历史长河中湮灭，有着说不尽的理由，只要它仍存在，就总能稍微安慰一下生存者失落的神经。

离开故土又心怀故土的文化怀旧，在余秋雨笔下也特别容易引发一种文化怀旧的伤感和喟叹：

① 余秋雨：《贵池傩》，见《文化苦旅》，知识出版社1992年版。

漂泊者们

其一

很难相信一座如此繁华的城市会放逐出一块如此原始的土地，让它孤零零地呆在一边。从新加坡东北角的海岬雇船渡海，过不久就能看到这个岛。

船靠岸的地方有三两间简陋的店铺，一间废弃的小学。小学操场上壅塞着几十辆破旧轿车，据说是由于年老从城市里退休下来的，但因性能完好不忍毁弃，堆在这里，谁想逛岛驶一辆走就是。车盖车身积满了泥灰，看来并没有多少人来麻烦它们。

往里走，就是密密层层的蕉丛和椰林了。遍地滚满了熟落的椰子，多得像河边的鹅卵石。荒草迷离，泥淖处处，山坡上偶尔能见到一两家人家，从山脚开始，一层栅栏，又一层栅栏，层层包围上去，最终抵达房舍，房舍并不贴地而筑，都高踞吊脚台上。背后屏挡着原始林，四周掩映着热带树，煞似一座小小的城堡。没见哪一座是开门的，也没见哪一座闪现过一个人影，满耳只是潮水般的鸟鸣。

这边山崖上露出一角飞檐，似有一座小庙，赶紧找路，攀援而上。庙极小，纵横三五步足矣，多年失修，香火却依然旺盛。供品是几枚染着艳色的米糕，一碟茶叶，一堆热带水果。另有一大叠问卜的签条挂在墙上。直眼看去，仿佛到了中国内地的穷乡僻壤，一样的格局，一样的寒伧，一样的永恒。小庙供的是“大伯公”，一切闯南洋的中国漂泊者心中的土地神。家乡的土地容不下他们了，他们踏上了摇摆不定的木船。但是，这群世世代代未曾离开过黄土地的轩辕氏后代怎么也舍弃不了心中的土地神，舍弃了，整个儿生命都失去平衡。因此，这儿也是大伯公，那儿也是大伯公，大大小小的土地庙一路盖过去，千万里海途蠕动着千万里香火。就这么一个弹丸小岛，野林荒草间，竟也不声不响地飘浮着一缕香火。这缕香火飘得有年头了，神位前的石鼎刻于清朝道光年间。

离别了土地又供奉着土地，离别了家乡又怀抱着家乡，那么，你们

的离别又会包含着多少勇气和无奈！在中国北方的一些山褶里有一些极端贫瘠的所在，连挑担水都要走几十里的来回，但那里的人家竟世世代代不肯稍有搬迁——譬如，搬迁到他们挑水的河边。他们是土地神的奴隶，每一个初生婴儿的啼哭都宣告着永久性的空间定位。你们倒好，背着一个土地神满世界走，哪儿有更好的水土就在哪儿安营扎寨。你们实在是同胞中的精明人，但你们又毕竟是屈原的后代，一步三回头，满目眷恋，把一篇《离骚》化作了绵远不足的生命体验。

其实，这个岛的真正土地神不是大伯公，而是我去拜访的老人。他叫林再有，80多岁，福建人。很年轻的时候就到了南洋，挑着一副担子做货郎。货郎走百家，漂泊者们的需求最了然于心。

家家户户都痴痴地询问着有没有家乡用惯了的那种货品，林再有懂得这份心思，尽力一一采办。天长日久，他的货郎担成了华人拴住家乡生活方式的锁链，而他的脚步，他的笑容，也成了天涯游子的最大安慰。人们向他诉说苦恼，他也就学着一一排解，于是，家家的悲欢离合都与他有了牵连。

漂泊者中的绝大部分是独身男子。在离开家乡时，他们在父老兄弟面前发了誓，成了家的，则在妻儿跟前抹了泪，下决心不混出个人样儿不回来。但是，他们之中能有几个真正发达，可以衣锦还乡或挟着一大笔盘缠把全家老小接来？当时的南洋，湿褥烟瘴，精壮男子一个个倒下了，没有亲人，没有祠堂，没有家族的坟山。一切还是请这位货郎四方张罗吧，林再有不知掩埋过多少失败者的遗恨，插立过多少写不出准确姓名的木牌。每次做完这些事，他在第二天挑着货郎担挨家挨户游荡的时候，会给大家简略通报死者的情况，发几声感叹，算是作了一篇悼词，一篇祭文。

就这样，林先生一年年老去，在地方上的威信也越来越高。他没有担任过任何职位，没有积聚多少钱财，也没有做过什么了不起的大事，但每天，只要这位身材瘦小的老货郎还在风雨骄阳中一摇一晃，这些村落也就安定了。

他的住所在全岛离码头最远的地方，一座高爽的两层木楼，也有几道栅栏围着，却又紧贴路边。哪家发生了什么事都来找他，他的家必须向大路敞开。栅栏门虚掩着，我轻轻推门时，老人正佝偻着身子在翻弄什么。陪我去的陈小姐以前来过这里，便大声告诉他来了中国客人。

老人一听，立即敏捷地跳将起来，伸着手朝我走来。他不是握手，而是捧着我的手轻轻抚摩着，口里喃喃说着我不能完全听懂的福建话。然后返身进屋，颤颤颠地端出一盘切开的月饼，又移过几案上原来就放着的一套喝功夫茶的茶具，开始细细筛茶。我猜想这些年来不大会有中国人像我这样摸到这个小岛上来逛，因此见多识广的老人稍稍有点慌张。铁观音一杯杯筛下去，月饼一块块递过来，一味笑着，也不问我的职业，以及为什么到新加坡来。当我实在再也吃不下月饼时，他定睛打量我是不是客气，然后说："那好，就看看我的家。"

他先领我们朝檐廊东边走去，突然停步，嘿嘿一笑。我抬头四顾，竟然是几十架巨大的铁丝笼，里边鸟在飞翔，猴在攀援，蛇在蜿蜒，活生生一个动物园。我正待细细观赏，他却拉着我的手从边门进入了屋内。屋内非常干净，一间间看去，直到厨房。厨房一角有一个硕大冰箱，大到近似一间房子，应该称作冰库才合适。老人见我注意到了大冰箱，非常满意，便又请我上楼。楼梯很陡，楼上是他家卧室，更是一尘不染。朝南有一个木架阳台，站在那里抬眼一望，可看到小半个浓绿丛丛的岛屿。我相信，清晨或傍晚时分，老人会站在这儿细细打量自己的"领地"，虽然是看熟了的地方，有时不免也会发几声感叹。大大的中国不呆，漂洋过海找到这么一个小岛，在这里度过一生，又在这里埋葬。这是一个多么酸楚又多么浪漫的故事啊。老人忽然拍拍自己的头，对我说："你看，差点给忘了，我那儿还有房！"说着指了指东南方向的海滩。

当然还得跟他去。路不近，一路上遇到不少岛民，大家都恭敬地立在一边向老人问好。老人庄重地向他们点点头，然后趋身过去轻轻说一句："中国来的！"他是在向他们介绍我，我都听到了。

终于到了海滩，那里有一个不小的鱼塘，鱼塘靠海的一边有一道坚固的闸门。到这里才知道，这是老人近年来的生活来源。这个鱼塘和闸门，可以在海潮涨落之间为老人提供为数可观的海鲜，大部分出售，小部分自享，厨房里的大冰库该是天天常满。旁边有一间小小的木屋，开门进去，见宽阔的床铺，日常生活器具，乃至炊事设备，一应俱全。老人打开南窗，赤道的长风鼓荡进来，凉爽极了。海天尽头隐隐约约处，已是印度尼西亚。不难设想，老人是经常住在这里等待潮涨潮落的，有时风雨太大，懒得回去了，就在这里过夜。他已不必出海捕鱼，只是守株待兔，开出一个小小的闸门静等鱼虾自来。海明威《老人与海》中的老人太辛苦了，我们这个老人安详得多，中国的血统给了他一种中庸委和的生态。

老人在小屋里慢悠悠地对我说，现在他已不大到小屋来住了，小屋一直空着。如果我有心绪，有时间，要看点书或写点什么的，尽可以住到这间小屋里来，与海做伴，伴海同眠，住上十天半月。

实在，这是一种天大的福分，要是我能够。我一生做过许多有关居舍的梦，这间小屋，今后无疑会经常在我梦中徘徊。

等我们从海滩回到他的家，家门口却等着两个印度人。老人用英语与他们交谈，才知他们是政府官员，前来考察这座岛的开发问题了。是啊，刚才我还一直在惊讶寸金宝地的新加坡怎么会让这样一个岛屿荒芜着呢。新加坡政府做事干脆利落，只要他们下决心开发，过不了一两年，全岛会彻底换个模样。是成为一个国际俱乐部，一个度假别墅群，还是一个大企业的所在地，或者一个废品处理所？这一切都不知道了，等考察之后看。这两个官员不知从哪里打听到老人对这个岛的重要性，专程寻来了解一些资料。

老人听罢，手忙脚乱地在檐廊堆杂物的桌上翻找，好半天找出几本皱巴巴的小簿子，纸张都已发黄了，递给官员。他没有请这两位高个儿印度人坐，只是仰着头给他们说着什么，声音轻轻的。我突然觉得有点不忍去听，一种不可避免的事情就要发生了，一种绵长的生态就要结束了，两个高高的印度人站在这个华族老货郎、岛的老领主面前，大大的文件夹摊开在手上，老人递上去的黄纸小簿落在文件夹中，铁丝笼里的动物冲着两个肤色陌生的客人乱叫，这一切，老人都要承受了。

官员抄录了一些什么，很快就走了。我们也默默站起身，准备告辞。老人进屋换了件衬衫，说“我陪你们走”。我再三推阻，他全不理会，也不关门，已经走到了路上。

我不知道老人平时走路是不是这样走的，一路行去，四处打量，仰头看看树顶，竖耳听听鸟鸣，稍稍给我指点一些什么，有时又在自言自语。这神态，既像是一领主巡行，又像是在给自己领地话别。

我按着他的指引、他的节奏走着，慢慢地，像是走了几十年。货郎担的铃声，漂泊者的哭笑，拌和着一阵阵蕉风椰雨。老人走了一辈子，步态依然矫健，今天陪着我，一个不知任何详情，只知是中国人的人，一起摇摇摆摆，走出一段历史。说实话，我真想扶他一把，但他用不着。

走到码头了，老人并不领我到岸边，而是拐进一条杂草繁密的小径，说要让我看一看“大伯公”。我说刚才已经看过，他说：“你看到的一定是北坡那一尊，不一样。”说着我们已钻到一棵巨大无比的大树荫下，只见树身有一人字形的裂口，构成一个尖顶的小门形状，竟有级级石阶通入，恍若跨入童话。石阶顶端，供着一个小小的神像，铭文为“拿督大伯公”。老人告诉我，“拿督”是马来语，意为“尊者”。从中国搬来的大伯公冠上了一个马来尊号，也不要一座神庙，把一棵土生土长的原始巨树当作了神庙，这实在太让我惊奇了。老人说，当初中国人到了这儿，出海捕鱼为生，命运凶吉难卜，开始怀疑北坡那尊纯粹中国化的土地神大伯公是否能管辖得住马来海域上的风波。于是他们明智地请出一尊“因地制宜”的大伯公，头戴马来名号，背靠扎根巨树，完全转换成一副土著模样，从树洞里张望着赤道海面上的华人樯帆。

老人很哲理地朝我笑笑，说：“入乡随俗，总得跟着变。”是啊，本来是捧着一尊传统老神闯荡世界，小心翼翼像捧着家谱，捧着根本，捧着一个到哪儿都散不了架的小天地。没想到真的落脚一处，连老神在内，一切都得变。老人已经回身，招呼我去码头了。看着他的背影，我想，这位连英文也已熟习的“拿督大伯公”是会接受小岛即将面临的变化的，哪怕这个变化是那么大，又发生在他晚年。他一生告别过太多的东西，最后静静地守着这座人丁稀少的岛屿。现在要他告别这种宁静

了，他的鱼塘，他的海滩小屋，他的家庭动物园，也许都会失去。他会受得了的，作为漂泊者，他已习惯于告别。

那好，我也要与他告别了。船码头那三两间店铺有点热闹，原来已到了吃午饭的时分。老人真诚地邀我们在一家小吃店坐下，要请我们吃饭。店铺里的人有点惶恐，好像总统突然宣布要在这里举办国宴。老人大声地对他们说："这是中国客人！"众人一律笑脸，唯唯称诺。

我们婉谢了老人的好意，雇船解缆。半晌，老人还站在岸边挥手。

其二

一天，我和一位朋友在一个闹市区游逛，朋友突然想要去银行取款，我懒得陪他过马路，就在这边街口等。刚等一会儿就觉得无聊，开始打量起店铺来了。身后正好是一家中药店，才探头，一股甘草、薄荷和其他种种药材相交糅的香味扑鼻而来。

这是一种再亲切不过的香味。在中国，不管你到了多么僻远的小镇，总能找到一两家小小的中药店。都是这股气味，一闻到就放心了，好像长途苦旅找到了一个健康保证，尽管并不去买什么药。这股气味，把中国人的身体状况、阴阳气血，组织成一种共通的旋律，在天涯海角飘洒得悠悠扬扬。我觉得，没有比站在中药店里更能自觉到自己是一个中国人的了。站在文物古董商店也会有这个感觉，但那太高雅，太脱离世俗。不像在中药店，几乎和一切中国人有关，而那股味道又是那样真切，就像直接从无数同胞的身心中散发出来的，整个儿把你笼罩。

很想多闻一会儿，但新加坡商店的营业员都很殷勤，你刚有点驻足的意思他们就迎过来打招呼了，因此我得找一点什么由头。正好，药店深处有一堵短墙，墙侧放一张桌子，有一老人正坐在边上翻书，他头旁的墙上贴着字幅，说明他是"随堂中医"。这种在一家药店摆张桌子行医的医生，过去中国也很多，后来不知怎么取消了。我想，如果有重病，当然还是到医院去妥当，但大数的小毛小病请这种随堂医生看看倒是十分方便的，犯不着堂而皇之地到大医院去挂号、预检、排队、问诊、配药、付款，一关一关走得人真的生起病来。我在这位老医生身边的一张椅子上坐下，用轻松的口气说："医生，我没什么病，只是才来南洋几个月，总觉得有点内热。"

这是真的，我所说的"热"不是西医里的fever，体温很正常，根本没有发烧。如果说给西医听，多半会被赶出来，只能说给中医听，他们才懂。这位老中医会怎么做我也知道，不等他要求，我已伸出手去让他按脉，并且张开嘴让他看舌苔。

"是啊是啊，是有点热。"他说。于是开药方，他用握毛笔的手法握着钢笔直行书写，故意在撇捺之间发挥一下，七分认真三分陶醉。一切上了年纪的中医都是这样的，在这种时候，你的目光应该既赞叹又佩服地看着他的那枝笔，这比说任何感谢的话都强。

正事很快办完了，我拿起药方要去取药，老医生用手把我按住了，说："不忙，过会儿我去取。先生从国内来？府上在哪里？"这里年老的华人不习惯说"从中国来"，而是说"从国内来"，光这么一个说法就使得我想多坐一会儿了。他显然也是想与我聊一会儿。我转头看看店外街口，朋友正在东张西望找我，赶紧出去说明情况。朋友说："那你们就好好谈一会儿吧，我正好可以在隔壁超级市场买点东西。"

老医生是客家人，年轻时离开中国大陆，曾在台湾、香港、马来西亚等地行医，晚年定居新加坡。"人就是怪，青年时东奔西闯不在乎，年纪一过50就没完没了地想起老家来。"他说，"变成一个长长的梦，越做越离奇，也越做越好看。到了这时候，要是不回去，就会变成一种煎熬。"

"10多年前，可以回去了，你知道我有多紧张。那些天也不行医了，成天扳着手指回忆村子里有哪些人家，那么多年没回去，礼物一家也不能漏。中国人嘛，一村就像一个大家。"

"我就这样肩扛、手提、背驮，拖拖拉拉地带着一大批礼物回去了，可是在中国海关遇到了麻烦，因为太像一个走私犯了。我与几个年轻的海关人员说了半天，说我不是走私犯，而是圣诞老人，分发礼物去了。海关人员愕愕地看着我。"

"我又说，其实这些礼物送给谁，我也不知道。村子里的人我还能

认识几个？你们收下也可以，我的心尽了。我说的是真话，但海关人员以为我在讽刺他们，非常生气。”

“我知道我错了。他们这么年轻，哪会理解老华侨疯疯癫癫的一片痴心？最后我只得与他们商量，有没有年老的负责人出来与我谈一谈。他们真的找来一位，没谈几句，全都理解了。很快办了手续，放了我这位圣诞老人。”

“接着是一路转车换船，好不容易摸回到了村里。奇怪的是，那些老乡不知怎么回事，拿了礼物掂量着，连声谢谢也不太愿意说，我腆着脸想与他们叙家常，却总也叙不起来。”

“屋后那座山，应该是翠绿的，却找不到几棵像样的树了。我左看右看，有点疑惑，也许原来就是这个样子。反正几十年翠绿色的梦褪了颜色了，我该回来了。”

“但回来刚安定下几个月，又想念了。梦还在做，变成了瓦灰色，瓦灰色也牵肠挂肚。于是再筹划回去一次。不瞒你说，这些年来，我一共已经去了7次。每次去都心急火燎，去了都有点懊丧，回来后很快又想念，颠来倒去，着了魔一般。”

“从去年开始，我与此地几个同乡华侨商议，筹款为家乡办一所小学。到今年已筹到20万，上个月我又回去了，与地方上谈办小学的事。可惜那些人不大喜欢多谈校舍设计和教师聘用，喜欢谈钱。”

“现在我的气又消了。钱不够就再多筹一点吧，只要小学能办起来。”

老医生就这样缓缓地给我说着。他抱歉地解释道，很少有地方可以说这样的话。说给儿孙们听吧，儿孙们讥笑他自作多情、自作自受、单相思；说给这儿的同乡华侨听吧，又怕筹不到款，他只能在筹款对象面前拼命说家乡可爱。他把许多话留在嘴里，留得难受了，就吐给了我，一个素昧平生却似乎尚解人意的中国人。除了感动得有点慌乱的目光，我不知道该怎么来安慰他，哪怕是几句比较得体的话。

老医生面前的桌子很小，只有小学生的课桌那么大，这是自然的，药店本身就不大，匀不出那么多地方给随堂医生。桌上放着几本早就翻旧了的中医书籍。他与我讲话时不断请我原谅，说占了我的时间。最后在要不要付医药费的问题上又与我争执起来。我恳求他按照正常计价收取医药费，他终于算出来了，一共8元。报了这个低廉的数字，他还连声说着“真不好意思！真不好意思！”

我在他跟前足足坐了2个小时，没见另外有人来找他看病，可见他的生意清淡。“回去都以为我是华侨富商，哪儿啊。你看我这，打肿脸充胖子罢了。”他的语气带着腼腆和羞愧，羞愧自己没有成为百万富翁。

其三

本地的报纸陆续刊登了我讲学的一些报道，他看到了，托一位古董店的老板来找我。带来的话是：很早以前，胡愈之先生曾托他在香港印了一批私用稿纸，每页都印有“我的稿子”四字，这种稿纸在他家存了很多，想送几刀给我，顺便见个面。

这是好愉快的由头啊，我当然一口答应。他70多岁，姓沈，半个世纪前的法国博士。在新加坡，许多已经载入史册的国内国际大事他都亲身参与，与一代政治家有密切的过从关系。在中国，他有过两个好友，一个吴晗，一个华罗庚，都已去世，因此他不再北行。他在此地资历深，声望高，在我见他那天，古董店老板告诉我，陪着我想趁机见他一面的人已不止一个。其中一个是当地戏剧界的前辈，广受人们尊敬，年岁也近花甲，但一见他却恭敬地弯腰道：“沈老，40年前，我已读您的文章；30年前，我来报考过您主持的报社，没有被您录取……”

沈老从古董店那张清代的红木凳上站起身来，递给我那几刀大号直行稿纸，纸页上已有不少黄棕色的迹斑。稿纸下面，是一本美国杂志*Newsweek*，他翻到一页，那里介绍着一个著名的法国哲学家E. M. Cioran，有照片。沈老说，这是他的同学、朋友，今年该是78岁了。我一眼看去，哲学家的照相边上印着一段语录，粗划黑体，十分醒目：

Without the possibility of suicide，I would have killed myself long ago.

沈老说，这本杂志是最新一期，昨天刚刚送到，不是因为有这篇介绍才特意保存的。“一辈子走的地方太多，活的时间又长，随手翻开报刊杂志都能发现熟人。我的熟人大多都是游荡飘零的人，离开了祖国，

熬不过异国他乡的寂寞，在咖啡馆蹲蹲，在河边逛逛，到街心花园发发呆，互相见了，眼睛一对就知道是自己的同类，那份神情，怎么也逃不过。不管他是哪个国家来的，同是天涯沦落人，相逢何必曾相识？一起上酒吧，一起叹气说疯话，最后又彼此留地址，一来二去，成了好友。很快大家又向别的地方游荡去了，很难继续联系，只剩下记忆。但这种记忆怎么也淡忘不了，就像白居易怎么也忘不了那位琵琶女。你看我和这个Cioran，几十年前的朋友，照片上老得不成样子了，我一眼就认了出来。"

显然这是确实的。*Newsweek*编辑部说Cioran原是罗马尼亚人，1937年他26岁时才到巴黎，一个典型的漂泊者。现在，七老八十的他，已经成了世界上读者最多的哲学家之一，一接受采访开口还是谈他的故乡罗马尼亚，他说由于历史遭遇，罗马尼亚人是世界上最大的怀疑主义者。可以设想，在巴黎的酒店里，年轻的Cioran和年轻的沈博士相遇时话是不会少的，更何况那时中国和罗马尼亚同时陷于东西方法西斯铁蹄之下。

我们一伙，由古董店老板做东，在一家很不错的西菜馆吃了午餐。餐罢，谈兴犹浓，沈博士提议，到一家"最纯正的伦敦风味"的咖啡座继续畅谈。

新加坡几乎拥有世界各地所有种类的饮食小吃，现在各店家之间所竞争的就是风味的纯正地道与否了。要精细地辨别某地风味，只有长居该地的人才有资格。沈博士在这方面无疑享有广泛和充分的发言权。他领着我们，一会儿过街，一会儿上楼，一会儿乘电梯，七转八弯，朝他判定的伦敦风味走去。一路上他左指右点，说这家日本餐馆气氛对路，那家意大利点心徒有其名。这么大年纪了，步履依然轻健，上下楼梯时我想扶他一把，他像躲避什么似的让开了，于是他真的躲开了衰老，在全世界的口味间一路逍遥。终于到了一个地方，全是欧美人坐着，只有我们一群华人进去，占据一角。

"完全像在伦敦。你们坐着，我来张罗。"沈博士说，"别要中国茶，这儿不会有。这儿讲究的是印度大吉岭茶，一叫'大吉岭'，侍者就会对你另眼看待，因为这是一种等级，一种品格，比叫咖啡神气多了。茶点自己去取，随意，做法上也完全是伦敦。”

当“大吉岭”、咖啡、茶点摆齐，沈老的精神更旺了。那架势，看来要谈一个下午，就像当年在巴黎，面对着Cioran他们。他发现我对漂泊世界的华人有兴趣，就随手拈来讲了一串熟人。

“我在巴黎认识一个同胞，他别的事情都不干，只干一件事，考博士。他没有其他生活来源，只有读博士才能领到奖学金，就一个博士学位、一个博士学位地拿下去。当我离开巴黎时，他已经拿到8个博士学位，年岁也已不小。后来，他也不是为生计了，这么多学位戴在头上，找个工作是不难的。他已经把这件事情当作一种游戏，憋着一口气让欧洲人瞧瞧，一个中国人究竟能拿到几个博士！也许他在民族自尊心上受过特殊刺激，那在当时是经常有的事，也是必然有的事，我没有问过他。见面只问：这次第几个了？”

“他是一个真正的、无可救药的酒鬼。只要找到我，总是讨酒喝。喝个烂醉，昏睡几天，醒来揉揉眼，再去攻博士。漂泊也要在手上抓根缆绳，抓不到就成了无头苍蝇，他把一大串学位拿酒拌一拌，当作了缆绳。我离开巴黎后就没听到过他的消息，要是还活着，准保还在考。”

我忙问沈老，这个酒鬼的8个博士学位，都是一些什么专业？沈老说，专业幅度相差很大，既有文学、哲学、宗教，也有数学、工程、化学，记不太清了。这么说来，他其实是在人类的知能天域中漂泊了，但他哪儿也不想驻足，像穿了那双红鞋子，一路跳下去。他不会不知道，他的父母之邦那样缺少文化，那样缺少专家，但他却赌气似的把一大群专家、一大堆文化集于一身，然后颓然醉倒。他已经变成了一个永不起运的知识酒窖，没准会在最醇浓的时候崩坍。

他肯定已经崩坍，带着一身足以验证中国人智慧水平的荣耀。但是，不要说祖国，连他的好朋友也没有接到噩耗。

“还有一位中国留学生更怪诞，”沈老说，“大学毕业后没找到职业，就在巴黎下层社会瞎混，三教九流都认识，连下等妓院的情况都了如指掌。不知怎么一来，他成了妓院区小教堂的牧师，成天拯救着巴黎烟花女和嫖客们的灵魂。我去看过他的布道，那情景十分有趣，从他喉咙里发出的带有明显中国口音的法语，竟显得那样神秘；我们几个朋友，则从这种声音里听出了潦倒。”

“亏他也做了好几年，我们原先都以为他最多做一二年罢了。不做之后，他开始流浪，朝着东方，朝着亚洲，一个国家一个国家逛过来。逼近中国了，却先在外围转悠。那天逛到了越南西贡，在街上被一辆汽车截住，汽车里走出了吴庭艳，他在巴黎时的老熟人。吴庭艳那时正当政，要他帮忙，想来想去，他当过牧师，就在西贡一所大学里当了哲学系主任。据说还当得十分称职，一时有口皆碑，俨然成了东南亚一大硕儒。后来越南政局变化，他不知到哪里去了……”

我想，这个人的精神经历，简直可以和浮士德对话了。他的漂泊深度，也许会超过那位得了很多博士学位的人。如果以这样的人物作为原型写小说，该会出现何等的气魄！中国近代的悲剧性主题，大半汇集在陈旧国门的隆隆开启之中。一代文人把整个民族几个世纪来的屈辱和萎靡，驮着背着，行走在西方闹市间，走出一条勉强可以跨步的人生路。现代喧嚣和故家故国构成两种相反方向的磁力拉扯着他们，拉得他们脚步踉跄，心神不定。时间一久，也就变得怪异。

这么想着，我也就又一次打量起沈老本人。他还是一径慢悠悠地讲着，也不回避自己。他自己的经历由于常与著名的政治人物和政治事件牵涉在一起，难于在这里复述，我只能一味建议：“沈老，写回忆录吧，你不写，实在太浪费了。”

沈老笑着说：“为什么我家藏有那么多稿纸？还不是为了写回忆录！但是我写过的几稿都撕了，剩下的稿纸送人。”

我问他撕掉的原因，他说：“我也说不清，好像是找不准方位。写着写着我就疑惑，我究竟算是什么地方的人？例如有一年在一个国际会议上一位政府首长要我寻找中国大使，我找了几次都错了，亚洲国家的人都长得很像，最后我凭旗袍找到大使夫人，再引出大使本人。这样写本来也不错，但是写到最后出问题的是叙述主体。我是谁？算是什么人？在找什么？……我回答不了这些问题，越写越不顺，把已经写了的都撕了，撕了好几次。”

我问沈老，什么时候会回中国大陆看看？他说："心里有点怕，倒也不怕别的，是怕自己，就像撕那一叠叠的稿纸一样，见到什么和感到什么，都要找方位，心里毛毛乱乱的。何况老朋友都不在了，许多事情和景物都变了，像我这样年纪，经不大起了。"

"但我最后一定会去一次的。最后，当医生告诉我必须回去一次的时候。"他达观地笑了。

在等待这最后一次的过程中，老人还会不会又一次来了兴致，重新动手写回忆录？我默默祝祈这种可能的出现。但是，他会再一次停笔、再一次撕掉吗？

他毕竟已经把一叠稿纸送给了我。稿纸上，除了那一点点苍老的迹斑，只是一片空白。

有读者认为："漂泊者是否都如垂死者拼命抓牢救命稻草一般顾念着早已离去远逝的精神故乡？漂泊者又如何确信自己的旅程不再是新生的行脚而重返故乡不会让自己陷入更深刻的失望乃至绝望？漂泊，是出于无奈的选择还是意志坚强凭着信心开始的？希望不是因为有可料定和可见得着的目标才出现的，希望是在前程一片虚无中才迸射出的心地之光，于无所希望的希望中行路，才真得救。中国的老人大都沉浸在用旧袋装新酒的双重麻醉和快慰中不愿睁眼，结果酒与袋都得不着，他们老了，死了，就是一堆供人凭吊、抒情的朽骨，他们永远也无法体验《老人与海》中那个生命如基督般始终竖起、坚忍、炽烈、无法击败的老人的魂灵，他的信念带着他伸开双臂拥抱一切困境，慢慢走向新的精神彼岸，他死时，是一种救赎式的涅盘。"①这种对于余秋雨的质疑显然没有深入到文化的层面深刻剖析中国文化的寻根性，也没有理解中国文化怀旧中隐藏的深刻无奈和悲凉。

张中行在《负暄琐话》之"小引"中说："有时想到'逝者如斯'的意思，知识已成为老生常谈，无可吟味，旋转在心里的常是伤逝之

① http://zhidao.baidu.com/question/204748690.html。

情。华年远去，一事无成，真不免有烟消火灭的怅惘。”但“并没消灭净尽，还留有记忆。所谓记忆都是零零星星的，既不齐备，又不清晰，只是一些模模糊糊的影子。影子中有可传之人，可感之事，可念之情，总起来成为曾见于昔日的‘境’”。“境”是什么？是“已经和还在一步步地消亡”的“文化之至美”。张中行用他手中的笔思考着20世纪中国之文化思想。在《剥啄声》中讲述着熟悉的叩门声，“剥啄是轻轻的叩门声”。“叩门，还会牵扯到好不好的问题。这是‘推敲’的古典，由韩愈和贾岛来。传说贾作了‘僧推月下门’的诗，想换‘推’为‘敲’，自己拿不准，问韩愈，这位文公说是‘敲’好。”①由剥啄谈到叩门，叩门又涉及叫门，开门即见来人，其中又涉及期盼、爱恋、忘情等，这些张中行先生在文中都一一谈到，并一一细究其起源。句句读来，能在其中嗅到古代中华文化之精深。

与此同时，香港散文也出现了文化反思与怀旧的新风气，在散文中加入对自己文化的审视，特别是对本土事物的记忆。就此李欧梵曾肯定地指出，在当代华人文化的多元性之下，香港人可以“重构自己的文化，甚至有所建树”②。由20世纪90年代开始，香港文坛出现了许多或审视或回顾香港本土文化的散文，如小思《香港家书》、丘世文《看眼难忘——在香港长大》、李欧梵《寻回香港文化》、陈云《故我犹在：香港山居忆旧》等。在众多香港作家中，以小思的怀旧情结最为浓重，她的散文时常渗透着凝重的历史沧桑感，并有向传统回归的倾向。《轩亭口的痛楚》叙述了她到绍兴轩亭口秋瑾烈士就义处凭吊秋瑾的经历，当看到这一就义处时，她叹惋道：“中国需要忠臣烈士的日子太多了，这样的历史，使人读之凄然。”（《轩亭口的痛楚》）在《怀旧十题》里，无论是小时候上学背的藤书箧，还是家长们给小学生改做的耐穿舒服的工人裤，无论是炎夏长街里叫动许多孩子心的“白——糖——糕”的清朗叫卖声，还是童年家里那台会讲《东周列国》、《杨家将》的古

① 张中行：《观照集》，中原农民出版社1994年版。

② 李欧梵：《统一或多元》，见《寻回香港文化》，牛津大学出版社（香港）2002年版，第5页。

老收音机，都成了她生命中永远的温馨。[①]可是这些日子已在现代风潮的冲刷下不复存在，其哀叹说：“不知道什么时候，什么缘由，我遗失了那些日子。”（《仲夏小令》）遗失的苍凉在散文中回荡，或许曾经拥有的温馨还能让她寻回生命的空间。

怀旧，不仅是中国文人的特殊癖好，欧美文学也不乏其文。例如德国作家都德的一篇文章《最后一课》，即为经典的怀旧伤时之作：

那天早晨上学，我去得很晚，心里很怕韩麦尔先生骂我，况且他说过要问我们分词。可是我连一个字也说不上来。我想就别上学了，到野外去玩玩吧。

天气那么暖和，那么晴朗！

画眉在树林边宛转地唱歌；锯木厂后边草地上，普鲁士士兵正在操练。这些景象，比分词用法有趣多了；可是我还能管住自己，急忙向学校跑去。

我走过镇公所的时候，看见许多人站在布告牌前边。最近两年来，我们的一切坏消息都是从那里传出来的：败仗啦，征发啦，司令部的各种命令啦。——我也不停步，只在心里思量：“又出了什么事啦？”

铁匠华希特带着他的徒弟也挤在那里看布告，他看见我在广场上跑过，就向我喊：“用不着那么快呀，孩子，你反正是来得及到学校的！”

我想他在拿我开玩笑，就上气不接下气地赶到韩麦尔先生的小院子里。

平常日子，学校开始上课的时候，总有一阵喧闹，就是在街上也能听到。开课桌啦，关课桌啦，大家怕吵捂着耳朵大声背书啦……还有老师拿着大铁戒尺在桌子上紧敲着，“静一点，静一点……”

我本来打算趁那一阵喧闹偷偷地溜到我的座位上去；可是那一天，一切偏安安静静的，跟星期日的早晨一样。我从开着的窗子望进去，看见同学们都在自己的座位上了；韩麦尔先生呢，踱来踱去，胳膊底下挟着那怕人的戒尺。我只好推开门，当着大家的面走过静悄悄的教室，你

① 徐光萍：《小思散文的怀旧情结》，载《苏州大学学报》（社会科学版）2000年第4期。

们可以想象，我那时脸多么红，心多么慌！

可是一点儿也没有什么。韩麦尔先生见了我，很温和地说："快坐好，小弗朗士，我们就要开始上课，不等你了。"

我一纵身跨过板凳就坐下。我的心稍微平静了一点儿，我才注意到，我们的老师今天穿上了他那件挺漂亮的绿色礼服，打着皱边的领结，戴着那顶绣边的小黑丝帽。这套衣帽，他只在督学来视察或者发奖的日子才穿戴。而且整个教室有一种不平常的严肃的气氛。最使我吃惊的，后边几排一向空着的板凳上坐着好些镇上的人，他们也跟我们一样肃静。其中有郝叟老头儿，戴着他那顶三角帽，有从前的镇长，从前的邮递员，还有些别的人。个个看来都很忧愁。郝叟还带着一本书边破了的初级读本，他把书翻开，摊在膝头上，书上横放着他那副大眼镜。

我看见这些情形，正在诧异，韩麦尔先生已经坐上椅子，像刚才对我说话那样，又柔和又严肃地对我们说："我的孩子们，这是我最后一次给你们上课了。柏林已经来了命令，阿尔萨斯和洛林的学校只许教德语了。新老师明天就到。今天是你们最后一堂法语课，我希望你们多多用心学习。"

我听了这几句话，心里万分难过。啊，那些坏家伙，他们贴在镇公所布告牌上的，原来就是这么一回事！

我的最后一堂法语课！

我几乎还不会作文呢！我再也不能学法语了！难道这样就算了吗？我从前没好好学习，旷了课去找鸟窝，到萨尔河上去溜冰……想起这些，我多么懊悔！我这些课本，语法啦，历史啦，刚才我还觉得那么讨厌，带着又那么重，现在都好像是我的老朋友，舍不得跟它们分手了。还有韩麦尔先生也一样。他就要离开了，我再也不能看见他了！想起这些，我忘了他给我的惩罚，忘了我挨的戒尺。

可怜的人！

他穿上那套漂亮的礼服，原来是为了纪念这最后一课！现在我明白了，镇上那些老年人为什么来坐在教室里。这好像告诉我，他们也懊悔当初没常到学校里来。他们像是用这种方式来感谢我们老师四十年来忠诚的服务，来表示对就要失去的国土的敬意。

我正想着这些的时候，忽然听见老师叫我的名字。轮到我背书了。天啊，如果我能把那条出名难学的分词用法语从头到尾说出来，声音响亮，口齿清楚，又没有一点儿错误，那么任何代价我都愿意拿出来的。可是开头几个字我就弄糊涂了，我只好站在那里摇摇晃晃，心里挺难受，连头也不敢抬起来。我听见韩麦尔先生对我说：

“我也不责备你，小弗朗士，你自己一定够难受的了。这就是了。大家天天都这么想：‘算了吧，时间有的是，明天再学也不迟，现在看看我们的结果吧。唉，总要把学习拖到明天，这正是阿尔萨斯人最大的不幸。现在那些家伙就有理由对我们说了：‘怎么？你们还自己说是法国人呢，你们连自己的语言都不会说，不会写！……不过，可怜的小弗朗士，也并不是你一个人的过错，我们大家都有许多地方应该责备自己呢。”

“你们的爹妈对你们的学习不够关心。他们为了多赚一点钱，宁可叫你们丢下书本到地里，到纱厂里去干活儿。我呢，我难道没有应该责备自己的地方吗？我不是常常让你们丢下功课替我浇花吗？我去钓鱼的时候，不是干脆就放你们一天假吗？……”

接着，韩麦尔先生从这一件事谈到那一件事，谈到法国语言上来了。他说，法国语言是世界上最美的语言，最明白，最精确；又说，我们必须把它记在心里，永远别忘了它，亡了国当了奴隶的人民，只要牢牢记住他们的语言，就好像拿着一把打开监狱大门的钥匙。说到这里，他就翻开书讲语法。真奇怪，今天听讲，我全都懂。他讲的似乎挺容易，挺容易。我觉得我从来没有这样细心听讲过，他也从来没有这样耐心讲解过。这可怜的人好像恨不得把自己知道的东西在他离开之前全教给我们，一下子塞进我们的脑子里去。

语法课完了，我们又上习字课。那一天，韩麦尔先生发给我们新的字帖，帖上都是美丽的圆体字：“法兰西”，“阿尔萨斯”，“法兰西”，“阿尔萨斯”。这些字帖挂在我们课桌的铁杆上，就好像许多面小国旗在教室里飘扬。个个人那么专心，教室里那么安静！只听见钢笔在纸上沙沙地响。有时候一些金甲虫飞进来，但是谁都不注意，连最小的孩子也不分心，他们正在专心画“杠子”，好像那也算是法国字。屋顶上鸽子咕咕咕咕地低声叫着，我心里想：“他们该不会强迫这些鸽子也用德国话唱歌吧！”

我每次抬起头来，总看见韩麦尔先生坐在椅子里，一动也不动，瞪着眼看周围的东西，好像要把这小教室里的东西都装在眼睛里带走似的。只要想想：四十年来，他一直在这里，窗外是他的小院子，面前是他的学生；用了多年的课桌和椅子，擦光了，磨损了；院子里的胡桃树长高了；他亲手栽的紫藤，如今也绕着窗口一直爬到屋顶了。

可怜的人啊，现在要他跟这一切分手，叫他怎么不伤心呢？何况又听见他的妹妹在楼上走来走去收拾行李！——他们明天就要永远离开这个地方了。

可是他有足够的勇气把今天的功课坚持到底。习字课完了，他又教了一堂历史。接着又教初级班拼他们的ba, be, bi, bo, bu。在教室后排座位上，郝叟老头儿已经戴上眼镜，两手捧着他那本初级读本，跟他们一起拼这些字母。他感情激动，连声音都发抖了。听到他古怪的声音，我们又想笑，又难过。啊！这最后一课，我真永远忘不了！

忽然教堂的钟敲了十二下。祈祷的钟声也响了。窗外又传来普鲁士士兵的号声——他们已经收操了。韩麦尔先生站起来，脸色惨白，我觉得他从来没有这么高大。

“我的朋友们啊，”他说，“我——我——”

但是他哽住了，他说不下去了。

他转身朝着黑板，拿起一支粉笔，使出全身的力量，写了两个大字：

“法兰西万岁！”

然后他呆在那儿，头靠着墙壁，话也不说，只向我们做了一个手势：“放学了，你们走吧。”①

① ［法］都德著，郝运译：《最后一课》，上海译文出版社2007年版。

1870年7月，法国首先向普鲁士宣战；9月，色当一役，法军大败，拿破仑三世被俘，普鲁士军队长驱直入，占领了法国的阿尔萨斯、洛林等三分之一以上的土地。这时，对法国来说，这场战争已经变成自卫战争。面对普鲁士军队的烧杀掠夺，法国人民同仇敌忾，抗击敌人。这个短篇小说以沦陷了的阿尔萨斯的一个小学校被迫改学德文的事为题材，通过描写最后一堂法文课的情景，刻画了小学生小弗朗士和法语教师韩麦尔先生的形象，反映了法国人民深厚的爱国感情。阿尔封斯·都德的短篇小说《最后一课》在1912年被首次翻译介绍到中国，从此，在将近一个世纪的时间里，它被长期选入我国的中学语文教材，超越了不同时期、不同意识形态的阻隔，成为在中国家喻户晓、最具群众基础的法国文学名篇之一，它甚至可以作为都德的代名词，作为“爱国主义”的符号，融入近代中国人百年的情感之中！一代又一代的中国读者，通过《最后一课》，了解到“法语是世界上最美丽、最清晰、最严谨的语言”，懂得了“当一个民族沦为奴隶时，只要它好好地保存着自己的语言，就好像掌握了打开监狱的钥匙”。

怀旧是人的一种天性，无论社会如何变化，科学技术如何日新月异，都无法终止这种怀旧情绪的存在。或许，“过去的东西不一定就比现在的好，但它正像鲁迅在《朝花夕拾·小引》中所说的那样，常常会成为‘思乡的蛊惑’。这‘乡’，已不是那地理意义上的‘故乡’，而是那已被滥用的人类失去了的‘精神家园’。可以说，只要有人类在，就会有怀旧在，就会有怀旧散文在”[①]。

① 许志英、王爱松：《关于现代怀旧散文》，载《江苏社会科学》2003年第4期。

第四节 "怀旧"的审美转化

人生活在现实的外在世界和内在心灵的经验世界。对于生命而言，外在世界是一个客观存在，生命在与外在世界的接触性活动中，形成了各自的经验。在时光的河流中，现实不会给生命两种绝对相同的经验，但人的回忆却可以让过去的一切在心灵世界复归，让人重温过去的经历和体验。生命在感知客观对象的活动中不能永远"在场"，但回忆却能使生命在经验世界中"故地重游"。所以，生命不但在"此在"中形成"在场经验"，也可以在怀旧中回溯过往经验，因为，怀旧是悠悠岁月在记忆湖泊中的倒影，也是对记忆经验的心灵复现与召回。普通人怀旧，旨在重温旧梦，在回忆中重新体验生命历程中的喜怒哀乐，从而引发某种对历史与现实的感慨和幽思。而艺术家的怀旧，不仅仅是对经验的简单重温，实际上是一种重新的审视与发现，是在寻找经验中某些具有艺术因素的闪光点，以及经验之间某种意外的联系与组合。他会发现记忆经验与现实感觉的距离，并用"此在"的心灵状态去体验"朝花夕拾"的感觉。①

日常生活中的个人"怀旧"是一个个人心理事件，集体无意识领域中的"怀旧"是一个民族集体无意识的心理结构模型与自我观照，而文艺作品中的"怀旧"现象则是一个文艺学、美学的事件。从日常生活、个人无意识层面转向美学层面的关键在于"怀旧"现象和事件的艺术化。读者在阅读中体会到 "怀旧"意识并进行自我怀旧，是一种更深入的审美活动，参与了"怀旧之美"和怀旧风格的形成。因此，美学范畴的"怀旧"起源于心理学范畴的"回忆"，又体现了整体文化中的民族心理结构和意识，最终又在文艺作品中得到了集中展示。

① 刘雨：《经验和艺术的依附与超越》，载《社会科学战线》1995年第4期。

随着青春不再，岁月流逝，往日一天天如“一江春水向东流”，加上现实生活的变迁，生存环境的异化，不少人在心头慢慢飘浮起美好的过去生活场景，在回忆中找寻快乐的源泉。种种迹象表明，回忆过去并产生情感的波动是人类日常生活的一个重要组成部分。就这个层面说，“怀旧”只是一个生活事件或现象，人们应该从心理学和社会学的角度来对它进行研究。

“怀旧”，就具体的生活而言，是指人由一个生活现象或者事件在心底引起的共同感，呼唤起对过去生活的回忆，并伴随着强烈的心灵震颤。如由于拥有“从心底迸发出滚烫的泪水、深情的呼唤和巨大的震颤”的怀旧感，使得“知青文化”成为一种全社会聚焦的“现象”。《北大荒知青回顾展》轰动一时，《知青老照片》不胫而走，歌曲《小芳》广为流传，小说《孽债》和根据小说改编的同名电视剧风靡一时，以及与当年上山下乡有关的各种纪念性文化活动极一时之盛。[①]这种带有怀旧情怀的“知青文化”的再度流行，表现了如今身处改革开放浪潮中的都市老知青们对过去青春激情岁月有着深深的怀念，并伴随着某种共同的价值取向，对现代开始趋向于浮躁的都市生活保持一种背离和疏远。

然而，“怀旧”也是一个审美活动，是艺术家启发的审美活动，更应该在美学和文艺美学的话语中进行探讨。美学是研究人类情感的学科（按照康德的定义），或是研究艺术的哲学（按照黑格尔的定义），如果统一起来，可以说美学是研究情感与艺术活动规律的学科。“怀旧”具有强烈的个人情感因素，而艺术是情感的物质化集中体现，因此艺术作品是“怀旧”情结的最佳载体。表现在艺术作品中的“怀旧”意识比日常生活中的“怀旧”更典型、更集中。文学作品中的“怀旧”现象和日常生活中的“怀旧”的区别主要表现在三个方面。

首先，具有“怀旧”思想的主体不同。文学作品中，作者或文本主人公是“怀旧”的发起者，实际上是艺术家在操纵“怀旧”的行为和审美效果；在日常生活中，“怀旧”的主体是个别的人。因此，就“怀

① 姚文放：《都市文化：当代审美文化批判》，载《求是学刊》1999年第1期。

旧”主体而言，艺术家的文本“怀旧”体验才是具有美学性质的。生活中的人所进行的一般性的“追忆”虽然有“怀旧”的形式特征，但在深度和广度上达不到艺术家的水平。体验和经验不同，经验是纯粹的经历历史，而体验是带有特殊情感因素的生命体验，“体验的人类学意义在于它为人的生存、人的心理呈现了一片诗性的、感性的乐园，使人成为真正意义上的人；艺术品在人类文化创造上的意义则在于它以美的形式作为人类的体验符号化，使人类的文化成为自身诗意栖居的家园”①。艺术家为什么能比普通人在现存世界中体验到更深刻、更丰富的内容呢？心理学美学认为：“艺术家的体验靠的是将日常生活从实用的和认识的世界中孤立出来，使之成为意义的世界、情感的世界，也就是审美的世界，日常生活或平凡的事件一旦进入审美的世界，就会放出奇异的光辉；这样，艺术家在体验中所发现的就不是对象的认知意义或实用意义，而是对象的情感的表现性。”②

其次，“怀旧”事件及其现象和“怀旧之美”的风格，只有在艺术作品中才能得到更集中、更完美的表达，作为美学范畴的“怀旧”必须外化为艺术作品。人类和个体都通过时间的体验而成长，人经常感叹人生无常，去日苦多，时间一去不复返，总希望把时间唤醒、逆转和凝练，艺术就能满足人们的这种要求。作为情结和民族意识载体的文本或艺术作品，不仅可以突破时间和空间的局限进行传递、交流，还可以在不同种类的艺术形式间互相转化和对话。个人的“怀旧”意识现象是零散的、断裂的、易逝的、片面的，而呈现在文艺作品中的“怀旧”意识却相对集中、完整、稳定。个人或集体的记忆要形成一种文化记忆或文化传统，必须能够被他者和大部分集体成员认识、接受和认同。同时代的人要分享一种审美体验和潮流，必须要通过艺术品达成共识；古代的建筑和雕塑保存着古老的民族艺术精神和审美理想，古代的文学作品能够让现代人“发思古之幽情”或“浇胸中之块垒”，都是因为这些艺术的

① 童庆炳：《现代心理美学》，中国社会科学出版社1993年版，第73页。

② 童庆炳：《现代心理美学》，中国社会科学出版社1993年版，第79页。

物质载体历经历史的风雨洗礼却依然坚强屹立。可以说，“怀旧”事件和“怀旧”情结的文本化、物质化是它对人类生活发生重大影响的主要前提条件之一。

再次，文艺作品中的“怀旧之美”或“怀旧”审美效果是个人舒缓现实精神压力和情感焦灼状态的最有效途径。一般生活中的“怀旧”感伤是一种情绪压力和心理障碍，“抽刀断水水更流，借酒消愁愁更愁”。而通过文艺的途径，通过审美活动，“怀旧”之情却可以得到更好的宣泄和抒发。继承了亚里士多德“净化说”的合理内容，结合最新的心理学和神经生物学成果，苏联文艺心理学家维戈茨基提出了自己的“净化说”。他认为：“审美反应包含着向两个相反的方向发展的激情，这种激情消失在一个钟点上，好像消失在‘短路’中一样。我们就是想用净化这个词来表示这一过程。艺术的最直接的特点是：它在我们身上引起相反方向的激情，只是由于对立定律而阻滞情绪的运动表现；它使相反的冲动发生冲突，消灭内容的激情和形式的激情，导致神经能量的爆炸和舒泄。”①“怀旧”行为带来的审美效果就是这样一种情感的舒缓和爆炸式发泄。

“怀旧”作为一种审美活动，正成为复杂迷离的文化镜像中引人注目的情感景观。从十年前的“红太阳”热，到知青情结、老照片，再到近年《同一首歌》的走红，从红色经典《林海雪原》等不断被搬上荧屏，《钢铁是怎样炼成的》、《激情燃烧的岁月》的走俏，到电影《我的父亲母亲》、《小城之春》、《孔雀》、《暖》、《立春》的火热，怀旧一直存在于我们的生活中，并不断变化延伸着。

①［苏］列·谢·维戈茨基著，周新译：《艺术心理学》，上海文艺出版社1985年版，第284页。

小 结

"怀旧"意识从日常个人转化为美学事件或现象后，"怀旧"就面临着一个审美接受的问题，从而引发读者的思古怀旧的情绪。所谓"怀旧之美"或怀旧风格，在这里主要指，通过对"怀旧"现象或事件的文本阅读或艺术欣赏等审美活动，引起读者、观众对往日、童年、青春等已消逝的生活图景的伤感、忧郁、失落等情感倾向的一种艺术审美风格。一些作家在作品中流露的或浓或淡的怀旧情绪使整个作品散发出一股"怀旧"的味道，从而引发了读者的"怀旧"情感和体验，并在读者创造性的理解行为中，使得"怀旧"风格成为一种典型的艺术风格。从接受美学的角度看，作品的意义来源于两个方面：一是作品本身，一是读者的赋予。德国美学家姚斯认为："在阅读过程中，读者充分调动主体的能动性，激活自己的想象力、直观力、体验能力和感悟力，通过对作品符号的解码、解译，渗入自己的人格、气质、生命意识，重新创造出各具特色的艺术形象，甚至能够对原来的艺术形象进行补充、再创，见人之所未见，言人之所不能言，体味到艺术家再创造这个艺术形象（或审美意境）时不曾说出，甚至不曾想到的东西，深化原来并不很深刻的东西，从而使艺术形象更为丰富、鲜明。"[①]因此，"怀旧之美"和一般的审美风格的不同之处在于，"怀旧之美"或怀旧风格的形成更多的是依靠读者的情绪参与和心理体验，是一种体验型的审美风格，而不是和语言、结构等形式相关的风格。

① 胡经之、王岳川：《文艺学美学方法论》，北京大学出版社1994年版，第345、346页。

第二章

“怀旧”的心理学视阈

文学从人类个体或集体的言语行为出发来揭示“民族的秘史”，首先扎根于人类心理的土壤之中，并依靠作家对人类经验的知觉、回忆转化为审美素材而进入文本。而作家在知觉和回忆过程中，常常会流露出对过去的怀念，这种怀旧思想是基于“人心理上对安慰感的渴求，正如他生理上‘回归母体’的本能。‘怀旧’是成人回归母体的一种变体，是一种情绪化的记忆……”[①]情绪化的记忆无法从人性中剔除，而是作为记忆的重要一环保留在人的心底，作家在知觉的基础上，可以通过回忆将这一环从整个记忆中抽出，并将其转化为审美素材进入文学作品。故此，“文学，就其最深刻意义来说，是一种心理学，研究人的灵魂，是灵魂的历史”。丹麦现代文学批评家勃兰兑斯如此说。[②]

① 何向阳：《怀旧，新时期小说情绪主题》，载《当代文坛》1993年第3期。

② 王国健：《明清小说思潮论稿》，广州出版社1993年版，第2页。

第一节 文学“怀旧”的艺术心理学基础

作家或艺术家在艺术体验中的“怀旧”外化为艺术作品的过程，使得“怀旧”真正进入了美学范畴。而艺术家的个人“怀旧”体验同时包含了民族“怀旧”的原型心理结构，因为在“原始意象”即原型中的“怀旧”心理结构和艺术家的“怀旧”是交织着的。如果艺术家个人的“怀旧”没有带上民族记忆和“怀旧”的意蕴就会失于浅薄。个人的同时也是民族的，这才能创造出典型形象；或者说，是把原始意象即原型置换为经典的现代艺术形象或艺术心理结构。因而，民族记忆或集体无意识从社会学、心理学领域向人类学、美学转化的途径，是要通过艺术家的体验，进入艺术作品，并展示出其“怀旧之美”的风格和倾向。当然，民族记忆或集体无意识的内容是庞大博杂的，和“怀旧”相关的只占有其中的一部分。

在文学创作中，艺术感觉是个体零散的情绪体验，艺术知觉是从一个背景上辨认出主体的所需，“记忆则被合理地认为是心理学的起点”①，文艺美学理论的逻辑原点也可以建立在相关的文艺心理学基础之上。审美快感的实质是一种“情感的愉悦”，艺术感觉与知觉在逻辑上也就成为本书讨论的理论起点。②

① [英]弗雷德里克·C. 巴特莱特著，黎炜译：《记忆：一个实验的与社会的心理学研究》，浙江教育出版社1998年版，第37页。

② 《文艺心理学大辞典》给“艺术知觉”所下的定义是：以一般知觉为基础的特殊知觉，指审美主体用艺术的眼光审视对象时所产生的知觉……一方面是客体作用于感官向艺术家提供各种各样信息，另一方面是艺术家把自己的感情、愿望和气质、理想等因素外射到对象上面。参见鲁枢元、童庆炳等：《文艺心理学大辞典》，湖北人民出版社2001年版，第25页。

一、艺术知觉

怀旧作为一种审美活动，它的“审美心理基础是回忆。怀旧之回忆的出现，并不是怀旧者心灵世界的无端而发和凭空臆造，相反，这种回忆往往来源于某一或某些现实时间机缘与空间氛围的点燃，或者说，现实世界为怀旧的产生提供了直接而恰切的情境场，情境场的诞生为怀旧者产生怀旧心理和意识提供了现实可能性”①。这种现实世界恰切的时间机缘、空间氛围点燃了记忆里某一部分的内容，从而促发了内心深切的感受，被作家付诸于文字，并进行加工，成为文学素材。怀旧之于文学，离不开作家的感觉、知觉、回忆，与心理学有着密切的联系。

《记忆：一个实验的与社会的心理学研究》一书认为：“从心理学意义上说，可以认为知觉基本上是从一个背景（ground）内或在一个背景上辨认出一个图形……实验反复表明，气质、兴趣和态度往往引导知觉过程并确定知觉的内容。”②这段话表明：在感觉阶段，人们对事物的印象是零散而断裂的，但它为知觉提供了情感指向，只有那些能引发情感关注的事物才能进入知觉范围。在知觉阶段，那些具有鲜明色彩、生动形式的物体、图像更能吸引观众的“眼球”和情感。《记忆心理学》的作者对一系列实验得到的实验结果的分析表明：在知觉阶段，声像记忆和图像记忆的时间在感官、情绪的指引下，已经可以在记忆中保留较长的时间，具有初步的信息编码和组织的可能性；主观的情感选择更多地占据了短时记忆的内容。③就一个作家而言，艺术知觉阶段是他文艺世界的“原始社会”，是作家艺术体验的原点，从知觉到的环境中提取素材进行编码和记忆，是艺术家创作的初始阶段。而“只有当一个人肯定指向他过去的生活，而且意识到他正设法从一度呈现于知觉但现在不再存在的事实中抽取一些事实的时候，才可以称其在进行回忆……我们的记

① 周强：《论怀旧的审美蕴涵》，载《信阳师范学院学报》(哲学社会科学版) 2007年第3期。

② ［英］弗雷德里克·C.巴特莱特著，黎炜译：《记忆：一个实验的与社会的心理学研究》，浙江教育出版社1998年版，第38页。

③ 杨志良等：《记忆心理学》，华东师范大学出版社1996年版，第42页。

忆始终和我们的构念（constructions）混合在一起，也许记忆本身的特点就在于其构念性”[①]。当回忆起这些构念性事实的时候，回忆就“不仅仅是关于过去的对象的意识，而且是关于这样一种过去对象的意识……关于曾经被感知过的，并且是被我感知过的、在我的过去的此时此地曾经被给予过的对象的意识……”[②]

在怀旧的本义中，怀旧与感觉、知觉、意识、记忆、回忆等有着联结，人在外界恰切的时间机缘与环境氛围的刺激下，促成了某种似曾相识的感觉，引发了对过去事实的回忆，这时记忆中的影像不再是具有单纯性、真实性的事实，而是带有构念性的事实，是已被人的情感等加工过，具有过滤后色彩的事实。就此曾有学者这样表述：

在怀旧者的思想意识中，过去是基本要素和核心要素，尽管按照事物的本质，不可能有完全适用和正确的过去，但怀旧主体总是可以根据现在的需要捏造和编排过去。作为历史，过去在任何时候都可以为人类提供现实的模型。按照英国史学家霍布斯鲍姆的说法是：“过去总会被合法化”，“过去的日子以前被视为——今天依然如此——逝去的好时光，它也就成为社会的当然归宿”。人们总向过去汲取勇气和帮助，怀旧主体的情感倾向自不待言。怀旧是对回忆的遴选，只涵盖到过去的领域中真正美好和被想象成美好的那一部分。回忆还有可能按照过去的原样再现历史，而怀旧根本就是把过去作为历史的一部分在现时中重新现实化。怀旧的“看”不是无目的的，其“看到的过去”也并非完整，甚至未必真实，怀旧是一种有选择的、意向性很强的、构造性的回忆。[③]

可以说，怀旧是基于人类主体情感的需求而将历史现实化的过程。就怀旧发生的原因，皮埃尔·诺拉（Pierre Nora）这样描述：“怀旧是一

① [英] 弗雷德里克·C. 巴特莱特著，黎炜译：《记忆：一个实验的与社会的心理学研究》，浙江教育出版社1998年版，第17页。

② 倪梁康：《胡塞尔现象学概念通释》，生活·读书·新知三联书店1999年版，第137页。

③ 赵静蓉：《作为一个美学问题的现代怀旧》，载《福建论坛》2003年第1期。

种对回忆、记忆的深层渴望，而这些所谓的记忆是基于断裂的全球后现代文化情境的到来，而产生的对过去传统家庭、社区、生活形式结构的认同。”[①]对过去的认同，其实就是出于全球化趋势对人造成紧迫感的不满，并企图在对过去的构念性回忆中，得到心理的抚慰。

艺术家在艺术知觉基础上进行的回忆，实质上就是一种对知觉素材的情感选择，“回忆是主要以态度为基础的一种构念，它的一般效应是证明这种态度……记忆是一种意象的重建或构念。这种重建或构念与我们的态度有关，与突出的细节（用意象或语言形式来普遍表示）有关。因此，即使在最基本的机械重复的情况下，记忆也很难达到正确无误，而且记忆成为这个样子也是正常之举”[②]。记忆是一个主动“构念”的过程，记忆不是单纯记住记忆对象，而是同时把自己对对象的评价和认识都综合起来，因此记忆渗透着强烈的主体意识。记忆的对象必须是主体心理情绪能接纳的事物，而主体的心理情绪认同是由文化传统、种群特征、个体境遇等共同塑造的。因此，记忆有时候也被叫做“情感记忆”：“不仅把一些事件在空间或时间方面加以并列，以便用一种鲜明的意象形式把它们结合在一起，不管这些事件或近或远，或相似或不相似，它们被共同的情绪或共同的兴趣笼罩着。实际上，这便是许多法国心理学家用巨大的洞察力所写的‘情感记忆’。”[③]以记忆为基础的“怀旧”，实质上就是人类出于感情需求，去回忆情感记忆的内容。怀旧审美的完成，简言之，就是艺术家在艺术知觉阶段，遴选合适的素材，进行构念性的记忆，而后又进行有意向性的回忆，挑选满意的素材进行创作。

① 邱贵芬：《历史记忆的重组和国家叙述的建构：试探〈新兴民族〉、〈迷园〉及〈暗巷迷夜〉的记忆认同政治》，载《中外文学》1996 年第 5 期。

② [英] 弗雷德里克·C. 巴特莱特著，黎炜译：《记忆：一个实验的与社会的心理学研究》，浙江教育出版社1998年版，第271、279页。

③ [英] 弗雷德里克·C. 巴特莱特著，黎炜译：《记忆：一个实验的与社会的心理学研究》，浙江教育出版社1998年版，第291页。

二、艺术错觉

美国著名心理学家丹尼尔·夏克特在《找寻失去的自我：大脑、心灵和往事的记忆》一书的导言中说：“我们记忆所保持的并不是对往昔经验的毫无判断的快速照相，而要以这些经验为我们提供的意义和情感为中心……我们从现实生活中把握到什么，取决于我们的往昔经验；记忆是我们所体验到的事件的记录，而不是对事件本身的复制。”①由此，个体记忆还要面对一个难题——记忆错觉。“另外一些实验室研究直接检查了情绪对学习与记忆的影响，结果表明情绪制约着记忆的准确性与细节性。这些结果均显示情绪与记忆鲜活性存在正相关，却与记忆准确性存在负相关。由此推论，最鲜活的记忆最容易出错。”②记忆主体在自己本身情感的支配下，在日后的个人心理发展和社会文化环境中受到了影响，产生了对记忆对象的“文化合理化改造”，于是现实中的事实被改造成为“心理事实”，记忆偏差和错觉就成为不可避免的情况。记忆的目的是能够在适当的时候回忆起来并加以利用。而回忆，同样具有强烈的个人情感色彩，因而也无法避免错觉。作家在创作的过程中，同样存在着这种错觉；在某些情况下，作家为了达到某一艺术目的，甚至要故意制造某种艺术上的错觉，以唤起对某种艺术形式或情感整体的把握和表现。③当然，艺术上的这种努力并不会削弱艺术的真实性或伤害艺术对真理的追求。

记忆偏差和错觉的存在，致使回忆的原点已是改造过的事实，在进行回忆时，主体无法完全剔除自身的情感，故无可避免地会进行新的事实改造，制造新的错觉。怀旧以回忆为依托，常带有或温馨或伤感的情调，在进行善恶美丑的判断之后，感怀那些已逝去的美好事物，因此同

① [美] 丹尼尔·夏克特著，高申春译：《找寻失去的自我：大脑、心灵和往事的记忆·导言》，吉林人民出版社1998年版，第6页。

② 杨志良等：《记忆心理学》，华东师范大学出版社1996年版，第542页。

③ 另外一些学者用“唤情结构”来对此进行解释，参见高楠：《艺术心理学》，辽宁人民出版社1988年版，第88~92页。

样存在着错觉，但这种错觉并非缺失理性，或者不分青红皂白，而是一种健康的审美安慰。不过这种怀旧艺术错觉的存在应该有一个度，就是说不能以带有过于浓厚情感色彩或者趣味选择的目标性心理去进行极端性的怀念行为，造成对过去的痴迷，而全然颠倒了是非黑白。就如周宪总结所说，“作为一种精神体验， 怀旧所依据的想象是建立在对当下现实否定的基础上的， 但也只有借助想象的力量， 怀旧才能‘向我们保证隐蔽而遥远的事物的存在’，才能使我们重新获得源自过去的生命动力，从而在当下现实中更自由地存在”①。

三、恢复“记忆”

记忆一方面具有诸多局限，另一方面又对我们的生活产生全方位的影响：“时间和记忆是无法分割地交织在一起的，记忆一方面指向过去，另一方面也塑造着未来。”②记忆的下一步就是回忆，回忆是记忆的延伸，“我们内心所保留的过去经验的记忆，以某种特殊的方式把我们与过去联系起来。早已化为废墟的地点或早已从我们生活中消逝的人物，却永远地存活于我们的记忆之中，有时像幽灵般的虚幻而难以把握，有时又像水晶般的活灵活现……回忆是一个建构的结果，它既建构于当前活动的影响，也建构于关于过去经验所贮存的信息”③。回忆是在特定刺激下对所记忆的事物的情感回归。所回忆到的东西具有个性特征，因为在记忆过程中主体已经将自己不喜欢的东西剔除。“回忆总是美好的”这句话代表了回忆所具有的情感效应。个人生活历史最重要的地方在于它的情感和意义，如果一个人在怀旧，在追忆过去的美好生活图景，那么他想要获得的绝不会是事实与真相，而是要获得过去生活的美好意义，这或许就是怀旧之风盛行、红色经典成为荧屏宠儿、《同一

① 周宪：《文化现代性与美学问题》，中国人民大学出版社2005年版，第27页。

②［美］丹尼尔·夏克特著，高申春译：《找寻失去的自我：大脑、心灵和往事的记忆·导言》，吉林人民出版社1998年版，第65页。

③［美］丹尼尔·夏克特著，高申春译：《找寻失去的自我：大脑、心灵和往事的记忆·导言》，吉林人民出版社1998年版，第1页。

首歌》成为老百姓喜爱的电视节目的重要原因。

文学家的回忆也许是最有代表性的。“恢复记忆”是作家创作的一种基本动力，书写是和“遗忘”在比赛，面对历史经验的流失，无奈中只能通过对破碎、片断经验的书写和记录来延续那势必被湮没的文化记忆。因为过去的东西“随风而逝”，曾经的美好只是“逝水年华”，于是人们试图通过一种途径抵达过去，为自己漂泊的心灵找到一个停泊的港湾，文学就有这个功能。

宇文所安认为：

凡是回忆触及的地方，我们都发现有一种隐秘的要求复现的冲动。当我们回过头来考察复现自身的时候，我们发现，只有通过回忆，复现才有可能……对我们来说，除了最机械的重复之外，回忆可以在所有的方面彻底战胜本能，在我们体内，回忆和复现这两件事，是同一位守护神的两张脸面。①

“恢复记忆”的方式就是怀旧。“对于一九〇〇年到一九五〇年这一历史时期而言，没有比《追忆逝水年华》更值得纪念的长篇小说杰作了……普鲁斯特的主要贡献在于他教会人们某种回忆过去的方式。”②这种方式就是由一缕熟悉的香味、一张发黄的照片等激发起情感的激荡，从而在情感记忆中使过去的岁月重现眼前。尽管这种“昨日重现”是一种回忆错觉或现实错觉，但是这毕竟是人类重温旧梦的有效途径之一。在心理学上，这种“图景式回忆”也在实验中得到了验证。“记忆似乎随时间的消逝得到了改进而不是衰退……与此相似，心理学家和神经生物学家们已经发现，有些记忆影像会随时间的流逝而变得更加难以遗忘。对这种似乎矛盾的现象，他们称之为巩固，即记忆增强似乎对图像比对文字更宜于发生。”③而且有趣的是，对于记忆错觉比对事实真相的

①［美］宇文所安著，郑学勤译：《追忆》，生活·读书·新知三联书店2004年版，第113页。

②［法］M. 普鲁斯特著，李恒基等译：《追忆逝水年华·序》，译林出版社2001年版。

③［美］丹尼尔·夏克特著，高申春译：《找寻失去的自我：大脑、心灵和往事的记忆·导言》，吉林人民出版社1998年版，第76页。

认同态度高过许多，记忆错觉中的“真实”比现实真实的可信度高出了许多。人们更倾向于相信自己错觉中的东西是真实可信的，因为错觉中的“事实”才是经过主体情感建构出来的，对主体有更大魅力的事件。或许，我们可以这么表述，艺术家在怀旧时，不知不觉进入艺术错觉的梦乡，梦乡会发出缕缕清香，引导着李安痴迷于张爱玲笔下的上海滩旧景，而创作了2007年中国最具轰动性的影片之一——《色戒》；引导着张艺谋飘回那个爱情纯真的年代，追忆那段不受丑陋现实污染的人间真爱，创造了《我的父亲母亲》中父母亲相守到老的爱情故事。经过人工加工带有错误性的事实，总由于符合人心的期待，而变得更具权威性，更令人信服。记忆错觉的形成与个体记忆有着密切的联系，是集体无意识和文化传统对个体记忆进行加工改造的结果。

四、集体回忆

记忆的主体有个体与集体之分，个人的记忆构成了集体记忆的前提，而一旦形成了较为固定的集体记忆，集体记忆就成为一种集体文化观念，反过来塑造和影响个体记忆的方式、方向和内容。个人的文化观念是在集体文化记忆中形成的，通过心理结构、思维模式、语言结构又深深镌刻在个体记忆的基石之上。个体记忆的情感性因素和记忆错觉同样在集体记忆的各个方面表现出来。于是对个人记忆特点的考察就转向了对集体记忆特征的追问。

怀旧在很大程度上也是对一种集体记忆进行追忆的现象，“旧”，即一辈人曾经生活在同一历史背景下，对那个时代的风俗、文化、景象等有着同样的记忆；“怀”，即这一群体对同一记忆有着相同的感情，在外界的促动下，自觉地对过去进行追忆，成为一种集体性的行为。如“红色经典”，负载着那一代人对于理想的追求，对于英雄主义的崇拜，它的重现，能够轻易地激起许多有着共同记忆的中老年人对于这段岁月的回味。怀旧成为一种集体性的活动，成为一种社会文化现象，不再局限于个体化和私人化，甚至渗透到现代人的日常生活细节之中，成为一种默认的生存方式，是基于怀旧具有“能承担起的平衡人类的现实

需求，抚慰人类无家或无根的焦虑感和恐慌感，增强人类生活的安全指望和信心等”的功能，“它的精神功利性和价值感已经达到了巅峰状态”。[①]

怀旧作为一种集体性心理现象，“是在作为文化消费者的个体和作为文化背景构成者的社会时代环境合力作用下产生的一种心理反应。从主观的、个体者的角度观察，怀旧实质上是一种对现实生活的忘却和逃避。怀旧是一种极其特殊的情感—心理机制。它让人们把不愿意回忆的痛苦和压抑暂时隐藏和屏蔽，试图给予人们一个可以寄寓性灵的‘桃花源’。从客观的、社会性角度观察，现实生活的困境和挣扎诱发了人们对过去的怀念。由于现代社会多元格局的构成与变化极其复杂，一部分人的社会位置从中心滑落至边缘，因而产生了明显的失落感，但在动荡多变的社会潮流面前又无能为力，于是只能通过怀旧的方式来表达对现实的不满和感伤”[②]。随着后现代文明社会的到来，在这个信仰缺失的国度里，许多人开始在浮躁的都市生活外寻找一种情感的位移，怀旧就是这种情感位移的方式，“老照片”、“老房子”、“老歌”、“老建筑”的风靡，复古风的形成都是这个时代人们怀旧的内容，都倾注了他们强烈的情感。

据研究，怀旧的群体主要集中在20岁以上的人群中，这与这群人所处的心理矛盾有着不可分割的联系：“20~24岁侧重对亲密时光的向往，25~65岁是对青春与活力的感怀。而65岁以后则更多的是对得失的检讨，以及开始对生命永恒的留恋。随着年龄越来越大，怀旧心理也会越来越强。怀旧还广泛存在于有特殊经历的人群中。特殊的经历和背景，使得他们在某些方面有一种趋同性，同时受到某些特殊场合或特殊物质的影响又会产生怀旧心理。”[③]怀旧虽然对于20岁后不同阶段的人来说，有着不同的内容，但总体而言，又具有相同性，怀旧情绪是怀旧个体共同拥有的一种朦胧不定却又挥之不去的心理状态，它基于现实和理想这一人

① 赵静蓉：《作为一个美学问题的现代怀旧》，载《福建论坛》2003年第1期。

② 赵静蓉：《作为一个美学问题的现代怀旧》，载《福建论坛》2003年第1期。

③ 谭亚：《怀旧情感在包装上的运用》，载《贵州大学学报》（艺术版）2005年第3期。

类基本矛盾而存在。只要这一矛盾出现，它也便伴随而生，具有普遍存在性。“从心理学角度看，怀旧心理与人们不可遏制的、普遍存在的怀旧情绪和回归愿望息息相关。……从集体行为方面理解，怀旧可以说是为了弘扬并记住历史，获得民族身份认同。一句古老的谚语说：没有故乡的人，身后一无所有。‘怀旧’者的背后是中国‘文化怀旧’和‘文化乡愁’；而更深远的背后是农耕文明和‘身后看’的民族心理结构、情感的构造。原型先是一种心理结构。它一方面在民族历史文化的长河中被塑造并不断置换变形，但是在一定时期内它也较为稳定，从各个角度制约和影响着一个民族文化心理发展的方向和维度。”①

可以说，怀旧以个人记忆为基础，并外扩到以集体记忆为基础，成为一种集体回忆现象，它的产生是基于社会文明的变化底下，人的失落与无奈，以及人类对于躲避与逃离现实的渴求。当怀旧作为集体行为时，它常被积淀为一种民族心理结构，成为集体共同寻找的快乐精神源泉。

第二节 “怀旧”的原型分析

每一个民族都有自己的民族记忆，那些在博物馆、纪念馆和文物馆中陈列着的物品，那些考古发现的历史文物，那些活在老百姓日常衣食住行中的非物质文化遗产，都是民族记忆的见证。民族记忆也表现在文化观念上面。从人类学角度来讲，民族记忆包括文化的、心理的、体质的遗传等，并由此而形成了文化人类学、人种学、人类考古学等。民族记忆，是一种集体性的心理状况，为本民族人所共同拥有，并根深蒂固地存在着，它是怀旧的基础，人总会在现实需求的驱使下进行怀旧，追求民族身份的认同，弘扬历史，怀旧有着一定的“怀旧效应”，这一效

① 余杰：《心理学视野下的现代人的怀旧情结》，载《黄河科技大学学报》2007年第2期。

应普遍存在。

民族记忆或集体记忆除了形成一定的文化观念、风俗传统等有一定载体的上层建筑来影响人们的生活外，还通过形成“心理原型”的方式在无意识层面更深刻地影响着人们的文化选择和心理选择。“怀旧”不仅可作为一个日常事件，也可视为一种心理结构。这种“怀旧”的原型性心理结构是一种向后的、内省的、封闭的心理活动模型。

一、“无意识积淀”与文学怀旧

在弗洛伊德的意识和无意识①心理学基础上，在文化人类学的实例考察中，瑞士心理学家荣格提出了“集体无意识”的概念，认为在无意识心理中不仅有个人自童年起的经验，而且积存着许多原始的、祖先的经验，种族记忆或集体无意识是潜藏在个人心底深处的超个人的内容，原始意象或原型作为集体无意识的结构形式，主要由那些被抑制的和被遗忘的心理素材所构成，它们在神话和宗教中得到最明显的表现。荣格认为，一旦作家表现了原始意象，就好像道出了一千个人的声音：“与此同时，他也将他所要表达的思想从偶然和短暂提升到永恒的王国之中。他把个人的命运纳入了人类的命运，并在我们身上唤起那些时时激励着

① 弗洛伊德的精神分析理论将人的精神意识分为意识、前意识、无意识三层。无意识成分是指那些在通常情况下根本不会进入意识层面的东西，比如内心深处被压抑而无从意识到的欲望、秘密的想法和恐惧等。主要的无意识情况有：①确实没有意识到，如视而不见，听而未闻；②曾有所意识但没有与别的意识片段联系起来，因而一过去就丧失了；③对个别情况的意识被组织在一较大片段的意识活动中而没有特别显示出其存在。无意识起初是由哲学家提出来的，后来，它才逐渐吸引了心理学家，尔后是神经生理学家的广泛兴趣。

出于无意识层面的原始冲动和本能以及之后的种种欲望，由于社会标准不容许，得不到满足而被压抑到意识之中，但它们并没有消灭，而是在无意识中积极活动。因此，无意识是人们经验的大储存库，由许多被遗忘了的欲望组成。这正是所谓的“冰山理论”：人的意识组成就像一座冰山，露出水面的只是一小部分意识（仅占1/7），但隐藏在水下的绝大部分（6/7）却对其余部分产生影响（无意识）。弗洛伊德认为无意识具有能动作用，它主动地对人的性格和行为施加压力和影响。[弗洛伊德在探究人的精神领域时运用了决定论的原则，认为事出必有因。看来微不足道的事情，如做梦、口误和笔误，都是由大脑中的潜在原因决定的，只不过是以一种伪装的形式表现出来。由此，弗洛伊德提出关于无意识精神状态的假设，将意识划分为三个层次：意识、前意识（“冰山理论”中的水面，或者严格地称分界线）和无意识。]

人类摆脱危险，熬过漫漫长夜的亲切的力量……艺术家以不倦的努力回溯于无意识的原始意象，这恰恰为现代的畸形化和片面化提供了最好的补偿。艺术家把握住这些意象，把它们从无意识的深渊中发掘出来，赋予意识的价值，并经过转化使之能为他的同时代人的心灵所理解和接受。”[①]艺术家的这一努力过程正是从集体记忆或者已经转化为无意识的集体记忆中追寻消逝的岁月和价值，为人们的心灵提供“怀旧”和栖息的“安乐窝”。如果说个体记忆是个体“怀旧”的心理本质因素，“集体无意识原型”就是集体和民族“怀旧”的心理本质。“个体无意识的绝大部分由‘情结’所组成，而集体无意识主要是由‘原型’所组成的。”[②]集体无意识或民族记忆的内容是种类繁多、博大精深的，能引起人们思古怀旧之情的“原型”或心理内容只是其中的一个较为主要的组成成分。

原型[③]是一种心理结构，它一方面在民族历史文化的长河中被塑造并不断置换变形，但是在一定时期内它也较为稳定，从各个角度制约和影响着一个民族文化心理发展的方向和维度。“在一个特定的社会群体中，一个谣传、一个故事或一个装饰设计，所采用的形式是众多不同的社会反应的结果。文化要素或文化情结从一个群体成员传到另一个群体成员，从一个群体传到另一个群体，最后达到一个完全习俗化的形式，并且可能会在某一特定群体的文化群中占有一席之地。”[④]这就是习俗形成的一种形式，也是记忆原型形成并“积淀”为民族心理结构的一个方式。李泽厚认为“积淀”是艺术形成的方式，“原始积淀是审美，艺术积淀是形式，生活积淀是艺术。所谓积淀，本有广狭两义。广义的积

① 叶舒宪：《神话——原型批评》，陕西师范大学出版社1987年版，第8页。

② 叶舒宪：《神话——原型批评》，陕西师范大学出版社1987年版，第104页。

③ 源自心理学家卡尔·荣格的名词，指神话、宗教、梦境、幻想、文学中不断重复出现的意象，它源自民族记忆和原始经验的集体潜意识。这种意象可以是描述性的细节、剧情模式或角色典型，它能唤起观众或读者潜意识中的原始经验，使其产生深刻、强烈、非理性的情绪反应。有六种原型一直伴随着我们，它们是“英雄”、“孤儿”、“流浪者”、“武士”、“殉教者”、“巫师”。

④ ［英］弗雷德里克·C. 巴特莱特著，黎炜译：《记忆：一个实验的与社会的心理学研究》，浙江教育出版社1998年版，第151页。

淀指所有由理性化为感性、由社会化为个体、由历史化为心理的建构行程。它可以包括理性的内化（智力结构）、凝聚（意志结构）等等。狭义的积淀则是指审美的心理情感的构造”[①]。文学作品是文化的重要组成部分，也成为“集体无意识”最好的“积淀”载体。这是文艺作品为何拥有“怀旧”品格的根本原因。

“怀旧”作为一个行为事件，它的主体是个体的人、集体或民族，它的具体对象则是童年生活、往日情怀、已逝岁月、古典事物、故乡旧居等，通过“怀旧”事件呈现出的“怀旧之美”则是它带来的审美情感效果。“怀旧”的能指较为丰富，童年之恋、故土乡愁、往事恋歌都是包含在其中的，并且乡愁、往日和童年是“怀旧”最重要的三个内容。个体的“怀旧”昭示着整个民族的“怀旧”心态，因此“文化乡愁”、浪漫历史和古典文化就相应成为一个民族“怀旧”的主要内容。

二、“怀旧”原型分析

追忆童年、少年等时期的美好纯真是每个作家都有的写作经历。在许多作家的笔下，童年不管多么贫穷多么悲惨，都总有一些甜蜜而美好的情感弥漫其中。冰心说：“提到童年，总使人有些向往，不论童年生活是快乐，是悲哀，人们总觉得都是生活中最深刻的一段；有许多印象，许多习惯，顽固地刻划在他的人格及气质上，而影响他的一生。”[②]大作家高尔基的《童年》是一部典型的追忆童年生活之作，在全世界享有盛誉。鲁迅在散文集《朝花夕拾》中对“三味书屋”的美好回忆也常常引发我们的怅惘怀旧之情。

当然，回忆也不总是为了衬托美好，在一些时候也可以充当现实批判的工具。中国当代著名作家王小波充满了批判意识的“时代三部曲”包括《黄金时代》、《白银时代》、《青铜时代》三部长篇小说。特别是他的杂文，处处充满了对于过往荒谬时代的批判。以《一只特立独行的猪》为例：

① 李泽厚：《美学三书·美学四讲·艺术》，安徽文艺出版社1999年版，第595页。

② 童庆炳等：《现代心理美学》，中国社会科学出版社1993年版，第103页。

插队的时候，我喂过猪、也放过牛。假如没有人来管，这两种动物也完全知道该怎样生活。它们会自由自在地闲逛，饥则食渴则饮，春天来临时还要谈谈爱情；这样一来，它们的生活层次很低，完全乏善可陈。人来了以后，给它们的生活作出了安排：每一头牛和每一口猪的生活都有了主题。就它们中的大多数而言，这种生活主题是很悲惨的：前者的主题是干活，后者的主题是长肉。我不认为这有什么可抱怨的，因为我当时的生活也不见得丰富了多少，除了八个样板戏，也没有什么消遣。有极少数的猪和牛，它们的生活另有安排。以猪为例，种猪和母猪除了吃，还有别的事可干。就我所见，它们对这些安排也不大喜欢。种猪的任务是交配，换言之，我们的政策准许它当个花花公子。但是疲惫的种猪往往摆出一种肉猪（肉猪是阉过的）才有的正人君子架势，死活不肯跳到母猪背上去。母猪的任务是生崽儿，但有些母猪却要把猪崽儿吃掉。总的来说，人的安排使猪痛苦不堪。但它们还是接受了：猪总是猪啊。

对生活做种种设置是人特有的品性。不光是设置动物，也设置自己。我们知道，在古希腊有个斯巴达，那里的生活被设置得了无生趣，其目的就是要使男人成为亡命战士，使女人成为生育机器，前者像些斗鸡，后者像些母猪。这两类动物是很特别的，但我以为，它们肯定不喜欢自己的生活。但不喜欢又能怎么样？人也好，动物也罢，都很难改变自己的命运。

以下谈到的一只猪有些与众不同。我喂猪时，它已经有四五岁了，从名分上说，它是肉猪，但长得又黑又瘦，两眼炯炯有光。这家伙像山羊一样敏捷，一米高的猪栏一跳就过；它还能跳上猪圈的房顶，这一点又像是猫——所以它总是到处游逛，根本就不在圈里呆着。所有喂过猪的知青都把它当宠儿来对待，它也是我的宠儿——因为它只对知青好，容许他们走到三米之内，要是别的人，它早就跑了。它是公的，原本该劁掉。不过你去试试看，哪怕你把劁猪刀藏在身后，它也能嗅出来，朝你瞪大眼睛，噢噢地吼起来。我总是用细米糠熬的粥喂它，等它吃够了以后，才把糠兑到野草里喂别的猪。其他猪看了嫉妒，一起嚷起来。这

时候整个猪场一片鬼哭狼嚎，但我和它都不在乎。吃饱了以后，它就跳上房顶去晒太阳，或者模仿各种声音。它会学汽车响、拖拉机响，学得都很像；有时整天不见踪影，我估计它到附近的村寨里找母猪去了。我们这里也有母猪，都关在圈里，被过度的生育搞得走了形，又脏又臭，它对它们不感兴趣；村寨里的母猪好看一些。它有很多精彩的事迹，但我喂猪的时间短，知道的有限，索性就不写了。总而言之，所有喂过猪的知青都喜欢它，喜欢它特立独行的派头儿，还说它活得潇洒。但老乡们就不这么浪漫，他们说，这猪不正经。领导则痛恨它，这一点以后还要谈到。我对它则不只是喜欢——我尊敬它，常常不顾自己虚长十几岁这一现实，把它叫做“猪兄”。如前所述，这位猪兄会模仿各种声音。我想它也学过人说话，但没有学会——假如学会了，我们就可以做倾心之谈。但这不能怪它。人和猪的音色差得太远了。

后来，猪兄学会了汽笛叫，这个本领给它招来了麻烦。我们那里有座糖厂，中午要鸣一次汽笛，让工人换班。我们队下地干活时，听见这次汽笛响就收工回来。我的猪兄每天上午十点钟总要跳到房上学汽笛，地里的人听见它叫就回来——这可比糖厂鸣笛早了一个半小时。坦白地说，这不能全怪猪兄，它毕竟不是锅炉，叫起来和汽笛还有些区别，但老乡们却硬说听不出来。领导上因此开了一个会，把它定成了破坏春耕的坏分子，要对它采取专政手段——会议的精神我已经知道了，但我不为它担忧——因为假如专政是指绳索和杀猪刀的话，那是一点门都没有的。以前的领导也不是没试过，一百人也捉不住它。狗也没用：猪兄跑起来像颗鱼雷，能把狗撞出一丈开外。谁知这回是动了真格的，指导员带了二十几个人，手拿五四式手枪；副指导员带了十几人，手持看青的火枪，分两路在猪场外的空地上兜捕它。这就使我陷入了内心的矛盾：按我和它的交情，我该舞起两把杀猪刀冲出去，和它并肩战斗，但我又觉得这样做太过惊世骇俗——它毕竟是只猪啊；还有一个理由，我不敢对抗领导，我怀疑这才是问题之所在。总之，我在一边看着。猪兄的镇定使我佩服之极：它很冷静地躲在手枪和火枪的连线之内，任凭人喊狗咬，不离那条线。这样，拿手枪的人开火就会把拿火枪的打死，反之亦然；两头同时开火，两头都会被打死。至于它，因为目标小，多半没事。就这样连兜了几个圈子，它找到了一个空子，一头撞出去了；跑得潇洒之极。以后我在甘蔗地里还见过它一次，它长出了獠牙，还认识我，但已不容我走近了。这种冷淡使我痛心，但我也赞成它对心怀叵测的人保持距离。

我已经四十岁了，除了这只猪，还没见过谁敢于如此无视对生活的设置。相反，我倒见过很多想要设置别人生活的人，还有对被设置的生活安之若素的人。因为这个原故，我一直怀念这只特立独行的猪。①

王小波的妻子李银河认为：

王小波的作品一直盛行不衰，使我感到欣慰。有一次，作家孙郁先生对我说，他在北京四中读书的女儿非常喜欢读王小波的作品，她的同学们也喜欢。一个作家的作品能够让毫无相同生活经历的年青一代喜欢，首先证明他的作品中有一些能够超越时间的东西。而这就是所谓“永恒的主题”，如爱和美。王小波的小说在世界文学之林中创造出属于他的美，这美就像一束强光，刺穿了时间的阻隔，启迪了一代又一代刚刚开始识字读书的青年的心灵。

其次，这个现象也表明，王小波批评的对象有些还活得好好的。当初，王小波的作品刚面世时，我就听到这样的说法：他说出了我们想说的话。而到今天，这些话语、这些思想仍是我们的社会所需要的。我们从王小波的长盛不衰只能得出这样的结论：在中国，自由主义理念的传播还任重而道远。

王小波所虚构的艺术之美，以及他通过对现实世界的批评所传播的自由主义理念，已经在这个世界的文化和思想宝库中占据了一席之地，虽然并没有一个像诺贝尔文学奖之类的证书来印证这一点，但是，我相信，时间就是他作品价值的证书。②

① 王小波：《我的精神家园》，文化艺术出版社1997年版，第86页。

② 李银河：《王小波全集·序言》，北方文艺出版社2006年版。

心理学家认为："表现艺术所传达的深刻体验，主要来自它对遥远的、记不清的童年时代的某些经验的触动。"①尼采同样认为："即使艺术家并未站在启蒙人类、使人类继续男性化之前列，人们也应该宽宥他：他一辈子是个孩子，或始终是个少年，停留在被他的艺术冲动袭击的地位上；而人生早期的感觉公认与古代感觉相近，与现代的感觉距离较远。他不自觉地以使人类儿童化为自己的使命；这是他的光荣和他的限度。"②不论是在个体的记忆经验中，还是在民族集体的记忆经验中，"童年"都是一个充满了童真、童趣，美好而伤感的"怀旧"典型叙述母题。近年来，对神话学、远古文化人类学的研究日趋兴盛，神话——原型批评等理论主义的走俏，文学作品对《山海经》、《淮南子》等上古文化的重新解读和继承，都表现了人类对"文明童年"的一种怀念和向往。叔本华说："回忆到过去和遥远的情景，就好像是一个失去的乐园又在我们面前飘过似的。"③

对故乡、故人的怀念和追忆同样是一个经典的文学主题。古人早就有思乡咏月的诗歌名作，晋代向秀经过亡友嵇康的墓而写了《思旧赋》。唐代李白传诵千古的《静夜思》，不但是个人的怀乡思旧之杰作，也成为整个民族"怀乡"的典型之作。古人把思念怀旧之情和明月结合，"明月千里寄相思"，开辟了一个文化—心理结构的模式。宋代苏东坡《水调歌头》中的诗句同样闻名后世："人有悲欢离合，月有阴晴圆缺，此事古难全。但愿人长久，千里共婵娟。"个人的乡愁一旦和民族结合起来，就变成了一种"文化乡愁"。它可以追忆一种文化的断裂和失落，也可以因为国家破灭或分裂而悲伤怀旧，例如当代的台湾诗人作家在其作品中反复吟唱"思乡怀旧"的文化主题。故国故土是那么的遥远，却能时时通过"怀旧"浮现在眼前；吾土吾民咫尺天涯，却成为睡梦中萦绕不去的呼唤，如余光中的《乡愁》："小时候／乡愁是一

① 腾守尧：《审美心理描述》，中国社会科学出版社1985年版，第163页。

② ［德］尼采著，周国平译：《悲剧的诞生》，生活·读书·新知三联书店1986年版，第176页。

③ 叔本华：《作为意志和表象的世界》，商务印书馆1984年版，第79页。

枚小小的邮票／我在这头／母亲在那头　长大以后／乡愁是一枚窄窄的船票／我在这头／新娘在那头　后来／乡愁是一方矮矮的坟墓／我在外头／母亲在里头　而现在／乡愁是一湾浅浅的海峡／我在这头／大陆在那头。”

“往日”或者历史，代表了一种情感记忆，一种对岁月流逝、青春不再的感伤。鲁迅小说《风波》里的九斤老太一口一个“一代不如一代”；普鲁斯特“以一千种方式重复这一想法：唯一真实的乐园是人们失去的乐园，幸福的岁月是失去的岁月”　。也许是错觉，但是沉浸在“怀旧之美”情趣中的主体是无法觉察到的，情感的力量削弱了记忆的事实准确度。对往日历史的精彩幻想已经有了情感记忆的因素而变得鲜明，古代的情怀被一次次重申和怀念，古典文化也因此不断在看似割裂了的时空中重现，“黄金时代”里的英雄们和艺术精品成为现代艺术重要的楷模和艺术范式。在回首过去、怀念往日的“怀旧”心态里，唯一有意义的是情感的慰藉与心灵的真实安慰，事件真相到底如何是没有人关心的。

原型是集体记忆的心理—文化积淀，这些心理结构原型的存在为人们回忆往日并感伤美好生活图景的消失提供了一种潜在力量。苏联文艺学家列·谢·维戈茨基说：“无意识的东西同意识之间并没有隔着一堵不可逾越的大墙。始于无意识东西的过程往往延续于意识之中，反之，也有许多有意识的东西被我们排挤到下意识的领域中去。在我们的意识的这两个领域之间，存在着经常的、时刻不停的活跃的联系。无意识的东西影响我们的行为，在我们的行为中表现出来，我们就是根据这些痕迹和表现才学会认识无意识的东西以及它的主导规律的。”[①]无意识中的原始意象和原型心理结构或隐或显地构建了“怀旧”的内容。而在民族记忆和民族文化方面，研究者们也许有很多的问题亟待解决。对于民族文化记忆，有学者认为：“作为整体的文化记忆就像作为个体的记忆一样，具有意识和无意识两个层面。官方的、中心的、主流的民族文化记

① ［苏］列·谢·维戈茨基著，周新译：《艺术心理学》，上海文艺出版社1985年版，第88页。

忆，是经过精英阶层精心修饰的、上升为有意识的、理性的部分，符合的只是某个特定时代、特定利益集团的愿望和要求，投射出的只是一个非现实的、理想的、虚幻的民族文化自我镜像。用弗洛伊德的话形容，它只是冰山上露出的一角。而更深邃、更丰富、更具活力的是民族集体无意识海面下巨大的冰体，它是历经几千乃至几万年之久积淀的民族文化记忆，由于尚未经过精英化、理性化的扭曲，还保持着比较纯洁的地方性文化身份标志，具有不可通约性和不可逐译性，因而能够投射出较为原始的、真实的民族文化影像，对于该民族文化今后的发展走向具有非常重要的启示意义，并将成为全球化语境中唯一具有交换价值的文化产品。”[①]而对文艺作品中的民族“怀旧”心理进行解读和梳理，对非文字经验中的民俗、民间话语的系统研究，都不失为很好的方法。

小　结

怀旧或回忆往日的事件多发生在老年人身上，但是并不能断定怀旧的情绪和年龄成正比例关系。年龄不是怀旧的必然条件，而是充分条件；因为年龄越大，就预示着对往日图景更多的记忆和留恋，年轻人则更多的充满希望。同样，一个朝气蓬勃的民族是没有多少怀旧心态的，衰落的民族更容易怀旧。在封建王朝的末代，怀旧和感伤情绪也到处弥漫；在每个世纪末，古典保守主义总是容易抬头，“怀旧”之风也容易席卷艺术园地，使得审美活动成为“怀旧”感伤行为。张爱玲曾为人类的怀旧找到了一个理由：“这时代，旧的东西在崩塌，新的东西在滋长。人们只是感觉日常的一切都有点不对，不对到恐怖的程度。人是生活在一个时代里的，可是这时代却在影子似的沉没下去，人觉得自己是被抛弃了。为了证明自己的存在，抓住一点最真实的、最基本的东西，

① 张德明：《多元文化杂交时代的民族文化记忆问题》，载《外国文学评论》2001年第3期。

不能不求助于古老的记忆，人类在一切时代之中生活过的记忆，这比眺望将来要更清晰、亲切。”①

对“古代”的“怀旧”成为一种民族的“原型”心理结构，这种深层的心理结构是以无意识的方式在起作用，规范着整个民族的文化认同和道德伦理认同。对于这种认同，艺术家们从个人的审美角度出发和从集体的思想立场出发，就会形成不同的文艺呈现方式。“古代和谐”作为一种思想的客观存在物，对它的理解和解释造成了“怀旧”的文艺审美倾向和文化审美伦理审美倾向。“古代”并不能天然地具有审美优越性和真理性，“古代和谐社会”这一所谓“历史事实”也只是传统文化的一个记忆、一个心理体认，或者说一个心理错觉及一种主体的审美和伦理建构，不具有客观历史的确定性、真实性。

① 张爱玲：《张爱玲文集》（第四卷），安徽文艺出版社1992年版，第174页。

第三章
“怀旧”的现象学分析

“怀旧”扎根于人类心理的土壤之中，与文艺心理学有着密不可分的关系，同时它与人类生活的背景等也有着紧密的联系，是一种复杂的文化现象，也是一种社会学现象。从内在而言，怀旧是一种既旧又新的文化现象。说它旧，是因为任何时代都有怀旧，而任何怀旧都是以回望过去的方式延续人类的历史记忆和传统；说它新，是指现代性背景赋予其新的现实价值，使怀旧变成了一个新问题，从而推进了人类意识对现代人的社会状况、生存困境和文化心态等问题的新思考。① “怀旧”最早出现于病理学领域，后逐渐延伸，进入社会学领域。英语“nostalgia”（怀旧）一词，源于两个希腊词根nostos和algia，nostos是“回家”、“返

① 赵静蓉：《现代怀旧的三张面孔》，载《文艺理论研究》2003年第1期。

乡”的意思，algia指的是“一种痛苦的状态”。17世纪末，瑞士医生J.霍弗尔把这两个词根连接起来，首次使用了nostalgia一词，用来指称一种怀旧的心理疾病。西方对于怀旧的研究，从这里开始，并经历了从病理学到心理学、社会学转变的过程。进入现代，怀旧现象越来越普遍，开始作为美学问题被专家学者们所注意。

怀旧作为一种社会现象，它的存在需要一定的条件，马尔科姆·蔡斯（Malconlm Chase）和克里斯托弗·萧（Christopher Shaw）在《怀旧的不同层面》一文中认为：“构成怀旧的有三个先决条件：第一，怀旧只有在有线性的时间概念（即历史的概念）的文化环境中才能发生。现在被看成是某一过去的产物，是一个将要获得的将来。第二，怀旧要求某种现在是有缺憾的感觉。第三，怀旧要求有从过去遗留下来的人工制品的物质存在。”①

第一节　面对“事实”本身

“怀旧”对象的“事实”具有现象学哲学中“事实”或“事物”的特征，在现象学中哲学必须用一种“本质直观”的方式进行理解。②现象学哲学及其美学“注重主体的‘本质直观’和对‘现象’的把握能力，尤其注意‘事物的显现方式’，即关注事物现象和价值是‘怎样显现’的，是通过什么‘向我显现’的。……注意对文艺特殊现象的把握，重

① 马尔科姆·蔡斯、克里斯托弗·萧：《怀旧的不同层面》，转引自包亚明：《上海酒吧》，江苏人民出版社2001年版，第137页。

② “sachen”（事实）一词在中文中有几种译法。现象学专家倪梁康教授翻译为“实事”，王岳川教授翻译为“事实”或“事物”，陈嘉映先生翻译为“真实”（有时用“现象”）。作为现象学哲学的核心概念，和康德的“物自体”不同，“事实”即一个人所意识到的东西，或者说是呈现在一个人的意识中的一切东西。胡塞尔也把所有这些呈现在意识中的东西都叫做“现象”，他企图摆脱主体和客体的分裂，使“现象”成为第一性的“事实”或“第一真理”。本书为方便表达分别采用“事实”和“真实”的翻译法。

视文艺思潮现象的描述和文艺思想一般本质的研究，并努力理解诸本质之间复杂的网络关系，注重观察文学的文化现象显现方式，尤其注意现象在意识中的构成"[①]。可以说，对"怀旧"这一从心理到文艺的现象进行"现象学"的解剖，是"怀旧"事件真正"解蔽"的最佳方式。"怀旧"自身在艺术家的"本质显现"中呈现出"二律背反"的现象，从而加深了对"怀旧"的考察深度。

一、现实真实与记忆真实

对往事的回忆带着作家的情感选择和情感判断，记忆中的"事实"只是作家的意识构建出来的，因此呈现在作家的意识中的事件具有情感性真实，却又带有一定的模糊性。在艺术的世界里，也许作家用想象和虚构创造出来的事件才是"唯一的真实"，这种艺术真实在很多时候是排斥了现时物理时空的。

艺术世界的真实，排斥了物理时空的限制，由艺术家凭想象加入自己对于过去生活的美化，让过去的真实增添一份芬芳，安慰着如今已疲惫的神经，这或许就是近年来"红色经典"成为一种潮流的原因。

"红色经典"的普遍说法产生于20世纪八九十年代，流行于21世纪之初。它是"后文革"时代的一个怀旧的符号。原先主要是指20世纪五六十年代的一批隐含着革命理想主义和革命英雄主义的文艺作品，以及"文革"中的八个样板戏。后来，红色经典的语义范围逐渐扩大到社会文化的方方面面。从文学方面看，还包括左翼文学、延安文学、进步作家的部分作品以及苏联卫国战争的一些作品；从文艺角度看，还包括"红色"的音乐、绘画、舞蹈、雕塑等文艺样式；从社会文化上看，还包括"红色旅游"资源以及相关珍藏资料。"红色经典"，就是以歌颂中国近现代民族革命和中国共产党领导的民主革命为主题，经过历史的检验和筛选，至今仍有思想价值和艺术价值的文化艺术作品。[②]

---

① 王岳川：《现象学与解释学文论·导言》，山东教育出版社1999年版，第1、2页。

② 田承良：《"红色经典"市场化的文化思考》，载《泰山学院学报》2005年第4期。

2004年，《林海雪原》、《红色娘子军》、《小兵张嘎》等一系列经典名片被接连改编为电视作品，“红色经典”的流行成为当年风尚的一环。“红色经典”的受欢迎，首先是因为它契合了中老年人怀旧的情怀。面对世界的纷纷扰扰，中老年人更愿意“用历史的宽容熨平岁月的皱纹，去回忆‘提纯’和‘过滤’了的人生。中老年人通过怀旧这种方式，去‘留住历史’，留住负载过理想热情的历史记忆，留住‘红色经典’所折射的沧桑岁月，历史的悖向性和或然性被遮蔽，一切变得简单明了”[①]。过去峥嵘的红色岁月在艺术家的改写下，成为艺术真实，现实的真实似乎已谈不上，但这对于中老年人来说，都不重要，重要的是这些加工过的真实已宽慰了他们的心。

对于有着悠久历史的中国来说，艺术家对于现实真实与记忆真实的诠释，古已有之，怀古情怀更是深深地植根在古代文人的骨髓中，借古人来宣扬自己的意志。由陈子昂力倡“汉魏风骨”，韩愈、柳宗元到欧阳修的唐宋古文运动，元诗中的“宗唐法古”，及至清代的宋诗运动、骈文中兴等，虽有的不无借复古形式以求通变之意，但总体上仍无疑是以古为正、以古约今的。明人李开先在《昆仑张诗人传》中甚至讲所谓“物不古不灵，人不古不名，文不古不行，诗不古不成”，还不就是《文心雕龙·通变》主张的“望今制奇，参古定法”？显然，怀古的内容助长了形式，正如黑格尔《小逻辑》说的，“有时作为返回自身的东西，形式即是内容”，两者是和谐统一的。崇古复古的内容形式又丰富强化了怀古倾向。[②]文人借“古”在记忆中的真实来达到“约今”的目的，开创文坛新风。

由此可看出，现实真实在艺术家的笔下，就成了艺术真实，以艺术的手法把过去部分不愿记住的真实从记忆中过滤掉，最后留在艺术作品中的只是提纯后的现实。因此现实真实与记忆真实总是存在着一定的距离，但关于“真实”的如何再现，“怀旧”应如何征服主体的全部情感

① 田承良：《“红色经典”市场化的文化思考》，载《泰山学院学报》2005年第4期。

② 刘卫英：《怀古思绪与意象因袭》，载《写作》1999年第9期。

和力量等一系列问题就等待艺术家们在艺术作品中进行回答。关于这些难题，普鲁斯特在《追忆逝水年华》中作了详细的描绘及回答。

普鲁斯特认为，“怀旧”具有一种对主体的征服力量，“怀旧”的开始方式是由于主体对某一特殊事物，如一缕香味、一个生活片段、一片落叶等的情感记忆而激发出来的，对这一特殊事物所在的全部场景的迷醉和想象性回忆。整个的《追忆逝水年华》就以“面包片加茶”这一“熟悉的香味”引发，建构了庞大、复杂而精密的回忆的大厦。细节展示了整体，个体细节所携带的情感因子也是一个“全息因子”，正如“从一滴水可以折射出太阳的光辉”的名言那样，能够折射出往日的全部鲜活的记忆场景。而且，这种场景由于如此鲜明、如此富有魅力，以至于作者把它当做存在的全部真实，迷醉在其中无法自拔：

> 带着点心渣的那一勺茶碰到我的上颚，顿时使我浑身一震，我注意到我身上发生了非同小可的变化。一种舒坦的快感传遍全身，我感到超尘脱俗，却不知出自何因……显然我追求的真实并不在茶水之中，而在于我的内心。茶味唤醒我心中的真实，但并不认识它……我放下茶杯，转向我的内心。只有我的心才能发现事实真相。可是如何寻找？……我再把第一口茶的滋味送到它的跟前。这时我感到内心深处有什么东西在颤抖，而且有所活动，像是要浮上来，好似有人从深深的海底打捞起什么东西，我不知道那是什么，只觉得它在慢慢升起；我感到它遇到阻力，我听到它浮升时一路发出汩汩的声响。不用说，在我的内心深处搏动着的，一定是形象，一定是视觉的回忆，它同味觉联系在一起，试图随味觉而来到我的面前。……等我尝到味道，往事才浮上心头……久远的往事了无陈迹，唯独气味和滋味虽说更脆弱却更有生命力；虽说更虚幻却更经久不散，更忠贞不贰，它们仍然对依稀往事寄托着回忆、期待和希望，它们以几乎无从辨认的蛛丝马迹，坚强不屈地支撑起整座回忆的大厦。[①]

---

① ［法］M.普鲁斯特著，李恒基等译：《追忆逝水年华》，译林出版社2001年版，第1710、1712页。

普鲁斯特对“现时时空”持一种排斥的态度，因为“现时”的“虚幻”和不够美好。“真实”是“怀旧”的目的之一，既然在“现时”中找不到“真实”，那么回到过去找寻失落的“真实”就成为生活必不可少的任务之一：

仅仅是过去的某个时刻吗？也许还远远不止。某个东西，它同时为过去和现在所共有，比过去和现在都本质得多。在我生命历程中，现实曾多少次地使我失望，因为即在我感知它的时候，我的想象力，这唯一使我得以享用美的手段无法与之适应。我们只能想象不在眼前的事物，这是一条不可回避的法则……那些复活了的过去，在它们所持续的一瞬间是那么的完整，致使它们不只是迫使我们的眼睛看不见近在咫尺的房间……所以，三番四次在我身上复苏的那个生命刚才体味到的也许正是逃脱了时间制约的存在片段，只是这种静观虽说向来就有，却转瞬即逝。然而，我感到在我的生活中，它难得给予我们的欢乐却是唯一丰富和真实的。①

普鲁斯特是一位描绘时间、记忆及内心世界的大师。在他的心目中，“现实的真实”不同于“现时的真实”，“真实”是个人的回忆才具有的品质，物理时空或“现时时空”所具有的“真实”只是一种对个人生命起障碍作用的束缚。正是为了摆脱“现时真实”的捆绑，普鲁斯特才要建立一种心理时空中的“真实”。这种心理真实实质上就是通过“怀旧”找寻失落的情感乐园。“怀旧”作为一种行为发生的时候，它是主体带着一种特定的色彩回到情感本体的心理时空中，体验曾经有过的美好生活场景，迷醉在一种“意境”或“情感乐园”中，从而得以“享受美”，将“现时的真实”即物理时空中的一切暂时遗忘、超越。也许，艺术家们就是这样认为：“真实”就是“记忆事实的真相”，“事实”本身只有在“怀旧”和主体的自我观照中才能发现，人们在当

① [法] M. 普鲁斯特著，李恒基等译：《追忆逝水年华》，译林出版社 2001年版，第1710、1712页。

下生活中的种种矛盾，只有在“怀旧”中才能找到解决的办法，人们所要面对的“事实”就是如此。

现象学的创始人、德国哲学家胡塞尔认为首先应当通过一种方法，找到哲学的出发点或“第一原理”，这种能对世界提供一种彻底改变了的观点就是“回到事实本身”。“事实”并不是指客观存在的物理客体，而是指一个人所意识到的东西，或者说是直接呈现在一个人的意识中的一切东西。胡塞尔把所有这些呈现在意识中的东西都称为“现象”，认为这些现象就是哲学研究的对象。他的“回到事实本身”，就是返回到“现象”，也就是返回到意识领域，去直接研究“事实”或现象。①现象学美学继承了这一研究方法，将作品、作家、读者的审美沉思纳入“本质直观”的哲学思维中。由此，作为文艺现象之一的“怀旧”现象，本身既作为研究对象，其“怀旧”的主观方式又带有“现象学沉思”的结构特征，因而采用现象学美学的研究方式就具有一种天然的优势。②可以说，“怀旧”在结构上采用了现象学“本质直观”的沉思方式，但是它指向的是审美客体即个人情感所构建的童年记忆、往日和往事以及故土乡愁等情感乐园，而现象学指向的却是“存在客体”即终极性的哲学真理。

以上提到的自传体长篇小说《追忆逝水年华》在普鲁斯特笔下“怀旧”的主体是“我”，这种第一人称叙事最大程度上将“怀旧”的心理过程展示出来。但是有些作品纯粹是作品的主人公自己的心理怀旧，作家只是将之描绘出来，并带有一定的价值评判，如鲁迅先生的《风波》等。

---

① 胡经之、王岳川：《文艺学美学方法论》，北京大学出版社1994年版，第21页。

② 在现象学美学相继出现英伽登和梅洛·庞蒂等人之后，《审美经验现象学》（这本书被西方学者称为“现象学美学中写得最为有趣和值得研读的著作”）的作者、法国美学家杜夫海纳创立了审美经验现象学，主张将各种艺术现象纳入现象学讨论范围，认为现象学还原与审美经验具有一致性：艺术即意识的现象学重塑，艺术与现象学的情趣是一致的，因为艺术把个人对于经验世界所抱持的自然态度，转变为对世界的感受所抱持的审美沉思态度，即为在纯粹意识中直观审美对象而暂时中断自己对外部时空世界所抱的信念。参见胡经之、王岳川：《文艺学美学方法论》，北京大学出版社1994年版，第117、118页。

二、“怀旧事实”的道德批判

鲁迅先生在《朝花夕拾》等作品中显示了个人“怀旧”的倾向，例如对童年往事的美好回忆、对故乡的情感依恋。但是作为一个封建传统文化的批判者，他更多的时候必须以对“怀旧”情绪进行批判的姿态出现，这是一个矛盾而又难以解决的困境。在鲁迅一生的创作中，“怀旧”的情绪和反“怀旧”的理智始终冲突着。在早期的作品如《从百草园到三味书屋》、《社戏》、《故乡》等文章当中随处可见“怀旧”的情绪在流淌，但是在《阿Q正传》、《风波》等作品中，鲁迅却极力地批判那些对过去念念不忘的人。

鲁迅为什么要批判“怀旧”？因为从他的文化立场、思想立场来说，反对“怀旧”就意味着彻底批判封建文化的遗毒。鲁迅所处的时代，正是半封建社会行将崩溃之际，社会混乱衰败，民众还处在麻木、愚昧的“铁屋子”的状态中。为了唤醒沉睡的国民，进行国民精神的改造，就不能让民众的思想和情感停留在对封建社会的“美好追忆”中，不能让过去的“吃人的礼教”仍然戴着温情脉脉的面纱来欺骗民众。因此反对“怀旧”，包括个人伦理“怀旧”和“文化怀旧”，是非常必要的。在塑造了阿Q、九斤老太等人物形象后，鲁迅先生确实在思想界、文化界得到了响应，甚至对后来起到一种警醒作用。对此，当代研究者认为：

> 中国人对现在却常常采取一种逃避的态度，总喜欢回到过去或憧憬未来。《阿Q正传》正典型地揭示了中国人的这种生存状态。阿Q第一次出场的第一句话是“我们先前——比你阔的多啦！”……这就是阿Q的时间意识：在把时间极力地向过去和未来延伸中否定了现在；而现在愈被否定，过去和未来就会被延伸得愈远愈美。而究其原因，显然是现在对阿Q来说太过苦难了，这样做，就在心理上起到了一定的平衡作用，消解了自身所无法承担的现实的苦难。但长此以往必然会形成一种恶性循环，其后果是不言而喻的。至今我们不还记得那些像“我们拥有五千

年……”和“跑步进入……”之类脱离现在的话语吗？[①]

《风波》中的九斤老太的名言就是“一代不如一代”，文中有七个地方对她的言行进行了刻画。不论是对六斤在吃饭前还拿着一把豆子吃，还是对补一个破碗要十六个铜钉四十八文钱；不论是对七斤嫂顶撞她秤不准而体现的儿孙辈“不孝顺”，还是对辛亥革命，她都无一例外地发出了抗议：“从前是这样的么——一代不如一代！”鲁迅先生的批判立场无疑通过这样的细节刻画而展现出来。民间老百姓的口头禅，正生动地说明了民众还是何等地留恋过去，民众的思想是多么的保守与陈旧！《风波》最后，“六斤新近裹了脚”，“九斤老太过了八十大寿，仍然不平而且健康”，整个农村“又陷入平静中”，这正表现了中国农村闭塞、落后，封建思想代代因袭，生活方式日渐颓废而陈腐的“真实境遇”。鲁迅对于九斤老太等人物的“怀旧”的批判，对于整个中国大地上的封建“怀旧”中生活方式的痛恨与批判精神，在《风波》中展示得淋漓尽致。这也暗示了作为文化先驱的鲁迅对新伦理、新道德、新文化的一种焦虑和期盼。

阿Q和九斤老太的“怀旧”的共同特征是他们对过去“事实”的歪曲和对现存世界秩序的批评。这样一种“怀旧”实际上是一种以“往日道德伦理”为“怀旧”事件的核心，不同于以“往日美好情怀”为核心的普鲁斯特式的“怀旧”。而鲁迅虽然批判九斤老太和阿Q式的“怀旧”，但是他本人却也拥有“怀旧”的倾向，只不过这种“怀旧”是普鲁斯特式的“怀旧”而已。

与文学作品怀旧相对应的是中国电影创作上呈现出来的“怀旧”倾向，单是这几年扬威国际的电影如《色戒》（李安，2007）、《青红》（王小帅，2005）、《红颜》（李玉，2005）、《向日葵》（张扬，2005）、《孔雀》（顾长卫，2004）等就已经带上了浓重的怀旧色彩，最近在国内引起轰动的《立春》怀旧色彩也同样浓烈，旗袍、留声机、

① 夏之放、和磊：《巴赫金的时间哲学——兼及鲁迅文本分析》，载《山东师范大学学报》（人文社会科学版）2002年第6期，第59页。

广播操、露天演出……无不渗透着在我们记忆中同样熟悉的细节，呼唤起我们共同的情感。

怀旧电影，并不是仅仅停留在抒发怀旧情感上，单纯地赞美过去时代的美好，感慨青春岁月的流逝，而是在其中融入对过去事实或者当前现实的批判，表现出对社会发展、个人发展的思考。

著名电影理论家戴锦华认为："社会意识形态正是一个再现系统，或曰一个镜像序列，当它正常有效地运作之时，其功用一如镜像阶段的个体：人们在一个混淆了真实与虚构、自我与他人的状态时，从这镜像序列中'照见'了'自己'，获得了某种关于社会整体与'个人'、'自我'的位置和价值的确认……而影院空间或银幕世界，则成了意识形态机器功能的最佳象征物与实践过程。"①

2004年顾长卫导演的电影《孔雀》，讲述了发生在20世纪70年代安阳小城平凡家庭三兄妹的青春往事。现实常常残酷地打破人的梦想，甚至于小小的期待，在一个人生命的开端——青春期里就划下无法褪去的伤痕，进而把这段不可承受的记忆深深地烙刻在脑海里，伴随着人的一生。对青春期这段幽暗经历的回忆，并不是刻意式的怀旧，而是这份经历已经占据了生活的一个角落，它会本能地在脑海中重播，让人不断吮吸着过去事实滴下的苦汁。

怀旧影片除了有叙述青春伤痛这种类型外，还有其他类型，在爱情成为面包快餐，离婚率日益高企的时代里，有艺术工作者借影片追忆过去纯真的爱情，呼唤人间真爱与真情。在"第五代"的主将张艺谋拍摄的《我的父亲母亲》中，乡土怀旧则完全纯化为了一个唯美浪漫的爱情故事。同样追忆爱情的作品还有霍建起的《暖》，但是它高唱的却是一曲爱情的挽歌，蕴涵着无尽的哀伤与无奈，这是一部典型的离家游子回乡怀旧的电影文本。《暖》改编自莫言的短篇小说《白狗秋千架》。故事叙述了在北京工作的主人公井河回到他已经10年没有回过的农村老家，却在家乡的桥头遇到了昔日恋人暖，从而引发了一段他深藏心底的

① 戴锦华：《电影理论与批评》，北京大学出版社2007年版，第18页。

记忆。多年以后再次相见，井河发现暖嫁给了一个哑巴，依然那么纯净、美丽而朴素，却过着物质极度贫乏的生活。内心愧疚、神情复杂的井河却无力改变什么，只能在甜蜜而心酸的回忆中结束这段感伤的怀旧之旅。

与追忆伤痕青春、纯真爱情、哀伤爱情不同的，还有痴迷于上海旧梦的怀旧电影作品。无论是在国内引起轰动、激起无数争论的李安的《色戒》，还是之前的关锦鹏的《阮玲玉》、《红玫瑰与白玫瑰》、《长恨歌》，王家卫的《花样年华》、《爱神》，许鞍华的《半生缘》，侯孝贤的《海上花》、《最好的时光》，都是在追寻着上海滩上精致唯美的梦，迷恋着那精致的旗袍、优雅的舞姿、动人心弦的留声机音乐，表现绅士风度的帽子与烟斗……

三、“怀旧事实”的艺术新生

鲁迅是个很容易“怀旧”的人，他在精神层面上和古代的嵇康、阮籍有着千丝万缕的联系。学者们认为：“在多重的联系中最突出、最触目的是鲁迅与嵇、阮惊人相近相通的生命意识——个体生命的悲剧性体悟。‘灵魂的深处并不平安，敢于正视的本来就不多，更何况写出？这确凿是一个“残酷的天才”，人的灵魂的伟大审问者。其实，他早将自己也加以精神的苦刑了，从年青时候起，一直拷问到死灭。’这一段文字是鲁迅（1926年）对俄国作家陀思妥耶夫斯基的评述，其实，也正是鲁迅自己的写照。鲁迅与嵇、阮在生命的两种意义、两个层面指向上的悲剧性体悟具体在意识内涵、精神形态上，主要的、明显的是三个方面——生之烦忧，生之寂寞，生之虚妄。”①具有这种个体生命悲剧性体验的鲁迅，一生都在彷徨、孤独中艰难前行，面对敌人的枪林弹雨，承受着背后的暗箭与诽谤，因此鲁迅的“怀旧”情结——对童年的怀念和故乡的精神归依都特别深刻。

① 皇甫积庆：《从文学到生命——鲁迅与嵇康、阮籍的联系与比较》，载《鲁迅研究月刊》1995年第10期。

鲁迅在《野草》、《朝花夕拾》中用诗意的笔调，追忆童年无忧无虑、天真淳朴的生活。在小说、杂文、通信中他不止一次表示，“遗忘与说谎”对于人有时还是需要的。“风沙扑面”的战斗之后，鲁迅一直渴望着一份抚慰、宁静和温馨。现存生命给予鲁迅的感受是“苦痛是总与人生联带的”。而在“怀旧”的“事实”中，故乡是“深蓝的天空中挂着一轮金黄的圆月，下面是海边的沙地，都种着一望无际的碧绿的西瓜”（《故乡》）和“两岸的豆麦和河底的水草所发散出来的清香，夹杂在水气中扑面地吹来；月色便朦胧在这水气里。淡黑的起伏的连山，仿佛是踊跃的铁的兽脊似的，都远远地向船尾跑去了”（《社戏》）。这是鲁迅记忆中“真实”而又那么美好纯净的故乡，也是作家在现实战场上的精神乐土，还有阿长、《山海经》、放屁虫、三味书屋、何首乌……童年的记忆中天真而单纯的精神家园，都成为鲁迅无法遗忘的“栖息之地”。“他憎恶现实进而批判现实，痛恨国民的劣根性便予以无情地揭露，明知自己的‘呐喊’无人响应却从未放弃。……因此，其忆旧不是纯粹的怀乡者的忆旧，他更多的是以久逝的童心与童真去回忆、去体验，去感受一种稚嫩的欢乐与冲动，咀嚼出与今不同的心的自由与欢畅，这是久违了的，令他感到陌生同时又惊喜不已。在鲜活的童年故乡中，鲁迅汲取了对抗失望与孤独的力量。……鲁迅的怀旧情绪经历了一个由温情回顾到冷静剖析直至逼近真实的过程，镌刻着生命的每一个转折时期艰难的心路历程。”①

鲁迅的个人“怀旧”具有普鲁斯特式的“事实”。沉浸在个人“怀旧”中的鲁迅没有了“战士”的锋芒，没有了“投枪与匕首”的杀气，却多了很多温馨、伤感的气息。“怀旧”使鲁迅暂时割断了与现实世界的联系，在“艺术真实”的天地中得以自由地呼吸童年故乡新鲜、甜美的空气。“事实”只能在回忆中找寻，“怀旧”只有在此刻才得以打破时间的冰冷而残酷的链条，带领作家再次体味童年和故乡的所有真实、祥和的感觉。可以说，个人“怀旧”使作家在审美感悟中复活并新生

① 赵慧芳：《心灵的歌哭》，载《淮北煤炭师范学院学报》（哲学社会科学版）2000年第3期。

了。而新生的作家在回到现实语境中，却又不得不竭力反对那种带有道德和伦理批评色彩的“怀旧”，这或许就是“怀旧”中常遭遇到的“二律背反”难题。为了解决这一问题，必须对“怀旧”进行更深入的考察和反思。

第二节 “事实”与悬搁

尼采在《历史的用途与滥用》中指出“历史之过量”是时代生活的敌人，因为它们会带来阻截“民族本能”和恪守有害的“旧时代的信念”的危险。[①] “怀旧”的“事实”所指对象并非真正存在的生活真实或者历史真实，而是对现时时空“中止判断”后进入到情感记忆大厦内部获得的一种“审美真实”，尤其是文学作品中的“怀旧”情结作为一种心理经验的表达，更主要的是传达出主体的感伤性的审美需要。因此，在对“怀旧”进行剖析的时候，人们也有必要排除出具体历史事件的干扰和现时物理时空的影响，进入“怀旧”现象的内部，把握它的本真渊源。

一、物理时空的悬搁

当记忆的大厦从无意识的海底被“打捞”出来以后，熟悉的往事就“真实”而美好地呈现在主体面前，那么，具体的物理时空如何得到解决呢？普鲁斯特认为这是由于“遗忘”在起作用，“遗忘现时”成为主体“回归真实”抵制物理时空的有效手段。具体的文明和历史语境只能为作家提供有限的生活图景，却不能带来更为深刻的内心的平静。作家只有通过“遗忘”才能回到往日的图景中，至少普鲁斯特是这样认为的：

① ［德］尼采著，陈涛等译：《历史的用途与滥用》，上海人民出版社2000年版，第34页。

在蓦然而至的回忆和我们的现状之间，就像在不同年月、不同地点、不同时刻的两个回忆之间一样存在着很大的距离，其距离之大即便剔除某件特有的怪事也足以使它们变得互相不可比拟。是的，如果说多亏了遗忘，使回忆没能够在它和现时之间建立任何联系、设置任何环节，如果它依然停留在它的位置、它的日期上，如果它在谷底峰巅保持它的距离、它的孤独，那么它会使我们突然呼吸到一种新鲜空气，因为这正是我们从前被呼吸的空气；这种比诗人们枉费心机力图使之充斥天堂的更纯净的空气只有在已曾经呼吸过的情况下才可能给予那种深刻的更新感，因为，真正的天堂是我们失去了的天堂。①

对现时时空的遗忘并不意味着现存一切的消失，只不过“回到过去”时主体的全部身心都被投入“失去了的真正的天堂”。当作家在“失去的天堂”中“享受美”并自由呼吸的时候，他并没有对现时作道德批评，而是隐含有一定的价值判断。因为任何现时的东西都是零散的、破碎的、不完美的，所以作家才要在“失去”中找寻“拥有”，在心理时空中寻觅往日的物理世界的意义。为什么作家们要转过身，背对现时而写作呢？有的学者认为：

在城市工业文明走向烂熟的时代，二十世纪世界上一些最负盛名的作家都不约而同地流露出怀旧倾向。艾略特、叶兰、乔依斯、托马斯·曼的作品在这种怀旧中都流露出不同程度的神话主义，而福克纳、马尔克斯一类作家则背向发达工业社会，专心致志地去写他们想象中的小小故乡和古旧家族。在中国当代文坛上，一些古老的、尘封已久的日子正在活灵活现而又迷迷蒙蒙地演出着，构成了一幕幕带有寓言色彩的现代剧。可以说这是文学家们对现代工业文明拷问传统人文精神的一个艺术回答。②

① ［法］M. 普鲁斯特著，李恒基等译：《追忆逝水年华》，译林出版社2001年版，第1709、1710页。

② 肖云儒：《被拷问的中国人文精神》，载《新华文摘》1995年第5期。

神话主义是向远古寻找最初的也是最终极的归属，向失落的岁月寻找生命的诗意和原动力。[①]可以推断说，任何时代的作家都不会在任何现时的历史情境中得到永恒的、完美的、终极的审美超越，他们只有转向内心去寻求仿佛失落的乐园，根本不理会过去历史时空的真相和现存时空的叫嚣。他们为自己和读者构建了一座座庞大、精密、复杂的回忆的宫殿，这些宫殿中怒放着艺术家们最鲜活、最美丽、最动人的记忆和幻想的花朵。读者留恋也好，不理睬也好，这些艺术的宫殿仍然伫立着，成为人类文化史上的瑰宝。

当作家在创作的时候，他不由自主地回忆自身。然而岁月的阻隔和审美情感的隐秘选择，使得真实的往日生活被艺术地加工和改造过了。对于读者而言，有时候也会出现这样的错觉：“当我们读到根据回忆写成的作品时，我们很容易忘记我们所读的不是回忆的正身，而是它的由写作而呈现的转型。写作是由回忆产生的许多复现模式中的一种，但是写作竭力想把回忆带出它自身，使它摆脱重复。写作使回忆转变为艺术，把回忆演化进一定的形式内。所有的回忆都会给人带来某种痛苦，这或者是因为被回忆的事件本身是令人痛苦的，或者是因为想到某些甜蜜的事已经一去不复返而感到痛苦。写作在把回忆转变为艺术的过程中，想要控制住这种痛苦，想要把握回忆中令人困惑、难以捉摸的东西和密度过大的东西；它使人们同回忆之间有了一定的距离，使它变得美丽。”[②]

二、文化立场与态度悬搁

在《风波》、《阿Q正传》中，“怀旧”事件并不是为了构建一座记忆的艺术宫殿，而是为了施行作者的道德的、伦理的、文化的批判，因此“怀旧”现象就成为作者批评的对象。

九斤老太的“一代不如一代”所指并非历史现实中的“一代”，把九斤老太的生活和她所说的“一代不如一代”相对照就可以发现，她并

① 神话和原始宗教被艺术家认为是艺术的起源，原始意象中包含着人类最初对自然和社会的和谐性心理认同。参见鲁枢元、童庆炳等：《文艺心理学大辞典》，湖北人民出版社2001年版，第405、406页。

② ［美］宇文所安著，郑学勤译：《追忆》，生活·读书·新知三联书店2004年版，第129页。

没有经历过一个美好的、真实的一代。鲁迅先生的《风波》描写的社会背景是1917年的中国农村，当时九斤老太刚好79岁。如果按照中国近代历史的真实境况，从九斤老太出生的1838年到1917年的80年间，中国正从一个没落衰败的封建帝国经历鸦片战争、太平天国革命、中法战争、甲午中日战争、八国联军侵华战争、武昌起义等历史动乱而走向一个半殖民地半封建、民不聊生的混乱状态。九斤老太处在最底层的农村，那里正是遭受压迫最重、生活状况最窘迫的地区。九斤老太不可能经历一个美好的“从前”的“一代”，因此她口中念叨的“一代不如一代”纯粹是无意识的言语，而这个无意识的心理反应正是这个苦难深重的民族在现时的境遇中找不到光明和希望时的一种历史追忆。同样，阿Q时常挂在嘴边的“我们先前——比你阔的多啦！”也是一个无意识的自我安慰，阿Q的形象代表着整个民族只能在怀旧中寻找辉煌和自我麻醉的思维方式，这种思维方式根植于封建文化没落的生态环境中“怀旧”的心理结构。

鲁迅的思想、文化立场导致了他对“怀旧”意识的批判。他一方面用艺术“怀旧”的方式来净化自己，为自己寻找栖息的精神乐园，一方面又积极地批判那些沉浸在历史怀旧中的国民，试图打破封建怀旧的“铁屋子”，让国民睁开眼睛接受民主和科学、新道德和新文化的洗礼。鲁迅的两种“怀旧”在本质上并没有冲突和矛盾。因为他个人的“怀旧”是一种文艺式的、感悟式的，只关乎个人的审美、情感领域；他批判的“怀旧”却是带有伦理性、封建性的传统文化中“向后看”的民族心理。九斤老太和阿Q式的怀旧带有旧思想、旧文化、旧道德的影子，这是倡导“改造国民灵魂”的鲁迅所不能接受的，必须加以改造的。

“怀旧”如果只是文艺美学层面的问题尚容易为人接受。一旦“怀旧”从美学问题牵涉社会伦理问题，就成为和现实生活、现代化和现代文明冲突的一个文化伦理、保守主义的问题了。固然现实和现代化并不是纯粹的优越，但是一个总是沉浸在回忆之中的民族是没有勇气和毅力进行改革和创新的。如何理解这个问题，还要用现象学的方式追溯到“怀旧”心理的更内在的层面。

第三节　回归生活世界

在《欧洲科学危机与先验现象学》这部著作中，胡塞尔提出了回归“生活世界”的理论，目的是解决欧洲人在工业文明和意义危机下的“单面人”、“空心人”、“变形人”等问题，用现象学美学来唤起人们对真正“内在”世界的重视和返回。艺术在胡塞尔那里是属于“生活世界”的，把握艺术的意义则与意向性的语言理论密切相关。和德国哲学家叔本华相似，胡塞尔的“艺术”是用来解救当代人自身的价值和意义的唯一有效途径。艺术作品中的“怀旧”审美在扮演“救世主”的角色，由于其特殊的情感迷醉功能，因而能够带领人们在艺术中体验古代的、超验的、童年的审美经验，解决人们的“被抛”、“无归”之类的存在主义难题。另外，当代艺术中“怀旧之美”的潮流也具有一定的代表性，吸引了大批观众和欣赏者，同时，也招致了不少批评和敌意。在“怀旧”现象的艺术心理学、哲学现象学及相关的美学理论分析的基础上，以及经过对它的文学文本现象的深入探讨后，“怀旧”的美学现象就有必要进入当代文化的层面进行总结性的研究和展望。

一、存在、危机与回归

从文化学角度对个别美学和文艺学现象进行研究，是20世纪文化人类学发展的一个倾向，也是全球化语境中的学术潮流。“怀旧”现象“溢出”美学范围之后，由于其外延的广泛性，就转化为一个国家或民族的传统文化的“根器”问题，即民族文化特质对个别文艺现象的统摄作用和辐射作用的问题。东西方在这个问题上遇到了相同的困境和难题，解决之道却不尽相同。

从英国诗人弥尔顿的《失乐园》开始，西方的文学作家及人文学者们的目光就更多地投注在个人的存在和真理问题上，并且深入地探讨了

"诸神退位"之后人类的境遇和命运问题。当尼采用"超人"、"英雄"概念代替"上帝"的概念，用"酒神精神"、"日神精神"的艺术精神取代"和平"、"博爱"的宗教精神后，人的"在世"状态成为所有人文学科目光关注的焦点。但是，废弃了宗教的方法，人的根本问题的探讨的方法论问题就成为一个必要。弗洛伊德从精神病理学的角度提出"潜意识"、"力比多"、"本我、自我、超我"的精神分析方法后，对人类自我的认识深入到一个前所未有的程度。紧接着荣格又从另外一个角度提出了"集体无意识"的概念，使人类向自我探索的脚步大大加快。至此，人们发现，对自我意识的探讨不但要追溯到童年、童年创伤、潜意识，更要向远古时代的神话、民族心理结构、种族记忆进行剖析和追寻。

历经两次世界大战的人们终于悲哀地发现，人存在的"被遮蔽"状态是何等严重，人从来没有这样凄凉地发现自我的无力和丑恶。为了解决人类失落的"被抛"、"荒原"和"异化"状态的问题，人们主要从两个方面寻找解决的办法。一个是海德格尔等寻找到的途径，类似于宗教家们所宣称的那样，"只有一个上帝能拯救我们"；虽然海德格尔所称的"上帝"并不是严格意义上的宗教上的"人格神"上帝，但是海德格尔认为人类与生俱来的"烦"与"畏"只有这样才能"解蔽"。另外一个是一些存在主义哲学家如加缪所期望的道路：在荒谬的世界中忍耐和承受。在加缪的《西西弗的神话》中，担当荒谬的英雄西西弗"藐视神明，仇恨死亡，对生活充满激情，这必然使他受到难以用言语尽述的非人折磨：他以自己的整个身心致力于一种没有效果的事业，而这是为了对大地的无限热爱必须付出的代价"[①]。加缪笔下的"局外人"继承了卡夫卡笔下K等人的"甲壳虫"的命运，却因为具有西西弗似的抗争精神而站立起来。在后现代的全球化语境中，上述两种努力都在文艺界引起了反响，并且每种流派的出现几乎都有一种哲学理念在背后支撑。新历史主义和新殖民主义是其中影响较大的两派，也是和"怀旧"思想紧密结合的文学运动，在很大程度上渗透和飘散着"怀旧之美"的味道。

① [法] 加缪著，杜小真译：《西西弗的神话》，广西师范大学出版社2002年版，第113页。

人类对自身遭遇的反思促进了文学对往事的追忆和对民族文化的探索。但是，也有学者鄙陋“怀旧”的美学风格是“颓废的怀旧和复古情调”[①]，并且极力反对用文学表现文化“怀旧”心理，与鲁迅反对阿Q式的“怀旧”相类似。由于信仰宗教而带来的“失落—拯救—回归”的心理—文化模式仍在西方盛行，西方民族的总体心理结构是“向前看”式的，这是一种乐观的、喜剧性倾向的结构。总起来说，“怀旧”事件和“怀旧之美”的文学风格能够在如今网络文学泛滥、行为主义盛行的时代占有人类心灵、文化的一席之地，虽然有些不合时宜和保守的嫌疑，但是仍然具有独特的审美价值和文学价值。

二、家园、困惑与走向

在中国大地上，对古老的伦理社会一直有一种半宗教式的情感和追忆，“桃花源”是这种天地人合一式的、自然伦理和社会伦理水乳交融境界的最有代表性的文学意象和心理原型。历代的文人墨客对“桃花源”式古代“生活世界”的咏叹和向往构成了古代诗歌“怀旧”的主要内容之一，不论是“开元之治”的唐代还是日落西山的明清两朝。民族文化中的这种“怀旧”思潮之所以一代代汹涌不息，和民族心理结构中的“向后看”、固定性及民族性格中的安逸与静默状态有着密切的因果关系。老庄哲学中的阴柔、静默、恭顺思想，儒家伦理政治思想中的家庭伦理、社会伦理，都在潜移默化的互动中促进了民族文化和文艺创作的“怀旧”保守倾向。到了封建社会末期，由于外来文化和经济、政治的侵略，国人的这种文化乡愁和怀旧情绪更是四处泛滥，一个古老的民族悠远而深重的叹息响彻神州大地；多少文化学者怀着怅惘而留恋的心情，眼睁睁地看着曾经浇灌过自己的民族文化被蹂躏、被破坏。于是，才有了林纾的反对白话文的举动，才有了梁启超为“复辟”造势的努力，才有了王国维“五十之年唯欠一死”从而被陈寅恪称之为“死于一种文化”的自杀行为……虽然经过五四新文化运动的涤荡，但是对往日

① 张坚：《回归生命本体　追逐复兴梦幻》，载《新美术》1995年第3期。

乐园大唱赞歌的人依旧大量存在着，文化怀旧的诗人、作家依然活跃在文坛上。在民间，阿Q式的怀旧者依然痴迷于“祖上”的荣光，“九斤老太”们则不停地念叨着“一代不如一代”，“祥林嫂”们还继续“捐门槛”赎来世……

经历了20世纪30年代到70年代末期的“文化断裂”后，对“文化之根”的回归与继承在哲学和文学两个层面不谋而合地展开了。许多年轻人惊奇地发现了传统文化中的“后现代”因素和值得学习的思想，因此纷纷要求补一堂传统文化课。“寻根”运动造就了一批著名的文学家和作品，如阿城和他的《棋王》、贾平凹和他的“商州”系列、张承志和他的《心灵史》等。可是，“寻根”派的怀旧运动被改革开放的现代化潮流冲击着，并最终在“拿手术刀的不如拿剃头刀的，造导弹的不如卖鸡蛋的”的社会形势下，大批艺术工作者和作家“下海”了，力图打破“傻得像博士，穷得像教授”的尴尬现状。文艺在社会物质主义、拜金主义的大潮下，逐渐从社会文化、公众注意的中心走向边缘，并逐步市场化、商品化，严肃而崇高的文学变成了“一地鸡毛”状或“我是流氓我怕谁”的“痞子文学”；艺术和文化丧失了自身的神圣性，“玩弄文学”成为一种时尚，“厕所文化”、“宠物文化”纷纷粉墨登场，艺术天地的混乱由此可见一斑。于是，紧随着它的，就是：

在今天这个由于价值解体而失去未来，由于社会迅猛发展而甩掉历史的世界上，诗情记忆是如此重要，以至于它像瘟疫一样渗入每个人的血液和骨髓。我们看到，在90年代的流行歌坛，城市民谣长盛不衰，从艾敬的《燕子》、李劲的《红头绳》到李春波的《小芳》、老狼的《同桌的你》，无一不是在往事中打捞温情。与此相应，体现这种怀旧情调的MTV，多将镜头推向童年的乡村、破败的贵族宅院，以纯情的村姑、古典淑女等作为画面的主体形象。在画面处理上，多以棕黄、蓝灰为主色调，并以慢镜头强化与现实隔离的如梦如幻的效果。在文学界，往昔时代似乎成了90年代文学创作的永恒母题。像苏童编织的“妻妾成群”

的爱欲神话、“刺者时代”的童年历险，成为其中的代表。[①]

因而，1993年，一群青年知识分子在上海发起“人文精神大讨论”，开始反思文学、文化的失落和民族精神的重建问题。不管这场讨论的结果如何，它总算吸引了许多文学家秉持着对古老文化的感恩和对“寻根文学”的深入思考，创作了一些具有“怀旧之美”的作品，试图对民族的记忆进行全球化、后现代化语境中的新思索。张承志、余秋雨、史铁生、张炜等作家力图“在茫茫黑夜中坚守光明，在芸芸众生中擎起精神大旗”。张承志深入西北大漠风沙寻找信仰的足迹，还原一个个不屈的灵魂；余秋雨漫步于人类文明的遗迹，拣拾文化废墟中的明珠；史铁生偏坐地坛一隅，静静领悟人的生死，生命的残缺、丰盈和归途；张炜则“融入野地”，构建农业文明和远古遗传下来的道德乌托邦……

小　结

也许“守旧”派和“新潮”派之间并无直接对立的主观愿望，但是在现实生活中，二者的对立甚至直接爆发剧烈冲突是无法避免的。所以，这也是“怀旧”文化立场在社会领域经常引发大规模论辩和论战的基本原因。同时，在文学世界里，正统与异端、守旧与革新之间的矛盾、斗争，也在不同时代的不同空间场域内上演。我们将目光集中在“怀旧”的文学文体层面，从不同文体的内容来审视“怀旧”现象背后隐藏着的那些可歌可泣的故事，也就发现了“怀旧”情结的实质，浸染着无数的乡愁哀思、长歌当哭。

① 刘成纪：《九十年代审美文化的四种倾向》，载《美术观察》1997年第10期。

第四章
“怀旧”的“还乡”意向

乡愁——“思乡”、“怀乡”与“还乡”——是中国文学最有魅力、最具文化价值的文学主题之一。对于中国文化传承下的子民而言，乡土意识是无法放弃、无法疏离的，不管离开故乡有多远，也不管漂泊有多久。中国文学很早就有“狐死首丘”（《山海经》）、“叶落归根”的说法，而历代的华夏儿女，又以自己的身体力行见证着那浓厚的乡情乡愿。

“怀旧”，就其最基本的内涵而言，就是“思乡病”，就是“思乡”、“怀乡”和“还乡”。本章重点讨论还乡诗及其历史发展过程。

第一节　还乡诗歌的缘起与发展

学者们普遍认为，“怀旧”首先是一种心理现象，表现为美化“故乡”、夸大“过往”人和事的优点而忽略其不足的心理历程，并呈现出想象胜于实际的特征。从更深的心理学层面分析，怀旧隐含着人的退行（regress）心理。退行是一种心理防御机制，从这个角度来看，人之所以怀旧，是因为冲突，这种冲突可以是内心的（如自己的本能与道德、良心之间的冲突），也可以是外界的（如自我和现实的冲突）。有冲突就会寻求安全保护，这是人本能的反应。而怀旧通过退行到过去“家乡”，替代性地满足了人的本能欲求。它所造成的时空错觉，正好能以一种象征的、审美的方式带给人安全和爱。①

作为我国第一部诗歌总集，《诗经》承载着浓厚的思乡恋土之情。有学者经整理研究后统计，《诗经》中反映这种情怀的诗篇有50首，占整部《诗经》的16%。从文学史的角度看，我国古代的怀乡思亲诗，最早可追溯到《诗经》，那里记载下了先民对思念之情的最初体验。②这50首诗歌中的思乡恋土情怀各有寄托，情状不同。有的哀叹国运式微，今不如昔，如《王风·黍离》是周大夫过镐京时，见宗庙宫室遗址，黍稷茂盛，故哀周室颠覆而咏叹之诗。诗中一唱三叹：“知我者谓我心忧，不知我者谓我何求。悠悠苍天，此何人哉？”充满悲愤之情。有的诗歌描绘百姓流离，外嫁女子望乡若渴、欲归不得之叹，如《卫风·河广》描写了一个旅居卫国的宋人，面对一河之隔的故国，思归不得，积怨而发：“谁谓河广？一苇杭之。谁谓宋远？跂予望之。谁谓河广？曾不容刀，谁谓宋远？曾不崇朝。”《邶风·泉水》描写客旅思乡之情：

① 周平：《解读怀旧文化》，载《学术论坛》2007年第8期。

② 李春华：《〈诗经〉思乡恋土主题成因试析》，载《辽宁教育学院学报》2003年第17卷第2期。

"毖彼泉水，亦流于淇，有怀于卫，靡人不思。……我思肥泉，兹之永叹。思须与漕，我心悠悠。"《卫风·竹竿》中"远兄弟父母"的女子道出了"岂不尔思？远莫致之"的哀怨与无奈。有的诗歌写行旅征夫久戍得归，如《豳风·东山》写一个战士还乡途中所见所想，战后满目疮痍，田园荒芜，萧条破败，但心中充满了回家与家人团聚的憧憬。《小雅·采薇》乃出征士兵在归途中所赋，诗篇中洋溢着战胜侵略者的激昂，但同时又对长年征战厌倦不堪，末章叹云："昔我往矣，杨柳依依。今我来思，雨雪霏霏。行道迟迟，载渴载饥。我心伤悲，莫知我哀。"有的诗歌描绘远行游子离乡背井的凄怨，如《桧风·匪发》是远行人途中思乡所作，诗曰："匪风发兮，匪车偈兮。顾瞻周道，中心怛兮。匪风飘兮，匪车嘌兮。顾瞻周道，中心吊兮。谁能亨鱼？溉之釜鬵。谁将西归？怀之好音。"行人驱车东向，渐行渐远，顾盼行车大道，心中伤悲，希望有西归的同乡替他传报平安的家信，等等。

这些怀乡忧思之作，虽然出自社会各个阶层之口，但其情感之真诚、情绪之深沉是一致的，表明思乡恋土情结具有人类情感的共通本质。从根源上说，《诗经》中的思乡恋土情结是孕育在典型大农业社会背景下的典型民族性格和共同文化心理。故此，有学者归纳说："那份浓厚的乡思，千载有余情。《诗经》中思乡恋土主题产生的经济、伦理、政治、现实原因：根植于农业人生的恋土情怀，执著于宗法人伦的恋亲情结，受制于外部社会的强大压力，萌生于久出思归的痛苦现实。"①

《诗经》成书300年后，中国文学史上的不朽诗人屈原所创作的诗文，尤其是以《离骚》为代表的楚辞，更是将怀乡恋土情感表现得淋漓尽致，其作品蕴涵着极其丰富的象征意味与文学美感。《诗经》与《离骚》相隔的300年，即公元前6世纪至公元前3世纪，正是中国发生翻天覆地变革的时代。这些变革集中体现在社会体制与思想的统一体上。周王朝的衰微与诸侯国的兴起及战乱使得"礼崩乐坏"，"道术将为天下

① 李春华：《〈诗经〉思乡恋土主题成因试析》，载《辽宁教育学院学报》2003年第17卷第2期。

裂”。过去王室独占的思想文化知识流入诸侯领地，所谓“天子失官，学在四夷”。这促使一批新的文化人，即“士”的诞生。士人阶层比以往掌握知识文化的阶层，如“巫祝史宗”等更为独立，并拥有一定的社会地位。他们面对动荡的社会，逐渐摆脱了神话的权威。“秩序的变化使得过去天经地义、不言而喻的知识和思想不再拥有不言自明的权威性，重新建立思想与知识对于世界的有效解释，是一种必然的趋势。”[①]这种思想趋势与社会风气促使思想话语与政治权力从融合走向分离，这也是造成屈原悲剧的社会根源。

屈原本是楚国社稷重臣，可惜“信而见疑，忠而被谤”。屈原失去了政治权力与楚王的宠信，“美政”理想彻底破灭。更让屈原悲痛的是，当时楚国朝廷内里谗臣当道，君主昏庸无能，政治腐朽，外部又见欺于强秦，可谓内忧外患、国之将亡。于是屈原怀着矛盾的心情出走郢郢，赋出《离骚》这首长篇抒情诗，最终自投汨罗江以殉志。

屈原与《诗经》中饱受思乡之苦折磨的芸芸众生不同，他是楚国宗族子弟，宗族情感令他承载着深沉的家国责任感，他疾呼：“不抚壮而弃秽兮，何不改乎此度？乘骐骥以驰骋兮，来吾道夫先路！”[②]所以当他失去政治权力，理想破灭时，与其说他出走故乡，不如说他是被故乡抛弃更为恰当。被抛弃感一直贯穿于《离骚》当中，被君主抛弃，被故乡抛弃，被家国抛弃。屈原在《抽思》中抒发离乡后时长路远的渺茫感说：“望孟夏之短夜兮，何晦明之若岁。惟郢路之辽远兮，魂一夕而九逝。”在《哀郢》中深怨被遗弃，叹曰：“鸟飞反故乡兮，狐死必首丘，信非吾罪而弃逐兮，何日夜而忘之！”而在《离骚》里面，屈原将这种内心的空虚与矛盾寄托于“上下求索”和与神祇的问答中。最后，他绝望地感慨道：“国无人莫我知兮，又何怀乎故都！”对于屈原来说，对故都的否认指向的只有绝路一条，于是他决定：“吾将从彭咸之所居！”在这里，故都就是家国宗族的象征，也是维系着千百年封建社

① 葛兆光：《中国思想史》（第一卷），复旦大学出版社2001年版，第69页。

② 屈原等著，刘向辑录，杨逢彬编注：《楚辞》，湖南出版社1994年版。下文所引屈原作品皆出自此书。

会士大夫人文政治理想的象征。

屈原在《九章》的《怀沙》①篇中真切地叙述了自己徘徊在理想和现实、故乡和异乡、欢乐与绝望之间的那种真挚情感。理想的家园无法进入、无法靠近，不同流俗的他又不愿黑白颠倒、“倒上以为下”，怀抱美玉而无人知晓，故此前路茫茫，故乡难回。这首诗作于屈原临死前，一般认为是诗人的绝命诗。

滔滔孟夏兮，草木莽莽。伤怀永哀兮，汩徂南土。眴兮杳杳，孔静幽默。郁结纡轸兮，离慜而长鞠。抚情效志兮，冤屈而自抑。刓方以为圜兮，常度未替。易初本迪兮，君子所鄙。章画志墨兮，前图未改。内厚质正兮，大人所盛。巧倕不斲兮，孰察其拨正。玄文处幽兮，蒙瞍谓之不章；离娄微睇兮，瞽以为无明。变白以为黑兮，倒上以为下。凤皇在笯兮，鸡鹜翔舞。同糅玉石兮，一概而相量。夫惟党人之鄙固兮，羌不知余之所臧。任重载盛兮，陷滞而不济。怀瑾握瑜兮，穷不知所示。邑犬之群吠兮，吠所怪也。非俊疑杰兮，固庸态也。文质疏内兮，众不知余之异采。材朴委积兮，莫知余之所有。重仁袭义兮，谨厚以为丰。重华不可逻兮，孰知余之从容！古固有不并兮，岂知其何故也？汤禹久远兮，邈而不可慕也？惩违改忿兮，抑心而自强。离慜而不迁兮，愿志之有像。进路北次兮，日昧昧其将暮。舒忧娱哀兮，限之以大故。

乱曰：浩浩沅湘，分流汩兮。修路幽蔽，道远忽兮。怀质抱情，独无匹兮。伯乐既没，骥焉程兮。民生禀命，各有所错兮。定心广志，余何所畏惧兮？曾伤爰哀，永叹喟兮。世浑浊莫吾知，人心不可谓兮。知死不可让，愿勿爱兮。明告君子，吾将以为类兮。

诗歌的末尾，屈原清楚地宣告自己将与古代舍生取义的仁人君子“以为类”，表明了他在现实中找寻不到精神的家园、故乡的安慰，只能转而寻求生命的终结。

① 对诗题“怀沙”，历代文人理解各有不同。洪兴祖《楚辞补注》、朱熹《楚辞集注》以为是“怀抱沙石以自沉”。汪瑗《楚辞集解》认为：“怀者，感也。沙，指长沙。”蒋骥《山带阁注楚辞》持相同见解：“曰怀沙者，盖寓怀其地（指长沙），欲往而就死焉耳。”

从屈原那里，我们可以看出中国古代士大夫思乡恋土模式的滥觞，那是一种双重人格和矛盾心态：“一方面，他们要从家乡出走。追寻他们政治化、社会化的人生，实现他们的自身价值；另一方面，他们要回归家乡，回归他们的出发地，向往那审美化、个体化的人生。他们在家国之间徘徊又徘徊，处于一种两难境地。这种矛盾使得他们的乡愁有了更深的文化内涵，因此也显得格外深沉。”①

总的说来，在先秦诗歌乃至文学中，思乡还乡的情感意向已经崭露头角，逐渐形成几种主要的抒情模式，并沿着历史的行进而得到进一步深化与升华。这是大农业背景下的产物，是宗族血缘情感的象征。这也是先秦政局混乱，思想繁杂，流派林立，而思乡恋土情结的行进轨迹却清晰而深厚的原因。

进入两汉时期，西汉文化在秦火中渐渐复苏，经济政治呈现出欣欣向荣的景象，并随着国力的增强、疆域的扩展而出现一片太平盛世的景象。这刺激了文人贤士建功立业的愿望。再者，天子、诸侯王和外戚等掌握实权的人招纳贤才，这为文人出仕立业提供了途径。所以，汉朝文学潮流表现为一种对广大容量、恢宏气势、崇高巨丽的追求。司马相如所说的“赋家之心，苞括宇宙，总揽人物”就体现了一种庞大的宇宙观。气势与古拙成为汉代文学乃至文化的内容，内容与形式密不可分，于是，历史散文、骚体赋、大赋成为汉代精英文学的主旋律。

另一方面，诗歌似乎不受精英阶层青睐，所以受精英文学的影响也相对较小。从汉乐府诗可以看出，汉诗更多的是继承了《诗经》、《离骚》的传统。思乡恋土之音，在汉乐府诗中也时常可见。如《古八变歌》：“故乡不可见，长望从此回”；《巫山高》：“临水远望，泣下沾衣，远道之人心思归”，等等。但汉乐府诗对思乡之情的阐发，与《诗经》、《离骚》相比，并没有太多新的内容与特点。《古诗十九首》中的“涉江采芙蓉，兰泽多芳草。采之欲遗谁？所思在远道。还顾望旧乡，长路漫浩浩。同心而离居，忧伤以终老”，“去者日以疏，

① 史华娜：《从几首还乡诗看中国古代士大夫的乡愁》，载《安康师专学报》2003年第15卷第4期。

生者日以亲。……白杨多悲风，萧萧愁杀人！思还故里闾，欲归道无因”，“明月何皎皎，照我罗床帏。忧愁不能寐，揽衣起徘徊。客行虽云乐，不如早旋归”等诗句，其中蕴涵的乡愁，往往以游子的心理娓娓道来。

东汉中后期，文人诗大放异彩，尤其以建安文学最为夺目。思乡怀土之情在“三曹”、“七子”诗歌当中，带上了一种慷慨悲凉、才气神韵兼具的格调。曹操的《却东西门行》悲凉慷慨，诗的前半部分以出塞鸿雁与田中转蓬作为比兴，之后再写到久戍征夫。鸿雁翱翔在无人之乡，只能按照节令生活，“冬节食南稻，春日复北翔”；转蓬随风飘扬，“长与故根绝，万岁不相当” 。鸿雁转蓬就如征夫一样，不得不远离故乡，然而征夫更有军旅之苦，“戎马不解鞍，铠甲不离旁”。年月飞逝，老之将至，不知何日可还乡。诗末四句“神龙藏深泉，猛兽步高岗。狐死归首丘，故乡安可忘”道出神龙、猛兽、狐狸均有怀乡之心，兽犹如此，人何以堪？其《短歌行》亦曰：“明明如月，何时可掇？忧从中来，不可断绝。越陌度阡，枉用相存。契阔谈讌，心念旧恩。月明星稀，乌鹊南飞。绕树三匝，何枝可依？”历代解诗者多将此诗句解析为才人高士渴求贤君之作，但诗句本身亦包含了思旧恋故、安乐窝难求之意。《苦寒行》一诗，更是借古喻今，凄凉悲壮：“北上太行山，艰哉何巍巍！羊肠坂诘屈，车轮为之摧。树木何萧瑟，北风声正悲。熊罴对我蹲，虎豹夹路啼。溪谷少人民，雪落何霏霏！延颈长叹息，远行多所怀。我心何怫郁，思欲一东归。水深桥梁绝，中路正徘徊。迷惑失故路，薄暮无宿栖。行行日已远，人马同时饥。担囊行取薪，斧冰持作糜。悲彼《东山》诗，悠悠使我哀。”

曹植写于黄初四年的《赠白马王彪》，以诗悼念在京师不明不白死去的兄弟任城王曹彰。全诗一片凄凉之气，并透露出对兄弟间互相猜疑打压的怨愤。看到兄弟亡故，子建不禁感怀身世，自觉无人可依，无家可归，《赠白马王彪》其三曰：“归鸟赴乔林，翩翩厉羽翼。孤兽走索群，衔草不遑食。”抒发了鸟兽皆有归依而自己却茕茕孑立、四顾凄凉之叹息。

魏文帝曹丕《杂诗》（二首）通过眼前之景追思故乡前景，发出“别是一般滋味在心头”的浩叹：“漫漫秋夜长，烈烈北风凉。展转不能寐，披衣起彷徨。彷徨忽已久，白露沾我裳。俯视清水波，仰看明月光。天汉回西流，三五正纵横。草虫鸣何悲，孤雁独南翔。郁郁多悲思，绵绵思故乡。愿飞安得翼，欲济河无梁。向风长叹息，断绝我中肠。 西北有浮云，亭亭如车盖。惜哉时不遇，适与飘风会。吹我东南行，行行至吴会。吴会非我乡，安得久留滞？弃置勿复陈，客子常畏人。”在《寡妇（并序）》诗中，他哀悼“友人阮元瑜早亡，伤其妻寡居，为作是诗” 。诗云：“霜露纷兮交下，木叶落兮凄凄。候雁叫兮云中，归燕翩兮徘徊。妾心感兮惆怅，白日忽兮西颓。守长夜兮思君，魂一夕兮九乖。怅延伫兮仰视，星月随兮天回。徒引领兮入房，窃自怜兮孤栖。愿从君兮终没，愁何可兮久怀。”这首诗哀怨凄婉，将一个未亡人无法还乡、无所适从的期盼、孤独、思念描绘得催人泪下，愁思顿起。曹丕还有一首极具影响力的《燕歌行》，也同样是思乡怀人、恩怨难断的经典之作，千载而下不知感染了多少远人、游子、怨妇不断吟诵：“秋风萧瑟天气凉，草木摇落露为霜。群燕辞归雁南翔，念君客游思断肠。慊慊思归恋故乡，何为淹留寄他方？贱妾茕茕守空房，忧来思君不敢忘。不觉泪下沾衣裳。援琴鸣弦发清商，短歌微吟不能长。明月皎皎照我床，星汉西流夜未央。牵牛织女遥相望，尔独何辜限河梁？”

作为“七子之冠冕”的王粲，谢灵运说他 “家本秦川，贵公子孙，遭乱流寓，自伤情多”（《拟魏太子邺中集·王粲诗序》）。他所赋的《七哀诗》，写山川景物戚戚荒凉，飞禽走兽有家可归，自已却滞留他乡，愁苦悲痛令他夜不能寐。

首先来看看《七哀诗》作品：

其一

西京乱无象，豺虎方遘患。复弃中国去，委身适荆蛮。亲戚对我悲，朋友相追攀。出门无所见，白骨蔽平原。路有饥妇人，抱子弃草间。顾闻号泣声，挥涕独不还。未知身死处，何能两相完？驱马弃之去，不忍听此言。南登霸陵岸，回首望长安。悟彼下泉人，喟然伤心肝。

其二

荆蛮非我乡，何为久滞淫。方舟溯大江，日暮愁我心。山冈有余映，岩阿增重阴。狐狸驰赴穴，飞鸟翔故林。流波激清响，猴猿临岸吟。迅风拂裳袂，白露沾衣襟。独夜不能寐，摄衣起抚琴。丝桐感人情，为我发悲音。羁旅无终极，忧思壮难任。

其三

边城使心悲，昔吾亲更之。冰雪截肌肤，风飘无止期。百里不见人，草木谁当迟。登城望亭燧，翩翩飞戍旗。行者不顾反，出门与家辞。子弟多俘虏，哭泣无已时。天下尽乐土，何为久留兹。蓼虫不知辛，去来勿与谘。

“七哀诗”是中国传统诗歌内部演化的体裁之一，起自汉末三国时期，多反映战乱饥荒、瘟疫死亡、离别失意、流离失所之悲惨情状。《七哀诗》是普通老百姓艰难生活的真实写照，不同于后来繁华富丽的宫廷应诏诗。从汉代的王粲到晋朝的张载，再到唐朝杜甫的“三吏”、“三别”等作品，一直到明末清初李世锡的《哀沅》一诗，“七哀诗”的表现形式、作品内容、写作水平在不断提高和壮大。“七哀诗”诗体保存并流传到现在的作品中，以上文所引的汉代的建安七子王粲的《七哀诗》为最早，其中《西京乱无象》一诗，最能代表“汉魏风骨”以及“七哀诗”价值之所在。诗歌记叙了战乱给人们带来的灾难，读来令人为之落泪。而晋朝张载的《七哀诗》也记载了战乱频仍给人们带来的苦痛，整首诗作凄怆感人。《北芒何垒垒》一诗末句有“昔日万乘君，今为丘中土”之句，更让读者生出人生无常、家园难寻之感。

颠沛流离的生活经历会让诗人对故乡产生强烈的依恋之情，这里还不得不提起蔡琰。蔡琰本是东汉名流蔡邕之女。董卓之乱中，被掳至匈奴，嫁左贤王，生二子，后被曹操赎回，再嫁董祀。她所作的《悲愤诗》描写自己亲身经历的惨绝人寰的遭遇，让人闻之伤心。蔡琰在诗中写道：在匈奴期间“感时念父母，哀叹无穷已。有客从外来，闻之常欢喜”。被赎回的时候，儿子闻讯前来，蔡琰想到要与儿子天各一方，永无相见之日，又“见此崩五内，恍惚生狂痴”。最后蔡琰还是归汉了，然而心情却异常惨戚与矛盾。思乡怀土之情在蔡琰那里产生了前所未有的矛盾，乡土本是亲人所在的地方，还乡自然就是与亲人团聚。然而蔡琰的还乡却是与儿子、朋友永世分离。《悲愤诗》可说是中国诗歌史上一个惊艳的特例。

建安时期诗歌悲凉慷慨的格调，为中国诗歌注入新鲜气息，同时也为思乡情感的表现与倾向添加了新的元素。离乱的苦楚、流离的生涯、建功立业的希望、人生短暂的哀叹，与乡土情感紧密结合。随着儒学成为官学，结合汉代崇尚的宏大宇宙观，战国策士遗风式微，家国观念逐渐成为知识分子的共识，乡土意象事实上成为国家这个抽象概念的第一形象。还乡诗歌形成了一条稳固而不可或缺的文化脉络，滋养着中国文学的壮大和成熟。

第二节　还乡诗歌的兴盛

还乡诗的兴盛始于晋代陶潜。陶潜一生由仕而隐，虽半生坎坷，终觅得归宿。他少年时代在柴桑农村度过，自言“少无适俗韵，性本爱丘山”。田园故乡情节一直根植于他心中，所以即使在出仕期间，他都没有放弃过归隐田园的想法。但家贫无依的境地和建功立业、为世所用的社会理想又让他久久地沉沦于世俗当中。政局的动荡和仕途的浮沉并不是令陶潜下定决心归隐的主要因素，更多的是因为他崇尚自然的本性使然。就像在《归去来兮辞》中所说：“质性自然，非矫厉所得。”

崇尚自然的本性令他归隐故乡田园，由此我们可以看到，在陶潜心中，故乡田园是与自然暗中契合的，于是还乡意向在陶潜的文学作品中便表现出一种复归自然的倾向。在《归园田居》其一中，他自比鸟、鱼，曰：“羁鸟恋旧林，池鱼思故渊。”诗末道：“久在樊笼里，复得返自然。”世俗于他来说是“尘网”，是“樊笼”，“守拙归园田”才是“返自然”。世俗与故乡仿佛是对立面。李泽厚先生说陶潜的隐是彻底的隐，是对于世俗的回避，而不是如阮籍、嵇康等前辈对政治的回避，确实如此。面对仕途的失败、生活的困顿，陶潜没有怨天尤人，没有慷慨悲歌，而是为得脱离世俗而庆幸，安贫乐道。故乡田园是他的美地，同时也是他坚守节操的阵地。如果说崇尚自然是陶潜的道，那么，故乡田园就是道的象征。作为陶潜离世归隐宣言的《归去来兮辞》，其正文发语即说：“归去来兮，田园将芜胡不归？”让他归去的原因并非真是“田园将芜”，而是其代表着在仕途中自然本性受到的压抑与扭曲的象征。在陶潜田园诗中，有一部分是写“田园将芜”，农村凋敝的景象的。如《怨诗楚调示庞主簿邓治中》与《归园田居》其四中，有“炎火屡焚如，螟蜮恣中田”，“井灶有遗处，桑竹残朽株”等诗句。陶潜对田园故乡有深沉的感情，他借描写田园荒芜表达对世俗战祸灾害的控诉，责问流俗思想对人心灵本性的戕害。田美则道行，田毁则道亡似乎是陶诗的定式。然而，陶潜对流俗的态度并不是软弱的，他以身体力行去保卫他的田园故乡与精神领地。“种豆南山下，草盛豆苗稀。晨兴理荒秽，带月荷锄归。”杂草荒秽代表着浮沉俗世所染上的陋俗，这既是他躬耕生活的写照，也表现了他的立场与决心。

陶潜的还乡诗文是史上一个高峰，传统的家国同构在他那里变为家道同构。他并非完全如以往士大夫以故乡为安慰，可以说，他在山水田园中悟出了融浑自然、物我两忘的道。故乡是他道之所在，也是他灵魂的终极归宿。也许由于陶潜的自然平淡难以为当时世俗所理解，他的光芒在将近六个世纪后才锋芒毕露。

陶潜之后，南北朝作品中，庾信后期的还乡诗最为引人注目。42岁时，庾信出使西魏，之后遭逢国内变乱，从而流寓北方，诗风为之大变。从前期轻浮艳丽，转变为沉郁哀怨，情深意切，笔调劲健苍凉，尤其是缘乡关之思而发的诗词，更是达到“穷南北之胜”的高度。杜甫的评论"庾信文章老更成"，说的就是庾信的蜕变。

流寓北方的庾信一方面感伤时势，魂系故国，另一方面恨羁旅难返，叹身世浮沉，缘思而发，留下了许多抒发怀乡之情的诗赋。处渭水之隔，怀江南景色，有"树似新亭岸，沙如龙尾湾。犹言吟溟浦，应有落帆还"（《望渭水》）。忽见槟榔由南入北，心有戚戚焉，"莫言行万里，曾经相识来"（《忽见槟榔》）。又以"涸鲋常思水，惊飞每失林"（《拟咏怀》其一）自谓，抒发离乡迢迢的惆怅。在《拟咏怀》其七中，借流落胡地、心念故国的女子咏叹羁旅的悔恨和年华将暮的忧愁，诗中说："恨心终不歇，红颜无复多。枯木期填海，青山望断河。"这正是庾信心境的真实写照。

庾信的还乡诗与身世有着千丝万缕的关系，饱含情感，洗尽铅华，有《黍离》、《离骚》之悲，又有"残月如新月，新秋似旧秋。露泣连珠下，萤飘碎火流"（《拟咏怀》其十八）如此绝妙的意境，"穷南北之胜"诚然当之无愧。

还乡诗歌在唐宋时期随着格律诗的兴盛而达到了旷古绝今的高峰。唐宋是历史上较为繁盛的时代，文治武功各方面都卓有成效。历史的行进使唐宋两个长命王朝得到足够丰富的发展因素，如与外族的交通往来，入仕制度的完善，都市经济的发展，印刷传媒的兴起等。这些因素一起推动文化迅速发展。诗人群体进一步壮大，上至王公贵胄，下至寒士文人，都从事诗歌创作。他们代表社会各个阶层，拥有各自的命运，这使诗歌题材内容以及对题材内容的处理手法都得到丰富。再者，外来文化的引入、消化和历史留下的遗产，令创作主题积极独立思考，并阐发出独特的美学追求，如王维的禅意山水、李商隐的朦胧迷离、苏轼对陶渊明的再发现等等，诗歌的思想和境界达到了前所未有的深度与广度。这个时代的诗人更自觉地追求诗歌的美学价值，为此，他们有意识地学习各方面的艺术知识和培养深厚的艺术修养。从横向来说，他们更容易接受陌生文化，拥有恢宏的胸怀气度；从纵向来说，诗人对待各种艺术形式普遍有一种融通的视角，音乐、绘画、书法、舞蹈等艺术与诗歌融为一体。王维是"诗中有画，画中有诗"，李白的自由恣肆风格与唐人草书甚为一致，词帝李煜对于音乐声韵有高超造诣，苏轼更是诗书画三绝。在唐宋这个文才辈出、思想自由的时代里，作为诗歌中的一个特定板块，还乡诗的兴盛是自然的。下面，我们将集中讨论还乡主题在这个时代的表现与其包含的心理文化内涵。

还乡主题的阐发与士人命途经历息息相关。在乡的人不会思乡，“乡”作为价值形态对无乡者或离乡者（流浪者）才有意义。客游在外，漂泊彷徨。一草一木、蝉鸣猿啸等细节都会引发诗人思乡之情。而离乡在外，有多种情况：有漫游或军旅在外，有从仕在外，有遭贬流放在外，甚至有国破家亡而流亡在外等。

漫游的风气在有唐一代成为一时风尚，并延续到后世。漫游的去处有名山大川、通都大邑，甚至边地异域。不同的风景，反映在诗文里的气质也丰富多样。空濛山林，旷野平江，则表现出静逸空明、平淡清远，如王维《山居秋暝》、孟浩然《宿建德江》；崇山峻岭，滔滔江河，萧瑟边地，则慷慨激昂、悲壮沉郁，如李白《蜀道难》、朱敦儒《水龙吟·放船千里凌波去》、范仲淹《渔家傲·塞下秋来风景异》；通都大邑，繁华都市，则五光十色、任侠豪气，如柳永《望海潮·东南形胜》；历史古迹，则多怀古伤今、怨刺悲凉，如李白《登金陵凤凰台》、杜甫《蜀相》、辛弃疾《永遇乐·京口北固亭怀古》。当然，漫游诗所表现出的丰富的内涵，更与诗人的气质相关。然而，不同的漫游地、不同的人生经历、不同的美学追求，却使相当一部分的漫游诗表现出思乡恋土情结，这类诗句俯拾皆是。例如：“移舟泊烟渚，日暮客愁新。”（孟浩然《宿建德江》）“乡泪客中尽，归帆天际看。”（孟浩然《早寒有怀》）“日暮乡关何处是，烟波江上使人愁。”（崔颢《黄鹤楼》）“何意秋风来，飒然动归思。”（刘长卿《题冤句宋少府厅留别》）“若为化得身千亿，散上峰头望故乡。”（柳宗元《与浩初上人同看山寄京华亲故》）“不忍登高临远。望故乡渺邈，归思难收。”（柳永《八声甘州·对潇潇暮雨》）“游宦成羁旅。短樯吟倚闲凝伫。万水千山迷远近，想乡关何处？”（柳永《安公子·远岸收残雨》）可以看出，在漫游诗文中抒发思乡之情的诗人，大抵都寓意着个体在现实

中的寂寞与彷徨，失意与落拓。一切景物，都似乎迷离遥远，不可接近。乡关何处，成为他们亟须解决的问题，似乎是要确定乡关与他们之间的距离，使他们的归属感得到安抚。漫游对于诗人来说，是一个寻找归宿的过程。在这个过程中，命运与陌生事物的不确定性让他们迷惑踌躇。同时，他们潜意识中把故乡定位为原点，自己是动点，所以他们觉得故乡一直在等待着游子的归来，所以秋风蝉鸣、黄昏日暮都会令诗人"飒然动归思"。

值得一提的是边塞诗。边塞肃杀荒凉的风景、清苦的生活条件、巨大的文化差异等因素，容易成为思乡怀土情思的温床。边塞诗人或节镇幕府，或从军立功，或游历所至，塞上的风景事物、风土人情，如羌笛、胡笳、飞雁、过客、戍守兵卒、天然节气、异地礼俗等都会勾起他们的乡思。例如："借问梅花何处落，风吹一夜满关山。"（高适《塞上听吹笛》）"不知何处吹芦管，一夜征人尽望乡。"（李益《夜上受降城闻笛》）"琵琶起舞换新声，总是关山旧别情。"（王昌龄《从军行》其三）"塞下秋来风景异，衡阳雁去无留意。四面边声连角起，千嶂里，长烟落日孤城闭。浊酒一杯家万里，燕然未勒归无计。羌管悠悠霜满地。人不寐。将军白发征夫泪。"（范仲淹《渔家傲》）边塞诗人往往有着建功立业、抵御外侮的高昂意气，高适曾豪放高歌："万里不惜死，一朝得成功。画图麒麟阁，入朝明光宫。大笑向文士，一经何足穷。古人昧此道，往往成老翁。"（《塞下曲》）岳飞也曾悲愤高呼："壮志饥餐胡虏肉，笑谈渴饮匈奴血。"这种慷慨高昂格调是边塞诗的主旋律。纵观唐宋，保家卫国逐渐提升为一个全民族的主题。由思念故乡到保卫故国乡土主题的深入，使得边塞还乡诗悲而不伤、哀而不淫，还沾染上了慷慨昂扬的气息。有学者认为，边塞诗中的思乡怀亲感情的抒发有其独特之处，"特别是在边战频繁的背景下许多人背井离乡、远离亲人奔赴边塞，思乡怀亲成为边塞生活的重要情感体验，而传统的思乡怀亲情感在边地战争的特殊背景下也更为特殊。诗人们往往在边塞诗中借思乡怀亲情感抒发慷慨报国的雄心壮志，或表现边塞将士久戍思乡的精神痛苦，揭示爱国与思乡的矛盾，以及表达对战争的认识等等，将思乡怀亲主题与边塞主题完美结合，赋予传统的思乡怀亲主题以特殊的意义，也使边塞诗变得更加厚重。”①

从仕在外，诗人因仕途不得意而咏叹乡思愁绪的诗篇，也是构成还乡诗歌的一个重要组成部分。唐宋时期，士人往往将入仕参政视为实现社会理想与个人价值的唯一道路，而且这一时期的入仕途径较多，所以唐宋诗人大部分都有仕途经历。但真正官运亨通、出将入相的却寥寥可数，大部分诗人不是官位低微，无法施展抱负，就是成为供帝王将相附庸风雅、消遣玩乐的弄臣，还有的甚至遭受贬谪，客死他乡。尤其是遭受贬谪，对于士人来说，无疑意味着兼济天下和“致君尧舜上，再使风俗淳”理想的幻灭。士人因贬谪流放失去建功立业的机会，他们不平而鸣，将悲愤不平、孤独寂寞、凄楚失望、得到重新起用的愿望和对生命、事业的执著赋诸诗词。他们被架空的归属感，落到了温暖熟悉的故乡来。宋之问在唐中宗复位时，因曾依附武则天男宠二张而获罪被贬，过大庾岭时写下《度大庾岭》：“度岭方辞国，停轺一望家。魂随南翥鸟，泪尽北枝花。山雨初含霁，江云欲变霞。但令归有日，不敢恨长沙。”又有《渡汉江》：“岭外音书断，经冬复历春。近乡情更怯，不敢问来人。”前后两诗结合看，诗人怅望归期，却又近乡情怯，身负罪责，让诗人心中异常矛盾。韩愈因佛骨事遭贬流放，至蓝关，有《左迁至蓝关示侄孙湘》：“一封朝奏九重天，夕贬潮阳路八千。欲为圣明除弊事，肯将衰朽惜残年！云横秦岭家何在？雪拥蓝关马不前。知汝远来应有意，好收吾骨瘴江边！”该诗前两联自明心迹，表现出对理想的执著，而后两联沉郁悲怆。垂垂老矣，秦岭横断诗人回望长安的视线，“家何在”与其说是疑问，不如说是一种有家归不得的嗟叹。中唐名相李德裕因党争而被构陷贬往岭南，途中奇异的南国景物勾起他的思乡愁绪，有《谪岭南道中作》：“岭水争分路转迷，桄榔椰叶暗蛮溪。愁冲毒雾逢蛇草，畏落沙虫避燕泥。五月畬田收火米，三更津吏报潮鸡。不堪肠断思乡处。红槿花中越鸟啼。”黄庭坚被权奸诬陷收《神宗实录》

① 刘勇：《唐代边塞诗中的思乡怀亲情感》，载《商洛学院学报》2007年第21卷第3期。

不实而受贬，在黔州与兄泪别，作《和答元明黔南赠别》：“万里相看忘逆旅，三声清泪落离觞。朝云往日攀天梦，夜雨何时对榻凉？急雪脊令相并影，惊风鸿雁不成行。归舟天际常回首，从此频书慰断肠。”山谷自知抱负已落空，但求以后有机会能与兄弟相伴，共享天伦之乐。但无奈此时即将离别，唯有用频繁的书信往来慰藉怀乡思亲之心。

比贬谪更容易引起诗人思乡情感的是流亡生活。士人遭贬谪，虽归期不可期，但至少还有家可望。而在战祸动乱的流亡生活中，诗人更担心家乡是否遭到入侵破坏，亲人是否安全，所谓“丧乱家难保”（司空图《乱后》）。诗人的神经变得异常敏感，时时刻刻提心吊胆，正是“感时花溅泪，恨别鸟惊心”。白居易诗《自河南经乱，关内阻饥，兄弟离散，各在一处。因望月有感，聊书所怀，寄上浮梁大兄、于潜七兄、乌江十五兄，兼示符离及下邽弟妹》：“时难年荒世业空，弟兄羁旅各西东。田园寥落干戈后，骨肉流离道路中。吊影分为千里雁，辞根散作九秋蓬。共看明月应垂泪，一夜乡心五处同。”故园寥落，兄弟失散，最令人断肠。

同样的题材，还有韩偓的《伤乱》：“岸上花根总倒垂，水中花影几千枝。一枝一影寒山里，野水野花清露时。故国几年犹战斗，异乡终日见旌旗。交亲流落身羸病，谁在谁亡两不知！”亲人失散，音信渺茫。谁在谁亡，两不相知。故国异乡，战事不休。经乱如此，人何以堪！裴说的《送进士苏瞻出家》更是哀叹惋惜苏瞻不堪离乱，遁入空门，从此“梵僧为骨肉，柏寺作家乡”。陆游幼年因靖康之变随父从中原南归，少年立志驱逐胡虏，恢复河山。但南宋朝廷偏安一隅，风雨飘摇。许多人被迫离乡别井，与亲人天涯相隔，陆游便在其中。壮志雄心的陆游也时时不禁心凉，《渔家傲·寄仲高》即是他烈士暮年的嗟叹，词曰：“东望山阴何处是？往来一万三千里。写得家书空满纸。流清泪，书回已是明年事。寄语红桥桥下水，扁舟何日寻兄弟？行遍天涯真老矣，愁无寐，鬓丝几缕茶烟里。”南宋王朝摇摇欲坠，陆游自知无力回天，只好归隐故里，淡泊世事，过着“家在苍烟落照间，丝毫尘世不相关”的生活。与陆游命途风格相似的，有石林居士叶梦得。叶梦得还乡归隐，作《水调歌头·秋色渐将晚》：“秋色渐将晚，霜信报黄花。小窗低户深映，微路绕攲斜。为问山翁何事？坐看流年轻度，拚却鬓双华。徙倚望沧海，天净水明霞。 念平昔，空飘荡，遍天涯。归来三径重扫，松竹本吾家。却恨悲风时起，冉冉云间新雁，边马怨胡笳。谁似东山老，谈笑静胡沙。”上片描写秋色渐浓的故里风景，貌似心境平和，却笔锋一转，“为问山翁何事”，之后道出自己只能空老山林的寂寞。下片写平昔漂泊，想效仿陶渊明归隐，怡然自得。但“悲风时起”，战争此起彼伏，何能安心？末句化用李白诗句“但用东山谢安石，为君谈笑静胡沙”，问现在有谁可以像谢安一样，谈笑间弥息战祸呢。出入进退之间，诗人内心充满痛苦与矛盾。家国同构的伦理情感在流亡怀乡诗中表现得最为突出，怀乡恋土情结升华为爱国情操。流亡诗人不像前面所讲的几种情况，是诗人落魄彷徨而以记忆中的故乡作为安慰，流亡诗人更多的是摆出守望者的姿态，守望家国。因为在他们心中，国家的破败就意味着伦理、制度、文化的崩溃，是根的毁灭。

唐宋流亡诗人中的代表当数李煜。因其身份、生平的特殊性和其诗词的艺术价值，李煜的意义自然不容小觑。亡国后的李煜，从一代帝王，沦为阶下囚，顷刻“天上人间”，故国哀思成为他词作中绝对的主题。直接抒写亡国情景的，有《破阵子》，词曰：“四十年来家国，三千里地山河。凤阁龙楼连霄汉，玉树琼枝作烟萝。几曾识干戈？一旦归为臣虏，沈腰潘鬓消磨。最是仓皇辞庙日，教坊犹奏别离歌。垂泪对宫娥。”无情的战争将往日的繁华与慵懒打碎，故国易主，宗族基业毁于一旦，被迫离国的李煜心中愁苦万分，“离恨恰如春草，更行更远还生”（《清平乐·别来春半》）。亡国之后，李煜失去了国与家，失去了归宿，身如不系之舟、离根转蓬。他前半生从没有客居流寓的经历，故国往事神思令他“梦里不知身是客”。本来就多愁善感的李煜，遭逢此变故，便觉世间之大，却无处容身，他哀叹“一片芳心千万绪，人间没个安排处”（蝶恋花·遥夜亭皋闲信步）。由于李煜身世的特殊，国家既是他的事业，也是他的根基，他背负着宗庙社稷的责任与贵族的荣光。亡国后的李煜只能久久沉溺于故国往事的空梦中，无法自拔，因为

国与家从来对李煜就是一回事。这也是他的流亡诗异于其他人的原因。

唐宋还乡诗词从文学史的角度来看，不但达到了艺术价值的高峰，而且包含了还乡诗歌绝大部分的可能性。直到鸦片战争之后，包括现当代，还乡诗歌才迎来了其他崭新的元素，那就是外国殖民地与租界统治、当代台海僵持局势、移民和华裔文学、现代化浪潮冲击等。但即使有新的情况，还乡诗歌的传统始终一以贯之。唐宋还乡诗歌中的心理文化传统对后代诗歌有着深远影响。接下来，我们将对唐宋代表诗人的还乡诗歌及其思乡情结作深入探讨。

第三节　李白与杜甫的还乡诗

李白是盛唐文化孕育出的时代骄子，其非凡的自信和自负、狂傲不羁的人格、恢宏的胸襟气度与自由洒脱的浪漫情怀，造就了他前无古人后无来者的诗才。或许是因为李白气质的缘故，相对于他的全部诗作而言，怀乡诗只占了较少的一部分。但李白怀乡诗的价值是不容置疑的，最经典的就是那首脍炙人口、万世传诵的小诗《静夜思》。朗朗上口的寥寥诗句，人所共识的寻常月夜，却蕴涵着深沉的乡愁。李白的怀乡诗大概可按其生平经历分为四个阶段，分别以西入长安、“赐金放还”与安史之乱为分界线。

李白五岁随家从碎叶城迁居蜀中，蜀地便成了他故乡。此后李白在蜀中读书受学，并受到当地风气文化影响，令他的思想呈现出繁杂的态势。儒家的经世致用与道教的神仙信仰是他思想的主流，此外百家杂说、纵横策术、侠士风度在他的思想中都占有一席之地。李白成长的时期恰逢盛世，这使他对为世所用充满信心，很早便打定“莫怪无心恋清境，已将书剑许明时”（《别匡山》）的主意。开元十三年（725年），二十五岁的李白怀着才华与理想东出夔门，“仗剑去国，辞亲远游”（《上安州裴长史书》）。追寻梦想的启程让李白充满豪情壮志，他知道外面的世界才是实现自我的舞台，但即将面对的陌生环境又让他平添淡淡乡愁。开元十二年（724年），李白离乡游峨眉山。秋，他从峨眉山沿平羌江（青衣江）东下，至渝州，写下《峨眉山月歌》："峨眉山月半轮秋，影入平羌江水流。夜发清溪向三峡，思君不见下渝州。"秋月流水，月影随波，仿佛为诗人送行。然而扁舟一叶，顺流而下，"向三峡"、"下渝州"似乎在顷刻之间。思月不见，已渐行渐远。峨眉山月就好像故乡的亲朋好友，送君千里，终须一别。自此之后，李白的乡愁便与月结下不解之缘，时时"举头望明月，低头思故乡"（《静夜思》）。当诗人行经荆门，出蜀入楚时，写下《渡荆门送别》："渡远荆门外，来从楚国游。山随平野尽，江入大荒流。月下飞天镜，云生结海楼。仍怜故乡水，万里送行舟。"舟过荆门，巴蜀山岭纵横，三峡遮天蔽日的景色已落在身后，随之而来的是楚地千里平原。豁然开朗的景色，无疑激发诗人赏析之情，也与诗人心底愿望暗暗契合。虽心中怡然，但总对"万里送行舟"的故乡水心存感激与爱恋，也表现了诗人对故乡的感恩与归属感。

东出夔门后，他漫游多地。先是洞庭、庐山、金陵、扬州和越中，然后西游云梦，过襄阳，作客汝海，不久定居湖北安陆，与前宰相许圉师的孙女结婚，从此"酒隐安陆，蹉跎十年"（《秋于敬亭送从侄耑游庐山序》）。"酒隐"或者有点不实，"蹉跎"倒是贴切。婚后十年，心怀大业的李白没有被家庭束缚，继续他漫游干谒的生活。李白在此时期曾多次上书安州地方官希求荐用，但无实际成效。开元二十二年（734年），李白旅居洛阳，怀才不遇的辛酸，随着耳中所闻的一曲《折柳》而涌上心头，写下《春夜洛城闻笛》："谁家玉笛暗飞声，散入春风满洛城。此夜曲中闻折柳，何人不起故园情？"将失意与落拓都寄托在思乡愁绪中。开元二十四年（736年）前后，李白西入帝京长安求仕。

以上为李白怀乡诗的第一阶段。在此阶段，诗人怀着济世安国的理想去国离乡，并为自己"平交王侯"、"一匡天下"而"立抵卿相"的道路奔走蹉跎。他希望能像其心向往之的吕望、傅说、郦食其、范蠡等人物一样，被统治者发现并重用。对于这一点，李白有充分的自信。但漫游干谒的失败经历有时让他心寒，他需要记忆中的乡土给予安慰，以作调整。大体来说，怀乡意向只是这个时期诗歌的伴奏。

李白入长安，以求更多更好的入仕机会，但结果却大失所望。他看到官场的黑暗与官僚的腐败，心中充满不平与愤慨。《蜀道难》、《梁父吟》、《行路难》与《古风》中的好几首都流露出这种情绪。《蜀道难》是为送友人入蜀而作，除了送别之作，这首诗还有更深的意味。诗篇自始至终大叹蜀道的险峻。深谙蜀地形势的李白，用气势磅礴的意象入诗，夹带着几分恫吓的口吻，不仅令启程入蜀的友人为之震慑，就连读者也为之屏息。然而李白意不尽在劝友人“不如早还家”，从另一个角度看来，夸张的诗句大有如数家珍的味道。蜀地被他说得如此奇妙，那么从蜀中而出的李白也定非寻常之人。传说贺知章在读后激赏，称他为“谪仙人”。李白却之不恭，也以此自居。可以看出，他对故土是深感骄傲的，这份骄傲使他进一步将故土理想化。另一方面，从深一层来说，叹蜀道之难，也是叹自己理想实现之难。蜀道的各种险象，就象征着自己漫游干谒所遇到的种种失败以及官场政坛的黑暗面。从这个角度来看，《蜀道难》不仅是一篇临行赠别诗作，而且是对自己的诘问。“其险也如此，嗟尔远道之人胡为乎来哉？”这句承接前面众多天然险象，以山雨欲来般的气势发问，令读者有口难言。之后紧接着承险恶地势而建的剑阁，简直是阴谋者的乐土。猛虎长蛇，杀人吮血，令人避之不及。如果说李白冥冥中将蜀地与长安连为一体，那么与剑阁同构的，无疑就是帝王的宫殿。李白有感于长安乱象，恣肆地戏谑了一番。而后面“锦城虽云乐，不如早还家”的劝喻，口气亲切而略缓，就像是一个第三者给予李白的意见。从“胡为乎来哉”到“不如早还家”，李白的心里也是万分矛盾的，只觉言不尽意，唯有“侧身西望长咨嗟”。《蜀道难》虽不是绝对意义上的怀乡诗，但其中情感抒发与故乡蜀地有着千丝万缕、或明或暗的关系。在诗中，李白不仅抒发了沉郁已久的辛酸，还流露出对故乡的态度和当时世情的思考。《蜀道难》对于研究李白怀乡诗是相当重要的，所以也纳入李白怀乡诗的研究当中。

天宝初年（742年），李白奉召入京，开始了他一生中最得意的生活。可惜好景不长，李白的潇洒侠气惹来朝中权贵谗毁。李白也不满唐玄宗只把他当做文学侍从，来点缀一下太平盛世。天宝三载（744年），朝廷以“赐金放还”的名义逼迫李白离开长安。这个阶段的怀乡诗相对较少，除《蜀道难》外，还有《静夜思》等。数量虽少，不宜概括而论，但有很高的研究价值。

离开长安的李白寄家东鲁，并开始再一次漫游。从高峰坠落的李白心情相当复杂，对朝廷充满不满与失望，但关心国家时势，积极入世，建功立业之心还未消退。这个时期李白怀乡诗的主题集中表现为怜子思亲，他写下了为数可观的“赠子诗”、“赠内诗”，如《送萧三十一之鲁中兼问稚子伯禽》：“我家寄在沙丘旁，三年不归空断肠。君行既识伯禽子，应驾小车骑白羊。”《送杨燕之东鲁》：“二子鲁门东，别来已经年。因君此中去，不觉泪如泉。”诗人常年漫游在外，每忆幼子，心中凄怆，舐犊情深。《秋浦寄内》、《自代内赠》两首诗表达了诗人虽与妻子千里相隔，经年分离，但相思不改，恩爱不减，正是“江山虽道阻，意合不为殊”（《秋浦寄内》）。也许是因为人到中年，儿女成长，夫妻情深，家庭在诗人心中所占的比重日渐增加。终日离家漫游，却落得失意落魄的下场，家才是寻得安慰的归宿。况且李白已繁华看尽，追逐功名的心也不如以前旺盛，转趋平淡。基于对伦理温情的向往，对安宁幸福的憧憬，这一时期李白的怀乡诗表现出温情脉脉、思乡断肠的态势，李白的形象也由洒脱不羁的酒剑诗人变为流浪在外，欲归不得，充满内疚与相思的父亲和丈夫。

在李白的心绪还没有从矛盾中恢复之际，安史之乱爆发了。不久，李白因入李璘幕而获罪，长流夜郎。战乱让骨肉分散，囚禁流放令诗人远离故国亲人。李白在上个时期凸显的思亲怜子之情在这里爆发了，没有了温情脉脉，而变成悲哀愤慨。《万愤词投魏郎中》说：“南冠君子，呼天而啼。恋高堂而掩泣，泪血地而成泥。狱户春而不草，独幽怨而沉迷。兄九江兮弟三峡，悲羽化之难齐。穆陵关北愁爱子，豫章天南隔老妻。一门骨肉散百草，遇难不复相提携。”李白写此诗时身陷囹圄。处境的艰难使他真诚地喊出内心深处最大的怨愤，那就是与妻子、

儿女、亲人分离的痛苦。李白在这段日子里最渴望的就是和妻子、儿女、亲人的团聚。这也应了司马迁那句著名的话："人穷则反本，故劳苦倦极，未尝不呼天也；疾病惨怛，未尝不呼父母也。"长流夜郎，功业理想尽化为泡影。一生流离闯荡，浮沉起跌，风风雨雨让李白身上带有"曾经沧海难为水"的感叹调。而李白最终没有如王维一样看透世事，他有太多的不解和迷惑。然而沧桑毕竟让他锋芒褪去，他的心态变得惨淡。在《与史郎中钦听黄鹤楼上吹笛》中说："一为迁客到长沙，西望长安不到家。黄鹤楼上吹玉笛，江城五月落梅花。"梅花的凋零正如诗人灵魂的凋零。大半生漂泊却不得善终，身世飘零之感与人生无常之悲融汇在高楼笛声中。与早年的《春夜洛城闻笛》相比，同是听笛，《春》篇的笛声充满动感，勾起了游子乡思，而《与》篇高楼笛声悠扬，如同梅花而落，令诗人感怀身世飘零，生出垂垂老矣的哀思。或许平静中的惨淡也算是一种平淡吧，此时的李白仿佛连自我解嘲的勇气也没有了。《宣城见杜鹃花》作于诗人暮年，诗曰："蜀国曾闻子规鸟，宣城还见杜鹃花。一叫一回肠一断，三春三月忆三巴。"落叶归根是中国人的传统文化心理。暮年的李白或许对自己生命的终结有不好的预感，或已经料到客死异乡的命运，所以对"子规"、"杜鹃"如此寻常的景物，耳闻目睹都有断肠之感。

这是李白怀乡诗的最后一个阶段。李白在生命的最后七八年里，遭逢人生最惨痛的经历。战祸连绵，骨肉分散，获罪流放，这些令曾经不可一世的李白也不得不面露惨相。再加上岁月催人老，李白也想落叶归根。但世事有太多牵挂，就连在六十岁高龄，他还想从军报国，这恐怕是李白最后的执著。他在流放途中遇赦没有还乡，因为贫民布衣、戴罪之身令他无颜面对故乡。六十岁的那次执著恐怕是李白心目中回乡的入门券，然而他没有拿到，落得以客死异乡的悲剧收场。于是这个阶段的怀乡诗呈现出一片惨淡的态势，就连呼天抢地都使人读到他的无依和无奈。

综上所述，李白的怀乡诗可分为四个阶段，不同阶段呈现出不同的内涵与意味。随着诗人人生际遇的变化，壮志激情由深向浅，怀乡意蕴积淡成浓。"青年时期的怀乡诗可以说是在壮怀激昂中，裹挟着依依不舍的淡淡乡愁；中年怀乡诗则洗尽铅华，更多地表达怜子思乡的伦理亲情；晚年的怀乡诗犹如一杯陈年的老酒，一股浓烈的回归意念挥之不去，历久弥新。”①

比李白小十二岁的杜甫，生活在唐代社会由盛转衰的历史转折关口。生逢乱世，杜甫的怀乡诗与李白的怀乡诗大异其趣。最突出的表现就是杜甫强烈的怀乡忧国情结。在杜甫的怀乡诗中，思乡与忧国是密不可分的，两者成为情感上的同构体。这与杜甫所受的教育和家庭环境有很大关系。他的青少年时期终日浸淫在奉儒受素的家庭文化传统中，忠君爱国、仁民爱物的思想在他头脑中深深扎根。杜甫“致君尧舜上，再使风俗淳”（《奉赠韦左丞丈二十二韵》）的社会理想表现出他对以儒家思想为主流的中原文化深沉的认同感与归属感。儒家学说素来以兼济天下为人生最高目标，“修身齐家治国平天下”便成为古往今来儒生们的行动范式。青年时期的杜甫，曾经过了一段南北漫游、裘马轻狂的生活。他对自己的才能和抱负充满信心，自认为能立登要道，致君尧舜。但在天宝五载（746年）参加了李林甫操纵的科举，落入骗局而落第后，诗人的幻想彻底破灭了。在长安干谒求仕的岁月里，杜甫历尽人生酸楚，看尽民生疾苦，关心国家时势。忠君爱国、仁民爱物的情怀，在这段颠沛流离的命途里不但没有减退，反而日益强烈。《兵车行》、《丽人行》和《自京赴奉先县咏怀五百字》就是这个时期的作品，反映了天宝后期矛盾激化、民生艰苦、政治黑暗的社会风貌。杜甫的怀乡诗创作集中在安史之乱发生以后，尤其在乾元二年（759年）弃官入蜀，晚年漂泊的岁月中，怀乡诗的数量和质量都达到了高峰。

安史之乱后，杜甫落入叛军手中，被押解至陷落的长安。这或许也算是一次还乡，却是一次悲痛的还乡。杜甫自出茅庐以来就安家在东、西京洛阳、长安，这两地是历朝古都，长安又是唐朝京城，所以对杜甫来说，故国与故乡在地理上是一致的。在长安被禁锢日子里，他写下了《春望》：“国破山河在，城春草木深。感时花溅泪，恨别鸟惊心。烽

① 应克容：《论李白怀乡诗》，载《安徽农业大学学报》（社会科学版）2005年第1期。

火连三月，家书抵万金。白头搔更短，浑欲不胜簪。”故国故乡已落入贼军手中，遭到严重的破坏。昔日繁盛的都城现在满目疮痍，到处是断壁残垣，杜甫自然非常担心家人的安危，“家书抵万金”尽显其担忧之情。作为精神支柱的李唐皇室也已流亡在外，自此杜甫开始了他后半生的漂泊。但诗人始终心怀平定叛乱、兴复故国的愿望。所以在闻知肃宗即位灵武后，他逃奔凤翔，受左拾遗官职。面对这个偏居一隅的朝廷，杜甫此时最大的希望莫过于让李唐重主长安，恢复故都。朝廷也好，自己也好，都要名正言顺地回归故国。但情况并不乐观，《羌村》（三首）开篇即叹“峥嵘赤云西，日脚下平地”，喻意李唐从前的兴盛已一去不回，新朝廷难以为继。面对如此情况，杜甫的乡思哀怨不禁沉郁而发，《羌村》（三首）剩余的诗句即道：“柴门鸟雀噪，归客千里至。妻孥怪我在，惊定还拭泪。世乱遭飘荡，生还偶然遂！邻人满墙头，感叹亦歔欷。夜阑更秉烛，相对如梦寐。”世事动乱，诗人还不知有没有机会活着还乡。哀叹自己境况的同时，杜甫还对饱受战祸摧残的老百姓深表同情。百姓们如惊弓之鸟，终日长嗟短叹，甚至夜不成眠。乾元元年（758年）杜甫因上疏救房绾触怒君主，被贬为华州司功参军。贬谪途中耳闻目睹了下层人民的悲惨生活，写下不朽名篇“三吏”、“三别”。次年，杜甫弃官入蜀避乱，岁末抵达成都，开始了他晚年漂泊西南的生活。奔赴蜀州期间，作《月夜忆舍弟》：“戍鼓断人行，秋边一雁声。露从今夜白，月是故乡明。有弟皆分散，无家问死生。寄书长不达，况乃未休兵。”兄弟分散，长期没有消息，生死未卜，作为兄长的杜甫备感辛酸。此时的他只愿亲人都平安，有朝一日能重聚一堂，共赏故乡明月，享天伦之乐。

在最后漂泊西南的十一年中，杜甫穷困潦倒，疾病缠身，怀乡恋国情感的抒发在他诗歌创作中十占其九。上元元年（760年），杜甫在成都安顿妥当，遇见同乡韩十四。在闻知韩十四要远赴江东探望双亲时，杜甫大有“同是天涯沦落人”之感，慨叹万分，作《送韩十四江东觐亲》：“兵戈不见老莱衣，叹息人间万事非。我已无家寻弟妹，君今何处访庭闱？黄牛峡静滩声转，白马江寒树影稀。此别应须各努力，故乡犹恐未同归。”战乱让子女无法尽孝，世间万事皆非。如今同乡要与诗人别离去尽子女的责任，但要到哪里去寻找双亲呢？寻亲的路凄苦艰难，彼此分手之后就各自保重努力吧。战乱年代朋友分离不知何日相逢，可能一别之后便生死相隔，或者一同回乡只是个不敢奢想的愿望罢了。三年之后，安史乱平，得知消息后杜甫欣喜若狂，第一时间想到的就是回归故乡。《闻官军收河南河北》：“剑外忽传收蓟北，初闻涕泪满衣裳。却看妻子愁何在，漫卷诗书喜欲狂。白日放歌须纵酒，青春作伴好还乡。即从巴峡穿巫峡，便下襄阳向洛阳。”诗人心怀已久的还乡愿望终于迎来实现的机会了，心中阴霾一扫而空。身虽还在纵酒放歌，但心已乘风破浪，直抵故里。但事实上，回乡不是件简单的事。光是路费就是一个难题，况且叛乱刚平，局势尚未稳定。同年十月，吐蕃攻入长安，代宗出奔。蜀州亦遭变乱，回归洛阳未能成行。此时的杜甫到处流离，居无定所，家不成家，更加深了他归家的愿望。《归梦》：“道路时通塞，江山日寂寥。偷生惟一老，伐叛已三朝。雨急青枫暮，云深黑水遥。梦魂归未得，不用楚辞招。”诗人尚在人世，精魂不离肉身，招魂当不可得。但在寻找生活和精神归宿的漂泊途中，杜甫时有生不如死之感。当年屈原“魂兮归来！反故乡些”（《招魂》）的招魂辞，已成为杜甫梦中故乡的呼唤。“此生那老蜀？不死会归秦”（《奉送严公入朝十韵》）的誓言只能成为诗人心中的遗憾了。

穷困潦倒，百病缠身，流寓漂泊，让诗人萌生归隐的念头。过潭州时，他对潭州素雅的景色、淳朴的民风和社会制度颇为欣赏，说出了“依止老宿亦未晚，富贵功名焉足图”（《岳麓山道林二寺行》）的意向，反映出杜甫“昔遭衰世皆晦迹”后的彻悟。《入衡州》又说：“我师嵇叔夜，世贤张子房。”透露出回避世事，隐居山林的思想。从衡州折返潭州后，诗人自知回乡希望渺茫，作出最坏打算，“鹿门自此往，永息汉阴机”（《登州将适汉阳》），准备终老汉阴。可惜每次隐居之行都被天灾人祸所破坏，最终杜甫病逝荒江，卒于归隐的路上。

然而，即使在最潦倒的时期，隐逸意向最为强烈的时候，杜甫也未尝有一刻不思念故国，忧国忧民。“故乡门巷荆棘底，中原君臣豺虎

边。安得务农息战斗，普天无吏横索钱。”（《昼梦》）诗人就连白天睡觉做梦都梦见旧国故乡，表现了深切忧思。《闻官军收河南河北》则表现诗人得到朝廷平定内乱、收复失地消息后的欣喜若狂。“陇右河源不种田，胡骑羌兵入巴蜀”（《天边行》）则是对外族入侵者的谴责和声讨。在“亲朋无一字，老病有孤舟”（《登岳阳楼》）的奔赴途中，生存困境令人喘不过气来，诗人依然为远在千里之外的前线担忧，“戎马关山北，凭轩涕泗流”（《登岳阳楼》）。

杜甫的命运与家国的命运始终紧紧地连在一起。他的乡愁国忧是内敛浓郁的，是流淌着血与泪的。他没有如李白般洒脱，时而梦想长风破浪，立抵将相，时而又扁舟散发，寻仙访道。他始终是一名恪守“国家兴亡，匹夫有责”的儒生。深沉的社会责任感与家国观念一以贯之，贯穿杜甫的生命与他的诗歌。杜甫的怀乡诗仿佛是他所有诗歌的中轴线，记录了杜甫之为杜甫的神髓。乡愁国忧之于杜甫，不再是简单的失意后寻找安慰与归宿的情感寄托形式，而是升华为深入骨髓、超越时空的爱国情操。

第四节　苏轼与辛弃疾的还乡诗

北宋时期，国家统一安定，奉行崇文抑武的国策，文化氛围空前浓厚。苏轼就是这个时代孕育出来的天才文学巨匠。苏轼在故乡四川眉山度过幸福的童年、少年时代。他的家庭富足，且有良好的文学氛围。在父母的指导和弟弟苏辙的陪伴下，苏轼习得过人的才学，也逐渐养成一派哲人学者气质。家庭成为苏轼心目中幸福的象征，天伦之乐对于他有着不可替代的地位。在苏轼的还乡诗中，有很大一部分恋土思亲的主题也来源于此。

恋土思亲情结一直贯穿他的生涯，或许是出仕之前的生活太过温馨安定，造就了苏轼一颗敏感的心。无论在仕途的顺境或是逆境，他都会深发怀乡归隐的感慨。苏轼一生遭逢多次贬谪，留下了“故山犹负平生约，西望峨眉，长羡归飞鹤”（《醉落魄》），“乘槎归去，成都何在？万里江涛汉漾”（《鹊桥仙》），“归去来兮，吾归何处？万里家在岷峨”（《满庭芳》）的词句。登高临远，他会“吟断望乡台，万里归心独上来”（《南乡子》）。即使在中秋夜欢饮达旦，回想从前一家团聚之时，也不由得“我欲乘风归去”（《水调歌头》）。做翰林学士期间，是苏轼一生中得意的时期，亦有“蔼蔼青城云，娟娟峨眉月”（《送运判朱朝奉》），“我家峨眉阴，与子同一邦”（《送杨孟容》）。

与其他士人不同，苏轼的功名心不重，他从政只不过要证明自己，实现自我价值。所以仕途对于苏轼来说，不过是人生的一个过程，远非安身立命的归宿。苏轼二十一岁出蜀入京，次年即中进士，二十六岁又中制科优入三等，入仕后“奋厉有当世志”（苏辙《亡兄子瞻端明墓志铭》）。但苏轼心中知分寸，在中举后意气风发之时，与弟苏辙立下了功成名就便回乡归隐的盟约。苏轼首次出仕，为凤翔府签判，便流露出怀土思归的情绪：“谁使爱官轻去国，此身无计老渔樵。”苏轼的思乡怀归情结在他一生中都不曾泯灭，归隐是他思乡情结的一种转换。

苏轼的许多诗词都表现出隐逸思想。如“一旦功成名遂，准拟东还海道”（《水调歌头》），“夜阑风静縠纹平，小舟从此逝，江海寄余生”（《临江仙》），“独棹小舟归去，任烟波摇兀”（《好事近》），“归去，归去，江上一犁春雨”（《如梦令》）等。苏轼身处变幻莫测的政坛，无所适从，归隐是他寻求平静自由的途径。但苏轼的归隐并不是弃世而去，而是追求一个永恒的心灵归宿。即使有“人生如梦”、“世事一场大梦”的觉悟，他也不曾否定人生。“起舞弄清影，何似在人间。”他的哲人气质让他对世事抱着一种俯仰随化、和光同尘的人生态度。在这一点上，苏轼从他的前辈陶潜那里吸收了足够多的人格养分。

思乡和归隐情结是苏轼怀乡诗中一对双生的内涵。但事实上，诗人一生除了奔丧，未尝还乡，也不曾归隐。这其中是否有矛盾呢？难道苏学士只是虚情假意？当然不是这样的。因为苏轼是“寓意于物”而不是“留意于物”。苏轼在《宝绘堂记》中曾论道：“寓意于物，虽微物足以为乐，虽尤物不足以为病；留意于物，虽微物足以为病，虽尤物不足以为乐。”杨胜宽先生在《苏轼人格研究》一书中对此理解为：“‘寓意于物’则无往而不乐，无物不可乐；‘留意于物’则无往而不为病，无物不为病。”苏轼说的“意”已超然物外，是超脱了物之为物，意之为意的界限。留意于物，则得失皆在心中；寓意于物，则不执著于得失。对于故乡和隐处，甚至是在头脑中的印象，苏轼都是怀着寓意于物的态度。若苏轼终日留意于故乡和归隐之路，终生难归，势必微物尤物皆以为病。对于归宿，苏轼顺其自然，能归则幸，不能归亦无须多悲，切莫以物害意。

苏轼的不执著，是基于他对人生宇宙作出深刻的哲学思考而得出的豁达人生观。苏轼将对人生意义的思索寄寓于对宇宙时空、动静阴阳、“道”与“器”、“恒”与“变”等哲学命题的思索中，令他对人生和归宿有了透彻的认识。同时，他善道而不自失于道。即使人生相对于无限的时空有如“寄蜉蝣于天地，渺沧海之一粟”（《前赤壁赋》），这是事实，但人何必为此而悲伤呢？有限的人生寄托于无限的时空中，这是不容置疑、不可改变的。自然的声色要通过耳目才能成为声色，自然的信息也要通过人的灵魂才能显现。苏轼深知这个道理，所以在对人生归宿的追问中，他一直保持乐感。

就是这种豁达的乐感，为苏轼怀乡诗词添加了一种新的元素。苏轼虽不执著于故乡，但始终心存故乡，那么，究竟他的乡着陆在哪里呢？在《定风波》中，我们找到了答案。“常羡人间琢玉郎，天应乞与点酥娘。自作清歌传皓齿，风起，雪飞炎海变清凉。　万里归来年愈少，微笑，笑时犹带岭梅香。试问岭南应不好？却道：此心安处是吾乡。”写这首词时，苏轼已被贬岭南。在词的序言部分，苏轼介绍了这首词的成因：王定国有个歌女叫宇文柔，世代定居京师。王定国南迁时带着她，现在要回去了。苏轼试问宇文柔岭南风光应该不好吧，宇文柔回答，此心安处，便是吾乡。苏轼深有感触，因赋此词。看着朋友王定国举家要回京师了，苏轼是百感交集，既替朋友高兴，也为自己凄凉。宇文柔的回答令他一扫阴霾，怡然自得。在苏轼遭多次贬谪的人生历程中，这种豁达的态度其实早已埋藏于他的心底，“故乡归去千里，佳处辄迟留”（《满庭芳》），“溪山好处便为家”（《临江仙》），“身外傥来都似梦，醉里无何即是乡”（《十拍子》），“能使江东归老客，迟留。白酒无声滑泻油”（《南乡子》）都是他乐感人生的真实写照。他又将遭贬南游的经历称作 “九死南荒吾不恨，兹游奇绝冠平生”（《六月二十日夜渡海》），高呼“天其以我为箕子，要使此意留要荒。他年谁作舆地志，海南万里真吾乡”（《吾谪海南，子由雷州。被命即行，了不相知。至梧乃闻其尚在藤也。旦夕当追及，作此诗示之》），寓意于物，则无论故乡或异乡，此心安处，便是吾乡。

但心安也是难为的。苏轼遭到一而再、再而三的贬谪流放，蜀地愈来愈远，他的心也一次又一次受伤。即使他豁达地将他乡作为第二、第三故乡，但人事变动使得刚成为故乡的他乡也只能挥手告别了。黄州、惠州、杭州、澹州莫不如此。苏轼在《虔守霍大夫监郡许朝奉见和此诗复次前韵》诗中说：“老景无多日，归心梦几州。”他虽然不执著于故乡或他乡，但还没有达到解脱。身未安，如何能得心安？苏轼梦想一个安宁和谐的栖身之所，但命运似乎总与他开玩笑。思乡归隐情结是苏轼追求精神归宿的执著表现，正是这种来自心理文化的积淀，使苏轼的怀乡诗词升华到哲学与美学的高度。

如果说清平盛世的文人领袖苏轼的怀乡诗带有浓重的文士气，那么作为宋室南渡后中兴词人之冠冕的辛弃疾，其怀乡词作则带有锐不可当的英雄气概。辛弃疾生长于金人占领区，不断亲眼目睹汉人在金人的统治下所受的屈辱与痛苦，加上家里自小向他灌输反抗异族、恢复河山的教育，所以他自幼就下定为民族复仇雪耻、收复失地的决心。二十二岁时，他曾振臂一呼，揭竿而起，带领两千余人加入济南人耿京组织的反金集团。次年，辛弃疾等人受耿京委派，赴建康面见宋高宗，以求与南宋政府取得联系。在完成使命返回山东途中，他得知耿京已被叛徒张安国杀害，便率领五十骑兵，直奔济州有五万兵卒戍守的金兵营地，将张

安国生擒绑缚到建康处死。文献记载当时情景："齐虏巧负国，赤手领五十骑，缚取于五万众中，如挟毚兔；束马衔枚，间关西奏淮，至通昼夜不粒食。"[①]这也是辛弃疾至晚年也深以为傲的"锦襜突骑渡江初"事件。辛弃疾的英雄气概在此得到完美诠释。

辛弃疾的英雄气概是立足于对国家统一事业的矢志不渝上的，蕴涵着深广的民族意识。民族意识使辛弃疾的怀乡词作较少表现出对故乡的怀归，更多的是一种对统一国家的向往。早在他出生之前，故乡所在地已经沦陷。这令少年则胸怀大志的辛弃疾或多或少感到屈辱，对于故乡的归属感也随之消减。所以"辛词中的乡愁着重表现的是心灵的忧伤、精神的苦痛。他是怀着'收复神州'的壮怀理想而投奔南宋的。因而他的思乡比前人思乡就增多了更为沉重的含蕴：不仅仅是个人的理想、价值，更多的是对于故土沦陷的焦灼"[②]。在"酒兵昨夜压愁城。太狂生。转关情。写尽胸中，块磊未全平"（《江神子·和人韵》），"目断秋霄落雁，醉来时响空弦"（《木兰花慢·滁州送范倅》），"举头西北浮云，倚天万里须长剑"（《水龙咏·过南剑双溪楼》等诗句中，辛弃疾将英雄无用武之地、失地不知何日可收复的嗟叹与故园情思融为一体。在为主战派大臣韩侂胄祝寿的两首《清平乐》词里，盛赞韩对北伐的坚持，表示对收复失地的绝对信心。一曰："新来塞北，传到真消息：赤地居民无一粒，更五单于争立。维师尚父鹰扬，熊罴百万堂堂。看取黄金假钺，归来异姓真王。"上片写北方沦陷区旱灾严重，统治阶级矛盾激化。下片以武王伐商和陆逊统军御魏、郭子仪戡乱致治以期韩侂胄，表现诗人对国家命运的关注与北伐事业的热切期望。

辛弃疾的怀乡诗中还有另外一种截然相反的意向，那就是归隐。辛弃疾的仕途并不如意，这是因为他永不放弃的北伐主张与南宋政府一味求安的态度相违背，他自然就遭到打击。辛弃疾一生曾多次抑郁隐居，并在词中反复抒写"待学渊明"的意向。如"岁月何须溪上记，千古黄

① 祝穆：《古今事文类聚》前集卷三六《民业部·农家》，文渊阁《四库全书》本。

② 朱丽霞：《莫望中州叹黍离——辛弃疾词的"故乡情结"》，载《吕梁高等专科学校学报》2001年第3期。

花，自有渊明比”（《蝶恋花·洗尽机心随法喜》），“便此地结吾庐，待学渊明，更手种门前五柳”（《洞仙歌·访泉于奇师村，得周氏泉，为赋》），“今宵依旧醉中行。试寻残菊处，中路候渊明”（《临江仙·醉宿崇福寺寄祐之弟，祐之以仆醉先归》）等诗句，表达了诗人对理想中的陶潜式生活跃跃欲试。但毕竟收复故土、统一南北始终是他心中唯一的执著，所以归隐意向只是他思想上的补充。他自己也意识到这一点，在《水龙吟·老来曾识渊明》中说：“须信此翁未死。到如今、凛然生气。吾侪心事，古今长在，高山流水。富贵他年，直饶未免，也应无味。甚东山何事，当时也道，为苍生起。”也透露了自己并非存心隐居。从更深一层来说，寻求精神还乡的意向，是为了消解心中的寂寞。

辛弃疾的孤独寂寞感是突出的，并且含有深层意味。首先，他的政治主张得不到应和，北伐计划在朝廷中的支持者寥寥可数。其次，他的才能得不到重用。虽然《美芹十论》、《九议》等奏疏为一时所重，但君主赏识的不过是他的实干精神与才能，对其中光复大计不以为意。再次，这是由于他的英雄自我感所带来的。辛弃疾平生以英雄自许，而英雄是罕有的。在他看来，英雄生来注定就是寂寞的。他笔下的英雄常常是横空出世、举世无双的形象。如写孙权，“天下英雄谁敌手？曹刘。生子当如孙仲谋”（《南乡子·登京口北固亭有怀》），“千古江山，英雄无觅孙仲谋处”（《永遇乐·京口北固亭怀古》）；写刘裕，“想当年，金戈铁马，气吞万里如虎”（《永遇乐·京口北固亭怀古》）；写诸葛亮，“更想隆中，卧龙千尺，高吟才罢”（《水龙吟·被公惊倒瓢泉》）；写李广，“射虎山横一骑，裂石响惊弦”（《八声甘州·夜读李广传》）。辛弃疾自负有英雄的才干与气概，才自许英雄，当然也感染上英雄的寂寞感。他常常自怜自惜，苦恼于无人能理解他，没有知己，如：“层楼望，春山叠，家何在？烟波隔，把古今遗恨，向他谁说？”（《满江红·点火樱桃》）“千金纵买相如赋，脉脉此情谁诉？”（《摸鱼儿·更能消几番风雨》）“倦客新丰，貂裘敝、征尘满目。弹短铗、青蛇三尺，浩歌谁续。”（《满江红·倦客新丰》）

“硬语盘空谁来听，记当时、只有西窗月。”（《贺新郎·同父见和，再用前韵》）又，“把吴钩看了，栏杆拍遍，无人会，登临意”（《水龙吟·登建康赏心亭》）。这种寂寞感还散播到更广的范围里去，并逐渐加深，不单是一种英雄的寂寞，而且是难为世所适的感觉。笔者统计，在辛弃疾629首词当中，“谁”字出现了183次。频率之高，令人咋舌。这充分体现了稼轩先生的寂寞。宋代刘辰翁曾论稼轩说：“斯人北来，喑呜鸷悍，欲何为者；而谗摈销沮，白发横生，亦如刘越石陷绝失望，花时中酒，托之陶写，淋漓慷慨，此意何可复道，而或者以流连光景、志业之终恨之，岂可向痴人说梦哉！为我楚舞，吾为若楚歌，英雄感怆，有在常情之外，其难言未必区区妇人孺子间也。”（《辛稼轩词序》，《刘辰翁集》卷六）其难言抑或不欲言？抑或欲留予心中慢慢品味？不得而知。

英雄气概与寂寞感促使辛弃疾穿越古今，为得到知音而上下求索。在怀古求索的过程中，他找到了李广、孙权、诸葛亮、廉颇、谢安等一班英雄，塑造了一座历史人物群像。谈及这些人物，辛弃疾总是采取一种识英雄重英雄的态度，或羡慕赞叹他们的功业与气质，或同情他们的遭遇与不幸。而辛弃疾是一位自我意识相当强的诗人，他在《鹧鸪天·不寐》中明确宣称：“人无同处面如心。不妨旧事从头记，要写行藏入笑林。”所以在他词中的英雄群像，皆“着我之色彩”，成为辛弃疾“了却君王天下事，赢得生前身后名”（《破阵子·醉里挑灯看剑》）的豪情壮志以及“却将万字平戎策，换得东家种树书”（《鹧鸪天·壮岁旌旗拥万夫》）的悲愤的抒发形式。就在这种当世寂寞而同古今的精神探索中，超越历史时间的阻隔，他将自己寄身于这种自我创造的形象当中，得到了自己的定位，找到了自己的心灵归宿。

辛弃疾一生始终得不到重用，统一南北的理想也没有丝毫起色，反而每况愈下。但正所谓“国家不幸诗家幸”，正是辛弃疾这种蕴涵深广的民族意识和强烈的英雄寂寞感的“故土情结”，使他具有超越意义的社会责任感和历史宿命感，塑造了他给人以崇高感的悲剧英雄的抒情形象。

第五节　现代乡土文学

20世纪20年代，中国文学史上出现了一批以乡土生活为创作主题的作品，统称为乡土文学。乡土文学主要以小说为载体，故也称乡土小说。所谓乡土小说，主要就是指靠回忆重组来描写故乡生活，带有浓重乡土气息和地方色彩的小说。按照作家们世界观与审美倾向的差异，以及对乡土文化的价值取向不同，乡土小说大体可分为批判派与弘扬派。前者以鲁迅为代表，后者以废名、沈从文为代表。

乡土文学还须从鲁迅先生谈起，因为乡土文学的概念便是由鲁迅提出的。他在为《中国新文学大系·小说二集》所作的导言中说："凡在北京用笔写出他的胸臆来的人们，无论他自称为用主观或客观，其实往往是乡土文学。从北京这方写说，则是侨寓文学的作家。"鲁迅先生一针见血地揭示了中国文学的乡土性。当时的作家虽然身居大城市，但始终难以解开乡土情结，题材也往往逃不开故乡的人和事。鲁迅名之以"乡土文学"，着实恰当。另一方面，"侨寓文学"则又道出了乡土文学家的尴尬身份。他们远离家乡，以城市文明的高度来审视乡村文明，以写实的手法揭露和批判中国乡村的劣根性，却没有对城市文明产生归属感。"侨寓"一词正说明了这种状态。

乡土文学兴起于中国现代化发展的历史背景中，并得到高度发展。20世纪20年代，五四运动转入低潮，作家们逐渐清楚地认识到中国与西方国家之间的巨大差距。他们也从运动起初的激昂奋进转入深沉的反思。在以"为人生"为中心的时代文学精神的引导下，以鲁迅及其影响下的文研会、未名社和语丝社的一些作家为主力的乡土小说流派应运而生。乡土小说作家之所以会以乡村生活为主题，是因为当时的时代共识是，中国的首要问题是民族解放问题特别是农民解放的问题。谋求现代化的文学先驱们清晰地将农村的问题摆在核心的地位。所以乡土小说作

家们对家乡的描写，不是像从前那样抒发文人恋乡怀古之思，而是冷酷而深刻地揭露农村种种封闭、落后和愚昧的病苦，试图挖出中国农民乃至全体国民灵魂的劣根性，以"引起疗救的注意"。这种创作倾向打破了封建社会文人"人穷必反本"的思乡恋土情感模式，取而代之的是一种批判理性。"乡土小说的崛起，是写实派作家在坚持'为人生'文学观念的前提下，写自己熟悉的生活，克服'思想大于形象'的通病，逐渐走向成熟的必然归趋。"①

乡土小说批判派主要以农村社会风俗和典型人物的描写与塑造为批判的切入点。农村社会风俗描写方面，王鲁彦《菊英的出嫁》写古旧的冥婚民俗。作者不惜笔墨将冥婚的礼仪讲究、嫁娶排场等章程写得具体而微，在看似荒诞不经中流露出深沉的悲痛。被茅盾称为"成绩最多的描写农民生活的作家"许杰，在这方面亦有成熟的作品。其代表作《惨雾》以开阔的视野、雄健的笔触，痛快淋漓地叙述了两村人的"械斗"。而"械斗"的原因只是两村人为了争夺毫无意义的宗族"尊严"——"希求有最好的上风田名誉"。更为可悲的是，人们把这种由宗族观念引发的动物性互斗看做是天经地义的事，并对这种血腥的行为表现出病态的狂热。最终，鲜血与死亡埋葬了人类天性的良知和爱心，作者入木三分地鞭挞了乡村宗族观念与家庭制度将人变为非人的本质。此外，彭家煌《活鬼》里的"偷汉"与许杰《赌徒吉顺》里的"典妻"，本是有悖人伦常理的，但在农村男权横行的社会里，也成为司空见惯的习俗，并为周围所接受。典型人物塑造方面更是数不胜数。且撇开鲁迅笔下的鲁镇群像不说，还有安于天命、懦弱无能的阿二（许钦文《鼻涕阿二》）、醉生梦死的天二哥（台静农《天二哥》）、自私怯懦的阿长（王鲁彦《阿长贼骨头》）、沉沦赌博而典妻的吉顺（许杰《赌徒吉顺》）等等。

蹇先艾、王鲁彦、彭家煌、台静农、许钦文、许杰等一批乡土文学作家虽然走出了乡土愚昧的思想形态，以现代文明的目光去审视中国乡

① 朱栋霖、丁帆、朱晓进：《中国现代文学史（上）》，高等教育出版社1999年版，第53页。

村文明，并作出深刻的批判，但他们批判的思想深度与维度是远不如鲁迅的。鲁迅以外的乡土文学作家往往倾向于单纯展示农村的风俗陋习，坚持对乡俗文化批判的单一立场，“而鲁迅乡土小说中那作为‘历史中间物’的知识分子自身的文化忧患意识，以及对乡土中国所隐含的民族文化的眷恋情愫，则未能得到较好的继承。也就是说，鲁迅乡土小说的中西方文化冲突的复调情感模态，在20世纪二三十年代其他乡土小说家笔下，变成了单调的文化批判”①。

由于鲁迅是从中西方文化、精英和农民文化冲突的历史性角度去审视中国乡土社会的，所以他笔下的乡村已不再是广袤大地上的一个角落，而是中华文化的整体象征。鲁镇和未庄成了中华文化的缩影，《呐喊》、《彷徨》中的作品既反映了当时中国的社会大环境，也揭示了国民普遍愚昧的生存状态。在《阿Q正传》、《药》、《风波》、《故乡》等作品中，鲁迅着力塑造典型环境中的典型性格，把解剖中国农民灵魂和改造“国民性”问题联系在一起。通过对农民典型性格的批判，从而导向对造成这种性格的社会根源的揭露和批判。《明天》、《祝福》、《离婚》等反映农村妇女的命运的作品也是如此，不过作品的基调不再是戏谑与冷酷，而是充满了同情与哀怨。作为国民精神改造使命的历史承继者，鲁迅对国民大众的精神代表——知识分子极为注意。《高老夫子》、《肥皂》等讽刺封建卫道士，《孔乙己》、《白光》等描写深受封建科举制度毒害的下层知识分子，《在酒楼上》、《孤独者》等描写在中国现代化进程中彷徨、苦闷与求索的现代知识分子。《阿长与〈山海经〉》是鲁迅的一篇回忆性叙事散文，选自鲁迅的回忆性散文集《朝花夕拾》，本文原载于1926年3月25日《莽原》半月刊第1卷第6期（现被编入北师大版七年级上册《语文》教材与人教版八年级上册《语文》教材），全文如下：

长妈妈，已经说过，是一个一向带领着我的女工，说得阔气一点，就是我的保姆。我的母亲和许多别的人都这样称呼她，似乎略带些客气

① 罗关德：《二三十年代倡导乡土文学的三种理论视角》，载《中国现代文学研究》2004年第4期。

的意思。只有祖母叫她阿长。我平时叫她“阿妈”，连“长”字也不带；但到憎恶她的时候，——例如知道了谋死我那隐鼠的却是她的时候，就叫她阿长。

我们那里没有姓长的；她生得黄胖而矮，“长”也不是形容词。又不是她的名字，记得她自己说过，她的名字是叫作什么姑娘的。什么姑娘，我现在已经忘却了，总之不是长姑娘；也终于不知道她姓什么。记得她也曾告诉过我这个名称的来历：先前的先前，我家有一个女工，身材生得很高大，这就是真阿长。后来她去了，我那什么姑娘才来补她的缺，然而大家因为叫惯了，没有再改口，于是她从此也就成为长妈妈了。

虽然背地里说人长短不是好事情，但倘使要我说句真心话，我可只得说：我实在不大佩服她。最讨厌的是常喜欢切切察察，向人们低声絮说些什么事。还竖起第二个手指，在空中上下摇动，或者点着对手或自己的鼻尖。我的家里一有些小风波，不知怎的我总疑心和这“切切察察”有些关系。又不许我走动，拔一株草，翻一块石头，就说我顽皮，要告诉我的母亲去了。一到夏天，睡觉时她又伸开两脚两手，在床中间摆成一个“大”字，挤得我没有余地翻身，久睡在一角的席子上，又已经烤得那么热。推她呢，不动；叫她呢，也不闻。

“长妈妈生得那么胖，一定很怕热罢？晚上的睡相，怕不见得很好罢……”

母亲听到我多回诉苦之后，曾经这样地问过她。我也知道这意思是要她多给我一些空席。她不开口。但到夜里，我热得醒来的时候，却仍然看见满床摆着一个“大”字，一条臂膊还搁在我的颈子上。我想，这实在是无法可想了。

但是她懂得许多规矩；这些规矩，也大概是我所不耐烦的。一年中最高兴的时节，自然要数除夕了。辞岁之后，从长辈得到压岁钱，红纸包着，放在枕边，只要过一宵，便可以随意使用。睡在枕上，看着红包，想到明天买来的小鼓、刀枪、泥人、糖菩萨……然而她进来，又将一个福橘放在床头了。

“哥儿，你牢牢记住！”她极其郑重地说。“明天是正月初一，清早一睁开眼睛，第一句话就得对我说：‘阿妈，恭喜恭喜！’记得么？你要记着，这是一年的运气的事情。不许说别的话！说过之后，还得吃一点福橘。”她又拿起那橘子来在我的眼前摇了两摇，“那么，一年到头，顺顺流流……”

梦里也记得元旦的，第二天醒得特别早，一醒，就要坐起来。她却立刻伸出臂膊，一把将我按住。我惊异地看她时，只见她惶急地看着我。

她又有所要求似的，摇着我的肩。我忽而记得了——

“阿妈，恭喜……”

“恭喜恭喜！大家恭喜！真聪明！恭喜恭喜！”她于是十分欢喜似的，笑将起来，同时将一点冰冷的东西，塞在我的嘴里。我大吃一惊之后，也就忽而记得，这就是所谓福橘，元旦辟头的磨难，总算已经受完，可以下床玩耍去了。

她教给我的道理还很多，例如说人死了，不该说死掉，必须说“老掉了”；死了人，生了孩子的屋子里，不应该走进去；饭粒落在地上，必须拣起来，最好是吃下去；晒裤子用的竹竿底下，是万不可钻过去的……此外，现在大抵忘却了，只有元旦的古怪仪式记得最清楚。总之：都是些烦琐之至，至今想起来还觉得非常麻烦的事情。

然而我有一时也对她发生过空前的敬意。她常常对我讲“长毛”。她之所谓“长毛”者，不但洪秀全军，似乎连后来一切土匪强盗都在内，但除却革命党，因为那时还没有。她说得长毛非常可怕，他们的话就听不懂。她说先前长毛进城的时候，我家全都逃到海边去了，只留一个门房和年老的煮饭老妈子看家。后来长毛果然进门来了，那老妈子便叫他们“大王”，——据说对长毛就应该这样叫，——诉说自己的饥饿。长毛笑道：“那么，这东西就给你吃了罢！”将一个圆圆的东西掷了过来，还带着一条小辫子，正是那门房的头。煮饭老妈子从此就骇破了胆，后来一提起，还是立刻面如土色，自己轻轻地拍着胸脯道：“阿呀，骇死我了，骇死我了……”

我那时似乎倒并不怕，因为我觉得这些事和我毫不相干的，我不是一个门房。但她大概也即觉到了，说道：“象你似的小孩子，长毛也要

掳的，掳去做小长毛。还有好看的姑娘，也要掳。”

“那么，你是不要紧的。”我以为她一定最安全了，既不做门房，又不是小孩子，也生得不好看，况且颈子上还有许多炙疮疤。

“那里的话？！”她严肃地说。“我们就没有用处？我们也要被掳去。城外有兵来攻的时候，长毛就叫我们脱下裤子，一排一排地站在城墙上，外面的大炮就放不出来；再要放，就炸了！”

这实在是出于我意想之外的，不能不惊异。我一向只以为她满肚子是麻烦的礼节罢了，却不料她还有这样伟大的神力。从此对于她就有了特别的敬意，似乎实在深不可测；夜间的伸开手脚，占领全床，那当然是情有可原的了，倒应该我退让。

这种敬意，虽然也逐渐淡薄起来，但完全消失，大概是在知道她谋害了我的隐鼠之后。那时就极严重地诘问，而且当面叫她阿长。我想我又不真做小长毛，不去攻城，也不放炮，更不怕炮炸，我惧惮她什么呢！

但当我哀悼隐鼠的时候，一面又在渴慕着绘图的《山海经》了。这渴慕是从一个远房的叔祖惹起来的。他是一个胖胖的，和蔼的老人，爱种一点花木，如珠兰，茉莉之类，还有极其少见的，据说从北边带回去的马缨花。他的太太却正相反，什么也莫名其妙，曾将晒衣服的竹竿搁在珠兰的枝条上，枝折了，还要愤愤地咒骂道：“死尸！”这老人是个寂寞者，因为无人可谈，就很爱和孩子们往来，有时简直称我们为“小友”。在我们聚族而居的宅子里，只有他书多，而且特别。制艺和试帖诗，自然也是有的；但我却只在他的书斋里，看见过陆玑的《毛诗草木鸟兽虫鱼疏》，还有许多名目很生的书籍。我那时最爱看的是《花镜》，上面有许多图。他说给我听，曾经有过一部绘图的《山海经》，画着人面的兽，九头的蛇，三脚的鸟，生着翅膀的人，没有头而以两乳当作眼睛的怪物……可惜现在不知道放在那里了。

我很愿意看看这样的图画，但不好意思力逼他去寻找，他是很疏懒的。问别人呢，谁也不肯真实地回答我。压岁钱还有几百文，买罢，又没有好机会。有书买的大街离我家远得很，我一年中只能在正月间去玩一趟，那时候，两家书店都紧紧地关着门。

玩的时候倒是没有什么的，但一坐下，我就记得绘图的《山海经》。

大概是太过于念念不忘了，连阿长也来问《山海经》是怎么一回事。这是我向来没有和她说过的，我知道她并非学者，说了也无益；但既然来问，也就都对她说了。

过了十多天，或者一个月罢，我还记得，是她告假回家以后的四五天，她穿着新的蓝布衫回来了，一见面，就将一包书递给我，高兴地说道："哥儿，有画儿的'三哼经'，我给你买来了！"

我似乎遇着了一个霹雳，全体都震悚起来；赶紧去接过来，打开纸包，是四本小小的书，略略一翻，人面的兽，九头的蛇……果然都在内。

这又使我发生新的敬意了，别人不肯做，或不能做的事，她却能够做成功。她确有伟大的神力。谋害隐鼠的怨恨，从此完全消灭了。

这四本书，乃是我最初得到，最为心爱的宝书。

书的模样，到现在还在眼前。可是从还在眼前的模样来说，却是一部刻印都十分粗拙的本子。纸张很黄；图象也很坏，甚至于几乎全用直线凑合，连动物的眼睛也都是长方形的。但那是我最为心爱的宝书，看起来，确是人面的兽；九头的蛇；一脚的牛；袋子似的帝江；没有头而"以乳为目，以脐为口"，还要"执干戚而舞"的刑天。

此后我就更其搜集绘图的书，于是有了石印的《尔雅音图》和《毛诗品物图考》，又有了《点石斋丛画》和《诗画舫》。《山海经》也另买了一部石印的，每卷都有图赞，绿色的画，字是红的，比那木刻的精致得多了。这一部直到前年还在，是缩印的郝懿行疏。木刻的却已经记不清是什么时候失掉了。

我的保姆，长妈妈即阿长，辞了这人世，大概也有了三十年了罢。我终于不知道她的姓名，她的经历，仅知道有一个过继的儿子，她大约是青年守寡的孤孀。

仁厚黑暗的地母呵，愿在你怀里永安她的魂灵！

三月十日

如前所述，以鲁迅为代表的批判派乡土文学作家以现代的精神觉悟来审视愚昧落后的乡村文化，从而形成对当代国民精神状态的剖析和批

判。那是一种极端理性的行为，但在这理性背后，是否意味着作家恋土乡情的泯灭呢？

绝不是这样的，恋土乡情在批判派乡土文学中亦或明或暗地时有体现。王鲁彦在愤恨人间的不公正与污浊时，内心却渴望着“离开了的天上的自由乐土”；许钦文在目睹过去万紫千红、家人共聚一堂享受天伦之乐的花园如今变得凋敝萧索后，久久地沉浸在对“父亲的花园”的怀念中；潘训《乡心》中的木工阿贵善良朴实，面对惨淡的生活总以时运不济为自慰与慰人的理由。潘训在哀其不幸并意识到农民的愚昧之余，还对阿贵思乡思亲却不能回乡的命运表现出极大的同情；蹇先艾《水葬》中的主人公骆毛在强大的宗法制度与残忍风俗的压力下，没有失却珍贵的人性。临刑前，骆毛慷慨就死的坚强逐渐变为踌躇和犹豫，因为他内心挂念着家中的慈母。

由此，我们应该看到作家们矛盾的精神困境。一方面他们作为时代的启蒙者，肩负着批判乡土文明的使命；另一方面，他们又难以割舍对故乡亲人的脉脉温情。而且，乡土作家对“异乡人”的自我身份的默识，更是令他们受到双重打击。前面我们已经谈到，鲁迅将乡土文学亦称为“侨寓文学”，反映出乡土文学作家的漂泊感与无归属感。侨寓者的身份让他们在创作乡土小说之时只能以“局外人”、“他者”的身份进入记忆中的故乡，而当他们以启蒙和理性的眼光重新审视故乡时，看到的是恶毒而强大的乡村风俗和封建礼教、愚昧麻木的人的灵魂以及美好人性的流失。正是这种双重打击，使故乡在作家心中，既是回不去的归宿，也是战不胜的敌人。他们回乡的思想情感经历形成了一种充满崭新文化意蕴的家园意识。那“是一种理想主义情怀，也是一种无论是面向城市还是面向乡村都充满激情的现实关照和未来关注，是历史、现实与未来之间的文化对话”①。乡土作家将思乡思亲情感融汇在对故乡以至国家的美好愿景中，乡土已不再是单纯的物质存在与批判对象，而是国

① 魏子木：《诗意栖居之梦——论现代乡土小说中精神家园的放逐与建构》，载《西安文理学院学报》（社会科学版）2005年第8卷第6期。

民精神之根本，也是民族文化的归宿。

如果说批判派旨在革除国民文化的陋习，去其糟粕，那么弘扬派则着眼于乡土精神纯良天性的凸显，存其精华。在20世纪20年代乡土写实批判小说蔚然成风的文坛中，有一位情调独特的乡土抒情小说作家——废名。在传统与现代的文明冲突中，废名看到了城市丑恶与虚伪的一面，这激发了废名对于童年乡土美好回忆的怀念。于是，乡土在废名的众多小说中，成为一个与现代城市对立的、理想化的国度。《竹林的故事》、《桃园》、《浣衣母》、《菱荡》等小说，以冲淡平和的笔触抒写作者对未受现代文明污染的乡村的向往与礼赞。对“竹林”、“桃园”、“河上柳”、“菱荡”等一系列恬静的乡村自然风光的憧憬，表现了废名返璞归真的愿景。生活在这样与自然融为一体的乡村里的村民，有慈善的李妈、耿介的“陈老翁”、清纯天真的三姑娘、勤劳的“聋子长工”等等。他们共同组成了世外桃源的人物群像，代表着遵循自然、善爱天性而生活的人民。虽然废名在小说中仍不免流露出对纯良天性将被蚕食的忧虑，如《浣衣母》中对封建礼教的诅咒，《河上柳》弥漫着一片人心不古的慨叹，但他的主旨仍在于对自然与人和谐相处的赞叹。不难看出，废名在对身处的城市的失望中，企望以笔下有意理想化的传统文明与之抗衡。废名沉湎于理想化的乡土抒写中，也是自我的救赎。

稍后出现的京派作家沈从文，其一系列以湘西土地为背景的乡土小说则更令人玩味。沈从文出身于行伍世家，年轻时当过卫兵、班长、司书、书记等，亲眼目睹了太多的战事与屠戮。年轻的沈从文过早地直面生活中的鲜血与惨怛，他毅然离开乡土，往异乡寻梦。不料，在城市里，他感受到的不是现代文明给人高度的精神觉悟，反而是严重的生命力衰退。《八骏图》以深刻犀利之笔描画出八个病态教授。在现代文明的压抑下，他们生命力退化，性意识严重扭曲。作为中国传统文化的传承者，教授们的集体精神残缺，正是象征着中国文化的萎缩。《绅士的太太》则以揭露两个绅士家庭内部的丑行，鞭笞所谓名流社会的庸俗、空虚和道德堕落。《某夫妇》、《大小阮》、《有学问的人》等作品共同展示了一个现代城市的病态世界。沈从文城市主题的作品，其内容与

新感觉派作品有相同之处。但沈从文在处理的态度上，却与新感觉派作家暧昧模糊的态度截然不同。沈从文对城市病态世界的冷酷无情、忧愤交加，主要是由于他坚持着"乡下人"的身份认知。

他一再宣称："我实在是个乡下人……乡下人照例有根深蒂固永远是乡巴佬的性情，爱憎和哀乐自有它独特的式样，与城市中人截然不同！他保守，顽固，爱土地，也不缺少机警却不甚懂诡诈。"①"乡下人"的自谓一方面是洁身自好，与污浊的城市划清界限；另一方面，这包含了沈从文对于乡土的文化认同。这是一种深刻的文化追认，也是一种精神还乡。沈从文从年轻时厌倦腥风血雨而出走他乡，到在他乡坚定自己的"乡下人"立场，实质上其思想经历了一个否定之否定的过程。二度还乡使他对未被现代文明污染扭曲的纯良人性的信仰更加坚定。最真切的欲望乃是不加修饰、自然天成的人性基础，代表着充满野性的原始生命力。沈从文说这句话，不单是谈自己对文学作品的见解，也反映了他对于重塑古朴美好人性的思想取向。而这种原始生命力在城市中已逐渐凋敝，唯有在未被文明入侵的古老制度社会中才能展现出它的光芒。沈从文在心底认同这种生命力健康发展的人生形式。《龙朱》中白耳族王子龙朱是美的化身，"是美男子中之美男子"，并且谦恭、守信、强壮、唱歌功力超凡入圣，汇聚了一切美好的东西。但就因为他太优秀，女孩都不敢接近，龙朱反而成为族内最阴郁寂寞的人。一次，龙朱的仆人受到女子侮辱，龙朱与其一起到毛竹林找女子对歌算账。在对歌当中，龙朱体会到女子的大胆与高傲，心中爱意萌生，并在回家之后对天立誓，非此女子不爱。龙朱的爱是热情的、野性的。但龙朱在最终邂逅女子之时，又显出大男孩的羞涩与温柔。正是在这种亦幻亦真、且俗且雅的爱情中，人性得到升华，最纯良的生命形式得以彰显。《媚金·豹子·与那羊》写英雄豹子与"顶美的女人"媚金约会，期间发生误会，先后拔刀自尽。《月下小景》也写了男女爱人为摆脱爱的束缚而自尽的故事。小说里的男女主人公因爱的本能发生了性关系，但当地怪

① 沈从文：《习作选集代序》，见《沈从文文集》（第五卷），四川人民出版社1983年版，第229页。

诞的习俗却规定获得女子贞洁的男子不可与女子结婚，“本族人的习气，女人同第一个男子恋爱，却只许同第二个男子结婚。若违反了这种规矩，常常把女子用一扇小石磨捆到背上，或者沉入潭里，或者抛到地窟窿里”。男女主人公知道以后不能长相厮守，于是双双服毒。《媚金·豹子·与那羊》、《月下小景》等故事将爱与死的主题紧紧连在一起，表达了沈从文一贯的浪漫情怀。对人性的爱以及对充满爱的人生形式的爱，在毁灭之中显出“神性”的光芒。沈从文曾经说，“我过于爱有生一切。……在有生中我发现了‘美’”，而“美”是“或由上帝造物之手所产生”，它就是“可以显出那种圣境”的“神”。可以看出，在沈从文的美学观中，“神性”就是“爱”与“美”的统一。

沈从文乡土湘西世界那种带有浓厚原始特征的文化环境，在他的笔下，俨然成为神性显现的地方。沈从文不但如废名一般赋予了乡土理想化的人文关怀情怀，而且还将其上升为神性的承载体与象征。在这个意义上，《边城》可说是一部倾注了沈从文审美理想的作品。边城秀美的自然风光孕育出充满人情味的村落社会。在小国寡民的社会格局下，人们勤劳、诚实、古道热肠、朴实厚道。人与自然融为一体，作者引导我们以审美化的眼光去审视人与自然的关系，充斥着浓厚的田园牧歌气息。于是大自然不能简单地看做故事的背景，而应该是人的依托和归宿。在《边城》里面，自然与人性是同构的、合二为一的。所以在其中发生的傩送与翠翠的爱情故事，可说是自然与人性水乳交融的产物。沈从文似乎要告诉我们，世间确有如此理想的爱情故事，而且就是这样的生命形式才称得上是美的，每个人心中存有的神性必须使其在爱与美的生命形式下显现才算体味到人生的意义。但沈从文并没有一任乐园的幻想倾泻到尾，他在作品中也渗透了忧虑与思索。《边城》的最后，傩送外出闯滩，生死未卜，只留下翠翠日复一日地在边城等待。傩送作为纯良天性的象征人格，不固守故园而外出闯荡，似乎预示着天赋的人性必要与外来文明作一番斗争。翠翠守望着傩送的回归，同样，沈从文也守望着人性的回归。

沈从文的乡愁，不但在心理与文化层面，而且还倾注了审美理想生

命形式的建构。他在谈到《边城》的创作时说："拟将'过去'和'当前'对照，所谓民族品德的消失与重造，可能从什么方面着手。"他期待着将这种理想化的生命形式"保留些本质在年轻人的血里或梦里"，去重造民族道德。这使沈从文的乡思有了更加深厚的文化底蕴：这片乡土不仅是乡下人的乡土，不仅是离乡人的乡土，而且是全民族乃至全人类的乡土。这片乡土在人类出现之时已经生成，并在历史中以积淀的形式代代流传。沈从文意识到这片乡土是全人类抽象后人性的本源，也是人性的归宿。他要以自己的力量重新呼唤人类对这片乡土的审视，因为他对这片乡土爱得深沉，也愿人们在乡土中获得爱。

第六节　寻根文学

1985年是中国文学史上重要的一年，文学界风起云涌，一时变幻莫测。藤云先生1986年撰文《乱花渐欲迷人眼》较全面地描述了当时文学界精彩纷呈的景象。陈晋先生则把1985年称为"令人困惑的神秘莫测的1985年"。文学创作和理论两者的创新热潮在这年达到高峰。各个标举不同旗帜、操持不同言语的文学流派蜂拥而出，蔚为大观。陌生而激进的实验文学强有力地冲击着传统文学的叙事内涵，连同由西方引进的一批现代主义哲学一起向传统文化发起现代文明的冲锋。而当时，糅合了现代理念与民族文化自我观照的一支，席卷了整个文坛，并对当代文学产生了巨大影响，后世称之为"寻根文学"。南帆在论及"寻根文学"时曾经说："'寻根'是80年代中期的一个重大的文学事件。如今回忆起来，'寻根文学'似乎是一夜之间从地平线上冒出来的。"寻根文学发生及发展的迅猛态势在此语中可见一斑。然而，寻根文学的发生并不是一夜之间冒出来的，而是有着广泛而多层面的文化背景的。

1985年，"文革"的惨怛已远去将近十年，但其不散的阴魂始终缠绕在知识分子的心中。伤痕文学、反思文学对荒谬的"文革"反戈一击，知识分子深深地吐了一口怨气。而到了1985年，寻根文学的兴起，带动了一代人放下执著，冷静反思。反思的内容由对社会政治的关注，深入到对民族文化心理结构的挖掘上，这是新时期文学“向内转”的重要标志。“文革”造成的文化断裂使中华民族成了无根的民族，寻根作家肩负着寻根的主题与责任，重新审视生养他们的土地，寻找文化之根。同时，20世纪80年代中西文化的正面冲突不可避免地频频发生。中国传统的伦理和价值观念受到冲击，并逐渐消退或异变。学界对此极为敏感，对民族文化的观察日渐成为谈论的主题。“文化热”随之掀起，引起广泛注意。“文化”主题成为当时文学界无法回避的主题，各门各派的作家都以不同的角度或层面介入、创作。而寻根派着重探索关于文化的根的问题，即对文化现象背后的民族文化心理结构的发掘。

寻根作家大部分都以由民族文化深入到心理结构的思维方式去构思作品，这正与当时李泽厚先生的“积淀说”暗合。积淀理论主要吸收了克里夫·贝尔“蕴意形式”和卡尔·荣格“集体无意识”的理论养分，为寻根文学提供了重要的审美依据。而其中“集体无意识”理论充分地印证了寻根作家这种思维形式的有效性。正是千万年来代代积淀下来的无意识成为文化的根，通过对文明的观照就可以发掘到文化心理结构。具体到文学批评方面，“神话—原型”批评模式对寻根文学创作产生了不可小觑的影响。同时，国际方面，美国南方文学、拉美魔幻现实文学的成功强烈地刺激了寻根作家。其中威廉·福克纳、加西亚·马尔克斯的影响最为深广，《喧哗与骚动》、《百年孤独》等作品以极端地域化、民族化的价值取向得到了寻根作家深切的认同。马尔克斯以《百年孤独》获诺贝尔文学奖，又或多或少激起了同样作为第三世界国家作家争取文学话语权的雄心。

1984年底，题为“新时期文学：回顾与观测”的杭州会议是寻根文学的一个重要触媒。在当时“文化热”的大环境下，会上讨论的核心不可回避的是文化，尤其是文化审美的问题。不久，韩少功发表了被视为“寻根派宣言”的《文学的根》。文中说道：“文学有‘根’，文学之‘根’应深植于民族传统文化的土壤里，根不深，则叶难茂。”他

认为：“万端变化中，中国还是中国，尤其是在文学艺术方面，在民族的深层精神和文化特质方面，我们有民族的自我。我们的责任是释放现代观念的热能，来重铸和镀亮这种自我。”在中西文化大碰撞下，韩少功对民族自我的坚持实在可贵。他的宣言指明了寻根文学的基本形式，即以现代观念烛照失落的民族文明。其实在韩少功之前，汪曾祺就发表了题为“回到民族传统，回到现实语言”的滥觞性文章。文中，汪曾祺对变幻年代中传统文化的理解发人深省，《受戒》、《大淖记事》即是实践他理念的代表作。汪曾祺以他坚守立场的姿态屹立于文坛，获得好评的同时也为同时期作家树立了一个典范。邓友梅的《那五》、《烟壶》，冯骥才的《神鞭》，贾平凹的《商州初录》，阿城的《棋王》，王安忆的《小鲍庄》，李杭育的《最后一个渔佬》等小说随之而来，并引起轰动。

1985年的文坛早已被这些带有浓郁怀旧氛围的文化小说占据了半壁江山，韩少功提出宣言将其整合，也是必然之事。同样参加杭州会议的阿城，会后亦旋即撰文《文化制约着人类》，以文化的角度深化对寻根的认识，其中不乏超越前人的见解。他说：“‘寻根’不是出于一种廉价的恋旧情绪和地方观念，不是对方言歇后语之类浅薄的爱好，而是一种对民族的重新认识，一种审美意识中潜在历史因素的苏醒，一种追求和把握人世无限感和永恒感的对象化表现。”这大抵代表了当时作家们对文化寻根的认识，也对此表现出饱满的热情。他们试图在民族深厚的文化岩层下发掘出可以激活历史和人生的文化底蕴，并高扬这种民族自我，使其立于世界文化之列，争取独立的话语权。

寻根文学从一开始就表现出界限分明的地域性。汪曾祺是沈从文的高徒，他从老师那里接过京派的大旗，创作出一系列充满老北京气息的小说；韩少功在《文学的根》中询问“楚文化流到哪里去了”，并声言要在楚文化中开拓出一个新世界；贾平凹的“商州”系列深得秦汉遗风，其宏大古拙的风格正是秦汉文化的代表性审美形态；郑万隆“异乡异闻”系列全以作者生于斯成于斯的黑龙江为背景。谈及自己的故乡，郑万隆不无感慨地说“黑龙江是我生命的根，也是我小说的根”；少数民族作家扎西达娃、乌热尔图各自坚守着青藏高原与鄂温克的篝火，保卫民族文化，显示出深重的历史责任感。按照季红真的说法，“及至1984年，人们突然惊讶地发现，中国的人文地理版图，几乎被作家们以各自的风格瓜分了” 。寻根作家不约而同地都将寻根的脚步指向生养他们的故乡土地，瓜分态势随即成型。虽然寻根作家都承认“根”乃是民族传统文化，但他们的瓜分使得所谓的“根”变得扑朔迷离，甚至有名存实无的嫌疑。寻根文学的地缘性虽然加强了作家作品风格，但这不可避免地使它陷入边缘化、陌生化的境地。李杭育曾经语出惊人地说：“我以为我们民族文化之精华，更多地保留在中原规范之外。规范的、传统的‘根’，大都枯死了。‘五四’以来我们不断地在清除着这些枯根，决不让它复活。规范之外的，才是我们需要的‘根’，因为它们分布在广阔的大地，深植于民间的沃土。”以民间文化、边缘文化、非规范文化来对抗精英文化、中心文化、规范文化似乎是寻根作家一致的肯定传统文化的策略。如此一来，以偏概全、指代不明的弊病就势必会出现，这也是后来致使寻根文学无疾而终的原因之一。寻根文学发生的一个重要心理诱因就在于人们身处现代变幻莫测的世界中寻求自我认同。寻求自我认同首先就要确定所谓的“自我”到底是什么。而当“自我”上升到一个文化的高层面时，恋土怀旧的情结便对这种自我确认过程产生微妙的作用。作家寻根往往就是要把掺杂有浓烈主观成分的故土文化呈现出来，以取得外界的认同。故土文化也仿佛在作家的笔下获得了旺盛的生命力。寻根作家守护着民族文化，实际上守护的是故土文化。他们并不是不曾意识到故土文化的陋弊，而且在作品中还往往保持批判理性，但他们坚守的姿态毫不动摇，因为他们生怕退后一步就是一无所有。阿城曾经说：“一方面，很清楚地知道我所承受的民族意识多么糟糕，一方面又不得不顽固地捍卫它，生怕除此之外我就什么也没有了。”[①]这是寻根作家的尴尬，也是他们的追求与现实之间的落差。对故土文化的执著，是寻根派恋土怀乡意识的最突出表现。将失落的故土文

① 阿城：《文化制约着人类》，载《文艺报》1985年7月6日。

化视为文化之根，在寻根派中有一个极端而典型的例子——乌热尔图。对乌热尔图的发现，首先是吴俊先生提出的。[①]关于乌热尔图对于寻根文学的典型意义研究，吴俊先生在其文章中有精彩的论述。

乌热尔图所属的民族鄂温克族是一个人口不超过两万的民族。鄂温克族没有自己的文字语言，这是鄂温克文化的最大困境。因此，鄂温克族的历史、文化以及民族特性只能依靠汉语这种异族语言来记载、表达，这意味着鄂温克文化不可能以本来面目来显现，而只能以“转述”的方式呈现。鄂温克文化的本来面目一直处于蒙蔽状态，民族文化危机随即而来。乌热尔图对此有着深深的忧虑，但事实上这个使用第三方语言“进入”本族文化的作家，也对本族文化无法完全“敞开”感到无能为力。“我翻弄刚刚出版的自己的小说集，有个清晰的感觉叩动我的心房，这用汉字堆砌起来的文字，到底有多少真正属于鄂温克民族……我终于认定了，这堆经我手中成形的东西，只有一半是我熟悉和认可的，而另一半却变得陌生和疏远。”[②]乌热尔图的反省，一方面坦白了本族文化主要传达符号（文字）缺失的困境，另一方面也反映出弱势文化、边缘文化被强势文化、中心文化整合所带来的文化本性的消解。吴俊先生认为：“如果无法改变边缘文化、弱势文化或失落的文化必须依赖主流文化、强势文化的资源进行自身言说的文化现实，如乌热尔图必须依赖汉字、汉族文化才能表达鄂温克民族的文化和文学特征，反之就无法言说、无法表达，那么，问题的关键就不应该是‘文学或文化的寻根’，而是主要对主流文化、强势文化的价值分析和思考。”[③]对此笔者要补充一下。

乌热尔图的典型性，在于他是边缘文化、弱势文化的代表。若将鄂温克文化与中华文化的关系，置换成中华文化与世界现代文化的关系，乌热尔图也正是“寻根文学”中的一个典型。在乌热尔图身上，我们除了要看到边缘文化在大文化背景下的话语困境之外，还要注意到寻根派在

① 吴俊：《关于“寻根文学”的再思考》，载《新华文摘》2005年第16期。

② 乌热尔图：《我属于森林》，载《文学自由谈》1986年第4期。

③ 吴俊：《关于“寻根文学”的再思考》，载《新华文摘》2005年第16期。

“根”文化呈现过程中的困境。

上面我们提过，寻根派与他们所承认的根文化的联系，首先是人与乡的联系。寻根派之所以承认他们各自的根文化，是因为他们对其有归属感。童年的记忆使附着于根文化上的归属感在作家心中具有不言自明的真实性。现代社会与现代思想的纷繁庞杂使寻根作家的归属感爆发，并在“民族文化”这个拥有同样归属意味的通道中溅射而出。由此，我们可以看出一组“文化—心理”的对应关系，即“根文化”之于“民族文化”，与个人之于乡土的同构关系。然而，接受了众多哲学、文学熏陶的寻根作家们，真的可以让“根文化”以全真面目呈现吗?

我想答案是否定的。寻根文学相对来说不是写实主义文学。这也是寻根文学与20世纪二三十年代乡土文学的根本区别。虽然寻根文学里面也有批判与讽刺，但“国民性”批判以引起疗救决不是它高扬的大旗。笔者以为，寻根文学可以说是对民间文化、边缘文化、地域文化的再发现与再创造，本质上是一种二次呈现。

韩少功的《爸爸爸》中有着占相当比例的民风民俗和民间语言细节描写，为作品营造一种魔幻氛围。但其中一些如仲裁缝吞饮死老鼠灰熬成的水等细节，让人不禁有突兀之感。与其认为其中有重大的象征意味，不如将其视作纯粹的技巧衍生物。村民对树与井的生殖象征崇拜更是明显地移植西方现代人类学知识。文中写道：“人们一直把树和井当做男女生殖器的象征，常常敬以香火，祈望寨子里发人。”原始村民有可能对象征物的象征意味自觉吗？这分明就是一个现代人的意识。丙崽在母亲死后出外寻母，途中遇到一具女尸并对之实施性行为。这一段描写或者是为了突出人类蒙昧状态下不可避免的恋母情结，呈现人类深层的心理结构。但诸如此类内容意义不明确却又运用了各种人类学理论的情节，虽然惹人玩味，但斟酌之下难免有从理论到内容、主题先行之嫌。由此我们可以看到寻根文学的某些尴尬：过分的民间口语形式和叙事方式让本来已经边缘化的文化更加边缘化，这为人们的接受设下了一道不大不小的障碍。本来寻根文学是要让更多人认同民族自我心理结构，但文本的无指向性又使人们莫衷一是。另外，对西方现代主义的依赖

使文本有主题先行之嫌。文本中的一些章节更是直接将西方现代人类学所发掘的"根"直接挪用（如上面提到的生殖象征崇拜、恋母情结）。这虽然是全人类所共有的，但毕竟与民族的自我确立还差了一步。

乌热尔图给我们的启示是，以第三者语言去进入民族自我，会出现不可避免的误读。这何尝不是寻根作家共同面对的困难？他们以现代眼光观察"根"文化，何尝不是一种第三者介入？如乌热尔图一般以挽救民族文化为出发点而创作，除了他，其余的寻根作家不需要做到如此姿态。这在一定程度上也给了他们足够的自由。如果说乌热尔图着力于"重现"，那么其余寻根作家更专注于"表现"，即再创造。所以对"根文化"的理解没有在寻根作家中获得统一的观点。这关系到作家们的世界观和价值观，在此无必要细述。但我要说的是，鉴于前面提及的"寻根"困境（可称为乌热尔图困境），"寻根"实在不是一个一代人便能扛起的题目。而且将"寻根"泛化开来说，"寻根"本身就是一个全人类永恒的命题。困扰人千百万年的斯芬克斯难题主旨不是寻根吗？哲学家执著于对思维的思考，以至于原始人类智慧发生的思考，难道不是寻根吗？"追寻—流浪—回归"的文学结构模式乃至生命结构模式难道不是寻根吗？因此，其实我们无须刁难说寻根文学名不副实或言过其实，"寻根"命题的提出本身就是一个创举。而且我们要看到寻根文学表面虽然是一堆堆乱如野草的文化河网，但它们共同汇聚到一个大海里，那就是生命的根、生命形式的根。毋宁说，寻根文学的主要形式，就是对于民族文化心理背后的生命形式的追探。

王安忆的《小鲍庄》高扬仁义的传统道德。小鲍庄里虽也有各种不仁义的行为，如拾来与二婶的畸形恋情被众人歧视，文化子与小翠的恋情受长幼有序的封建礼教压迫，但村民们都是一致承认仁义的，并将仁义视为小鲍庄的根本，小鲍庄也因仁义而名声在外。捞渣和他的英雄行为更是触动了村民们心里对仁义的生命形式的向往。捞渣在小说里仿佛一个儒家的完人。儒家学说的立根之本"孝悌"在捞渣身上熠熠生辉。小说后段捞渣因救鲍五爷而身死后，他的英雄事迹不仅令小鲍庄肃然起敬，还流传到外面，受到外界的一致赞同。捞渣的死唤起人们对仁义的追求，这是一种自然而然的殉道。象征着仁义的捞渣的墓最终迁移到了小鲍庄的中心，这表现了仁义在作家心目中的地位。王安忆凭借高扬“孝悌”这一不言自明、合乎情理的德行根本，去促使人们对仁义进行思考，并在现代社会呼唤仁义的回归。阿城的《棋王》流露出道家契合阴阳，堕肢体、弃智慧的老庄神韵。棋王王一生身处乱世却不以为意，“何以解忧，唯有下棋”老是挂在嘴边。他又说不上什么是“忧”，认为“忧”只不过是文人的事，自己顶多算得上是“不痛快”，于是“何以解不痛快，唯有象棋”。王一生对社会政治是毫不在意的，甚至到了“呆子”的状态。对于“吃”的虔诚折射出王一生对于生命的理解。他不赞同沉迷技艺而达到废寝忘食的地步，又进一步区分了“吃”和“馋”。“吃”和“馋”的议论体现了王一生保存自身、无欲无求的生命观。到最后车轮大战后，王一生大彻大悟，“人还要有点儿东西，才叫活着”，这为他朴素的生命观增添了非凡的意味。王一生活在乱世，无意纷扰，清静的棋道是他张扬生命力的唯一途径。阿城清楚地看到活在当下的人们囿于衣食当中，精神的困乏使他们“终于还不大像人”。他希望人抛弃烦扰，自明己身，领悟人生真谛，成为完整的人。

对生命形式和生命的探索，使寻根文学有了一个真实的着陆点。我们上面已经谈过寻根作家渴望乡土文化被承认的变形的思乡之情，而到了关于生命形式探索的范畴中，寻根作家实现了一次精神还乡。这不单是作家自身的精神还乡，还代表着全人类的回头。回望祖先、回望乡土、回望曾经美好而如今不知所终的生命形式。虽然寻根文学作为一个文学流派早已销声匿迹，但寻根的主题永远不会离人类而去。还乡与寻根可以说就是一回事。

第七节 港台怀乡母题文学

1949年前后，因为政治局势的发展，一批作家南迁至香港和台湾，立刻成为当时文坛的主力。南迁作家群体自我放逐到港台小岛，面对陌生环境和文化的疏离与隔膜，负担着难以取得身份认同的焦灼，无根的漂泊、失落的情感体验使得他们常常在回忆中寻找安慰和归宿。他们往往在作品中流露出一种流亡意识和失落感，且将之寄托于对家乡故国的怀念中。故而当时的港台文学浸淫在一股浓烈的思乡氛围当中，并一直蔓延至现在。

港台怀乡文学的形成与发展，除了政治因素外，还有更广阔的文化背景。1842年，清政府在中英鸦片战争中败北后签署《南京条约》，将香港岛及附近的鸭俐州割让与英国，确定了香港殖民地的身份。之后的《北京条约》、《展拓香港界址专条》等一系列租界条约进一步扩大殖民地地界，形成了现在香港的边界。而台湾自古是一个移民社会，自明朝天启年间始，至清朝中期，台湾经历了三次大规模的大陆移民潮，奠定了台湾社会的移民性质。1895年，清政府因在中日甲午战争中战败而被迫签署《马关条约》。台湾被割让与日本，成为日本统治殖民地。香港与台湾的殖民地历史使两地孕育出复杂的文化：既有维护民族文化传统、抵制外族文化的抗争性，也有吸收、消化异族文化、现代文化的开放性。更值得一提的是，由于港台殖民历史时间的延续，港台华人后裔出现本土化现象，逐渐认同本土的殖民文化并接受身份。"而当他们与大陆长期处于隔离和'对立'（政治上）的状态后，特别是长期在异族殖民统治和殖民文化冲击下，他们与大陆建构了不同的政治制度、经济制度和社会体系……"[①]这无疑意味着一个文化体系在历史传承上的裂

① 张晓平：《台湾乡愁诗的现实生成和文化内涵》，载《华文文学》2004年第4期。

缝。南迁作家群就置身于这个历史文化的裂缝中，陌生感和漂泊感是他们心中最突出的情感。正是港台文化的复杂性使得南迁作家群体在作品中表现出特殊的情感体验，并赋予他们乡愁情思丰富而深厚的文化内涵。

余光中祖籍福建永春，1949年离开大陆，毕业于台湾大学外文系，先后在香港中文大学等地任教、创作，也曾到美国求学和工作。已出版诗集、散文、评论和译著40余种，他自称是“文学创作上的多妻主义者”。文学大师梁实秋评价他“右手写诗，左手写散文，成就之高一时无两”。“从21岁负笈漂泊台岛，到小楼孤灯下怀乡的呢喃，直到往来于两岸间的探亲、观光、交流，萦绕在我心头的仍旧是挥之不去的乡愁。”谈到作品中永恒的怀乡情结和心路历程时，余光中说：“不过我慢慢意识到，我的乡愁现应该是对包括地理、历史和文化在内的整个中国的眷恋。”①

港台文学中乡愁的文化内涵可分为三个方面讨论：地理怀乡、文化怀乡、精神怀乡。

一、地理怀乡

20世纪四五十年代因政治因素而南迁的作家，无论是在当时已经成名的，还是初涉文坛的，都带着大陆的记忆。中国人本来就有安土重迁的性格，而这一国民性在诗人身上更能体现其文化心理内涵。许多作家南迁都是迫不得已、忍泪而别的。对于大陆的归属感，让他们始终保持与大陆的联系。这些作家怀着浓烈的大陆乡愁，写下了哀婉动人的篇章。

台湾现代派先驱纪弦在名作《一片槐树叶》中，以在祖国大陆捡到的一片槐树叶为自我寄托，抒发了自己的漂泊怀乡情。槐树叶“被夹在一册古老的诗集里，多年来，竟没有些微的损坏”。“古老的诗集”是中国古老文化的象征，诗人就是那片槐树叶，浸淫其中，恋恋不舍，怀恋之心“多年来，竟没有些微的损坏”。而当看到树叶“还沾着那些故

①《乡愁》，引自腾讯博客，http://new.qzone.qq.com/719466615/blog/1196571506，2007-12-02。

国的泥土啊”的时候，诗人也自觉自己身上早已沾染上不可消除的乡土味。诗人再也忍不住，思乡情感喷发而出：“故国呦，啊啊，要到何年何月何日／才能让我再回到你的怀抱里／去享受一个世界上最愉快的／飘着淡淡的槐花香的季节？……”诗人怀恋祖国大陆，正如槐树叶怀恋槐花一样，乡愁思绪如花香般芬芳而浓郁。《梦终南山》描写了诗人还乡的梦。纪弦梦见秦岭，梦见终南山，并坐在一块有“亘古的凉意”的石头上，“哼了几句秦腔”，“喝了点故乡的酒”。诗人从山上退下，惊喜地发现，“山下那冒着袅袅炊烟的小小村落，不就是我渴念着的故乡终南镇么？”狂喜之中已忘记了时空，他急问道：“而我是哪一天从哪儿回来的呢？”他急切地需要有人给他一个坚决的回答，以证明梦中的故乡是真实的。但鸡鸣出卖了诗人，自我欺骗的企图破灭了，他只好苦苦哀求“请让我留在这梦中不要哭醒才好……”

乡情与亲情是不可分割的，这是地理怀乡的一个前提与内涵。国民党元老于右任的《思乡曲》最能体现这一点。诗曰：“葬我于高山之上兮，望我大陆；大陆不可见兮，只有痛哭！葬我于高山之上兮，望我故乡；故乡不可见兮，永不能忘！天苍苍，野茫茫，山之上，国有殇！”古直悲凉的咏叹是我们看见一位老政治家对故乡矢志不渝的爱，即便是死了，也要葬在能“望我大陆”、“望我故乡”的高山之上。当时于右任的妻子高仲林留在大陆，于右任却被蒋介石强行挟持到台湾。老时夫妻生别离，让于右任终日悲戚。1961年高仲林八十大寿，有关领导在西安为她祝寿。后来她的女婿几经辗转将祝寿的照片寄到于右任手中，于看后心潮起伏，老泪纵横，夜不能寐。通宵未眠的于老在次日晨写下了这首感人肺腑的哀歌。在这之前，于右任在 1 月12日的日记中写道：“我百年后，愿葬于玉山或阿里山树木多的高处，可以时时望大陆（旁注：山要最高者，树要大者），我之故乡是中国大陆。”他在1月22日的日记中又写下“葬我在台北近处高山之上亦可，但是山要最高者”。于右任思乡之情至死不渝，令人不忍卒读。

乡土成为某些作家始终无法舍弃的题材，香港作家李辉英便是其中代表。20世纪50年代李辉英笔下大多数是内地抗战题材，南迁到香港后，笔下仍是一望无际的乡土。他在1967年出版的散文集名字就叫“乡土集”，几乎全都描述了他儿时的东北故乡的生活，那是一幅幅北国风土民情的风俗画，表达了作者身居香港心怀故乡的爱国激情。在《乡土集》的序言中，李辉英也明确表示自己对描写英国殖民地香港不感兴趣：“乡土气在我的文学写作中既然成为一个定型，那么，你想改换了它而去迎合当地的洋场气，看来不过东施效颦和削足适履罢了。”

最能表现南迁诗人怀乡悲苦惨怛的恐怕要数余光中了，而其最能传神的诗作莫过于《乡愁》。诗的前三节以邮票、船票、坟墓为意象，分别在母子分离、夫妻相隔、母子死别的意境中寄意浓浓的乡愁。而诗人将前三节对亲情和爱情的依恋都融汇到压轴一节对祖国大陆的怀念，更突出了乡愁的永恒性。“一湾浅浅的海峡”作为最后的一个意象，不但将母子夫妻分隔，还将诗人与祖国大陆分隔。它不仅是一道自然的阻隔，而且是游子心灵归乡路途上的阻隔。在诗人心中，只有结束两岸对立的状态，“一湾浅浅的海峡”才不会成为千百万人乡愁的汇聚处，才能了却漂泊孤岛的天涯游子的深重乡愁。

二、文化怀乡

大陆文化与港台文化毕竟一脉相承，共享一个远古积淀下来的心理文化系统。而且南迁作家的知识水平和修养素质普遍高，他们对同一种文化的传承有深刻觉悟，有的诗人甚至对传统文化抱有强烈的责任感。南迁之后，异文化令他们染上失语的症状，出现了身份认同的恐慌。因此，潜藏在他们身上的深邃的传统文化认同感在文学作品中被凸显出来，寻根之路成为一个共同的主题。虽然港台文学深受西方文化影响，文学创作有明显的现代派痕迹，文学象征和形式系统都与传统文化大相径庭，但“就其选择的题材内容和表达的情思意蕴而言，深潜在诗人心中的精神基座仍然是民族的”，“不仅有特殊时代的地域特征，更具有一种与大陆产生广泛而深厚联系的属于华夏民族特有的民族文

化心理特征”①。

余光中是典型的寻根式诗人，他寻找血缘伦理之根、中华文化之根。他曾经追寻过西方文明，沉浸在西方现代主义文学中。但他最终回归到中华传统文化中，这一遭西方文化的游历，使他对中华文化有了更深刻的理解。他在《五陵少年》中高声呐喊：“喂！再来杯高粱！／我的怒中有燧人氏，泪中有大禹／我的耳中有涿鹿的鼓声／传说祖父射落了九只太阳／有一位叔叔的名字能吓退单于。”这位热血少年冲破了孤岛的樊笼与命运的失意，借着一股迷离的醉意，痛快地呼喊出他对中华文化的深切追认。余光中对承载着中华文化的历史物品有特殊感情，最著名的一首咏物诗是《白玉苦瓜》。在诗中作者托物寄意，他视白玉苦瓜为祖国“苦心的悲慈苦苦哺出”的婴孩。白玉苦瓜的颜色与光泽，让诗人想到“哪一年的丰收像一口要吸尽／古中国喂了又喂的乳浆”。古中国文化像乳浆喂养着这只白玉苦瓜，让它“完满的圆腻啊酣然而饱”。诗人在台北故宫博物院隔着玻璃深深凝视，似乎这层玻璃就是千百年故国文化积淀下的迷雾，宇宙也似乎浓缩在诗人与白玉苦瓜的历史对望中。历史留给我们的遗产是要我们用生命去传承的。时间无限，人事有代谢，生命一代一代地延续，而对于根系文化的追寻却是生命的永恒主题。余光中在《当我死时》里面写下遗言般的哀歌：“当我死时，葬我，／在长江与黄河之间，／枕我的头颅，白发盖着黑土。／在中国，最美最母亲的国度，／我便坦然睡去，睡整张大陆，／听两侧，安魂曲起自长江，黄河／两管永生的音乐，滔滔，朝东。”《投胎》中又说：“在伶仃的年代／赤裸裸地让我／牙牙，一路爬回家去／爬回民谣那样／深不见底的洞里……／为了重认母亲／吮甘醉的母奶……”永恒的乡愁背后是对根系文化的归属感。华夏民族的文化意蕴不仅倾诉在从大陆去港台或海外的诗人笔端，就是在移民地本土生长起来的诗人笔端也在自然地延伸。台湾本土诗人林焕彰在诗作《中国，中国》中吟唱：“设想杯子被捏碎以后／我该怎样在掌中找血／在血中寻你／生命

① 李铁军：《乡情寻脉　台岛诗潮——台湾当代乡情诗走向》，载《阴山学刊》1999年第3期。

啊／原是一条河流／第一次便在我的体内走遍了祖国大陆／山在见证／海在涵纳／纵尽了我脉管中的血／躺着的河床也会甲骨文一般的写着你／写着你／中国，中国。”

因“文革”而南迁的作家有许多，迁居香港的陶然是其中颇具代表性的一位。陶然一代的南迁作家是“在大陆社会主义教育模式下成长起来的，民族传统文化的滋养把他们培养成对社会负有使命感的知识分子，然而‘文革’浇灭了他们心中的理想，不仅如此，还改变了人生命运，放逐到异域小岛香港，重新开始人生旅程。大陆是第二批‘南来作家’（指20世纪六七十年代受“文革”影响而迁居香港的作家——笔者注）伤心与痛苦往事的发生地，他们有充分的理由来恨它，然而与故园、文化之根的维系又使得他们采取深情回眸的姿态，无法生恨。对‘地理’之乡和‘文化’之乡的既爱又恨的复杂情感，是他们‘怀乡’时共同的心理体验”①。陶然在其1994年的小说《与你同行》中，通过对旧日恋人的深情回忆与对蒙昧愚鲁的“文革”社会的批评鞭挞，表达对几千年悠久深厚文化的爱恋和对“文革”社会的痛恨。陶然试图用对旧日恋情的回忆来掩盖失语的生活现实，这是小说主角范烟桥摆脱身份困境的方法，融汇了陶然对南迁作家生存现实的反思。《天外歌声哼出的泪滴》、《记忆尘封》、《岁月如歌》等延续着对过往情事的回忆书写模式，实际上是一种对根系文化的追思与继承。

三、精神怀乡

香港、台湾较早接受资本主义形式，社会结构与文化大大异于大陆。20世纪50年代以来，港台经济迅速发展，现代文明、物质社会冲击着传统的价值观念与道德规范。南迁作家体验着资本社会赤裸裸的金钱关系的本质，眼看着人在其中丧失了美好的道德心灵，心中痛苦万分。再加上南迁作家处于经验断裂的局面，为了完成文化差异背景下的经验重组和整合，相当一部分南迁作家对待以城市为代表的资本文化是持抵

① 计红芳：《香港南来作家身份建构的怀乡母题》，载《南方文坛》2007年第2期。

制态度的。

张健把台北喻为“一只庞大的烟灰缸”（《文明》）。余光中把工业污染的典型代表——“烟囱”比喻为蛮不讲理、不负责任的“流氓”、“大烟客”，“他”把整个城市当做“私有的一只烟灰碟”，“随意掸着烟屑”，“一口又一口，肆无忌惮／对着原是纯洁的风景”。更加激进的诗人如力匡，甚至以一种绝望的语气否定现实，对异域香港进行异质化书写。在诗人眼中，“这里的女人没有眼泪，这里的男人不会思想”，“除了空气和海水，这里的一切都可卖钱，橱窗里陈列着奇怪的商品，包括有美丽的女人的笑脸，廉价的只有人格与信仰”。（《我不喜欢这个地方》）对诗人来说，香港的一切都迥异于内地，是一个异质的空间。力匡试图以异质化的书写来维护心中的乐园，而现实是自己就身处这样一个异质的空间中，灵魂无时无刻不在受苦。南迁作家群体验着一种现代化的漂泊，他们置身于一个与自我理想相悖的环境中。心灵的焦灼因身份认同的困惑而无处消解，只好沉浸在幻想回忆当中。南迁作家的困境是一种现代化的乡愁，都市是形成这种乡愁的罪魁祸首。为消解这种乡愁，他们共同指向一个积淀了千百年的家园——田园故土。

田园故土长期是诗人心中理想的归宿，它是人在自然中建立的栖居之所，代表着人与自然的和谐相处、融混一体。罗门的长诗《观海》表现诗人对大自然的赞美，以及对人在永恒的自然中享受自由的向往。在大海面前，诗人对生命有所感悟。“饮尽一条条江河”的大海象征着包含了所有时空的大自然，时间流到这里，生命流到这里。诗人说：“既然来处也是去处／去处也是来处／那么去与不去／你都在不停地走。”历史与生命的来去原本就是大自然的规律，大自然的造化。人在其中寻找诗意的栖居之所，“只要那朵云浮过来／你便飘得比永恒还远”。罗门被称为“都市诗国的发言人”，他认为，都市是丑陋、凶残的，吞食着生命，撕啮着人们的精神。都市把人切割和封闭成“方形的存在”（《都市·方形的存在》）。而在《观海》中，诗人在大自然中深深沉入对生命意义的思索和追寻当中。在罗门看来，生命意义不为都市开放，而为自然开放。人类在现代化进程中被异化，寻找人的本真和生存意义也就成为人类精神活动的必然，并常常演化为寻根——对“家园”的寻找。

小 结

“怀旧”是一种特有的文化现象，表现在中西方人类文明的诸多方面。中国文学作品中屡见不鲜的“还乡”诗文，在欧美文学作品中也是屡屡出现。西方社会的“怀旧风”或者说古典主义风尚，在雕塑、音乐等文艺作品中种类丰富，式样多变。德国著名哲学家海德格尔曾经指出，“还乡是诗人的天职”，真正的诗人在他的内心深处总是渴望回归家园。“还乡就是返回与本源的亲近”，甚至认为一切伟大的诗人所吟唱和道说的都是乡愁：

> “家园”意指这样一个空间，它赋予人一个处所，人唯在其中才能有“在家”之感，因而才能在其命运的本己要素中存在。这一空间乃由完好无损的大地所赠予。大地为民众设置了他们的历史空间。大地朗照着“家园”。
>
> ……诗人的天职是返乡，唯通过返乡，故乡才作为达乎本源的切近国度而得到准备。守护那达乎极乐的有所隐匿的切近之神秘，并且在守护之际把这个神秘展开出来，这乃是返乡的忧心。①

所以说，“怀旧”其实也是人类传统社会的常见现象和突出主题。与海德格尔不谋而合的是，当代中国学者也指出：“中国文化可以说是乡愁文化，甚至一离家就思乡。”②当然，这里所指的“乡”，或曰“故园”、“家园”、“故土”、“故国”等，实际上是一种心理意蕴的外

① [德] 海德格尔著，孙周兴译：《荷尔德林诗的阐释》，商务印书馆2002年版，第15、31页。

② 张法：《中国文化与悲剧意识》，中国人民大学出版社1989年版，第11页。

化或者说是精神寄托。怀乡与还乡，就心理层面而言，并不是怀念和依赖事实存在的故乡，而是试图找寻理想中的、幻化和美化中的、寄托了无限美好想象的精神家园。尤其在战乱频繁的古代中国，这种文化乡愁就是一种命运的呼唤、生存的挣扎。

第五章

“怀旧”的意象世界

中国古代文学的核心价值之一，就是创造了五光十色、品类丰富的各种审美意象，奠定了中国文学在世界文学殿堂的基础性地位。所谓意象，就是客观物象经过创作主体独特的情感活动而创造出来的一种艺术形象。意象的营造是中国古典诗词，乃至整个中国艺术创作的焦点，是创作主体表达主观思想的重要载体。在“怀旧”美学范畴中，意象更成为艺术创作主体追忆往昔的象征符号，以各类意象诠释着回忆与感觉，寄托着或喜或悲的情感。

第一节　动物意象

在中国古典文学中，作者据其个体经验，将具有灵动性和敏感性特点的动物意象作为某种特定情感的代名词，赋予它沟通过去与现在的职能。当动物意象出现在"怀旧"古典文学中，它就成为唤起作者记忆湖泊中悠悠岁月的倒影的催化剂，引导作者重新体验生命历程中的酸甜苦辣，寻找过去与现在情感的契合点，释放出心底最深的感触。在众多动物意象中，以归鸟意象、蝉意象、蟋蟀意象和莼鲈意象出现的频率最高。

一、归鸟意象

中国诗人历来对归鸟都有着特殊的感情，常常将其借用过来与游子迁客念国怀乡的情感相结合，创造出一种幽怨凄美的情感基调和浪漫感伤的氛围。所谓"鸟飞返故乡兮，狐死必首丘"（屈原《九章·哀郢》），归巢的鸟多能引发远在异土的人们内心深处或迷惘或感伤或咏叹的故土情结。当曹植被迫远离故都洛阳，离开他的母亲卞太后时，就曾作"归鸟赴乔林，翩翩历羽翼。孤兽走索群，衔草不遑食"（《赠白马王彪》其四）。这与其失题诗"游鸟翔故巢，狐死反邱穴。我信归故乡，安得惮离别"一样，都以"归鸟"意象隐喻着自己对洛阳的眷念不舍和伤逝怅惘。王粲在《七哀诗》其二 "狐狸驰赴穴，飞鸟翔故林"中，借"飞鸟归故林"抒发自己漂泊荆州，无法回归故园的无限感慨。《杜鹃》 "蜀客春城闻蜀鸟，思归声引未归心" 中，杜牧以鸟啼触动了游子千缕怀乡愁思。金初诗人高士谈在《秋晚书怀》 "天阔愁孤鸟，江流悯断槎。有巢相唤急，独立羡归鸦"中，将"孤鸟"作为自己的艺术化身，道尽"三千丈"的思归情绪。就这样，飞鸟作为思归的象征，成为诗人怀乡的载体，在凄美意境中散播着古典怀乡文学的深沉韵味。

（一）杜鹃

归鸟意象中，以杜鹃意象最受诗人青睐。杜鹃，又名杜宇、子规、子鹃、蜀魂等，自远古传说起，它就是凄凉哀伤的象征。杜鹃哀鸣，深隐着"不如归去"的思乡情怀。郭沫若在《杜鹃》一文中说道，"杜鹃，敝同乡的魂，在文学上所占的地位，恐怕任何鸟都比不上"，"它本身不用说，已经是望帝的化身了。有时又被认为是薄命的佳人，忧国的志士；声是满腹乡思，血是遍山掷踢；可怜，哀婉，纯洁，至诚。……在人们的心目中成为了爱的象征。这爱的象征似乎已经成为了民族的感情"①。可见，经过文化的沉淀，杜鹃已不再是纯粹的候鸟形象，而是被赋予和追加了特殊"意味"的象征符号，构设出人类丰富复杂的内心世界。

作为中国古代文人思乡触发的媒介，杜鹃意象早在唐朝前期就已经在文学的怀乡离别表现中初见端倪。唐朝段成式在其笔记小说集《酉阳杂俎》中收录的《杜鹃》中说，"杜鹃，始阳相催而鸣，先鸣者吐血死"，"初鸣先听其声者，主离别" 。这可以看成是古人对于"杜鹃啼血"的看法以及杜鹃象征离别的最初说法。②后至晚唐时期，由于文化重心南移，表现题材、地域风物的更换以及文学本身禽言诗的发展，这种多生于四川、两湖的鸟便逐渐更多地走进了思乡的表现视野中。如唐代诗人罗邺《闻子规》写道："蜀魂千年尚怨谁，声声啼血满花枝。满山明月东风夜，正是愁人不寐时。"王维也有《送杨长史赴果州》："别后同明月，君应听子规。"晚唐武元衡《送柳侍御裴起居》："望乡台上秦人在，学射山中杜魄哀。"其中都凝结着游子离别故土后那份沉重的愁情别绪以及深刻的怀恋不舍。

宋以后，文化重心继续南移，以杜鹃表怀乡之情更为多见，大有取代其他独占鳌头之势。由此，文学主题、意象话语盛衰与地域风物之间的关系可见一斑。柳永《安公子》"游宦成羁旅。……听杜宇声声，

① 王立：《文学主题与音响乐音》，载《丹东师专学报》2003年第25卷第2期。

② 宋仁福、王成妃：《杜鹃形象在汉英文化中的异同》，载《无锡商业职业技术学院学报》2006年第6卷第5期。

劝人不如归去”，以“杜宇声声”寄托思归的强烈愿望。陈与义《送人归京师》“门外子规啼未休……犹有归时一段愁”，以“子规啼未休”饱含对故土的深切怀念。朱淑贞《闻子规有感》“我无云翼飞归去，杜宇能飞却不归”，洪炎《山中闻杜鹃》“言归汝亦无归处，何用多言伤我情”，都借杜鹃抒发难归去的凄苦之情。辛弃疾《新荷叶·和赵德庄韵》“人已归来，杜鹃欲劝谁归？”《满江红·点火樱桃》“子规叫得三更月，听声声、枕上劝不归，归难得”，《浣溪沙·壬子春，赴闽宪，别瓢泉》“细听春山杜宇啼，一声声是送行诗”等，都无不以杜鹃为媒介，诠释着自己难以割舍的“故土情怀”。此外，南宋词人陈允平有《望江南》“鹦鹉洲边鹦鹉恨，杜鹃枝上杜鹃啼。归思越凄凄”，元杂剧《西厢记》有“不信呵去那绿杨影里听杜宇，一声声道：‘不如归去。’”《琵琶记》有“伤情处，数声杜宇，客泪满衣襟”等等，都以杜鹃蕴涵了自己复杂细微的孤凄心态和思乡情愫。

杜鹃啼归，不仅是对古代游子寂寞凄清、孤独悲怆的共同心声的召唤，同时也是中国文人怀乡思归的情感体验的重现。杜鹃意象在这种怀乡情愫的笼罩下生成拓展，展现出蓬勃的艺术生命力，营造了中国古典诗歌中丰富独特的思乡文化。

（二）雁

与杜鹃一样，雁也同样被感情丰富细腻的诗人赋予了新的内涵，成为寄托怀乡情怀的意象。雁意象在中国古典文学作品中是较早出现在人们文化视野中的象征符号之一，早在我国最早的诗歌总集《诗经》中，就有大量关于雁的描绘。如《小雅》中的《鸿雁》：“鸿雁于飞，肃肃其羽”；《郑风》中的《女曰鸡鸣》：“弋凫与雁”；《唐风》中的“肃肃鸨羽，集于苞栩”等。

雁，又称为鸿、鹄、鴚鵝、鴚鹅、翁鸡、霜信、月鹭，这在我国古代典籍文献中已有充分的记载。《正义》曰：“鸿雁俱是水鸟，其形鸿大雁小。”《尔雅》曰：“凫雁丑，其足蹼。”《广雅》曰：“鴚鹅，鴚鵝，雁也。”《方言》曰：“雁自关而东谓鴚鹅，南楚之外谓之鹅或谓之鴚鵝。”“一曰翁鸡，沙鹅。霜降前十日来，故曰霜信。”《通雅》曰："鸿一名月鹭。"作为一种信守时令、定时回归的候鸟，雁自古至今都被赋予了各种人格化的象征意蕴，成为古代文学创作中运用较为广泛的艺术意象。最早明确雁意象的思乡怀旧情结的，是屈原的《九辩》。此后，《汉书·苏武传》载：汉与匈奴和亲，汉室要招还苏武，匈奴诡言武死。后汉使复至匈奴见武，于是汉使诈称汉天子射猎上林，得雁，足系有帛书，言苏武等在某泽中，单于不得不遣还苏武等。[①]于是，"上林雁"、"鸿雁传书"进入了文学领域，"雁足"亦成书信或信使的代称，而鸿雁则常常成为流浪者形象的象征。由鸿雁传书信渐渐发展成为流浪天涯、倦客思家的回归指向，这也是雁意象以"恋故土"形象频繁出现在文学作品中的另一重要原因。

"孤雁不饮啄，飞鸣声念群。谁怜一片影，相失万重云。望尽似犹见，哀多如更闻。野鸦无意绪，鸣噪自纷纷。"（杜甫《孤雁》）"时难年荒世业空，弟兄羁旅各西东。田园寥落干戈后，骨肉流离道路中。吊影分为千里雁，辞根散作九秋蓬。共看明月应垂泪，一夜乡心五处同。"（白居易《聊书所怀》）诗人借雁表达自己在动乱岁月中对亲人故友的深切思念和对回归家土的热切渴望。"几行归塞尽，念尔独何之？暮雨相呼失，寒塘欲下迟。渚云低暗度，关月冷相随。未必逢矰缴，孤飞自可疑。"（崔涂《孤雁》）"孤雁飞南游，过庭长哀吟。翘思慕远人，愿欲托遗音。"（曹植《杂诗》）诗人以"孤雁"意象抒发漂泊异乡、孤独没落的伤感情绪和思乡之情。"寒灯思旧事，断雁警愁眠。远梦归侵晓，家书到隔年。"（杜牧《旅宿》）"芳草已云暮，故人殊未来。乡书不可寄，秋雁又南回。"（韦庄《章台夜思》）诗人勾勒出"雁南归"的意境，倾诉了身在乡外万里对故园的依依深情。"戍鼓断人行，边秋一雁声。露从今夜白，月是故乡明。"（杜甫《月夜忆舍弟》）"鸿雁出塞北，乃在无人乡。……狐死归首丘，故乡安可忘"（曹操《却东西门行》）则借雁鸣与雁归吟咏出征人的怀乡之苦。

① 黄瑛：《中国古代文学中雁意象的文化内蕴》，载《云南师范大学学报》2004年第36卷第1期。

此外，杜牧《雁》：“万里衔芦别故乡，云飞雨宿向潇湘。”刘禹锡《秋风引》：“何处秋风至？萧萧送雁群。”赵瑕《寒塘诗》：“乡心正无限，一雁过南楼。”钱起《归雁》：“潇湘向事等闲回，水碧沙明两岸苔。二十五弦弹夜月，不胜清怨却飞来。”韦应物《闻雁》：“故园眇何处，归思方悠哉。淮南秋雨夜，高斋闻雁来。”李攀龙《长相思》：“寒雁行行天际横，偏伤旅客情。”这些作品都委婉地表达了诗人闻雁思乡，望雁情浓的羁旅情愫。

在卷帙浩繁的涉及雁的作品中，古人借助雁意象营造出幽远浑融的审美意境并传达出个体对故乡的特定怀感。由此，雁意象被赋予了丰富浓厚的文化内涵，成为诗人心灵中忆念故乡的语符。

（三）鸦

在我国传统文化中，鸦和鸿、雁等其他鸟类一样，都具有朝出晚归的习性。因此，当“山气日夕佳，飞鸟相与还”之时，鸦也能传达出日暮思归、迟暮怀人的情感，激起人们浓厚的怀乡情绪。在中国古典文学中，最早的“鸦”意象出现在曹操的《短歌行》中：“月明星稀，乌鹊南飞，绕树三匝，何枝可依”；而最具代表性的莫过于被称为“秋思之祖”的马致远的《［越调·天净沙］秋思》中的 “枯藤老树昏鸦，小桥流水人家，古道西风瘦马。夕阳西下，断肠人在天涯”，在此，作者以凝练的笔法、凄美的意象渲染出一种昏黄衰败的气氛，传神地勾勒出一幅秋风萧瑟、人在旅途、天涯寂寞的思归图。其中，枯藤的萧条、老树的破败、瘦马的苍凉、昏鸦的归巢都深刻地反衬着游子的奔波不定以及由此而产生的羁旅之苦，使人读来不禁百感交集，饶有余味。

此外，从马致远的《秋思》词中，我们还可以发现，由于“鸦”自身的特点，它能带给人一种浓重的沧桑感和颓败感，因此当鸦意象与其他晦暗之景相组合时，就更能刻画出一幅深重的萧瑟之景，抒发游子心中那种苍凉凄切的怀乡情怀。如与夕阳或黄昏的结合：

孤舟天际外，去路望中赊。贫病远行客，梦魂多在家。蝉吟秋色树，鸦噪夕阳沙。不拟彻双鬓，他方掷岁华。（杜牧《秋晚江上遣怀》）

江梅的的依茅舍，石濑溅溅漱玉沙，瓦瓯篷底送年华。问暮鸦，何处阿戎家？（张雨《［中吕·喜春来］秦定三年丙寅岁除夜，玉山舟中赋》）

日暮西山，乌鸦不断地在空中回旋，即将回家，孤独的诗人望着远方，盼望能见到故乡的影子或者亲人亲切的面容，但是都无法看到，天地空悠悠，多想能如乌鸦一样晚上就归去，躲在家中享受家的温暖，然而，还是只有孤独陪伴着，无法归家。

与鸿雁、杜鹃等的结合：

怨东风不到小窗纱，枉辜负荏苒韶华。泪痕湮透香罗帕，凭阑干望夕阳西下。恼人情愁闻杜宇，凝眸处数归鸦。（赵天锡《［双调·风入松］忆旧》）

西风瘦马，遥天去鸿，落日昏鸦。数前程掐得个归藏卦，梦到山家。柳下纶竿钓槎，水边篱落梅花。渔樵话，从头儿听他。白发耐乌纱。（张可久《［中吕·满庭芳］金华道中》二首其一）

雁南回，鸦晚归，当两个意象双双出现时，就更加强烈地展现了诗人思归的情绪，“怨东风”也好，“梦山家”也好，都还是无法如雁、鸦一样回到那个遥远的故乡。

与老树的结合：

千点万点老树昏鸦，三行两行写长空哑哑雁落平沙（白贲［双调·百字折桂令］）

老树悬藤挂，落日映残霞，隐隐平村噪晚鸦，一带山如画。懒设设鞭催瘦马，夕阳西下，竹篱茅舍人家。（元代无名氏［仙吕·醉中天］）

历经沧桑变化的老树是乌鸦的归属，然而哪里才是诗人的归属呢？思归的愁绪不言而喻。

此外，还有与荒郊、衰草等的组合，都表现出了思归中的感伤情调。

（四）其他

“日暮飞鸟还，行人去不息”，在中国古典怀乡主题的文学创作中，归鸟意象除了包括以上提到的杜鹃、鸿雁、乌鸦，还有鶗鴂、鹧鸪等。如辛弃疾有词《［贺新郎］别茂嘉十二弟》云："绿树听，更那堪鶗鴂、鹧鸪声住，杜鹃声切。啼到春归无觅处，苦恨芳菲都歇。算未抵、人间离别。马上琵琶关塞黑，更长门翠辇辞金阙。看燕燕，送归妾。将军百战身名裂。向河梁、回头万里，故人长绝。易水萧萧西风冷，满座衣冠似雪。正壮士、悲歌未彻。啼鸟还知如许恨，料不啼、清泪长啼血。谁共我，醉明月？"又如《［菩萨蛮］书江西造口壁》"江晚正愁予，山深闻鹧鸪"，《［阮郎归］耒阳道中为张处父推官赋》"鹧鸪声里数家村，潇湘逢故人"，《［新荷叶］和赵德庄韵》"光景难携，任他鶗鴂芳菲"，《［婆罗门引］用韵答赵晋臣敷文》"不堪鶗鴂，早教百草放春归"等，其中鶗鴂和鹧鸪意象的运用都渲染了浓烈的伤别气氛，表现出游人的羁旅之思。

归鸟意象在文化的意蕴中涵化的是大自然生命的律动，而体现的则是千万游子对回归故土的悠远深长的思索，文人对它的借用，则为中国千百年来怀乡主题文学提供了广泛深博的文化意蕴。

二、蝉意象

《诗经·大雅·荡》中有"如蜩如螗"，这是对蝉较早的描述。在唐以前，咏蝉文学多从哲理入手，喻蝉以高洁形象，继而托物言志。其中最为典型的是晋代陆云："昔人称鸡有五德而作者赋焉。至于寒蝉才齐其美，独未思之而莫斯述。夫头上有緌则其文也，含气饮露则其清也，黍稷不享则其廉也，处不巢居则其俭也，应候守节则其信也，加以冠冕则其容也，君子则其操可以事君，可以立身，岂非至德之虫哉！"（《寒蝉赋》）[1]于此，蝉被赋予了"文、清、廉、俭、信、容"六德，成为儒家理想人格的化身。

---

① 陈爱平、杨正喜：《从雁蝉蛩声看古代诗歌的悲秋意识》，载《华南农业大学学报》（社会科学版）2003年第1期。

我国古代人民很早就认识到了蝉的不同种类、生活习性及与气候、节令等的关系。《庄子·逍遥游·第一》有说“蟪蛄不知春秋”，其中，蟪蛄即指夏蝉，可见其生命之短暂。由生命易逝引发的羁旅伤感，更能触动游人心中的千缕乡思。因此，闻蝉伤别也是古典诗歌中抒写怀乡之情的一种重要表达形式。

蝉，作为一种季节性、物候性象征符号出现在诗文里，成为悲秋或思乡的一种常见意象。例如，在“千古悲秋之祖”宋玉的笔下，蝉有了区别于其他鸟类的不同特征。在《九辩》中宋玉写道：“燕翩翩其辞归兮，蝉寂漠而无声。雁痈痈而南游兮，鹍鸡啁哳而悲鸣。”汉代最著名的《古诗十九首》中的《明月皎夜光》也有“秋蝉鸣树间，玄鸟逝安适”之句。西晋文学家潘岳《河阳县作二首》亦云：“鸣蝉厉寒音，时菊耀秋华。”陶渊明在《己酉岁九月九日》中写道：“靡靡秋已夕，凄凄风露交。蔓草不复荣，园木空自凋。清气澄余滓，杳然天界高。哀蝉无留响，从雁鸣云霄。万化相寻异，人生岂不劳？从古皆有没，念之中心焦。”也写“哀蝉”的时节性特征，兴发“人生多劳”的感叹。

寒蝉之鸣不仅仅预示着秋天的到来，它还与白露、秋风、大雁、霜菊等审美物象一起共同组成了最具普遍意义的秋景图，诗人骚客借助它们抒发家国之情、飘零之叹。在独特的“比兴”文化氛围熏陶下的中国古代文人，对于四季的更替、景物的变迁非常敏感。蝉这种物候性审美意象，在诗文中承载着诗人悲愁思乡的情感体验，成为一种情感符号，也成为一种文学意义表达的途径。

从唐朝开始，咏蝉文学中歌颂蝉独立品格的日趋渐少，而慨叹其个体生命的则占据多数。虞世南、骆宾王、李商隐三人都有以蝉为题的诗歌，而且都非常有名气。虞世南的《蝉》诗曰：“垂緌饮清露，流响出疏桐；居高声自远，非是藉秋风。”表达了对于自身品格的自我认同。骆宾王的《在狱咏蝉》可谓最有代表性的咏蝉诗，典型性地体现了蝉作为审美物象在古代诗人笔下的深刻韵味和意义。

在狱咏蝉（并序）

余禁所禁垣西，是法厅事也，有古槐数株焉。虽生意可知，同殷仲文之古树；而听讼斯在，即周召伯之甘棠，每至夕照低阴，秋蝉疏引，发声幽息，有切尝闻，岂人心异于曩时，将虫响悲于前听？嗟乎，声以动容，德以象贤。故洁其身也，禀君子达人之高行；蜕其皮也，有仙都羽化之灵姿。候时而来，顺阴阳之数；应节为变，审藏用之机。有目斯开，不以道昏而昧其视；有翼自薄，不以俗厚而易其真。吟乔树之微风，韵姿天纵；饮高秋之坠露，清畏人知。仆失路艰虞，遭时徽纆。不哀伤而自怨，未摇落而先衰。闻蟪蛄之流声，悟平反之已奏；见螳螂之抱影，怯危机之未安。感而缀诗，贻诸知己。庶情沿物应，哀弱羽之飘零；道寄人知，悯余声之寂寞。非谓文墨，取代幽忧云尔。

西陆蝉声唱，南冠客思深。不堪玄鬓影，来对白头吟。露重飞难进，风多响易沉。无人信高洁，谁为表予心。

这首诗是骆宾王任侍御史时，因上疏纵论天下大事，得罪了武则天，蒙冤下狱后作。诗中以蝉的高洁为自己力辩。古人认为蝉栖于高枝，餐风宿露，不食人间烟火，所以把它作为高洁的象征，而且常以蝉的高洁比喻自己品行的高洁。《唐诗别裁》说：“咏蝉者每咏其声，此独尊其品格。”骆宾王《在狱咏蝉》就是借蝉的这种品行，表达了自己品行高洁却“遭时徽纆”的哀怨悲伤之情。首二句在句法上用对偶句，在作法上则用起兴的手法，以蝉声来引发起客思。诗一开始即点出秋蝉高唱，触耳惊心。接下来就点出诗人在狱中深深怀想家园。三、四两句，一句说蝉，一句说自己，用“不堪”和“来对”构成流水对，把物我联系在一起。诗人因为自己大好的青春经历了政治上的种种折磨已经消逝，头上增添了星星白发，所以在狱中看到这高唱的秋蝉还是两鬓乌玄，两两对照，不禁自伤年华老去，同时更因此回想到自己少年时代何尝不如秋蝉的高唱，而今一事无成，甚至锒铛入狱。诗人在诗歌中运用比兴的方法，把这份凄恻的感情委婉曲折地表达了出来。

仕途不顺的李商隐闻蝉声而寄愁思：“本以高难饱，徒劳恨费声。五更疏欲断，一树碧无情。薄宦梗犹泛，故园芜已平。烦君最相警，我亦举家清。”（《蝉》）首句闻蝉鸣而起兴，“高”指蝉栖息的高树，暗喻自己的清高；蝉在高树上吸风饮露，所以“难饱”。由难饱而发出“恨”的声来，但是这种鸣声又是徒劳无功的。这正与诗人的身世吻合，自命清高，贫困度日，想摆脱这种困境，却是徒劳。蝉鸣到五更，声音已经稀疏而临绝，碧绿的叶子却毫无同情之意，由此寄寓自己的身世遭遇。接着转入咏怀自己的身世，“薄宦梗犹泛，故园芜已平。”诗人在异地漂泊做小官，十分怀念家乡，家乡田园里的杂草和野地里的杂草已连成一片，每每想至此，诗人的思归之情就更为迫切，这与前面蝉的“高难饱”、“恨费声”联系密切，遭遇相似。“烦君最相警，我亦举家清。”劳烦“君”提醒“我”这个与蝉境况相似的小官，“我举家”清贫与你难饱相似。由蝉声写到自己的身世遭遇，又由蝉声想到自己的家乡，一人漂泊在外，举家清贫，温饱难料，真的迫切地思念着美好的故乡。

此外，韦应物有诗《郊园闻蝉，寄诸弟》云：“去岁郊园别，闻蝉在兰省。今岁卧南谯，蝉鸣归路永。夕响依山谷，馀悲散秋景。缄书报此时，此心方耿耿。”朱熹《宿山寺闻蝉作》：“树叶经夏暗，蝉声今夕闻。已惊为客意，更值夕阳曛。”陆畅《闻早蝉》一诗道：“落日早蝉急，客心闻更愁。一声来枕上，梦里故园秋。”金大舆《雨后闻蝉》：“一雨生凉思，羁人感岁华。蝉声初到树，客梦不离家。海北人情异，江南去路赊。故园儿女在，夜夜卜灯花。”钱镠《罗汉寺偶题》：“九夏听蝉吟，已知秋气临。高梧上明月，深巷捣寒砧。”杜牧《闻蝉》诗云：“故国行千里，新蝉忽数声。时行仍仿佛，度日更分明。不敢频倾耳，唯忧白发生。”凄切的蝉声唤醒了诗人心中的愁意，再加上夕阳西下，悲秋疏柳，雨意苍凉，更使其倍添故园情，强烈的怀乡思绪油然而生。

闻蝉之所以伤逝，归根于蝉声之哀。以哀音结合哀景，触动的是中国文人远在异乡时的异客悲情，寄寓的是千万游子对家园故土的浓浓依恋。

三、蟋蟀意象

和闻蝉伤别一样，蟋蟀的鸣声同样是引发游人归乡情缘的媒介意象。据《古今注》记载，蟋蟀又称促织、王孙、吟蛩、莎鸡、寒虫、络纬、纺绩、促机等，其中尤以蟋蟀与促织之名应用最泛。宋词曾有“浮沙篱落乱鸣蛩，永夜相寻客梦中。尽是秋风借余力，声声却似怨秋风”（葛绍体《嘲蛩》），记述的是蟋蟀感秋而鸣。明代公安派袁宏道著《蓄促织》，其中也写道“露下，凄声彻夜，酸楚异常，俗耳为之一清。少时读书杜庄，发松林，景象如在目前，自以蛙吹鹤唳，不能及也”，可见古代文人耳中蟋蟀鸣声的异常酸楚。对于远离故乡，身处异地的古人而言，“闻蛩生愁”表达的是他们在感慨生命易逝的基础上所衍生出来的怀乡之情。诸如“逆旅愁听鸣蛩四壁，欲解寒衣萧然泪滴”，“乡弃长嫠之妇，远寓穷居之客，莫不对景兴愁，揽衣动感，谬感年之将逝”，“蝉哀落日恰才收，蛩怨黄昏正未休。催得世人头总白，不知替得二虫愁”，“二年江海转萍踪，白发苍颜换旧容。新月窥廉风动竹，宣城今夜又闻蛩”等诗词，无不流露出作者因闻蛩鸣而触景伤情，引发离乡的愁苦思绪。

另外，蟋蟀在古典文学中也常与夕阳、黄昏、明月、寒夜、残灯等意象组合，从而增添意境中苍凉、悲凄之感，以此烘托作者孤独寂寥的生命状态，感叹故园情怀。

四、莼鲈意象

莼鲈意象是怀乡文学主题中另一较为引人注意的象征符号。所谓“莼鲈之思”，表达的正是自古以来游子的思乡之情，其中别具一番意蕴。

据《世说新语·识鉴》中记述：“张季鹰辟齐王东曹掾，洛，见秋风起，因思吴中菰菜羹、鲈鱼脍，曰：‘人生贵得适意尔，何能羁宦数千里以要名爵！’遂命驾便归。俄而齐王败，时人皆谓为见机。”后《晋书》卷九二《文苑传·张翰传》中也有：“张翰字季鹰，吴郡吴人也。……齐王辟为大司马东曹掾。时执权，翰谓同郡顾荣曰：‘天下纷纷，祸难未已。夫有四海之名者，求退良难。吾本山林间人，无望于时。子善以明防前，以智虑后。’……翰因见秋风起，乃思吴中菰菜、莼羹、鲈鱼脍，曰：‘人生贵得适志，何能羁宦数千里以要名爵乎！’遂命驾而归……俄而败，人皆谓之见机。然府以其辄去，除吏名。”由此，“莼鲈”被喻为思乡归隐之“典”。[①]而张翰的《思吴江歌》“秋风起兮佳景时，吴江水兮鲈鱼肥。三千里兮家未归，恨难得兮仰天悲”亦被视为潇洒达观的思乡之作。

张翰的“莼鲈之思”对后世产生了极为深远的影响，“莼鲈”自此也被广泛纳入怀乡文学的主题创作中，成为思归故土、向往自由的代名词。其中，辛弃疾引用得较为广泛。譬如：

宿酒醒时，算只有、清愁而已。人正在、青涂堂上，月华如洗。纸帐梅花归梦觉，莼羹鲈鲙秋风起。问人生、得意几何时，吾归矣。

君若问，相思事。料长在，歌声里，这情怀只是，中年如此。明月何妨千里隔，顾君与我何如耳。向樽前、重约几时来，江山美。（《满江红·卢国华由闽宪移漕建安，陈端仁给事同诸公饯别，余为酒困，卧青涂堂上，三鼓方醒。国华赋词留别，席上和韵。青涂，端仁堂名也》）

意倦须还，身闲贵早，岂为莼羹鲈鲙哉。（《沁园春·带湖新居将成》）

寄语烟波旧侣：闻道莼鲈正美，休裂芰荷衣。（《水调歌头·和王正之右司吴江观雪见寄》）

秋晚莼鲈江上，夜深儿女灯前。（《木兰花慢·滁州送范倅》）

休说鲈鱼堪脍，尽西风、季鹰归未？（《水龙吟·登建康赏心亭》）

故人书报：莫因循、忘却莼鲈。（《汉宫春·会稽秋风亭观雨》）

而今岂是高怀，为千里、莼羹计哉。（《柳梢青·三山归途代白鸥见嘲》）

① 朱丽霞：《“莫望中州叹黍离”——辛弃疾词的“故土情结”》，载《吕梁高等专科学校学报》2001年第19卷第3期。

谁怜故山归梦，千里莼羹滑。（《六幺令·用陆氏事，送玉山令陆德隆侍亲东归吴中》）

辛词中“莼鲈”意象的反复运用，体现了辛氏对“故土”的牵挂和思念。“岂为莼羹鲈鲙哉”更表明作者思乡并非为了享受家乡的美味佳肴，而是那追求了一生亦未能实现的归乡理想。

莼鲈隐喻着千百文人旷达脱俗的自我形象，同时也寄寓着他们对家园深情的怀念，其中洋溢着浓郁的自然情趣，是中国古典文学中耐人寻味的意象符号之一。

古典文学中，常见的动物意象除了以上提及的，还有许多，由以上典型的几种可看出，动物意象已成为文人故乡记忆的符号，成为文人心中愁绪寄托的载体，成为文人寻求精神故乡的指针。

第二节　植物意象

植物意象与动物意象一样，也是古典诗词中的常见意象，植物以其固定性和差异性成为文人借以怀旧的媒介。流落异地，植物常会撩动文人的思绪，照亮敏感文人心中的“故乡”，引起他们对于故乡同类植物的记忆，继而引发他们思乡的愁绪，“故乡无限好，只是遥难及”。

一、梧桐意象

在我国传统民间社会里，梧桐富含着祥瑞的神异性色彩，它寄寓了古人祈求福泽的美好愿望，因此深受大众家庭的喜爱。在民间，人们普遍都在自家庭院、井栏等屋前屋后的空地上栽种梧桐，因而梧桐在古代文学中又有“庭梧”、“井梧”、“井桐”等名称。如：

梦断南窗啼晓乌，新霜昨夜下庭梧。（罗邺《秋怨》）

别马嘶营柳，惊乌散井桐。（许浑《登蒜山观发军》）

花疏篱菊色，叶减井梧阴。（李咸用《秋日疾中寄诸同志》）

梧桐根系家园，是客居异乡的游子记忆中家乡的符号和故土的象征。杜甫《陪郑公秋晚北池临眺》："异方初艳菊，故里亦高桐。"其中"高桐"即寄意故园。元稹《桐孙诗》："去日桐花半桐叶，别来桐树老桐孙。城中过尽无穷事，白发满头归故园。"诗里"桐花"、"桐叶"、"桐树"、"桐孙"都成了家乡的代表性景物。李颀《送刘四赴夏县》："闻道桐乡有遗老，邑中还欲置生祠。"吕温《郡内书怀寄刘连州窦夔州》："朱邑何为者，桐乡有古祠。"诗中更以"桐乡"直喻故乡。可见，梧桐意象中所具有的特定的怀乡意蕴是远游他乡的游子心中对故土最深情的呼唤。

在借梧桐以诉说离乡之愁的文学作品里，李清照的《声声慢》、《忆秦娥》，李煜的《相见欢》等都表现得极为深刻和淋漓尽致。"寻寻觅觅，冷冷清清，凄凄惨惨戚戚。乍暖还寒时候，最难将息。三杯两盏淡酒，怎敌他、晚来风急。雁过也，正伤心，却是旧时相识。满地黄花堆积。憔悴损，如今有谁堪摘？守着窗儿，独自怎生得黑！梧桐更兼细雨，到黄昏、点点滴滴。这次第，怎一个愁字了得！"（《声声慢》）在这里，"雨滴梧桐"的凄清之景更加烘托出词人国破家亡、痛失亲人、漂泊无依的千般愁绪，可谓愁上加愁，愁更愁！点点滴滴，其中又饱含了多少怨恨、无奈与控诉。李清照的另一首词《忆秦娥》："临高阁，乱山平野烟光薄。烟光薄，栖鸦归后，暮天闻角。 断香残酒情怀恶，西风催衬梧桐。梧桐落，又还秋色，又还寂寞。"其中同样以梧桐的沧桑凄苦折射身处离乱之秋的词人背井离乡的哀愁和国破家亡的惨戚。国学大师王国维曾说："能写真景物真感情者，谓之有境界。"此词中的苍野薄烟、栖鸦晚归、暮天闻角、香消酒残、西风送寒、梧桐落寞，皆可说是易安词以景衬情，情融于景，物景、情景完美融合的极致表现。此外，在李煜的《相见欢》中，"无言独上西楼，月如钩。寂寞梧桐深院锁清秋"也极为形象地道出了这位落魄之君郁结于心的难以言语的亡国之恨和故国之思。凝望着清秋夜下的寂寞梧桐，确是"别是

一番滋味在心头”！由梧桐意象引发的乡情，摹状着一种凄凉孤独的景况和悲愁幽愤的心绪，由此梧桐也大多成为文人在抒发归思时感伤的象征。

梧桐意象具有深广的怀乡意蕴，它常常与各种自然景色形成意象组合，以勾起诗人更深刻浓厚的乡愁。如：

月堕沧浪西，门开树无影。此时归梦阑，立在梧桐井。（曹邺《早起》）

清秋幕府井梧寒，独宿江城蜡炬残。永夜角声悲自语，中天月色好谁看。（杜甫《宿府》）

桐叶飞霜落井栏，菱花藏雪助衰颜。……觉来依旧三更月，离绪乡心起万端。（刘兼《梦归故园》）

九夏听蝉吟，已知秋气临。高梧上明月，深巷捣寒砧。（钱镠《罗汉寺偶题》）

月亮在我国古典文学中亦属典型的思乡意象，“当孤臣浪子云游天涯之际，总是把明月与故乡联系在一起，明月成为启动乡愁、寄托相思、返归家园的神秘象征物”[①]，因而月照梧桐的景象就更易触发异乡诗人的离绪乡心。又如：

两地俱秋夕，相望共星河。高梧一叶下，空斋归思多。（韦应物《新秋夜寄诸弟》）

秋声无不搅离心，梦泽蒹葭楚雨深，自滴阶前大梧叶，干君何事动哀吟。［杜牧《齐安郡中偶题》（二首）］

江海漂漂共旅游，一尊相劝散穷愁。夜深醒后愁还在，雨滴梧桐山馆秋。（白居易《宿桐庐馆同崔存度醉后作》）

新秋乍临，梧桐叶落，梧桐是秋季里最为敏感的树种，秋季是思乡情结中最易感触的时节，因而秋风秋雨下的桐叶之归倍添乡人思归愁。

---

① 傅道彬：《晚唐钟声——中国文化的精神原型》，东方出版社1996年版，第55页。

此外，还有夕阳映辉的梧桐如“落照频空簟，余晖卷夕梧。如何倦游子，中路独踟蹰”（张籍《夏日可畏》），繁春迷人的桐花如“自叹清明在远乡，桐花覆水葛溪长”（权德舆《清明日次弋阳》）和消夏清冷的桐竹如“难眠夏夜抵秋赊，帘幔深垂窗烛斜。风吹桐竹更无雨，白发病人心到家”（李约《病中宿宜阳馆闻雨》），同样都在意象组合的深化后更撩起身居客馆的诗人的故园情。

二、杨柳意象

“杨柳”一词，最早出现于我国第一部诗歌总集《诗经》中，其中《小雅·采薇》篇中便有这样的名句：“昔我往矣，杨柳依依。今我来思，雨雪霏霏。”作为大自然颇具特色的植物之一，杨柳拥有婀娜飘逸、温婉柔美的姿态，常被百姓栽于檐前屋后。南朝刘勰在其《文心雕龙·物色》篇中称赞道：“灼灼状桃花之鲜，依依尽杨柳之貌。”这种依依不舍之态恰和人们的依依惜别之情水乳交融。因此，从《诗经》开始，我国古典诗词曲中的杨柳意象便有了惜别的暗示性和启发性，传达着古人心系家园的情意。在中国民间，据说有着这样一个植柳思乡的逸闻趣事：唐代文成公主远嫁西藏松赞干布时，特地从长安带去柳树，种植在拉萨大昭寺周围以表达对故乡的思念。因此，这些树被称为“唐柳”或“公主柳”，现已成为汉藏友好交往的历史见证。尽管人在异土，可是看着移栽自故乡的依依杨柳，忆起昔日的乡土人情，也不失为一种消解乡愁的美好方式。于是，远游在外的古人每念家园，便很自然地因他乡之柳而“忽忆园间柳”（刘孝绰《答何记室诗》），这是他们表达对故乡深切挚爱的真实写照。

宋代词人蒋捷《贺新郎·深阁帘垂透》云：“羡寒鸦，到著黄昏后，一点点，归杨柳。”寒鸦虽凄，但尚可归家，而“我”形单影只，难觅归处。此情此景，曾勾起了多少羁客游子难以名状的乡思哀愁！这种在特定的环境中，由特定的人物所赋予的特殊感情，包含了抒情客体的特质和抒发主体的生命韵叹，其正是杨柳意象在古代诗词中表现出来的深刻的艺术思想内涵。清人王士禛《秋柳》一诗，以南京白下门的秋

柳寄托故国之思，撼动人心；沈约的《咏柳》“因风结复解，沾露柔且长……流人未应去，为此归故乡”，柳色青青，倾诉诗人的乡土柔情；辛弃疾的《摸鱼儿》“休去倚危栏，斜阳正在，烟柳断肠处”，以斜阳中烟柳的惨淡景象暗示南宋朝廷的前途和命运，引发词人深切的忧国之思和怀念北方中原的情怀；南朝费昶在其《和萧记室春旦有所思》一诗中也有这样的描写：“水逐桃花去，春随杨柳归。杨柳何时归，袅袅复依依。”思归杨柳，其实也不过是“我”怀乡盼家的客观象征而已。诸如此种，可谓不胜枚举。

此外，在远古时候，先民们就有折柳赠别和折柳寄情的习惯。唐代狄焕《题柳》：“翠色折不尽，离情生更多。”梁元帝萧绎《折杨柳》：“巫山巫峡长，垂柳复垂柳。同心且同折，故人怀故乡。”诗皆以折柳感怀离乡情愁。李白诗云：“谁家玉笛暗飞声，散入春风满洛城。此夜曲中闻《折柳》，何人不起故园情。”（《春夜洛城闻笛》）张炎有“折得一枝杨柳，归来插向谁家？”（《朝中措》）以折柳寄思亲恋乡之情。这种通过折柳隐晦离愁之情，以至升华为对故土家园眷恋的意境，既是杨柳文化的一大题材，也是杨柳文化的一大主题。它极大地充实了中国古典诗词的内容，增添了古典诗词的意境美。

杨柳意象是千万游子眷恋故土的情感投射，也是中华民族借以咏吟胸臆、寄托乡情的具有诗情画意的素材。它在其天然的情态中显示了主体的人格性质，达到物我相融，从侧面体现出中华传统文化的深厚积淀。

三、枫叶意象

杜牧有诗“停车坐爱枫林晚，霜叶红于二月花”，描画的正是色彩斑斓的枫叶。枫叶是深秋中最为惹眼的景物，它每每总能使中国古代的文人发出内心最感性的慨叹，其中就不乏背井离乡后的故园之思。

在古典诗句里，枫叶意象往往因其与生俱来的暖色调而常常被诗人用于点染一种浓愁深忧的意境，以表达其悲凉的怀乡情绪。秋江晚来，孤舟流水，多使人“江枫渔火对愁眠”，“青枫浦上不胜愁”。如方惟深《舟下建溪》：“客航收浦月黄昏，野店无灯欲闭门。倒出岸沙枫半死，系舟犹有去年痕。”首句“客航”、“野店”都表明了离乡远行之景，孤舟夜泊，这对行人路客来说本就充满着悲凉凄楚的意味，更何况“枫半死”？连枫树也偏枯了，这种哀景更让人不禁触景伤情，渴盼早日结束漂泊无依的羁旅生活，回归温馨和谐的家园。最后，“系舟犹有去年痕”，相信触动这种思乡之愁的，除了诗人，还有数不尽的“系舟”游子。

又如王昌龄《听流人水调子》：“孤舟微月对枫林，分付鸣筝与客心。岭色千重万重雨，断弦收与泪痕深。”这首诗大约作于王昌龄晚年赴龙标（今湖南黔阳）贬所途中，其中同样是描画了“孤舟微月”下的枫叶意象。这暗示秋季的枫树林，裹挟着秋风发出一片肃杀之声，真使人不得不感到“青枫浦上不胜愁”。“孤舟微月对枫林”，集中了秋江晚来的三种景物，构成一种极为凄清的意境。于是，就在这种暗淡的景色基调下，雨雾更显无情，筝鸣更表哀切，诗人不禁闻筝泪下——“泪痕深”。枫叶萧萧，引出的正是迁谪者内心难以平复的愁情意绪，传达的是迁客心境中不忍割舍的故园深情。

再如杜甫《秋兴》（八首）之一：“玉露凋伤枫树林，巫山巫峡气萧森。江间波浪兼天涌，塞上风云接地阴。丛菊两开他日泪，孤舟一系故园心。寒衣处处催刀尺，白帝城高急暮砧。”

这是一首集时代苦难、羁旅之感、故园之思、君国之慨等千般情感于一体的旷古名作，它通过对阴沉萧森、动荡不安的环境气氛的形象描绘，表达出诗人自伤漂泊、忧国思乡的心情。其中，“玉露凋伤枫树林”，对枫林的感伤事实上正暗含着诗人的复杂心伤，这里面又交织着多少寂寞凄楚的羁旅心境和对衰败残破的故国家园沉痛的回忆追思。

在此，诗人都以枫叶等意象组合，共同演绎了掩藏在孤客内心悲戚苍凉的怀乡之情。枫叶意象在深秋中总勾起诗人凄清冷寂的情怀，隐隐传达出一种郁郁的离情乡思。此外，除了寄寓诗人的羁旅之思，枫叶意象还包含着“怀古伤今”的意蕴，这也是怀旧主题文学中颇为重要的内容，如：

牛渚西江夜，青天无片云。登舟望秋月，空忆谢将军。余亦能高咏，斯人不可闻。明朝挂帆席，枫叶落纷纷。（李白《夜泊牛渚怀古》）

沅湘流不尽，屈宋怨何深。日暮秋烟起，萧萧枫树林。（戴叔伦《三闾庙》）

辇路江枫暗，宫庭野草春。伤心庾开府，老作北朝臣。（司空曙《金陵怀古》）

以上都是诗人借枫叶的萧瑟凋零来引发盛衰兴亡之叹的怀古名作。

除了上述的梧桐、杨柳和枫叶意象外，表怀旧意味的植物意象还包括马致远《天净沙·秋思》中的“枯藤”和“老树”意象，王维《九月九日忆山东兄弟》中的“茱萸”意象等，这一系列的典型意象都在一个天涯孤旅者的眼中笼罩了一层悲凄的色彩，使眼中所见亦染旅人愁思，情与景融，真可谓“一切景语皆情语也”！

第三节　自然意象

历代文人对大自然都有着天然的亲近感，许多自然景物也就成为他们笔下凝结着感情的意象。当诗人将故乡的影子投射到自然意象上的时候，自然意象就成为他们倾注主观情感的对象，寄托着其寻找精神故乡的美好愿望。而其中最让文人倾倒的自然意象是明月意象、黄昏意象、雨意象、霜意象、浮云意象、山意象等。

一、明月意象

自古以来，月亮在中国的传统文化中总是和家园故国深深相连。无论月圆月缺，月亮都无疑是游子抒发念国、念家、念人浓浓情思的原型意象。在我国，传统的“中秋佳节”和“元宵盛夜”，都是民间最具代表性的赏月节日。尤在此时，游走他方的士子、征战屯边的军人或漂泊在外的商人都难以摆脱“每逢佳节倍思亲”之苦，只好望月倾诉以解思乡之愁。因此，象征着回归和团圆的月亮就成为千年以来古人主观情感投射的载体，融合难以言语的乡情，形成了中国独特的“月亮文化”。可以说，“在月亮意象中反映着古代文人寻找母亲世界、寻找精神家园、恢复世界和谐统一的心理，反映在古典诗词里常常表现出望月思乡的主题，旧梦重温的情思。月亮是昭然于天际凝然不动的乡愁，诗人怀念家园、父母的情思，常寄托于明月的传递”①。

纵观中国的古典诗词，以月亮作为关照物象来寄托思念之情的千古名句可谓俯拾皆是，不胜枚举。一首“床前明月光，疑是地上霜。举头望明月，低头思故乡”（李白《静夜思》），道出人间至真至浓的故土情结，流传万世；或若登楼怅望，低吟“谁家今夜扁舟子，何处相思明月楼”（张若虚《春江花月夜》），以诉乡思；至于“今夜鄜州月，闺中只独看。遥怜小儿女，未解忆长安”（杜甫《月夜》），更有在战争岁月中对家园往事的深情回忆；而“垆边人似月，皓腕凝霜雪。未老莫还乡，还乡欲断肠”（韦庄《菩萨蛮》）的凄苦，或许也唯有多情的明月才能知晓；豪迈如“坐看今夜天山月，思杀边城游侠儿”（孟浩然《凉州词》），其中透着“醉卧沙场君莫笑，古来征战几人回”的豪气；在感叹古人的“万里长相思，终身望南月”（刘湾《李陵别苏武》）中，也抒发了郁郁不得志的悲戚与惆怅。后来，五代李煜的“小楼昨夜又东风，故国不堪回首月明中”（《虞美人》），更把诗人满腔辛酸的亡国之痛寄予明月，令人扼腕叹息。直至苏轼的咏月词“明月几时有，把酒问青天。……但愿人长久，千里共婵娟”（《水调歌头·丙辰中秋欢饮达旦人醉作此篇兼怀子由》），把思乡人的情绪推到了巅峰和高潮，成为中国千百年来吟咏的脍炙佳句。月意象以其强烈的暗示性和饱满的感情色彩涵化了一切有关故土的人文沉淀，成为故土的引申意义，使人们在思乡怀人时总难免不约而同地对“月是故乡明”产生一种特殊的偏好，继而望月吐诉故园情。

① 傅道彬：《晚唐钟声——中国文学的原型批评》，北京大学出版社2007年版，第55页。

月亮意象创造了温馨绰约的怀乡意境，其丰富深广的内涵在中国文学中占据着其他意象无法比拟的重要地位。在诗人笔下，它通过比兴等艺术象征手法传递着诗人怀念家园的乡愁，成为最富有典型意义的神秘象征物，同时也反映出古代文人寻找“母亲世界”和精神家园的和谐统一的心理。

二、黄昏（夕阳、落日、斜阳）意象

古人云：“夕阳无限好，只是近黄昏。”黄昏，在人们眼中总是带着对时间流逝的感伤和人生苦短的悲愁，因此反映在中国的古典文学中，黄昏意象也多是生命渺茫和人生愁苦的象征。但是，在黄昏意象的意蕴里，日暮催归、怀乡念人也是其重要的构成内容。在我国，“日出而作，日落而息”的生活节奏一直反复地出现在农耕生产活动中，日落之归其实也在召唤着行云飞鸟、渔樵牧农的晚归，王绩《野望》一诗“树树皆秋色，山山唯落晖。牧人驱犊返，猎马带禽归”，描绘的正是这样一个回归的情景。于是，在人化的自然里，具有原型意义的黄昏意象就成为先民返顾归乡、寻找家园的象征，“渗透着我们祖先历史中大致按照同样的方式无数次重复产生的欢乐与悲伤的残留物”[①]。

早在《诗经·王风·君子于役》一文中，“君子于役，不知其期，曷至哉？鸡栖于埘，日之夕矣，牛羊下来。君子于役，如之何勿思？”就将黄昏意象与思念亲人巧妙地融为一体。自此，日暮催归和黄昏怀人这两种情感便成了黄昏意象所特有的情感指向。当夕阳晚照，世界的一切喧嚣纷扰都归于原始的宁静，此时此景最易生发客子征夫浓浓的“落日故人情”（李白《送友人》）。冯延巳《鹊踏枝》：“过尽征鸿，暮景烟深浅”，怀念的是远在天涯而不得相聚的亲人；谢惠连《七月七日夜咏牛女诗》：“落日隐櫩楹，升月照帘栊。团团满叶露，析析振条风”，抒发的是在落日中沉淀的归思；范仲淹《渔家傲》：“四面边声连角起，千嶂里，长烟落日孤城闭”，生动地展现了边地将士在落日余

① 傅道彬：《晚唐钟声——中国文学的原型批评》，北京大学出版社2007年版，第81页。

晖中对家乡的思念；韩愈《从仕》：“黄昏归私室，惆怅起叹音”，难掩日暮催归，斜阳羁旅之苦。有史以来，黄昏时分的思乡情怀都是人类所具有的最普遍的情感，也是中国文化中最根深蒂固的深挚浓厚的乡土情结的表现。

四围山色，一鞭残照，苍茫的黄昏意象动人心扉，使人体味一种凄婉感伤的意味，唤起他乡故人内心思家怀旧的哀伤和悲愁。而“天涯漂泊浪迹他乡之所以于黄昏时分倍增悲凉，是因为它同日暮人归的经验形式背道而驰。如果黄昏日暮的正题意义是回归的圆融和谐的话，那么它的反动就是缺憾是失意了”①。因此，无论是贾岛《暮过山村》的“怪禽啼旷野，落日恐行人”中，无处归宿的旅人眼中阴森可怖的落日，抑或是温庭筠《梦江南》的“过尽千帆皆不是，斜晖脉脉水悠悠”中，倚楼等待的思妇眼中朝朝暮暮的斜晖；又或是柳永《诉衷情》的“思心欲碎，愁泪难收，又是黄昏”中，寄托颠沛难归的游子茫茫愁心的暮色；还是李清照《醉花阴》的“东篱把酒黄昏后，有暗香盈袖。莫道不消魂，帘卷西风，人比黄花瘦”中，浸透着诗人细腻感触的黯然销魂的黄昏，都表达了游子羁客思乡念旧的缕缕哀伤、悠远深长的怅惘以及无可奈何的愁情。

黄昏意象与怀乡思归念人融为一体，成为人们抒发感情的重要载体，它呈现出远古先民朴素的农耕文化，是中国传统古典意象中地位卓然的象征符号之一。

三、雨意象

雨是具有原型意味的古典意象，在原始社会里，雨不仅仅是纯粹的自然现象，而且是充满了神秘意味的生命之水，具表现在先民生活中最典型的就是祈雨祭雨的宗教活动。在我国甲骨卜辞和上古史书中都有大量记载描述祈雨活动的求雨辞，其中《诗·大雅·云汉》就完整地记录了古时周宣王求神祈雨的过程：“倬彼云汉，昭回于天。王曰：於乎！何辜今之人！天降丧乱，饥馑荐臻。靡神不举，靡爱斯牲。圭璧既卒，

① 傅道彬：《晚唐钟声——中国文学的原型批评》，北京大学出版社2007年版，第84页。

宁莫我听？”真切地流露出古民祈盼天降时雨，渴望得神庇佑的虔敬之情。后来，随着文学的不断沉淀与推移，雨意象由祈雨原型的模式开始渐渐扩展，形成了暴雨、云雨等模式，并在意蕴内涵上融合了更加丰富的情感，显示出雨意象浑融圆满的深层韵味。其中，就包含了多愁迷离的怀乡思绪。

在《诗经·东山》“我来自东，零雨其濛”中，雨意象便已经以咏怀乡情进入中国古典文学的表现视野，它是文人笔下运用频繁的听觉意象，渲染着一种孤寂飘零的思乡情境。陆游《雨夜感怀》诗曰“点滴空阶雨送凉，青灯对影独凄伤”，青灯雨夜，诗人孤对着自己的身影独抒客思之愁，这是怎样的感伤与凄恻！戎昱有“日长巴峡雨濛濛，又说归舟路未通”，烟雨濛濛，阻隔了回归的乡途，拨动着诗人的孤旅乡怀。张咏《雨夜》：“无端一夜空阶雨，滴破思乡万里心。”声声滴雨声声愁，唤起的是诗人无边无尽的乡思客愁。此外，李清照的《声声慢》、陆游的《书怀》、汪元量的《秋日酬王昭仪》、文天祥的《翠玉楼》等都是听雨怀乡、借雨抒怀的古典名作。每逢飘雨之际，即便只是细雨霏霏都足以让天涯旅客百感交集，而风雨萧萧则更加重他们内心漂泊孤独、客居他乡的寒意。

“乡梦渐生灯影外，客愁多在雨声中”（汪元量《邳州》），雨声不仅催生了孤客离人的哀愁意绪，更引动了天涯游子的思归之心。在这里，雨意象所生成的萧索苦况为诗人的生命悲凉提供了广阔的抒情空间，使诗人禁不住倾吐远客的凄凉孤寂之感。

雨增加了游子步履的重量，加重了他们羁旅的艰辛程度，催生了他们心中思归的情绪，故雨意象成为他们作品中怀乡愁绪的象征符号。

四、霜意象

客观世界的寒冷，常常也容易触动主观情感上的寒意。《礼记·祭义》说：“霜露既降，君子履之，必有凄怆之心，非其寒之谓也。”这种“凄怆之心”恰恰正是缘于外在世界带来的寒。郑玄注曰：“谓感时念亲也。”霜意象作为在寒秋季节里生发的一种自然景物，对于离别故土的征人士子而言就是凄苦的生活景况的客观导引物，自然也容易使他们产生悲凄苍凉的归乡之愁，怀念起故园温暖舒心的人和事。

唐代温庭筠在借霜意象来抒表心中的故乡情时就这样写道：

晨起动征铎，客行悲故乡。鸡声茅店月，人迹板桥霜。槲叶落山路，枳花明驿墙。因思杜陵梦，凫雁满回塘。（《商山早行》）

对于“鸡声茅店月，人迹板桥霜”这两句，梅尧臣语：“状难写之景如在目前，含不尽之意见于言外。”茕茕孤旅，漫漫长途；空谷足音，透出悲凉。静态的造影，动态的剪辑；直白的素描，曲折的写意；无序的排列，有机的组合；拙似人工，巧若天成。从板桥上的霜迹可叹，行色何其匆匆，行者何其孤独！板桥区区，在乍暖还寒时候因有霜的点缀而成就了旅客游子眼中的一道风景。静中含动，动中见静，一幅天然的画卷，写尽人在旅途的万千情状。言为心声，诗为心造，其中的况味，恐怕也只有晓行夜宿的孤客心中自知！

张继《枫桥夜泊》：“月落乌啼霜满天，江枫渔火对愁眠。姑苏城外寒山寺，夜半钟声到客船。”落月、啼乌、满天霜，江枫、渔火、不眠人，这由疏密有致的意象所构成的浑融情境流露出了诗人旅途中孤寂忧愁的思想感情。面对那秋夜里透着浸肌砭骨的寒意的满天霜花，一夜未眠的诗人又有何感受呢？在此，诗人心中生起的一缕淡愁被点染得朦胧隽永，而这首意韵浓郁的小诗便化作了后世游子心中愁意绵绵的思乡夜曲，吸引着古往今来多少思乡的寻梦人。

此外，范仲淹的《渔家傲》云：“浊酒一杯家万里，燕然未勒归无计。羌管悠悠霜满地，人不寐，将军白发征夫泪。”

李白的《静夜思》曰：“床前明月光，疑是地上霜。举头望明月，低头思故乡。”

李益的《夜上受降城闻笛》道：“回乐烽前沙似雪，受降城下月如霜。不知何处吹芦管，一夜征人尽望乡。”

在这些名篇佳作中，霜意象都被描画为怀乡的引导载体，承载着诗人的故土情怀。

漫天霜花，寒气逼人，衬托出诗人在空悠悠天地中的孤单，点染了诗人心中那絮思乡的愁痕，化作符号点缀着诗人的思乡哀语。

五、浮云意象

“浮云”作为诗歌意象最初萌芽于《楚辞》，如：“愿寄言于浮云兮，遇丰隆而不将”（《楚辞·九章·思美人》）；“眇远志之所及兮，怜浮云之相羊”（《楚辞·悲回风》）；“载营魄而登霞兮，掩浮云而上征”（《楚辞·远游》）；“块独守此无泽兮，仰浮云而永叹。……何氾滥之浮云兮，猋壅蔽此明月！……卒壅蔽此浮云兮，下暗淡而无光”（《楚辞·九辩》），等等。所谓浮云，即指天上飘浮的云彩。其中“浮”带有飘浮不定、行踪无常之意，正因如此，在中国文学中，见浮云而念游子是诗家比兴的常例。

从汉末的无名氏诗作《旧题苏武诗》（四首）其四“……征夫怀远路，游子恋故乡。寒冬十二月，晨起践严霜。俯观江汉流，仰视浮云翔。良友远别离，各在天一方……”到王勃的《普安建阴题壁》“山川云雾里，游子几时还”，又到李白的《送友人》“浮云游子意，落日故人情”，再到杜甫的《梦李白》（二首）其二“浮云终日行，游子久不至”，浮云意象都因其外在飘忽不定的形态而常常作为浪迹天涯的游子的象征。然后在此基础上，又渐渐因其易于“归岫”的特性发展成为反衬游子怀乡却不易归乡的情感载体，负载着孤寂游子凄凉的思归念人之情。刘琨的“浮云为我结，归鸟为我旋”（《扶风歌》），陈与义的“浮云易归岫，远客难回顾”（《别岳州》），均以“浮云”意象表达他们浓郁的思乡之情，而韦应物的“浮云一别后，流水十年间”（《淮上喜会梁川故人》）等则是用“浮云”寄寓亲友间依依的惜别之情。

“浮云”意象在中国古典诗歌中的存在是广泛而普遍的，游子怀乡的象征只是浮云意象复杂多重的意蕴中的其中一种构成内容。经过数千年来无数诗人文士的提炼精取，浮云意象已经突破了原始狭隘的寓意，在汉文化圈中呈现出广泛的内涵，并具有较为深远的影响。

六、山意象

杨万里说："山中物物是诗题"（《寒食雨中同舍约游天竺得十六绝句呈陆务观》），山意象是给予古代文人丰富创作灵感的象征符号之一，以其神秘的色彩在中国古典诗词中占据着重要的一席之地。如：

奇峰出奇云，秀木含秀气。清晏皖公山，口绝称人意。（李白《江上望皖公山》）

三峰一一青如削，卓立千仞不可干。正直相扶无依傍，撑持天地与人看。（辛弃疾《咏江郎山》）

白日依山尽，黄河入海流。（王之涣《登鹳雀楼》）

黄河远上白云间，一片孤城万仞山。（王之涣《凉州词》）

山意象蕴涵着自然神圣之美，同时也包含着回归故土的意味，因此它常常以"阻隔"的形式，出现在怀乡怀人的文学作品中。

故国胡尘飞，远山楚云隔。家人想何在，庭草为谁碧？（刘长卿《京口怀洛阳旧居兼寄广陵二三知己》）

人言落日是天涯，望极天涯不见家。已恨碧山相阻隔，碧山还被暮云遮。（李觏《乡思》）

平芜尽处是春山，行人更在春山外。（欧阳修《踏莎行》）

望远思乡本就苦楚，而阻隔了诗人远眺视线的山峰则使相思的情愫更添一层愁绪。

此外，在古代诗人的创作视野里，"远山"比"近山"更受青睐。因为"远山"的空间感使其更具有一种遥远、阻碍的意蕴。如柳永《凤凰阁》"山远水远人远，音信难托"，南朝鲍至《奉和往虎窟山寺》"远峰带云没，流烟乱雨飘"，许浑《早秋》（三首）其一"高树晓还密，远山晴更多"，便道出了"远山"比近山更可爱的一面，别有一番怡人的趣味。而在我国的传统文化里，以"远山"形容女子的眉毛本属

常见，《西京杂记》有载：“文君姣好，眉色如望远山。”白居易诗中有“婵娟两鬓秋蝉翼，宛转双蛾远山色”（《井底引银瓶》）的描写，杜牧诗也有“豪持出塞节，笑别远山眉”（《少年行》）的句子。而在欧阳修《诉衷情》一词中，“都缘自有离恨，故画作远山长”把“离愁”巧妙地寄托与“远山眉”中，其联想之奇妙不得不说也是一种独特的发现。因此，山意象在古代文人的创作视野中不仅独具韵味，而且意趣连连！

自然意象广泛地存在于中国古典文学之中，成为怀乡文学主题中一个重要的象征符号，蕴涵了千百年来游子永远难以斩断的思乡哀愁，静静地安慰着一个个离家怀乡的灵魂。

第四节　社会意象

与自然意象相对的是社会意象，社会意象为人类创造的结晶，负载着人类的心血与审美品位，但是社会景物或者社会现象具有物质性，无法永久地存在着，不过其带上人类的气息而长存于人类的记忆中。因此，当社会意象与故乡发生联系后，社会意象就成为艺术家寄托怀乡情愫最好的载体之一。

一、高楼意象

高楼意象在我国传统文化中有着悠久深远的历史，它常常被作为古人登临望远的对象出现在以登高为主题的文学作品中，或抒发高扬激昂的豪迈之志，或感怀愤懑忧郁的身世之悲，或慨叹落寞凄凉的别离之愁，又或者低吟沉郁忧婉的乡国恋曲。

有诗言：“人之行役，登高思亲，人情之常。”（方玉润《诗经原始》评《东山》），早在我国《诗经》的《鄘风·定之方中》中就有“升彼虚矣，以望楚矣”，后《汉广》也有“谁谓宋远？跂予望之”，

《魏风·陟岵》言“陟（登）彼岵兮，瞻望父兮”等等，这应该是古代文学中较早记录古人以登高行为来抒怀乡情的表现文本。至战国时期，著名文士屈原更在《楚辞》中留下了大量寄托乡思的登高之作：

登昆仑兮四望，心飞扬兮浩荡。日将暮兮怅忘归，惟极浦兮寤怀。（《九歌·河伯》）

登大坟以远望兮，聊以舒吾忧心。哀州土之平乐兮，悲江介之遗风。（《九章·哀郢》）

登石峦以远望兮，路眇眇之默默。（《九章·悲回风》）

此后，融合中国重阳等节日的登高民俗和登高本身所带来的时空特性，登高怀乡的主题文学更加蓬勃发展，经久不衰。其中，登楼作为登高文化中的一个具体构成，同样也具有旺盛的生命力。

登兹楼以四望兮，聊暇日以销忧。览斯宇之所处兮，实显敞而寡仇。挟清漳之通浦兮，倚曲沮之长洲。背坟衍之广陆兮，临皋隰之沃流。北弥陶牧，西接昭邱。华实蔽野，黍稷盈畴。虽信美而非吾土兮，曾何足以少留！

这首汉末王粲的《登楼赋》可谓是古代登楼题材作品中的一个典型代表，作者通过登楼远眺，不但抒发了怀才不遇的无限愤懑和建功立业的崇高愿望，更抒发了远离故乡的深挚悲苦。清李元度《赋学正鹄》评之有言极为确当：“因登楼而四望，因四望而触动其忧时、感事、去国、怀乡之思……”可见登楼这一动作行为本身可表达的特定的情感语言之丰富与深沉。此外，高楼意象作为赋中最具特殊意义的主体建筑，是作者抒情写志的媒介，付诸种种乡情归思。古人曰：“关山难越，谁悲失路之人？”当失意忧伤的王粲带着千愁万绪的心情徘徊在那乱世之中的当阳楼上时，去国怀乡的牵挂恐怕就是他心中最难游散的悲叹！

花近高楼伤客心，万方多难此登临。锦江春色来天地，玉垒浮云变古今。北极朝廷终不改，西山寇盗莫相侵。可怜后主还祠庙，日暮聊为梁父吟。

在这首由杜甫所作的《登楼》诗中，“楼”同样是最主要的象征意象。流离他乡的诗人在万方多难之际满怀愁思登上此楼，凭楼远望。眼前虽是锦江春色，然而却更伤客心。全诗即景抒怀，以乐景写哀情，以近景衬远景，语壮境阔，寄慨遥深，饱含着诗人对民族历史的追怀和独自流落他乡的苍凉，而这一切情愫都源于诗人登楼所感。“高楼”引发了古人客伤之心，也导出了古人追思故土的心绪。

唐代诗人陈子昂《感遇》组诗三十四：

朔风吹海树，萧条边已秋。亭上谁家子，哀哀明月楼。自言幽燕客，结发事远游。赤丸杀公吏，白刃报私仇。避仇至海上，被役此边州。故乡三千里，辽水复悠悠。每愤胡兵入，常为汉国羞。何知七十战，白首未封侯。

其中“明月楼”指的是古时候的“戍楼”，诗人通过描写边地荒凉肃杀的景象，诉出了“哀哀明月楼”上遥望“故乡三千里”的“幽燕客”念亲思乡之苦。此外，在古代作品中运用高楼意象来表达思乡执著的还有很多，如：

去国登兹楼，怀归伤暮秋。（李白《登新平楼》）

征鸿引乡心，一去何悠悠。（李群玉《登章华楼》）

高槛危檐势若飞，孤云野水共依依。青山万古长如旧，黄鹤何年去不归？（贾岛《黄鹤楼》）

行尽清溪日已蹉，云容山影两嵯峨。楼前归客怨秋梦，湖上美人疑夜歌。（刘长卿《岳阳楼》）

人烟湖草里，山翠县楼西。霜降鸿声切，秋深客思迷。（刘长卿《九日登李明府北楼》）

凡此等等，不一而足。登楼成为诗人寄寓故园情的一种有意识的行为，大凡远离家园故土，漂泊天涯的人，无论是征人行役，或游子羁旅，又或者士人宦游，都把对家乡的朝思暮想涵化在登楼远望之中，倍显情感的深沉凝重和真挚动人。

积淀着丰富的文化内蕴的高楼意象是一个整体性的审美价值系统，充满了含蓄蕴藉的韵味，它常常也和其组成部分之一的“栏杆”组合，营造出种种凄婉迷离的意境，从而传达出更加独特的怀乡内涵。“不忍登高临远，望故乡渺渺，归思难收。叹年来踪迹，何事苦淹留？想佳人妆楼望，误几回天际识归舟？争知我倚阑干处，正恁凝愁。”柳永的一阕《八声甘州》就将异乡游子的思乡心情描绘得淋漓尽致，栩栩如生。“伫倚危楼风细细，望极春愁，黯黯生天际。草色烟光残照里，无言谁会凭阑意。”柳永的另一首词《蝶恋花》把漂泊异乡的落泊之感与怀念亲人的缠绵情思糅合在一起，抒发真挚情感。“寸寸柔肠，盈盈粉泪，楼高莫近危阑倚。平芜尽处是春山，行人更在春山外。”欧阳修的《踏莎行》表现出行人游子怀乡盼归之心的深切真挚。“独自莫凭栏，无限江山，别时容易见时难。”李煜的《浪淘沙》则流露出一位亡国之君难以释怀的故国之思。

“独上高楼，登临送目，望尽天涯路。”这种对故乡可望而不可即的怀乡之思是古人从内心深处流淌出来的情感汁液，是个体心灵呼唤回归精神家园的觉醒，抒发了诗人真切深厚的孤凄之情，体现出一种深沉的悲凉之美。

二、乐音意象

王粲《七哀诗》之二：“独夜不能寐，摄衣起抚琴。丝桐感人情，为我发悲音。羁旅无终极，忧思壮难任。”其中的琴音是诗人在异乡行旅中抒发乡怀的催化剂，这在中国文学作品中可以说是将乐音意象与思乡主题首次结合起来的代表。六朝隋唐后，随着中国抒情文学主题的逐渐定型，表思乡音响意象符号的乐器也渐渐扩展为以琵琶、胡笳、羌笛、芦管等为主的一类西域“胡乐”。它们在听觉上共同勾起人们记忆中的类似表象，从而唤起人们怀乡的联想和思绪。

朔风萧条白云飞，胡笳哀急边气寒，听此愁人兮奈何，登山远望得留颜。（鲍照《拟行路难》之十四）

胡笳落泪曲，羌笛断肠歌。（庾信《拟咏怀》之七）

吹笛秋山风月清，谁家巧作断肠声？……故园杨柳今摇落，何得愁中曲尽生。（杜甫《吹笛》）

不知何处吹芦管，一夜征人尽望乡。（李益《夜上受降城闻笛》）

这些乐音传播了一种思乡的文化信息，使游子在真切的感受中产生共鸣。不得不说，乐音意象在引发古人特定主体思乡情感的层面上确实有着令人惊叹的巨大作用。

乐音囊括的种类众多，其中表现在怀乡文学作品中最突出的莫过于笛声。诗言："征客怀离绪，邻人思旧情"（刘孝孙《咏笛》），说的正是悠扬的笛声吹尽了古人的丝丝心曲，积淀着人们丰富流动的情感内涵。王昌龄《从军行》其一："烽火城西百尺楼，黄昏独坐海风秋。更吹羌笛关山月，无那金闺万里愁"，生动地勾勒出久经沙场的士戎缭绕不绝的万里愁思，阔远而哀婉。李白《春夜洛城闻笛》："谁家玉笛暗飞声，散入春风满洛城。此夜曲中闻折柳，何人不起故园情"，闻笛思乡，真实地流露了诗人在声声笛乐中触发的故园深情。白居易《江上笛》："江上何人夜吹笛，声声似忆故园情"，夜笛悠扬，吹尽了诗人无限的思念和哀怨。高适《和王七玉门关听吹笛》："胡人吹笛戍楼间，楼上萧条海月闲。借问落梅凡几曲，从风一夜满关山"，将远离故园的离愁融注于悠扬的笛音中，以此稍稍慰藉饱受战争摧残和思乡之苦的心灵。李益《春夜闻笛》："寒山吹笛唤春归，迁客相看泪满衣"，一声声似近又远的笛声将迁客的回归心绪无限延伸，在静谧的深夜里更觉哀怨。周邦彦《浪淘沙慢》："映落照、帘幕千家，听数声、何处倚楼笛"，基调悲凉凄清，感慨着漂泊无依的人生体验，表达了对回归故土的渴望。千百年来，阵阵笛声曾使无数离家之人不断抚今追昔，交织着对往事绵绵不尽的情思，在古典文学的天地间散发出丰富的韵味。

其次，乐音中的其他类型，如笳声：

于是泣故关之已尽，伤故国之无际……切赵瑟之横涕，吟燕笳而坐悲。（江淹《去故乡赋》）

君不闻，胡笳声最悲，紫髯绿眼胡人吹。吹之一曲犹未了，愁杀楼

兰征戍儿。……胡笳怨兮将送君，秦山遥望陇山云。（岑参《胡笳歌送颜真卿使赴河陇》）

越鸟结楚思，汉耳听胡音。（吴迈远《胡笳曲》）

胡笳遥警夜，塞马暗嘶群。客行明月峡，猿声不可闻。（庾信《和赵王送峡中军诗》）

羌笛声：

异方之乐令人悲，羌笛胡笳不用吹。坐看今夜关山月，思杀边城游侠儿。（孟浩然《凉州词》）

更吹羌笛关山月，无那金闺万里愁。（王昌龄《从军行》其一）

雪净胡天牧马还，月明羌笛戍楼间。借问梅花何处落？风吹一夜满关山。（高适《塞上听吹笛》）

琵琶声：

琵琶起舞换新声，总是关山旧别情。（王昌龄《从军行》其二）

一片愁心怯杜鹃，懒妆从任鬓云偏。怕郎说起阳关意，常掩琵琶第四弦。（陈梅庄《述怀》）

筝声：

十二三弦共五音，每声如截远人心。当时向秀闻邻笛，不是离家岁月深。（薛能《京中客舍闻筝》）

孤舟微月对枫林，分付鸣筝与客心。岭色千重万重雨，断弦收与泪痕深。（王昌龄《听流人水调子》）

此外，还有钟鼓声、箫声、管声、笙声、琴瑟声、箜篌声等都是表现思乡主题的乐音意象的重要组成部分，无论它们是沉郁缠绵，还是清丽旷达，其强烈的感染力都足以使古人闻音怀乡，引发情感的共鸣。

乐音意象是含有极丰富的恋土符号意义与情绪力结构的特殊媒介，它细微而直接的表情能够直现古人敏感而深沉的精神世界和心灵体验。

聆听其中，怀乡之思便不自觉地萦绕心头，充分体现出乐音乡曲对离乡在外者情感的震撼力。

三、舟船意象

对于深陷苦难的人而言，“方舟”意味着希望与获救；对于豪情壮志的人而言，“云帆行舟”代表的是梦想与追求；对于羁客游子而言，“孤舟客船”则蕴涵了漂泊离别的愁绪以及悲戚伤感的乡思。

刘眘虚《暮秋扬子江寄孟浩然》诗云：“木叶纷纷下，东南日烟霜。林山相晚暮，天海空青苍。暝色况复久，秋声亦何长。孤舟兼微月，独夜仍越乡。寒笛对京口，故人在襄阳，咏思劳今夕，江汉遥相望。”诗中的“舟”是全篇的中心意象，“孤”字突出刻画了诗人只身漂泊异乡的境况。在暮色四合、木叶纷纷之际，猿声哀鸣，旅途孤寂之中的诗人独自栖身于孤舟中，唯以作诗寄托心中的作客他乡的悲凉心境。在这里，孤舟意象承载的不仅仅是对故友的怀念，更是诗人在感伤自身悲苦境遇中对乡土的真挚怀念，其意味深刻，具有动人心弦的艺术魅力。

王湾《次北固山下》云：“客路青山外，行舟绿水前。潮平两岸阔，风正一帆悬。海日生残夜，江春入旧年。乡书何处达？归雁洛阳边。”这首诗是诗人行舟次北固山下的时候，因心中触发对故土的情思而吟成的一篇千古名作。春潮涌涨，孤舟扬帆，目睹着远处东升的海日，身在“客路”的诗人不禁顿生思乡之情。这种情感在诗人行舟万里中溢于言表，难掩诗篇字里行间流露出来的神驰故里的心绪，使全诗笼罩着一层淡淡的怀乡愁绪。

无论是“孤舟兼微月，独夜仍越乡”，还是“客路青山外，行舟绿水前”，舟船象征的始终是漂泊客居的诗人内心恋土怀乡的心理，这在张继著名的《枫桥夜泊》中，同样得到了淋漓尽致的展现。

张继《枫桥夜泊》：“月落乌啼霜满天，江枫渔火对愁眠。姑苏城外寒山寺，夜半钟声到客船。”诗中描写了一个秋季无月的夜晚，渔火醒目，霜寒彻骨，诗人泊船苏州城外的枫桥，卧听钟声，一夜未眠。

在一个江南水乡的幽美秋夜里，这位怀着旅愁的游子的“客船”心理在明灭对照、动静相托的环境描画中展露无疑。所谓景皆为情中之景，声皆为意中之声，“月落”、“乌啼”、“霜满天”、“江枫”、“渔火”，所有的意象都不过是客船上的诗人悲苦忧戚心理的外在对应物，最终都积聚到了全诗的核心意象——“客船”之中。

另外，对于流落他乡的诗人而言，孤寂的“船”总是与凉雨、苍山、悲秋、孤月、疏灯、寒风、归雁等凄清肃杀的意象同时衍生，召唤出游子心中缕缕苍凉忧婉的乡情：

露下天高秋气清，空山独夜旅魂惊。疏灯自照孤帆宿，新月犹悬双杵鸣。南菊再逢人卧病，北书不至雁无情。步檐倚杖看牛斗，银汉遥应接凤城。（杜甫《夜》）

烟水本好尚，亲交何惨凄。况为珠履客，即泊锦帆堤。沙雁同船去，田鸦绕岸啼。此时还有味，必卧日从西。（杜牧《初上船留寄》）

繁阴乍隐洲，落叶初飞浦。萧萧楚客帆，暮入寒江雨。（柳中庸《江行》）

北风吹雪密还稀，雪势渐多风力微。孤棹独依银世界，山川路绝欲安归？（苏辙《舟中风雪五绝》之一）

在此，“船”的出现都召唤起游子心中对家园故土的万般归思，它是诗人文士表达怀旧深情的载体，具有非凡的艺术魅力。

四、艺术品（金石碑刻、奇石、藏书等）

中国人，尤其是有着恋旧情结的文人，特别热衷于搜集旧文物，无论是金石碑刻、字画古玩，还是奇石异物，无所不包。在这密密麻麻的收藏中，人们展示着对往日辉煌的纪念和追忆。

李清照《金石录后序》云：

《金石录》三十卷者何？赵侯德父所著书也。……今日忽阅此书，如见故人。因忆侯在东莱静治堂，装卷初就，芸签缥带，束十卷作一帙。每日晚吏散，辄校勘二卷，跋题一卷。此二千卷，有题跋者五百二十卷耳。今手泽如新而墓木已拱。悲夫！

李清照在整理亡夫赵明诚的金石收藏中，一面回忆着往日的恩爱甜蜜，一面感叹着岁月沧桑，备觉凄凉。然而，正如她自己的词《武陵春》中所写，“物是人非事事休，欲语泪先流”。此词写于李清照晚年避难金华期间，时在绍兴四年（1134年）。其时，丈夫既已病故，家藏的金石文物也在辗转流离中散失殆尽，作者孑然一身，在连天烽火中漂泊不定，历尽世路崎岖和人情冷暖，因而词情悲苦、凄清满怀。所以，她的序也流露出某种对于“收藏品”的感叹——故人已去，物散人空，曾经的努力不过是一场自欺欺人的游戏。

清代沈复所著的《浮生六记》[①]，是一部充满着怀旧色彩的作品。他出身于幕僚家庭，没有参加过科举考试，曾以卖画维持生计。与妻子陈芸志趣投合，情感深厚，愿意过一种布衣素食而从事艺术的生活，但因封建礼教的压迫和贫苦生活的磨难，理想终未实现，经历了生离死别的惨痛。

沈复《浮生六记》卷二《闲情记趣》记载：

余扫墓山中，检有峦纹可观之石，归与芸商曰：“用油灰叠宣州石于白石盆，取色匀也。本山黄石虽古朴，亦用油灰，则黄白相间，凿痕毕露，将奈何？”芸曰：“择石之顽劣者，捣末于灰痕处，乘湿糁之，干或色同也。”乃如其言，用宜兴窑长方盆叠起一峰，偏于左而凸于右，背作横方纹，如云林石法，巉岩凹凸，若临江石矶状；虚一角，用河泥种千瓣白萍；石上植茑萝，俗呼云松。经营数日乃成。至深秋，茑萝蔓延满山，如藤萝之悬石壁，花开正红色，白萍亦透水大放，红白相间。神游其中，如登蓬岛。置之檐下与芸品题：此处宜设水阁，此处宜立茅亭，此处宜凿六字曰“落花流水之间”，此可以居，此可以钓，此可以眺。胸中邱壑，若将移居者然。一夕，猫奴争食，自檐而堕，连盆与架顷刻碎之。余叹曰：“即此小经营，尚干造物忌耶！”两人不禁泪落。

① 沈复：《浮生六记》，兰州大学出版社2004年版。

沈复用充满着恋旧情感的语言，在《浮生六记》中一件一件叙述着年青时代的生活，其中以和妻子陈芸的事件记录最为详细。然而，在回忆中所选择的事件，恰恰说明了现实中的他形单影只、困苦潦倒，所以只能在往事的回忆中得到安慰，尽管这种安慰是一种幻觉。沈复为自己的作品取名“浮生六记”也暗示了这种意义。“浮生”二字典出李白诗《春夜宴从弟桃李园序》：“夫天地者，万物之逆旅也；光阴者，百代之过客也。而浮生若梦，为欢几何？”也许他也意识到了这些，所以在《浮生六记》的开始部分，即卷一《闺房记乐》中便说：

余生乾隆癸未冬十一月二十有二日，正值太平盛世，且在衣冠之家，后苏州沧浪亭畔，天之厚我可谓至矣。东坡云：“事如春梦了无痕”，苟不记之笔墨，未免有辜彼苍之厚。因思《关雎》冠三百篇之首，故列夫妇于首卷，余以次递及焉。所愧少年失学，稍识之无，不过记其实情实事而已，若必考订其文法，是责明于垢鉴矣。

沈复希望别人不要“考订”，也用“春梦”作为譬喻，实质上已经说明自己所写所忆的，不过是一种聊以自慰的幻觉中的“往事”。因为在写作的当时，沈复已经遭遇到了生活的种种不幸。在卷三《坎坷记愁》中他如实记载说：

……芸没后，忆和靖“妻梅子鹤”语，自号梅逸。权葬芸于扬州西门外之金桂山，俗呼郝家宝塔。买一棺之地，从遗言寄于此。携木主还乡，吾母亦为悲悼，青君、逢森归来，痛哭成服。启堂进言曰：“严君怒犹未息，兄宜仍往扬州，俟严君归里，婉言劝解，再当专札相招。”余遂拜母别子女，痛哭一场，复至扬州，卖画度日。因得常哭于芸娘之墓，影单形只，备极凄凉，且偶经故居，伤心惨目。

对于沈复的回忆，尤其是上文所引“择石堆砌假山”一段，宇文所安有过精辟的论析：“他从回忆中谱写出故事，从他的过去里取出碎石，把它们拼成假山，在其中恋人们可以永久居住下去，或是曾经一度居住于其中，而现在不再居住在里面，他这样做是在干什么呢？……沈

复的一生都想方设法要脱离这个世界而钻进某个纯真美妙的小空间中。他从家墓所在的山里取了石头，想用它们构建另一座山，一座他和芸能够在想象里生活于其中的山。这个举动又多少同家庭问题、家世日衰问题、子女婚嫁问题以及重建一个小天地的热望等问题卷在一起。但是，他的世界始终是一种玩物，一种难免破碎厄运的玩物。他的小山、他同芸的婚姻，他的回忆录——所有这些都是对某种现实的东西的田园诗似的模仿；它们只不过是精心制作的人为的东西，只不过是玩物。”①

作为玩物，石头和假山的确有这个功用。而且，在中国传统文化中，奇石的收藏和戏玩有着悠久而辉煌的历史。

今天的奇石文化与历史上的任何一个时期都不可同日而语。许多新石种的发现，大大丰富了奇石的观赏内容和文化内涵，一些优秀石种的品质超过了历史上的名石；爱石藏石者大量增多，并月遍布全国各个行业、各个阶层、各个年龄段的人群，奇石文化已经由狭隘性的封建贵族文化转变为普遍性的大众文化；各个地区、各个层面、各种形式的奇石文化活动非常活跃，特别是社团性、行业性、全国性、国际性有组织、大规模的活动，在过去是不曾有过的；各种奇石报纸、杂志、图书上百种，奇石网站数百个，许多非专业的报刊、电视大量刊登或播放奇石和奇石文章、报导奇石文化活动，这也是过去所没有的；一大批成就卓著的奇石收藏家、鉴赏家、理论家、活动家是当今奇石文化活动各个方面的领军人物，其中一些人在收藏、鉴赏、理论上的成就已经超越了历史的水平，奇石文化活动家则是历史上的新生事物，所有各种有组织的大规模奇石文化活动都是他们的杰作；各个地区、各种形式、各种规模的奇石市场的形成，尤其是流动性、全国性、国际性奇石市场的形成，打破了过去单纯玩赏或个别交易、作坊交易和地区交易的模式，在推动奇石文化发展、带动地方经济发展的同时，涌现出一批经营奇石的成功企业家……毫无疑问，今天的奇石文化正处于历史发展的最好时期，达到了一个历史的新高峰，站在这个高峰上看过去的历史成就，真的是“一

① ［美］宇文所安著，郑学勤译：《追忆》，生活·读书·新知三联书店2004年版，第117、118页。

览众山小”了。

……奇石文化同其他事物一样，其发展不可能一帆风顺，永远都是高潮，波浪式前进才是正常的。中国历史上经历了那么多严重的自然灾害、残酷的战争，以及巨大的政治变革，奇石文化不仅传承下来，而且获得了空前的发展。这说明奇石文化有着顽强的生命力。某种奇石资源的枯竭也不是什么灾难，广大人民群众爱石藏石的热膺是奇石文化永不枯竭的源泉，为奇石文化的长期、稳定和健康发展提供了可靠保证。目前，我们国家多数人还不富裕，休闲时间不多，文化层次不高，以后逐步富裕了，休闲时间多了，文化层次高了，爱石藏石者还会百倍千倍地增多，那个时候奇石文化的发展必将大大超过今天的规模和现有的水平。①

中国的文人艺术家，在金石、奇石收藏之外，还尚藏书。宋代以后，随着印刷术和造纸术的发展，图书印刻变得十分便利，因而古代私家的藏书活动进入了兴盛时期。文艺家私家藏书活动对中国学术文化的发展起到了一定的促进作用。作为一项基础性的文化工作，中国古代藏书家在保护、传播、校勘、记录古代文献典籍等方面为繁衍中国文化艺术作出了重要的贡献。

余秋雨的文化散文《风雨天一阁》，记载了宁波的一座古代藏书楼，可作典范：

不错，它只是一个藏书楼，但它实际上已成为一种极端艰难，又极端悲怆的文化奇迹。……明以前的漫长历史，不去说它了，明以后没有被归拢的书籍，也不去说它了，我们只向这座房子叩个头致谢吧，感谢它为我们民族断残零落的精神史，提供了一个小小的栖脚处。……很少有其他参观处所能使我像在这里一样心情既沉重又宁静。阁中一位年老的版本学家颤巍巍地捧出两个书函，让我翻阅明刻本，我翻了一部登科录，一部上海志，深深感到，如果没有这样的孤本，中国历史的许多重要侧面将杳无可寻。

① 夏华炳：《中国奇石文化的现状与发展前景》，载《花木盆景》（盆景赏石版）2006年第7期。

余秋雨的叙述中有着不容置疑的尊敬，也有着对文化人薪火相传的怀念和敬仰。确实，在战乱频仍的古代中国，尤其是主张暴力革命的华夏政权更替，对于书籍的销毁与破坏往往是灭绝性的，"敬惜字纸"只不过是少数读书人一厢情愿的纸上谈兵。

五、老房子意象

古今中外，但凡包围在富丽堂皇的建筑中的老房子总能给人一种特有的怀旧气质。不论是独立于现代繁华的上海都市里那种相当老式的欧派别墅，还是隐匿在广州郊外深深庭院中的幽深祖宅，不论是北京的故宫、洛阳的白马寺，还是古罗马的竞技场、罗浮宫，老房子都必定是人们能够触摸到的怀旧载体，引发人们对往事历史的记忆和兴叹。

中国当代著名女作家舒婷曾写过一篇《老房子的前世今生》[①]的文章，其中记述的都是作者与她的父亲和祖父在几座"老房子"中的尘封往事："我的祖父、我的父亲和我，搬迁过好几座房子。它们不是什么建筑经典范本，不是名人故居，没有惊心动魄的事迹，但却是我所关心、怀念、熟悉和栖身的家。在它们的屋盖下所发生的庸常曲折，不全是我的亲历亲为，经过长辈的言传身教，习旧如新，终于化成我生命中的情结和瘢痕。"从泉州西街旧馆驿的祖宅到水饺婶婆的侧楼，从房东秀英姑的二楼小房到安海路上的房子，再从中华路老家到木棉树下的红房子，老房子叠换的历史几乎就是作者一生的写照和缩影。其中蕴涵着作者的童年稚趣，蕴涵着作者与亲人相依相傍的至情之情，也蕴涵着作者在成长过程中孜孜追求的精神家园。在现代化的都市里，一幢新式房子，它的正常寿命或许不过几十年，有时甚至还会因人为的因素而变得更短，然而像老房子这样的真传建筑，留下的不仅仅是风雨侵蚀后残存的不衰生命，更重要的是它饱含着一种可以寻觅到的对已然伤逝的旧时的感情，这种感情是一个人，或者是一个家族，又或者是一个国度生命

① 舒婷：《老房子的前世今生》，载《新华文摘》2006年第8期。

中最弥足珍贵的记忆。可以说，老房子存在的经典意义也莫过于此。就像舒婷在《老房子的前世今生》中说的那样，“安海路上这所房子，是父亲最后弥留的地方。现在它已成一片废墟，如同我荒芜的心境”，“我是永远失去了安海路上的那盏窗灯，尽管路还是那么的滑；永远不能再到父亲跟前去诉苦，去撒娇，去抢吃我俩都酷爱的卤鸡翅；永远不能拿起话筒就问：‘爸爸，何为“及笄”？何为“隙驷”？何谓“理郁者苦贫，辞溺者伤乱”？’”。诚然，老房子是怀旧的象征，是作者情感的对照，它因情而长存，因情而永生，即便是在现实中已经化作了废墟，然而在作者心底，它却负载着永远无法磨灭的对父亲的记忆。

此外，正因为老房子给予了人们不易遗忘的怀旧记忆，所以通过对老房子情事的回忆往往也促使人们对不可知的未来产生无限构想，从而寄寓了人们对生活的美好希望。

六、老照片

老照片是一组以图像为媒介来激活现代人最朴素本真的生活观念，使他们重新审视自我，回归历史，发掘历史资源的现代价值的典型怀旧意象。在选材上，它大多与普通百姓的日常生活密切相关；在色彩上，它几乎一致采用灰、黑、白和暗黄色，整体格调倾向于古旧、沉静和悠然；在效果上，它则多表现为感伤和温情。如20世纪90年代后半期由山东画报社出版的《老照片》，就是通过影像凝固历史的瞬间，或重温往事中的某些片段，或追怀旧时的景物民情，或感忆昔时的名人俊杰，又或者披露曾经鲜为人知的故事，从而把人们引领到一个“原汁原味”的怀旧氛围中，真实表达出人们对过去的反思和对未来的思索。老照片所诱导和激发的观者的想象力，促使人们通过观看老照片中的历史，领悟出照片中的独特趣味，它是怀旧意象中的“有意味的形式”。

在我国，从1997年山东画报社首次推出“老照片”起，“老房子”、“老城市”、“老百姓的日常生活”、“老日子”等一系列“照片本”便开始纷纷出笼并持续热销，并且引发了包括中央电视台在内的全国电视、报刊等媒体的广泛关注与回应，共同形成一个如火如荼的世

纪末“怀旧”风潮。像《老照片——民俗风光》中一幅名为“河边小憩”[①]的照片，展现的是一群穿着破旧的衣衫，赤脚，却梳洗得干净整齐的人正在河边休息的情景，其中包括五个大人和六个小孩。画面中，一群孩子在埋头吃饭，有一个小女孩蹲坐在地上，侧过头，焦虑地看着别处。还有一个小男孩则手端大碗，木然地盯着正在他前方大口吃饭的小孩，不经意地流露出羡慕和疑惑的表情。而在大人中，一个中年妇女眉头紧蹙，表情冷峻，正端着碗喂旁边的小孩吃饭。站在她背后的妇女微笑地看着镜头，表情中既有抑制不住的欢喜，又流露出一丝卑微和羞涩。另一个半弯着腰的成年男人则双手扶膝，以略带困惑和茫然的目光直视着摄像机。整个画面呈露出一群迁居的行客难掩的窘迫困顿之色，深切而自然。这样一幅老照片，通过一系列具体的形象把过去和现实快捷地联系在一起，使观者能够在观看照片的同时，体会到时间（也即历史）在流逝的过程中所蕴涵的文化意味，这也正是怀旧主题意象需要显现的深层内涵。

此外，类似的还有羊城晚报社出版的《老日子》、山东画报社出版的《你没见过的历史照片》等系列怀旧出版物，它们都记录了百姓日常起居、服饰风尚、民俗礼仪、婚丧嫁娶等普通生活，共同营造整体追昔的气氛和激发观者的怀旧情绪。陈旧的照片尽管已经退去铅华，然而沉淀其中的感情和意蕴却只会随着时间的流逝而越积越重，最终在人们的怀旧意识行动中还原出它真正的历史深度和探索价值。

七、红色经典

红色经典的普遍说法产生于20世纪八九十年代，流行于21世纪初。原先主要是指20世纪五六十年代的一批隐含着革命理想主义和革命英雄主义的文艺作品，以及由此改编的影视剧。[②]它是一种需要经过相当漫长的时间，在历史的积淀与考验下最终成为文化传统瑰宝和精华的艺术。

① 《老照片——民俗风光》，江苏美术出版社1997年版，第139页。

② 田承良：《“红色经典”市场化的文化思考》，载《泰山学院学报》2005年第4期。

红色经典开始主要以长篇小说形式出现，随后被改编为电影、连环画等视觉艺术，并以广播书场的方式在电台长期连续播出，成为群众文艺的主要内容。在中国文学里，现当代小说如《林海雪原》、《野火春风斗古城》、《暴风骤雨》、《铁道游击队》、《太阳照在桑干河上》等各种革命题材的长篇小说，《长征》、《红岩》、《忠诚》、《日出东方》、《红色娘子军》、《小兵张嘎》等一大批反映中国革命历史题材的影片和电视连续剧，《白毛女》、《红灯记》、《芦荡火种》、《兄妹开荒》、《东方红》、《江姐》、《红梅赞》等革命题材的剧目和音乐舞蹈，都属于红色经典的范畴。

红色经典是时代的产物，带有鲜明的历史特征，任何一种现代文化在其发展的进程中都必然涵盖着一段红色经典。因此，当源源不断的"红色"系列文化冲击着现代人的视野感官时，伴随而来的就是人们对历史往事的怀旧情绪。"这种怀旧是世纪百年行将结束前的一种心理情结"，"落寞与感慨、悲壮与苍凉、惊悸与感伤，总使人躁动不安"。[①]例如在梁斌的《红旗谱》中，我们可以看到在大革命失败前后十年革命斗争中农村和城市阶级斗争和革命运动的壮丽图景，感受坚韧的民族传统精神。在曲波的《林海雪原》中，风雨如磐的革命抗争岁月则呈现在人们的眼前，可歌可泣。在杜鹏程的《保卫延安》中，描绘的是人民保卫战争的历史画卷，充溢的是革命浪漫激情和英雄主义。在杨沫的《青春之歌》中，一代青年知识分子为反对封建统治，抗击日本帝国主义的侵略，拯救危难中的祖国而进行顽强斗争的不屈不挠的形象深入人心，真实感人。在一定意义上说，红色经典正是曾经在人们记忆中留下深刻烙印的革命时期的文化象征。重温红色经典，是人们对被时间洗去血泪和苦难的"激情燃烧的岁月"的缅怀，也是人们对世纪末的心灵慰藉的寻找。而这段重新体验艰难困苦却斗志昂扬的革命年代的过程，实际上正是重拾革命精神与信仰的过程。

① 焦垣生、胡友笋：《新时期以来红色经典"冷"、"热"原因探析》，载《湖南文理学院学报》（社会科学版）2005年第2期。

在日益商品化和金钱化的今天，物欲横流，精神滑坡，价值失范，人性迷失，后现代文化思潮颠覆解构着传统文化的秩序，理想主义、英雄主义渐渐淡出人们的视野。此时，红色经典恰恰契合了人们多元复杂的怀旧心理，表达出人们寻找“红色情结”的“精神家园”的深切渴望。在此，红色经典不仅是触发人们怀旧思绪的历史表征，更是在“传统”与“现代”的文化中扮演了“中介”的角色。

小 结

无论社会如何变迁，怀乡将千古不变地在人类灵魂中占据着重要的位置，文人骚客也将继续不舍昼夜地在怀乡中寻找自己的精神故乡，安慰着自己孤独的心灵。故此，意象符号将继续在怀乡主题文学中发挥作用，充当作者情感的承载体以及咏怀的媒介。

由于意象在中国文学中的独特地位，“怀旧”主题的表达往往也会通过特定的审美意象。因此，可以说，怀旧与怀乡、恋旧与思古的“价值和情感的力量不是在回忆起的景色里，而是在回忆的行动和回忆的情态中。反顾的痛苦被细细品味着。花落花开标志着岁月的流逝，每一株开败的花都使人想起失落的痛苦，每一株盛开的花都撩拨着这种痛苦”①。

①［美］宇文所安著，郑学勤译：《追忆》，生活·读书·新知三联书店2004年版，第140页。

第六章

“怀旧”的“怀古”意向

从远古走向现代，中国的传统文化沉淀了五千多年悠远而深长的历史。建立在农耕经济基础上，产生于黄河中上游的中原古人无不对生养自己的土地怀着一种炽热的深深眷恋，中国传统的政治、宗法、伦理等观念也随之而生，并得到了生生不息的延展，最终促使我国古代大陆性文化（或曰“黄色文明”）的形成：“大陆性文化及其主要生产方式、思维习惯让人偏重既往。生长在土质肥沃、物产丰富的黄河流域，山川河海阻隔限制了向外伸展的幅度，天然的地理环境造就了炎黄子孙以农业为主的生产方式，岁岁年年周而复始四季耕作，又逐渐使民族文化心

理多内向、务实和产生以经验为主的强固的认识机制。”[①]在这种深层的心理机制主导下，一系列依循因袭、偏重既往的复古思绪不断冲击古代文人的情感活动和审美定势，在经过长期的历史沉淀后形成了中国文化中典型的怀古、尚古传统。

故此，学者认为：“我国古典诗学中对艺术的审美特征的深刻理解，似乎更习惯于以复古的方式提出。……儒家的复古主义与道家的复元古主义，深深地影响并规定了后代文学的复古心态和思维。前者主张回复到进入文明时代的西周礼乐盛时，为艺术设立规范化、体制化的文化框架；而后者则以“行而无迹，事而无传”的远古自然之世为理想的社会文化形态，想要超越在文明、文化社会中容易形成体制化、概念化框架，以恢复人与自然的原始的和谐以及人对外在世界直接的、浑全的感知和接触。”[②]

鉴于此，“怀旧”的更深层次的分析，就必须深入文化的内部进行。

第一节　文化分析

“怀古”的文化传统并不是中国独有之物，但是在中华文化的绵延中却得到了最久远的传承。世界上没有哪个民族像中国那样能够将文明延续五千多年而不断绝，而保证这种文化连续性的原因之一，就是对于古代的尊重和保存：“从记载中国文明的早期典籍中我们可以看到，人们广泛普遍地关心保存古代有价值的东西。人们认为，类似《诗经》这样的古籍，具体体现了由更古的古代传下来的伦理价值。这些并不特指某一具体历史情事的诗歌，通常与某一普通的道德观念有关，例如用美

① 莎白、王立：《论中国古代文学中的怀古主题》，载《江汉大学学报》，1990年第1期。

② 刘绍瑾：《复古与复元古：中国古代复古文学理论的美学探源》，中国社会科学出版社2001年版，第3页。

玉来泛指好人……每一个时代都向过去探求，在其中发现它自己。”[①]

据贾谊《新书·修政语》记载：

相传帝颛顼曰：“至道不可过也，至义不可易也。是故以后者复迹也。故上缘黄帝之道而行之，学黄帝之道而赏之，加而弗损，天下亦平也。”[②]帝喾曰：“故士缘黄帝之道而明之，学颛顼之道而行之，而天下亦平矣。”[③]

后世的帝颛顼、帝喾都继承弘扬上古五帝时期“大道之行也，天下为公”的民主制度，这是时人对初始的“黄帝之道”的遵循。此处，暂不论帝颛顼、帝喾之言是否出于先秦时人的假托，足以体现出在远古时期的人们就已经有了寻求既往历史经验，崇尚前贤高洁品格的深层心理意识。这种文化心理在华夏民族漫长的发展进程中不断得以继承和强固，继而衍生出中国文化中重要的怀古崇古主题。其表现在中国古典文学中，最显著的莫过于大量咏史怀古作品的创作。

所谓咏史怀古之作，指的是或以特定的历史题材为咏写对象，或因登临古地、凭吊古迹而抒发怀古情愫的文学创作。袁行霈先生在其主编的《中国文学史》中提到：“怀古诗和咏史诗是有区分而又很接近的两类诗。大体上说，怀古诗是就能够引起古今相接情绪的时地与事物兴发感慨。咏史诗则无须实际事物作媒介，作者直接以史事为对象抚事寄慨。由于两者都是咏‘古’，又时有交叉，界限并不很严。”[④]因此，咏史题材和怀古题材在其各自的发展进程中时有一致，又时有区分。

回溯历史，可以发现咏怀的创作在我国可谓源远流长、深重广博。《诗经·大雅》中，《生民》、《公刘》、《绵》、《大明》、《皇矣》等五篇史诗就是最早以咏史为题材的作品。后至东汉时期，我国古典诗歌史上首次以“咏史”名篇的诗歌出现，即班固的五言《咏史》

① ［美］宇文所安著，郑学勤译：《追忆》，生活·读书·新知三联书店2004年版，第24页。

② 严可均：《全上古三代秦汉三国六朝文·全上古三代文》，商务印书馆1999年版，第6页。

③ 严可均：《全上古三代秦汉三国六朝文·全上古三代文》，商务印书馆1999年版，第7页。

④ 袁行霈：《中国文学史》，高等教育出版社1999年版，第421页。

诗，该诗虽“有感叹之词”[①]，但全篇还是以单纯的史实叙述为主，抒怀偏少。在这一时期，中国的咏史创作尚处于起步阶段，古代文人对于此类主题的创作也还未达到纯熟。因此，这时的咏史文学在很多艺术技巧方面都比较粗糙，有欠成熟。但必须肯定的是，咏史一类作品的出现不仅拓宽了我国古典文学的题材领域，丰富了华夏文化的深层内涵，也为历史研究提供了珍贵的参考文本，具有重要的历史价值和文化价值。

从汉末一直到魏晋南北朝时期，咏史诗渐趋成熟，腐朽的朝政和离乱的社会为我国咏怀之作创造了广阔的发展空间。在乱世中，大多数清正刚直的文人都难以周旋于变幻莫测的政坛，最终遭受无情的排挤或残酷的迫害。他们过着颠沛流离、居无定所的凄苦生活，一生才学也只能寄托在文学创作之中，像王粲、鲍照、左思、陆机等都是如此。在这样的时代下，命途多舛的文人常常把目光投向历史，以历史上的人物和事件作为感情的载体，形成古今对照，以古讽今，既有对时代沧桑、百姓疾苦的感慨，也有对自身命运难测、郁郁不得志的悲叹。王粲、左思、鲍照、张景阳等人的《咏史》诗，曹植的《三良诗》，颜延之的《五君咏》，陶渊明的《荆轲咏》、《咏贫士》等均是此时的咏史名作。其中，左思的《咏史》（八首）更可以说是咏史诗发展史上的里程碑。至于在艺术特点上，魏晋南北朝时期的咏史题材创作都逐渐向女性化与趋同化发展，不同之处在于魏晋时“侧重于挖掘历史女性身上所体现的伦理道德意义”，而南北朝则“把焦点放在了女性悲剧命运的展示上”[②]。另外，同时期的怀古诗虽然不及咏史诗发展蓬勃，还没有出现明确以“怀古”命题的标准怀古诗，但南北朝萧齐谢朓的《和王著作融八公山》、《和伏武昌登孙权故城》，萧梁庾肩吾的《经陈思王墓》等都属于较早的典型的怀古题材作品。

直至唐宋时期，咏史怀古的创作才进入真正成熟的阶段，其在诗词方面的表现都相当出色。初唐时，以“怀古”标名的怀古诗最早出现

① 钟嵘：《诗品》（卷下），中国社会科学出版社2007年版，第108页。

② 韦春喜：《南朝咏史诗试论》，载《石油大学学报》（社会科学版）2002年第18卷第2期。

在李百药的《郢城怀古》中。“此后‘怀古’便与‘咏史’一起被用于以历史为题材的诗词中，并常常直接以题目的形式出现。然而，对于诗（词）人而言，二者的区别比较模糊，在他们的作品中二者的内容相互交融，彼此渗透。”[①]所以在这一时期里，咏史怀古的创作常常互相融合，无论是咏史主题还是怀古主题的诗词发展都相当繁荣。先有唐诗如陈子昂的《感遇》、《登幽州台歌》，刘希夷的《洛川怀古》，李白的《登金陵凤凰台》，杜甫的《蜀相》、《八阵图》，李贺的《过华清宫》等名作相继问世，蜚声文坛。后有宋词如王安石的《桂枝香·金陵怀古》、苏轼的《念奴娇·赤壁怀古》、姜夔的《扬州慢》等成就卓越，堪称千古绝唱。此时的咏怀之作题材进一步拓宽，主题不断深化，艺术表现也明显多有创新。政治的开明、经济的繁荣、社会的稳定都造就了文化发展的黄金时代，从而也迎来了咏怀创作的发展高峰期。

元明清三代，咏史怀古题材的创作仍然蓬勃发展，几乎每一位杰出的诗人都写过或多或少的咏怀诗词。除此之外，元曲也出现了咏怀的主题创作，较典型的如白朴的《水调歌头》、张养浩的《山坡羊·潼关怀古》等，都是在咏怀史实中引发对古今沧桑的悠悠哀叹。

咏怀之作的意义深远非凡，它在我国古典文学中占据着极其重要的地位。纵观其发展历程，探究其生成根源，不难分析它的产生与中国传统的文化背景、文化氛围和价值观念等紧密相连。

从文化背景上看，源于农耕文明的中华文化具有较强的本土意识，浓郁的乡土情结始终是中国文人创作内在核心的精神动力。推溯远古，《诗经·小雅·采薇》就有“昔我往矣，杨柳依依”，其中“杨柳”就是表达眷恋故土的家园意象。另外，“露从今夜白，月是故乡明”（杜甫《月夜忆舍弟》），当异乡游子云游天涯之际，同一时空下的明月更成为寄意乡愁、思归念亲的神秘象征物，折射出古人对家园故土难以割舍的深切情感。这种在精神上对赖以生存的乡土怀着至死不渝的情感，使古人即使遭逢时代变迁或身受地理阻隔都难以排遣心中对故国家园的

① 汪超：《唐宋怀古词研究》，华中科技大学硕士学位论文，2006年。

深切怀念。因此，虽然我国在几千年的历史发展进程中不断经历朝代变更，甚至曾经由少数民族占据统治地位，但有史以来几乎都以中原本土文化为宗。在这样的文化背景下，终年漂泊的孤寂游子每逢在他乡触景伤情，总会习惯性地追忆往事，偏爱怀旧，或回溯沧桑历史，或感慨世事变幻，或抒发思乡之情，或悲叹不遇之才。于是，怀古的意绪被不断激发和弥漫，咏史创作亦随之开始涌现于中国文坛，浩如繁星。

另外，从文化氛围上看，我国长期处在一个封建君主专制的统治时期。高度集中的文化制度严格控制着知识分子的思想言行，剥夺了他们自由吐露心声的言论权利。在这种令人窒息的文化氛围下，为了躲避文祸及身，中国古代文人的文学创作大多趋于保守谨慎，更多采用借古讽今的艺术手法来赋诗作文，含蓄地表达自己对腐朽政治的不满、对黑暗社会的批判、对独立品格的追求和对自由生活的向往。对此，清陈衍《小草堂诗集叙》云："道咸以前，则慑于文字之祸…… 不敢显然露其愤慈，间借咏物咏史以附于比兴之体，盖前辈之矩难类然也。"[1]其中清楚地道出了咏史创作与封建文化语境的密切关系，也深刻反映出"文字之祸"给予古代知识分子的沉重创伤。可见，封建专制性的文化氛围深深地拘囿了数千年来古代文人的文学创作，其衍生出的特有的文化语境也是导致咏史诗歌出现并盛行于中国古典文学的原因之一。

此外，对生命价值的深切关注同样促使了中国古代咏史作品的生成。无论处于哪一个历史时期，抑或处于哪一种文化背景，生命价值的追寻始终是人类上下求索的深刻主题。然而人生苦短，任何生命终究都是有限的。《庄子・知北游》曰："人生天地之间，如白驹过隙，忽然而已。"曹操《短歌行》云："对酒当歌，人生几何？譬如朝露，去日苦多。"李白《将进酒》悲叹："君不见，高堂明镜悲白发，朝如青丝暮成雪。"李商隐《乐游原》感喟："夕阳无限好，只是近黄昏。"苏轼《赤壁赋》："寄蜉蝣于天地，渺沧海之一粟。哀吾生之须臾，羡长江之无穷。"……对于生命的易逝，中国古人都有其深刻的认识，这与

① 莎白、王立：《论中国古代文学中的怀古主题》，载《江汉大学学报》1990年第1期。

中华民族素来具有独特的时空观不无关系。

从时间观来看，相对于西方那种“逐渐推移的线型时间观”[①]，我国古代的时间观“虽然在一定的时段内，是一个逐渐推移的时间序列和发展过程，但从总体上来看，它是一个不断地向原点返回的可逆的过程。…… 在这种时间观面前，没有什么能‘长盛不衰’，也没有什么会‘万劫不复’。事物的运动和变化，也就是在‘盈不可久’、‘物极必反’规律支配下的、在阴阳两极之间的永恒的往复活动”[②]。也就是说，时间不是单向地向前推移，而是可以反复地逆转，所谓“盛极必衰”正是这样一个运行过程。因此，古人认为时间是沟通、联系历史与现实、过往与现在的思维载体，这对于多具有强烈敏感的时间观念的古人而言，历史中前贤创造的不朽生命与现实中个人遭遇的坎坷人生形成了强烈的对比，无形中倍加挤压和煎熬他们沉重的心灵，使他们焦灼于对生命价值的苦苦追寻。在此过程中，古人不断经历着从审视当前到复原古时，从反思现实到咏怀历史，因而广泛的咏怀创作也就成为必然。

其次，在空间观上，古代的空间“也不是了无生机的刻板空间，它同样也为具有联想意义的视觉色彩和生命动态景象渗透和充满”[③]。因此，当古人们登临和凭吊古迹时，这种渗透着“视觉色彩和生命动态景象”的空间感自然而然能够触发他们复古怀旧的思绪。如韦庄《台城》中的“台城柳”和“十里堤”，刘禹锡《乌衣巷》中的“朱雀桥”和“乌衣巷”，戴叔伦《过三闾庙》中的“沅湘”等，都因它们本身带有的历史陈迹的深深烙印，给登临怀旧的古人创造了一种迷离而怅惘的意境，令人在今昔变更的对照中生发人事沧桑的沉重感慨。由此，咏怀文学自然而然也就成为古人在深刻的空间感下情感体验的产物，折射出古人内心复杂浓重的怀旧情结。

与时空观紧密相连的现实主义生命价值观促使了中国古代文人倍加严厉地检视生命，他们不辞艰辛而饱读诗书，目的是希望通过跻身仕

① 韦春喜：《咏史诗产生根源探析》，载《古代文学研究》2007年第3期。

② 赵奎英：《中国古代时间意识的空间化及其对艺术的影响》，载《文史哲》2000年第4期。

③ 赵奎英：《中国古代时间意识的空间化及其对艺术的影响》，载《文史哲》2000年第4期。

途、一展抱负以名留青史。其中，追怀、传承和弘扬前人的高尚人格与不朽精神是他们体验个体生命价值的常用方式之一，这个以古为尚、以古为鉴的追求过程也恰恰为古典咏怀之作的创作孕育了无限生机。下面，笔者将就咏史怀古创作在中国古典诗、词、曲中的具体表现作一一分析，以此展现咏怀之作在我国古文化中凸显的重要意义。

第二节 咏怀诗

咏史和怀古是我国古典诗歌中重要的创作主题，尽管两者在一定程度上有所区别，但这种区别并非绝对的划分。“一般地说，怀古诗多因景生情，抚迹寄慨，所抒者多为今夕盛衰人事沧桑之慨；而咏史诗多因事兴感，抚事寄慨，所寓者多为对历史人事的见解态度或历史鉴戒。”[①]但它们都以“古”作为媒介，都有对历史人事的追忆和抒怀，在情感意蕴和艺术特色等方面都有所交叉。因而，为便于写作分析，笔者在此不对咏史诗和怀古诗作完整细致的区分，而统称其为咏史怀古诗。

一、发展历程概况

从现存的诗歌史材料看来，我国咏史怀古诗的创作源头在《诗》、《骚》中，《诗经·大雅》的《生民》、《公刘》、《绵》、《大明》、《皇矣》等五篇史诗就分别记叙颂赞了周部族的起源，以及同部族祖先后稷、公刘、文王等开疆创业的英雄事迹。从题材上说，这应该属于我国咏史之作的首创。至于在《离骚》中，“昔三后之纯粹兮，固众芳之所在。杂申椒与菌桂兮，岂维纫夫蕙茝。彼尧舜之耿介兮，既遵道而得路。何桀纣之猖披兮，夫唯捷径以窘步”等不少篇章也有追叙史事或歌咏先人，且其中的议论抒情成分较《诗经》里更有所增多。到了

① 刘学楷：《李商隐咏史诗的主要特征及其对古代咏史诗的发展》，载《文学遗产》1993年第1期。

汉代，班固创作五言《咏史》诗：

三王德弥薄，惟后用肉刑。太苍令有罪，就递长安城。自恨身无子，困急独茕茕。小女痛父言，死者不复生。上书诣阙下，思古歌《鸡鸣》。忧心摧折裂，《晨风》扬激声。圣汉孝文帝，恻然感至诚。百男何愦愦，不如一缇萦。

该诗主要铺叙了汉文帝时孝女缇萦为赎其父之罪而上书自愿没身为奴的史事，歌咏前人至诚可贵的孝道。这是我国诗歌史上出现的第一首以“咏史”题名的咏史诗，虽然钟嵘《诗品序》评之为“质木无文”，但它在咏怀诗的发展史上有着显著的推动意义。此时，咏史诗的创作仍然停留在纯粹以叙述史实为主要内容的初步阶段，尽管间或也有穿插议论，但个人情感的抒怀并未和历史人事高度结合，以致诗歌在艺术审美方面多半过于单调粗糙，缺乏形象性，有欠成熟。

在班固之后，咏怀诗歌继续发展。汉末建安诸位名士如王粲、左思、鲍照等人均有创作《咏史》诗，其形式大多因袭班固“但指一事”，就事论事的风格。到魏晋南北朝时期，咏史诗渐趋成熟，而怀古诗虽然还没有出现明确以“怀古”命题的标准诗作，但南北朝萧齐谢朓的《和王著作融八公山》、《和伏武昌登孙权故城》，萧梁庾肩吾的《经陈思王墓》等都属于较早的典型的怀古题材作品。在这一时期，左思的《咏史》（八首）可以说是咏史诗发展史上的里程碑。诗中，作者精心择取冯公“白首不见招”、主父偃“骨肉还相薄”、司马相如“作赋拟《子虚》”、陈平“归来翳负郭”等历史人事进行高度概括，以比喻、用典等生动的艺术手法将个人的思想情感熔铸其中，继而抒怀咏叹。明人胡应麟在《诗薮》（卷二）中评论此诗有云：“造语奇伟，创格新特，错综震荡，逸气干云，遂为古今绝唱。”沈德潜《说诗晬语》（卷下）也说：“太冲《咏史》，不必专咏一人，专咏一事。己有怀抱，借古人事抒写之。”可见左思的《咏史》诗在内容和形式方面的开拓性意义非同一般。它突破了前人在咏史创作中专咏一人或专咏一事的单调格局，以叙事为辅，更侧重于主体情感的抒发，“开创了咏史诗借

咏史以咏怀的新路，成为后世诗人效法的范例”[①]。此后，陶渊明的《荆轲咏》、《咏贫士》，颜延之的《五君咏》等均是在左思《咏史》诗的创作基础上开拓发展的咏史名作。

到唐代，咏史怀古的诗歌已达到真正成熟，不但在题材范围和艺术技巧上进一步拓宽，而且在思想内容方面也不断深化。初唐时，以“怀古”标名的怀古诗最早出现在李百药的《郢城怀古》中。继而，随着“初唐四杰”王勃的《滕王阁》，卢照邻的《长安古意》、《相如琴台》，骆宾王的《于易水送别》等名篇进一步开拓创新，以咏史怀古为主题的诗歌迅速进入了创作高潮阶段。在这个时期，陈子昂当属首推的重要作家。他不仅是唐代诗歌理论和实践的革新先驱者，而且在咏怀诗上还大胆突破了前人直线式的铺陈手法和时空限制，以质朴刚健的风格赋予诗歌宽广的容量和深刻的意义，融理于情，寄情于景，为咏怀诗的发展开拓了新的方向。据统计，陈子昂咏史怀古之作约20首，其中《感遇》一诗还直接启发了后世张九龄《感遇》和李白《古风》的创作，杜甫曰：“有才继骚雅，哲匠不比肩。公生扬马后，名与日月悬。……千古立忠义，《感遇》有遗篇。”可见后人对陈子昂咏怀诗歌的高度肯定。随后在盛唐时，“诗仙”李白和“诗圣”杜甫都是咏怀诗的创作大家，他们各作此类诗歌30余首，其中著名的有李白的《古风》、《登金陵凤凰台》、《乌栖曲》，杜甫《蜀相》、《八阵图》、《咏怀古迹》（五首）、《武侯庙》等。这个时期的咏怀诗风格大多偏向沉郁，其情感导向不再仅仅局限于对个人命运的慨叹，而是逐渐扩展到对整个社会乃至整个国家的深切关注和忧虑，其政治倾向性更加明显。这种浓重的历史责任感，在中晚唐的咏史怀古创作中表现得更加淋漓尽致。自安史之乱以后，大唐经历了由盛转衰的社会巨变，沉重的国家危机始终笼罩在文人心中。此时，咏怀诗歌大多与整个中晚唐诗歌的基调一样趋向悲凉感伤。其中，刘禹锡所作的咏怀诗在当时的创作中表现出了较为独特的艺术风貌。刘禹锡咏史怀古之作近40余首，无论是《石头城》、《阿

① 袁行霈：《中国文学史》，高等教育出版社1999年版，第58页。

娇怨》、《咏史》（二首），还是《金陵五题》、《台城怀古》，刘诗总能折射出对生命价值的关照和社会盛衰的思考，极具针对性和现实哲理。此外，大历诗坛著名诗人如韦应物的《骊山行》、《经函谷关》，司空曙的《金陵怀古》，晚唐杜牧的《过华清宫》、《赤壁》，李商隐的《贾生》、《马嵬》等都是中晚唐时期重要的咏怀诗歌，表现出鲜明的时代特色和个人风格，是我国古典诗歌园地中亮丽的奇葩。

宋元明清几代，咏史怀古题材的诗歌创作继续蓬勃发展，几乎每一位杰出诗人都写过或多或少的咏怀诗。这些诗歌多数继承了前代咏怀诗的传统，又多有创新，如文天祥的《白沟河》、王安石的《商鞅》、龚自珍的《咏史》等都是思想深沉的咏怀名作。诗人借咏怀史实批判时政，讽刺当朝统治者的懦弱无能和骄奢淫逸，表达了强烈的民族责任感和爱国意识。这时，咏史怀古的创作进入另一个具有鲜明的时代特色的发展时期，在我国古典诗歌史上同样闪耀着璀璨的光辉，不可忽视。

二、情感意蕴

咏史怀古诗歌在我国文学创作中经久不衰，其题材内容涉及哲学、历史等方面，呈现出丰富多彩的风貌。如从政治现实角度着眼的，有讽刺帝王昏庸无道，有咏赞先烈崇高气节，也有哀伤故国衰败沉沦等；从社会生活角度着眼的，有同情百姓疾苦，有慨叹世态人情，也有感时伤乱，表达强烈的社会责任感等；从个人心志角度着眼的，有向往隐逸生活，有追逐旷世功业，也有抒怀不遇之悲等。纵观千古历来的咏怀诗作，无论其形式如何变幻，多样立体的情感意蕴始终是诗中最瞩目动人之处。笔者将咏怀诗的情感意蕴主要归纳为以下四类：

1. 关注国家命运，反思历史兴衰

这类诗歌多作于国衰或乱世之时，此时的文人深感国破家亡的苦楚，怀着中国知识分子忧国忧民的责任感和使命感，以古鉴今，抒写出表达其强烈的爱国主义和民族意识的篇章，如杜甫的《登楼》：

花近高楼伤客心，万方多难此登临。锦江春色来天地，玉垒浮云变古今。　北极朝廷终不改，西山寇盗莫相侵。可怜后主还祠庙，日暮聊为梁父吟。

这首诗写于代宗广德二年（764年）春，流离他乡的诗人登上城楼极目远眺，俯仰天地沧桑。虽然眼前“花近高楼”、“锦江春色”，可是想起祖国万方多难，兵戈未息，诗人心中难掩感伤之情。在此，诗歌即景抒怀，以乐景写哀情，融自然景象、国家灾难、个人情思于一体，表达了诗人忧国忧民的无限感慨和无可奈何的深重悲怆。

又如李白的《登金陵凤凰台》：

凤凰台上凤凰游，凤去台空江自流。吴宫花草埋幽径，晋代衣冠成古丘。 三山半落青天外，二水中分白鹭洲。总为浮云能蔽日，长安不见使人愁。

开头四句凭吊怀古，引入凤凰台的传说与吴国、东晋的消逝，道出了六朝“凤去台空”的繁华不再。后四句回归现实，遥望身前凄迷的水阔山遥的景象，隐含当朝腐败，奸佞横行的世道。整首诗清丽潇洒，于自然流畅中把眼前之景和诗人之情交织一体，字里行间无不蕴涵着诗人对国家的深沉忧虑和关切，韵致高逸，意旨深远。

其他如杜甫的《忆昔》、刘禹锡的《台城》、李商隐的《咏史》、许浑的《金陵怀古》等都表达了诗人对国家的深切关注，揭示了古今兴亡的历史教训，体现了诗人深刻的爱国意识和独到的审视眼光。

2. 讽刺统治者的荒诞淫逸，同情下层百姓的艰辛疾苦

腐朽的政权往往是导致国家衰亡的直接因素，统治者荒淫无道，安于享乐，对国家存亡和百姓疾苦置若罔闻则更促使这种衰亡成为必然。在咏怀诗中，借历史古事以对君王昏庸荒诞的行为作尖锐深刻讽刺的作品可谓比比皆是，如李商隐的《北齐》（二首）：

一笑相倾国便亡，何劳荆棘始堪伤。小怜玉体横陈夜，已报周师入晋阳。 巧笑知堪敌万机，倾城最在著戎衣。晋阳已陷休回顾，更请君王猎一围。

这是一组讽刺北齐后主高纬的咏史怀古诗。第一首借用了周幽王宠褒姒而亡国和晋时索靖预见天下将乱的典故，揭示荒淫失政与亡国取败的必然联系，耐人寻味。第二首则通过具体形象的描绘和“巧笑知堪敌万机，倾城最在著戎衣”的反语运用来讽刺高纬的荒唐昏昧。两诗以古鉴今，虽用字含蓄却批判有力，意味辛辣。

再如李颀的《古从军行》：

白日登山望烽火，黄昏饮马傍交河。行人刁斗风沙暗，公主琵琶幽怨多。野云万里无城郭，雨雪纷纷连大漠。胡雁哀鸣夜夜飞，胡儿眼泪双双落。闻道玉门犹被遮，应将性命逐轻车。年年战骨埋荒外，空见蒲桃入汉家。

诗歌以豪迈的语调通过描绘塞外景象的惨淡肃穆记叙了唐玄宗时期凄凉哀怨的从军生活，反映出戍守边陲、年年征战给予远走他乡的士兵的沉重苦楚，借以讽喻统治者穷兵黩武，视人民生命如草芥的暴戾行径。此外，作者还引用了《史记·大宛列传》中汉皇开通西域求天马的典故，同样批判了唐玄宗好大喜功和草菅人命。全诗句句蓄意，情调沉郁，流露出诗人对士兵悲惨命运的同情和对当朝腐败政局的不满。

此外，还有讽刺吴国夫差沉迷女色的李白《乌栖曲》、许浑《姑苏怀古》和《陈宫怨》（二首）等，讽刺陈后主安逸骄奢的李商隐《陈后宫》、刘禹锡《金陵五题·台城》、汪遵《咏陈宫》等，讽刺隋炀帝荒淫暴戾的杜甫《九成宫》、李商隐《隋宫》等，讽刺唐明皇昏庸淫逸的杜甫《壮游》、杜牧《过华清宫》等都是借古讽今的刺世名篇。

3. 审视生命价值，抒写个人怀抱

对于中国古代知识分子而言，苦读一生就是企盼有朝一日施展所学，实现个人生命价值。然而自古以来，有幸为伯牙所识之士实少，怀才不遇之士则繁多。前有贾谊、左思、阮籍、鲍照、陶渊明等，后有李白、杜甫、孟浩然、杜牧、李商隐等。面对不得意的现实遭遇，文人多借用古人古事抒怀，或在咏赞古人伟大功业的同时，寄寓自身积极进取的抱负，或在为古人的遭遇鸣不平之时，也为自己的壮志难酬鸣不平。

南登碣石馆，遥望黄金台。丘陵尽乔木，昭王安在哉？霸图今已矣，驱马复归来。（陈子昂《燕昭王》）

牛渚西江夜，青天无片云。登舟望秋月，空忆谢将军。余亦能高咏，斯人不可闻。明朝挂帆席，枫叶落纷纷。（李白《夜泊牛渚怀古》）

丞相祠堂何处寻，锦官城外柏森森。映阶碧草自春色，隔叶黄鹂空好音。三顾频烦天下计，两朝开济老臣心。出师未捷身先死，长使英雄泪满襟。（杜甫《蜀相》）

贾生明王道，卫绾工车戏。同遇汉文时，何人居贵位？（刘禹锡《咏史》（二首）之一）

这些咏怀诗抒情明朗，都表达了诗人虽有为国献身的宏伟抱负，却无施展才学的立足之地的忧伤愤懑。中国历史悠悠几千年，期间怀才不遇之士何止数千？无论是身处盛世或衰世，失意的悲鸣总是不绝地回荡在历史的天空，令人百感交集。压抑的个性、人才的埋没是任何时代都无法避免的创伤。因此，随着世道的变迁或理想的破灭，文人们开始重新审视自身的生命价值，从原来积极入世的态度逐渐过渡到对清静隐逸的向往，如孟浩然《夜归鹿门歌》云：

山寺钟鸣昼已昏，渔梁渡头争渡喧。人随沙岸向江村，余亦乘舟归鹿门。鹿门月照开烟树，忽到庞公栖隐处。岩扉松径长寂寥，惟有幽人自来去。

汉末著名隐士庞德公因拒绝征辟，携家隐居鹿门山，从此鹿门山就成了隐逸圣地。诗人傍晚乘舟，夜归鹿门，在黄昏悠然的钟声和渡头上世俗的喧哗交织中，备感山寺的清幽绝尘。在这微妙的感受中，诗人遥想起汉末庞公，恍悟隐逸的妙趣和真谛。全诗清闲淡素，情感真挚，潇洒超脱的归隐情怀和意境渗透其中，自成浑然独特的风格。诗人虽生当盛唐，但政场困顿，渐渐脱尽尘世烟火，从尘杂世俗走向寂寥自然的隐逸道路，当中也表现出一种消极避世的孤独寂寞的情绪。

类似的还有陶渊明的《癸卯岁始春怀古田舍》（二首），许浑的

《亡题》、《题四皓庙》、《重经四皓庙》（二首），高启的《咏隐逸》（十六首）等，都透露出诗人向往回归山林的隐逸心理和对悠闲自如的田园生活的欣然喜悦。

4. 深沉的历史感和时空感

咏史怀古诗歌借史事抒情，将千古风流融入历史陈迹中，结合诗意与哲理，呈现出一种深沉的历史感和时空感的内蕴，如晚唐刘禹锡的《乌衣巷》：

朱雀桥边野草花，乌衣巷口夕阳斜。旧时王谢堂前燕，飞入寻常百姓家。

诗人凭吊东晋时金陵城的繁华鼎盛，对比眼前朱雀桥的野草丛生和乌衣巷的荒凉残照，感慨沧海桑田，世事多变。末句的"旧时"、"寻常"二词，将盛衰之感寄托在飞燕的去向上，暗示王谢堂前已变成寻常百姓之家。施补华的《岘佣说诗》评说："若作燕子他去，便呆。盖燕子仍入此堂，王谢零落，已化作寻常百姓矣。如此则感慨无穷，用笔极曲。"可见，这种跨越时空的今昔人事对比，使诗歌呈现了一种深沉的历史感兴，可谓意味深长。

当历史的盛衰兴败融入苍茫的时空中，世间的一切情景便化作了诗人们笔下对宇宙的无限喟叹和对人生的深刻感悟。"宫女如花满春殿，只今惟有鹧鸪飞"（《越中览古》），"只今惟有西江月，曾照吴王宫里人"（李白《苏台览古》），吴苑惨淡，苏台荒凉，古今盛衰的无常，自在其中；"山围故国周遭在，潮打空城寂寞回。淮水东边旧时月，夜深还过女墙来"（刘禹锡《石头城》），昔日六代的繁荣，如今俱归乌有，故国萧条的衰败触起诗人人生凄凉的悲切感伤。"江雨霏霏江草齐，六朝如梦鸟空啼。无情最是台城柳，依旧烟笼十里堤"（韦庄《台城》），凭吊怀古，触景生情，眼前荒废不堪的陈迹不正是千古兴亡的见证吗？"玉树歌残王气终，景阳兵合成楼空。松楸远近千官冢，禾黍高低六代宫。石燕拂云晴亦雨，江豚吹浪夜还风。英雄一去豪华尽，惟有青山似洛中"（许浑《金陵怀古》），繁华易逝，前车可鉴，

古来王朝的兴亡交替在历史的沉淀中让人咀嚼得百味丛生。"六朝文物草连空，天淡云闲今古同。鸟去鸟来山色里，人歌人哭水声中。深秋帘幕千家雨，落日楼台一笛风。惆怅无因见范蠡，参差烟树五湖东"（杜牧《题宣州开元寺水阁》）……此类咏史怀古诗均透过古今人事的对比，呈现出了对历史沧桑的深沉感怀。

三、艺术特色

1. 巧用典故，以古鉴今

这一点，可以说是咏史怀古诗歌创作的最大特色之一。所谓咏怀诗，其创作的前提就是要以特定的历史题材作为咏怀的对象，是以古人古事作为触发情怀的媒介。因此，无论是通过登临古迹而咏怀，抑或因为独思有感而咏怀，历史典故的运用都是诗中不可或缺的艺术技巧。杜牧《泊秦淮》诗云："烟笼寒水月笼沙，夜泊秦淮近酒家。商女不知亡国恨，隔江犹唱后庭花。"诗中引入南朝陈后主陈叔宝曾制一曲亡国之音——《玉树后庭花》的典故，讽刺了昏庸腐朽的晚唐统治阶级终日沉迷于荒淫享乐，表达了作者对国家命运的隐忧和对衰败社会的悲痛。

另外，在《夜泊牛渚怀古》中，李白"登舟望秋月，空忆谢将军"，引入檀道鸾《续晋阳秋》中记载的谢尚知遇袁宏的典故，抒发自己怀才不遇和渴望知音的深沉感喟。此外，他在《答杜秀才五松见赠》的"吾非谢尚邀彦伯，异代风流各一时"中也同样借用了此典，由此可以看出积存于诗人心中已久的知音难遇的惆怅心情。

还有刘长卿《长沙过贾谊宅》中的"三年谪宦此栖迟，万古惟留楚客悲"，袁牧《马嵬》中的"莫唱当年长恨歌"，王安石《乌江亭》中的"江东子弟今虽在，肯为君王卷土来"，胡曾《金谷园》中的"一自佳人堕玉楼，繁华东逐洛河流"等，这些都是密切结合现实，借古代典故隐曲寄情的诗篇。

2. 铺陈史事与议论抒情相结合

早期的咏怀诗从我国诗歌史上第一首以"咏史"题名的东汉班固的《咏史》诗开始，采用的就是专咏一人或专咏一事的叙事手法，辅之以简单的议论。到后来，左思的《咏史》诗在内容和形式上突破了前人咏史创作中的单调格局，开创了以叙事为辅，侧重抒发主体情感的方式，并一直为后世所沿用。可见，纵观咏史怀古诗歌的发展历程，这种铺陈史事与议论抒情相结合的艺术特点始终伴随其中。如温庭筠的《过陈琳墓》：

曾于青史见遗文，今日飘蓬过此坟。词客有灵应识我，霸才无主始怜君。石麟埋没藏春草，铜雀荒凉对暮云。莫怪临风倍惆怅，欲将书剑学从军。

全诗铺叙了汉末著名的建安七子之一陈琳知遇豁达大度、爱惜才士的曹操，而得以一展所学、青史垂名的史事，对比诗人自身见弃于时、世无知音的际遇，抒发了诗人因“霸才无主”引起的生不逢时的悲叹。这首咏史怀古诗表面上是凭吊古人，实际上则是自抒身世遭遇之感，叙事与抒情紧密结合，寄托遥深。

又如罗隐的《西施》：

家国兴亡自有时，吴人何苦怨西施。西施若解倾吴国，越国亡来又是谁？

这首小诗大胆反对“女人祸水”的传统观念，联系“时运”分析国家兴亡的内在深刻因素，立意新颖，巧用推理，在叙事中进行议论，在议论中渗透情感，以委婉的语气嘲讽当朝统治者的荒诞无能。

3. 极富强烈的时代色彩

虽然咏怀诗歌的创作有其固有的发展模式，但因时因境的不同，咏怀诗所表现的时代色彩也随之不同。以唐朝为例，在初唐时期，由于国家大统，百废待兴，崭新的时代风貌给予了文人昂扬奋发的雄心，也赋予了文学创作较为自由的空间。此时以陈子昂为首的初唐诗人所作的咏史怀古诗歌表现出了个性高扬的创新精神和积极入世的主题基调，如《感遇》、《登幽州台歌》等，大多如此。

到了盛唐，政治开明，经济繁荣，中外思想不断交融。此时，随着国力的强盛，文人们怀着对国家深重的责任感，逐渐从呼唤个性自由

过渡到关注国家的命运，表现出强烈的干预政治现实的愿望。典型的如李白的《登金陵凤凰台》、《古风》，杜甫的《蜀相》、《八阵图》、《咏怀古迹》等咏史怀古诗作，都蕴涵了诗人们一种内在的深沉的忧国忧民意识和社会责任感。

后至中晚唐，自安史之乱后，整个社会发生了急剧的变化，内外危机四伏，战乱频繁，民不聊生。这时的知识分子深刻体会到了家国沦丧、颠沛流离之悲苦，其咏怀创作中的感伤沉重基调也渐渐崭露。他们或通过描写眼前荒凉的历史陈迹，抒发内心凄愁；或通过回忆昔时的繁华烘托今日的破败，感叹人世沧桑；或通过咏怀古事讽刺当朝统治阶级的昏庸误国，表达心中的愤慨和失望；又或通过审视时代的变迁理性参悟人生意义，探寻兴衰哲理。刘禹锡的《石头城》、《蜀先主庙》、《姑苏台》，杜牧的《江南春绝句》、《登乐游原》，李商隐的《齐宫词》、《马嵬》、《南朝》、《吴宫》等都是这方面的代表作。

不同的历史时期，咏怀诗呈现的内涵意蕴往往有所不同，这种自身富有的强烈的时代色彩也是咏怀诗独具魅力的艺术特色之一。

第三节　怀古词

一般而言，怀古词指驻留古人遗迹、赋诗填词以咏怀古人往事、寄寓历史兴叹之词作。因此，怀古词多为词人游览古迹时兴发的兴亡之叹或咏怀古人之感慨。词人常由不同的凭吊场景联想到不同的画面，产生不同的情感内容，兴发不同的咏叹，所以怀古词常呈现出强烈的地域性、集中性色彩。相比较而言，“中国的古典诗把它自己直接同生活的外在联结在一起。但是……词是在内部世界中，在一间屋子里或者在人的心里，才感到最为自在。当他的主题是回忆时，词作者会感到特别舒服，因为回忆提供了取自生活世界的形象和景象的断片，这些形象同人的感情是不可分割的，它们根据感情的内在世界的规律，又重新被组织起来”[①]。

1. 金陵怀古

金陵，即今日之南京，为六朝古都，见证着中国封建王朝的频繁更替、人事变换，十分适宜文人寄托沧桑多变、兴废无常、历史分合的感慨，因而最容易受到词人的青睐。唐宋怀古咏史词作中，对于咏怀之地的选择就发生了变化，排在前面的依次是金陵、多景楼、严陵濑，其中以“金陵怀古”为主题的就有30余首。

王安石的《桂枝香》：

登临送目，正故国晚秋，天气初肃。千里澄江似练，翠峰如簇。归帆去棹斜阳里，背西风，酒旗斜矗。彩舟云淡，星河鹭起，画图难足。念往昔、繁华竞逐，叹门外楼头，悲恨相续。千古凭高，对此漫嗟荣辱。六朝旧事如流水，但寒烟、衰草凝绿。至今商女，时时犹唱，《后庭》遗曲。

这是一首著名的金陵怀古词，《历代诗余》卷一百十四引《古今词话》“金陵怀古，诸公寄调桂枝香者三十余家，惟王介甫为绝唱。东坡见之，叹曰‘此老乃野狐精也’”，张炎云卷下“词以意为主，不要蹈袭前人语意。……无笔力者未易到”[②]。上片主要描写金陵之景色。词人开篇即以“登临送目”四字点出居高临下之势，大有指点江山之意，继而摹写“故国晚秋”之境，展现由瑟瑟秋风、斜阳下归帆、西风中酒旗、朵朵淡云、叶叶彩舟等汇成的迷人画面。下片主要抒发怀古之情。词人感叹往昔的繁华皆埋葬于荒淫，六朝的繁盛都已随风飘逝，“但寒烟、衰草凝绿”，商女仍不知忧愁地吟唱着《玉树后庭花》。

王安石还有一首金陵怀古词《南乡子》：

自古帝王州，郁郁葱葱佳气浮。四百年来成一梦，堪愁。晋代衣冠成古丘。绕水恣行游，上尽层城更上楼。往事悠悠君莫问，回头。槛外长江空自流。

① ［美］宇文所安著，郑学勤译：《追忆》，生活·读书·新知三联书店2004年版，第135页。
② 张炎著，夏承焘校注：《词源注》，人民文学出版社1963年版，第19页。

晚年谪居于金陵的王安石，望着帝王之州的金陵，有着道不尽的感慨。“郁郁葱葱佳气浮”只是四百年前晋代的情境，但晋代衣冠之族却已成为一座座古墓，往事真是不堪回首，岁月匆匆不饶人。无论是绕江行走，还是登高望远，词人都无法排遣缠绕在心中的愁绪。“回头”这一动作，表明词人心中依然思念着故国，有着重回故国，再造宏伟事业的强烈愿望。最后化用唐代诗人王勃的《滕王阁诗》“阁中帝子今何在，槛外长江空自流”结束此词。

贺铸的《台城游·水调歌头》：

南国本潇洒，六代浸豪奢。台城游冶，襞笺能赋属宫娃。云观登临清夏，璧月留连长夜，吟醉送年华。回首飞鸳瓦，却羡井中蛙。　访乌衣，成白社，不容车。旧时王谢，堂前双燕过谁家？楼外河横斗挂，淮上潮平霜下，樯影落寒沙。商女篷窗罅，犹唱《后庭花》。

台城，原是东吴后苑城，晋成帝咸和年间改建作新宫，遂成为宫城，宋、齐、梁、陈皆以此为宫。晋宋年间谓朝廷禁省为台，故称禁城为台城。故址在今南京市鸡鸣山南，即位于金陵内。上片叙述了南朝的亡国历史。“南国本潇洒，六代浸豪奢”言南国景色之秀丽，“六代浸豪奢”滥觞于刘禹锡《台城》诗句“台城六代竞豪华，结绮临春事最奢”，词人于词中融入了刘禹锡两句诗的全部诗意。“结绮”、“临春”为陈后主所建的两座宫中楼阁，而陈后主是著名的亡国之君，为六代君王中最荒淫奢侈的一位。“台城游冶，襞笺能赋属宫娃。云观登临清夏，璧月留连长夜，吟醉送年华”描绘陈后主的骄奢淫逸。上片最后两句“回首飞鸳瓦，却羡井中蛙”含蓄地叙述了陈朝的灭亡。鸳瓦指建筑上的瓦片，因其有仰有俯，称为鸳鸯瓦，“鸳鸯瓦”写出陈宫殿被焚烧，陈王朝灭亡的命运。“井中蛙”描写陈后主最终连井中蛙也不如的悲惨命运。下片主要抒发沧桑变化以及兴亡无常的感慨。乌衣，即乌衣巷，东晋时曾是王导、谢安等豪门大族聚居的地方。白社，曾是晋代高士董京常宿之所，其破衣遮体，以乞讨度日。因此，白社指贫苦人聚居的地方。往日的乌衣巷，今日已变成贫穷的白社，街巷狭窄，不容车马。“旧时王谢，堂前双燕过谁家”化用刘禹锡《乌衣巷》诗“旧时王谢堂前燕，飞入寻常百姓家”表明沧桑之感。“楼外河横斗挂，淮上潮平霜下，樯影落寒沙”描绘出一幅凄冷迷人的画面，反衬六朝的迅速覆灭，词人心中有着强烈的担忧，害怕宋朝同样难逃如此悲凉的消亡命运。“商女篷窗罅，犹唱《后庭花》”，化用杜牧《泊秦淮》的诗句“商女不知亡国恨，隔江犹唱《后庭花》”，感慨商女的不知忧愁，仍吟唱淫靡之音《玉树后庭花》。

“靖康之变”使沉迷于经济繁荣表象的北宋君臣遭受了重重的打击，王室被迫南迁。在变故面前，中原百姓有着痛彻心扉的感受，作为主张抗金一派的李纲更是痛心疾首，他将这种强烈的情感倾注于词作之中，《六么令》就是其中一首。

长江千里，烟淡水云阔。歌沉玉树，古寺空有疏钟发。六代兴亡如梦，苒苒惊时月。兵戈凌灭。豪华销尽，几见银蟾自圆缺。 潮落潮生波渺，江树森如发。谁念迁客归来，老大伤名节。纵使岁寒途远，此志应难夺。高楼谁设。倚阑凝望，独立渔翁满江雪。

上片写金陵怀古。“长江千里，烟淡水云阔。”千里长江，滚滚东逝去，举目望去，云淡水阔。面对此时此景，李纲不由兴发怀古情感。“歌沉玉树，古寺空有疏钟发。”以“歌”、“玉树”、“寺院”作为六朝的象征，由南朝陈后主创制的《玉树后庭花》的乐曲早已沉寂，能听到的只是古寺稀疏的钟声。《玉树后庭花》是公认的亡国之音。“六代兴亡如梦，苒苒惊时月。”岁月如梭，六朝都曾建都于金陵，君主的不思进取、淫乐无度断送了大好河山，王朝一个接一个覆灭，如同梦幻一般。“兵戈”已经“凌灭”，“豪华”已经“销尽”，“银蟾”依旧，见证着一切的变迁。上片并非为怀古而怀古，而是蕴涵着词人的反思与政治见解。下片即景抒情。身为“迁客”（被贬官之人），即使“岁寒”（喻指困境、逆境），仍不可被夺志。“独立渔翁满江雪”化用柳宗元《江雪》诗“孤舟蓑笠翁，独钓寒江雪”，词人以顶立风雪的渔翁自喻，表达自己顽强的斗志以及志向不移的决心。

《玉蝴蝶》是李纲另一首作于金陵的词作：

万古秣陵江国，舣舟烟岸，千里云林。故垒高楼，凝望远水遥岑。景阳钟、那闻旧响，玉树唱、空有馀音。感春心。六朝遗事，萧索难寻。 甘泉法从弟兄芝玉，顾我情深。契阔相思，岂知今日共登临。对尊俎、休辞痛饮，伤志节、须且高吟。柳摇金。断霞轻霭，残照西沈。

秣陵即金陵，作为六朝古都，它见证了沧桑，“六朝遗事”已经“萧索难寻”，南北朝的战事与靖康之变实在有太多的相似之处，身处此地，词人不由遥想到过去，感慨今日之变故，同时为自己仕途的不顺而心生哀痛，举杯消愁，“高吟”悲歌，却仍抵挡不住残酷的现实。

南宋王朝偏安江南一隅，不思进取，金人不断入侵，致使兵祸连连，有识之士奋起自建队伍抗金，辛弃疾就是其中一位。他21岁就组建起义队伍抗金，但以失败告终。“不平则鸣，穷而后工”，他撰文表达自己的政见，主张抗金，虽然最后难敌残酷现实，无法实现美好夙愿，南宋王朝在主和派把持下连连战败。他为后人留下大量脍炙人口的诗词，作于金陵的怀古词《水龙吟·登建康赏心亭》就是其中一首。

楚天千里清秋，水随天去秋无际。遥岑远目，献愁供恨，玉簪螺髻。落日楼头，断鸿声里，江南游子。把吴钩看了，栏干拍遍，无人会、登临意。 休说鲈鱼堪脍，尽西风，季鹰归未？求田问舍，怕应羞见，刘郎才气。可惜流年，忧愁风雨，树犹如此！倩何人、唤取红巾翠袖，揾英雄泪！

邓广铭先生云：“充满牢骚愤激之气，且有‘树犹如此’语，疑非首次官建康时作。盖当南归之初，自身之前途功业如何，尚难测度，嗣后乃仍复沉滞下僚，满腹经纶，迄无所用，追重至建康，登高眺远，胸中积郁乃不能不以一吐为快矣。”[①]建康，也就是金陵。词以写景开篇，触景生情，江南游子“把吴钩看了，栏干拍遍”，都无人理会，报

① 邓广铭：《稼轩词编年笺注》，上海古籍出版社1978年版，第32页。

国无门，英雄无用武之地的压抑，理想无人理解的孤独感，以及时不我待的紧迫感，密密地交织于词人胸中。下片连用三个典故。“休说鲈鱼堪脍，尽西风，季鹰归未？”《世说新语·识鉴篇》记载：“张季鹰辟齐王东曹椽，在洛，见秋风起，因思吴中菰菜莼羹，鲈鱼脍，曰：‘人生贵得适意尔，何能羁宦数千里以要名爵。’遂命驾便归。”“求田问舍，怕应羞见，刘郎才气。”典故出自《三国志·陈登传》：“许汜与刘备共在荆州牧刘表坐，表与备共论天下人，汜曰：‘陈元龙湖海之士，豪气不除。’备问汜：‘君言豪，宁有事耶？’汜曰：‘昔遭乱，过下邳，见元龙，元龙无客主之意，久不相与语，自上大床卧，使客卧下床。’备曰：‘君有国士之名，今天下大乱，帝王失所，望君忧国忘家，有救世之意，而君求田问舍，言无可采，是元龙所讳也，何缘当与君语？如小人，欲卧百尺楼上，卧君于地，何但上下床之间耶？”“树犹如此”典故出自《世说新语·言语篇》：“桓公北征，经金城，见前为琅琊时种柳已皆十围，慨然曰‘木犹如此，人何以堪’，攀枝执条，泫然流泪。”在理想与现实的激烈冲突之下，词人仍不想如张季鹰就此弃官退隐，也不想如许汜那般“求田问舍”，反而希望能如东晋恒温驰骋沙场，为国效力。只是现实却是欲进不能，欲退又不忍，英雄如词人也不由泪流不止。

南宋末年，这种以遣怀、托古而伤今的怀古词作，作者数量多，作品量也就极多，其中最为著名的要数吴文英。宇文所安说：“因为吴文英这位宋代最后一家大词人，也是一位回忆的诗人。他是时代的喉舌，是南宋最后一代的喉舌，这一代人在这种哀婉迟暮的情调中培养和寻求极大的快感。回忆和过去在文学中居于中心地位，已经有了很长的传统了，但是，在此以前它们从未变得像在这些年那样举足轻重——它成为一种风尚，几乎成了审美领域里风靡一时的嗜好，仿佛只要一头钻进艺术里和对往事的回顾中，就能把已见征兆的未来置于脑后似的。没过多久，元朝的军队从北方突破防线，征服了南宋。”①

① [美]宇文所安著，郑学勤译：《追忆》，生活·读书·新知三联书店2004年版，第131页。

爱国志士的苦苦挣扎没有挽留住苟延残喘的南宋王朝，大好江山终为蒙古人所夺，新王朝——元朝终被建立，元朝对南宋遗民采取民族歧视及民族压迫政策。知识分子的命运也发生了巨大变化，他们由地位优越的士人变成社会最底层的低级士人，除了极少部分入朝为官外，大部分或隐居山林，或闭门潜学，或为生存奔波着，闲时填词，寄托情怀。

王奕在金陵谱《贺新郎》，寄托情感：

（金陵怀古。金陵流峙，依约洛阳，惜中兴柄国者巽，皆入床下，遂使金瓯甑堕，惜哉。）

决眦斜阳里。品江山、洛阳第一，金陵第二。休论六朝兴废梦，且说南浮之始。合就此、衣冠故址。底事轻抛形胜地，把笙歌、恋定西湖水。百年内，苟而已。　纵然成败由天理。叹石城、潮落潮生，朝昏知几。可笑诸公俱铸错，回首金瓯瞥徙。漫涴了、紫云青史。老媚幽花栖断础，睇故宫、空拊英雄髀。身世蝶，侯王蚁。

南宋已湮灭于历史之中，但词人心中仍有满腔的愤慨。南宋开国之君赵构为保一己之王位，抛弃汴京，抛弃洛阳，抛弃金陵，“恋定西湖水”，“百年内，苟而已”，自欺欺人地偏安于江南一隅，苟且偷生。是非成败转头空，石头城见证着“潮落潮生”，南宋朝廷“诸公俱铸错”，只懂得苟安于安乐之地，不念百姓疾苦，将大好江山拱手相送。“空拊英雄辞”用刘备典，喻义英雄无用武之地。“身世蝶”喻义人生如梦，一切转头空，典故出自《庄子·齐物论》：“昔者，庄周梦为胡蝶，栩栩然胡蝶也，俄尔觉。”“侯王蚁”喻义王侯将相也不过是苟延残喘的蚂蚁。辛辣的讽喻，蕴涵着词人心中无穷的愤愤不平，南宋王朝贪图享乐而铸成大错，把大好河山断送他人之手。

曾作为宫廷乐师，目睹宋亡过程的汪元量写下了不少哀悼南宋灭亡的诗作，他的诗有“宋亡诗史”之称。他的《莺啼序·重过金陵》云：

金陵故都最好，有朱楼迢递。嗟倦客、又此凭高，槛外已少佳致。更落尽梨花，飞尽杨花，春也成憔悴。问青山，三国英雄，六朝奇伟？

麦甸葵丘，荒台败垒，鹿豕衔枯荠。正潮打孤城，寂寞斜阳影里。听楼头、哀笳怨角，未把酒、愁心先醉。渐夜深，月满秦淮，烟笼寒水。凄凄惨惨，冷冷清清，灯火渡头市。慨商女不知兴废，隔江犹唱庭花，余音亹亹。伤心千古，泪痕如洗。乌衣巷口青芜路，认依稀、王谢旧邻里。临春结绮，可怜红粉成灰，萧索白杨风起。因思畴昔，铁索千寻，漫沉江底。挥羽扇、障西尘，便好角巾私第。清谈到底成何事？回首新亭，风景今如此。楚囚对泣何时已。叹人间、今古真儿戏！东风岁岁还来，吹入钟山，几重苍翠。

此词同样为“金陵怀古”词，以金陵美景开篇：“金陵故都最好，有朱楼迢递。”经历变故的词人自称为“倦客”，眼前的金陵在他眼中已少了佳致，甚至怀疑这是否曾为三国英雄所在地以及六朝古都金陵。“麦甸葵丘，荒台败垒，鹿豕衔枯荠”虚构景物，暗喻世事变幻更替，词人愤南宋之不振，抒己之伤悲。“月满秦淮，烟笼寒水”化用杜牧的《泊秦淮》“烟笼寒水月笼沙，夜泊秦淮近酒家。商女不知亡国恨，隔江犹唱《后庭花》”，借古人之诗，抒发自己的愁意。“乌衣巷”、“临春”、“结绮”一个个见证过繁华绮丽的地方，都已褪去了旧日的风华。“因思畴昔”，遥想起东晋、东吴旧事，喻指南宋覆灭的历史悲剧。最后以“东风岁岁还来，吹入钟山，几重苍翠”结束，呼唤开头。

南宋灭亡后不久，金朝在蒙古大军入侵下也走上了灭亡的末路。还是幼童的白朴经历了这一灾难性的变故，自此便留下难以磨灭的烙印，即使日后成为元曲四大家之一，他也常怀念起那个遥远的国度。

《沁园春》：

（保宁佛殿即凤凰台，太白留题在焉。宋高宗南渡，尝驻跸寺中，有石刻御书王荆公赠僧诗云：“纷纷扰扰十年间，世事何尝不强颜。亦欲心如秋水静，应须身似岭云闲。”……）

我望山形，虎踞龙盘，壮哉建康。忆黄旗紫盖，中兴东晋；雕阑玉砌，下逮南唐。步步金莲，朝朝琼树，宫殿吴时花草香。今何日？尚寺留萧性，人做梅妆。长江，不管兴亡，漫流尽、英雄泪万行。问乌衣旧

宅，谁家作主？白头老子，今日还乡。吊古愁浓，题诗人去，寂寞高楼无凤凰。斜阳外，正渔舟唱晚，一片鸣榔。

上片描写了建康（即金陵）的形势和历史。壮观的建康，经历了公元317年司马睿在此建都称帝，到南唐后主李煜的淫逸误国，一代又一代的君主在这里演绎着享乐的生活，只是这一切都已流逝，今日所能看到的只是残留的遗迹。下片转向感慨人世间的沧桑变化。“人去楼空江自流”，长江依然长流不息，见证着沧桑变化。乌衣旧宅主人已易主多次，也不知道现在是谁当家了？白头翁年老归乡，诗人李白已逝，留下寂寞的凤凰台。此时此景，满目苍凉，词人心中的愁绪又有谁能读懂？日暮西山，或许能安慰人心的只有渔舟唱晚、超然象外的生活。

少数民族词人的萨都剌自小在汉学熏陶下长大，有着深厚的汉族文化功底，同时擅长填词，曾被冠以“一代词人之冠”。一曲《满江红·金陵怀古》将其心中的怀古抚今情绪丝丝入扣地析出：

六代繁华，春去也，更无消息。空怅望、山川形胜，已非畴昔。王谢堂前双燕子，乌衣巷口曾相识。听夜深、寂寞打孤城，春潮急。 思往事，愁如织。怀故国，空陈迹。但荒烟衰草，乱鸦斜日。玉树歌残秋露冷，胭脂井坏寒螀泣。到如今、只有蒋山青，秦淮碧！

六朝的繁华如春光般了无声息地消失了，山川依旧，可今已非昔，惆怅之情达到不可复加的程度。化用刘禹锡诗句“朱雀桥边野草花，乌衣巷口夕阳斜。旧时王谢堂前燕，飞入寻常百姓家”，增强昔日繁华与今日衰落的强烈对比。“听夜深、寂寞打孤城，春潮急。”夜深了，望着眼前这座寂寞的古都，词人内心何尝不是满满的惆怅与寂寞。上片积蓄的情绪，在下片得到了释放。忆往事，愁绪倍增，故国已变成一片陈迹。“荒烟”、“衰草”、“乱鸦”、“斜日”构成一幅苍凉的景色，“玉树”、“胭脂井”牵起那个尘封的故事，南朝后主荒唐淫乱而误国。“到如今、只有蒋山青，秦淮碧”透露着词人无尽的空虚与悲凉。

满族人以野蛮的铁蹄踏入中原大地，东征西战，建立了强盛的大清帝国。在封建社会步入夕阳之际，清朝出现了政治上又一鼎盛时期——“康乾盛世”，然而，即使是盛世，百姓的疾苦也未得以减轻，文人心中的愁苦也未得以抵消，连自称“难得糊涂”的郑板桥也需学前人在怀古中寻求一片心灵净土。他曾作《金陵怀古》（十二首），《念奴娇·石头城》是其中之一。

悬岩千尺，借欧刀吴斧，削成江郭。千里金城回不尽，万里洪涛喷薄。王浚楼船，旌麾直指，风利何曾泊。船头列炬，等闲烧断铁索。 而今春去秋来，一江烟雨，万点征鸿掠。叫尽六朝兴废事，叫断孝陵殿阁。山色苍凉，江流悍急，潮打空城脚。数声渔笛，芦花风起作作。

上片主要叙述石头城的险要。“悬岩千尺”总领全词，突出石头城地势的“险”，“借欧刀吴斧”，借用春秋时期著名的工匠欧冶子和吴国铸造的兵器来筑造这座江边的城郭。“千里金城回不尽”绘石头城之长，“万里洪涛喷薄”描其险势，将石头城之雄伟险要呈现于眼前。“王浚楼船”五句，记述了西晋大将奉命率领船队大军沿江攻打东吴的故事，王浚以火烧断东吴揽江阻止进攻的铁索，最终攻陷石头城，取下东吴。下片主要是抒怀。多少个春去秋来，眼前只剩下“一江烟雨”依然如旧。秋来春去的大雁在石头城上回旋，“叫尽六朝兴废事”，“叫断”朱元璋的“孝陵殿阁”。“山色苍凉”，悍急的江流汹涌地拍打着这座早已成废墟的石头城。六朝的兴废已成往事，寂寞的石头城犹在，它平凡的故事还将继续，“渔笛”依旧响起，风起，芦荻泛起朵朵白花。

金陵由于曾为六朝政治中心，有着浓重的政治色彩，但随着隋唐以及明清时期都城的转移，政治地位逐渐下降；又由于位居富饶的江南，有着繁华而绮丽的昨天。当繁华与绮丽落尽后，金陵蒙了一层悲剧性色彩。这份悲剧性与沧桑感，触动了文人敏感的神经，为他们提供了一个追昔抚今的好去处。故历代文人都爱到此游览，遥想旧事，反思历史的兴亡得失，抒发心中情绪，并留下一首首经典的诗词。

2. 古战场遗址怀古

古战场遗址，曾历经无数次战争的洗礼，王侯将相折戟沉沙，演绎了一段又一段可歌可泣的故事。淝水之战，“乌衣年少”谢石、谢玄在寿阳指挥南晋大军以少胜多，取得巨大胜利；赤壁之战，刘孙联军在赤壁以智轻取曹操的百万雄师；楚汉之战，韩信在九里山下兵困项羽，昔日霸王项羽最后“无颜见江东父老”而别姬自刎……寿阳、赤壁、九里山、楼兰等，一个个著名的古战场曾见证过多少英雄，多少成败，厚重地记载着多少历史呢？有着“如欲平治天下，当今之世，舍我其谁也”使命感的古代知识分子心系家国，追随着古人的足迹至此，将心中涌现的激动、感慨、伤感一一化成一曲曲感人至深的诗词。

叶梦得随高宗南渡，属于主战派。绍兴初，被起用为江东安抚大使，兼知建康府并寿春等六州宣抚使。即使被调离朝廷，他对朝廷内主和派的不满仍丝毫未减，只是迫于无力改变，内心饱受煎熬，至寿阳登临八公山吊古，写下这首《八声甘州》：

故都迷岸草，望长淮、依然绕孤城。想乌衣年少，芝兰秀发，戈戟云横。坐看骄兵南渡，沸浪骇奔鲸。转盼东流水，一顾功成。　千载八公山下，尚断崖草木，遥拥峥嵘。漫云涛吞吐，无处问豪英。信劳生、空成今古，笑我来、何事怆遗情。东山老，可堪岁晚，独听桓筝。

上片写故都寿春的景色及淝水之战的情景。“年年岁岁花相似，岁岁年年人不同”，风景依旧，人事已不同。“乌衣年少”，指贵族子弟谢石、谢玄等人，他们直接指挥淝水之战，打败异族侵略者。“芝兰”典出《晋书·谢玄传》“譬如芝兰玉树，欲使其生于阶庭耳”。“芝兰秀发”，形容年轻有为的子弟正茁壮成长，英气勃发，这里主要是指“乌衣年少”即谢家子弟的才情。“戈戟云横”典出《世说新语》“见钟士季如观武库，但睹戈戟”，指晋军的军容。“坐看骄兵南渡”四句主要描写了淝水之战的情景，骄傲的符坚在占领北方后，挥兵南进，以为能轻取偏安一隅的东晋，谁知却难逃大溃败的命运。从词人对淝水之战如此细致的描绘中可以感受到词人对谢石、谢玄在前线指挥作战得到朝廷有力支持的仰慕之情。下片抒怀。“东山老”，据《晋书·谢安传》载，谢安曾隐居会稽东山。“独听桓筝”，据《晋书·桓伊传》记载，谢安晚年被晋孝武帝疏远，很不得意。有一次，谢安陪孝武帝饮酒，淝水之战的名将桓伊弹筝助兴，他边弹边唱曹植的《怨歌行》诗“为君既不易，为臣良独难。忠信事不显，乃有见疑患”，谢安听了之后“泣下沾衿”，孝武帝“甚有愧色”。历史上的英雄人物为国劳心劳力，到头来其实也只是“空成今古”，忆起谢安，词人也想到了自己，满腔报国热情，到头却是“可堪岁晚，独听桓筝”，受到君主疏远与冷落，“处江湖之远”而备感寂寞凄冷。

外族入侵之际，南宋统治者未能抓住时机坚决抵御，只是手足无措地在是否抗战之间徘徊，战战兢兢地过着享受富贵的日子，而致使国土一日日沦丧。有着保家卫国理想的辛弃疾，面对这样的现实有着满腔的愤慨，却苦寻不到实现抱负的道路，心中的苦闷压抑只能倾注于诗词之中，《永遇乐·京口北固亭怀古》就是其中一首，借怀古之名，发出感慨今日之音。

千古江山，英雄无觅，孙仲谋处。舞榭歌台，风流总被、雨打风吹去。斜阳草树，寻常巷陌，人道寄奴曾住。想当年，金戈铁马，气吞万里如虎。 元嘉草草，封狼居胥，赢得仓皇北顾。四十三年，望中犹记，烽火扬州路。可堪回首，佛狸祠下，一片神鸦社鼓。凭谁问：廉颇老矣，尚能饭否？

京口自古就是“一水横陈，连岗三面”的军事重镇，三国时候的孙仲谋据此称霸江南，南朝宋武帝刘裕凭此横扫河洛。辛弃疾登上京口北固亭怀古，即遥想起三国英明的霸主——孙仲谋，江山仍在，可是英雄的余韵已难寻，“风流总被、雨打风吹去”。“寄奴”为南朝宋武帝刘裕的小字，刘裕在此处起兵伐桓玄，“想当年，金戈铁马，气吞万里如虎”道尽刘裕军队的恢宏气势，气吞胡虏平定叛乱。词人到此凭吊，表达自己急切救国之情。下片直指现实，最后以廉颇之事迹作结，表达“老骥伏枥”，愿为国效力之情。

随着时间的推移，古战场原来为军事服务的作用会渐渐减退，但战争所留下的痕迹却不会完全消退，总会残留些许，告诉后人此处所发生

过的事。汜水故城是楚汉之争的古战场，这场楚汉争霸，最终刘邦取得胜利，建立大汉王朝。金代词人元好问到此游历，不禁感慨良多：

牛羊散平楚，落日汉家营。龙拏虎掷何处，野蔓罥荒城。遥想朱旗回指，万里风云奔走，惨澹五年兵。天地入鞭箠，毛发懔威灵。 一千年，成皋路，几人经。长河浩浩东注，不尽古今情。谁谓麻池小竖，偶解东门长啸，取次论韩彭！慷慨一尊酒，胸次若为平。（《水调歌头·汜水故城登眺》）

登临此地，映入眼帘的是一片苍茫的景色，忆起“汉家营”，刘邦战胜项羽，一统天下，建立汉朝，气势一时无人能敌。遥想起麻池小竖的石勒，石勒出身微贱而志向远大，后成为后赵之君。吊古伤今，词人实际上是在抒发自己心中的愤懑，金朝统治者偏安一隅、不思进取，无收复疆土的雄心壮志，终连一块栖息的土地也失去。“慷慨一尊酒，胸次若为平。”以酒消愁，填平心中的愁与恨，可是爱国如词人，又怎么可能忘记国亡家恨呢？

古战场弥漫着浓重的热血气息，这种气息不易飘去，有着持久的诱惑力，吸引着文人们到此凭吊，反思历史，回味铮铮男儿挥洒热血保家卫国的雄壮。在追忆中，古今对照，对今日之事作出评价，对自己的人生进行思考。

3. 庙宇怀古

为颂扬故人的丰功伟绩，后人为故人建造了庙宇，供人凭吊、参拜。这些具有承载历史记忆的庙宇也就成为文人怀古的好去处，他们到此追忆故人建功立业的艰辛，追忆故人指点江山的雄姿英发，追忆故人一生的潮起潮落，让过去为现实指点迷津。

一代枭雄项羽一生充满着传奇色彩，最终的失败常使后人欷歔不已，词人刘潜到此一游，不禁追忆起这位英雄的一生。

秦亡草昧，刘项起吞并。驱龙虎。鞭寰宇。斩长鲸。扫欃枪。血染彭门战。视馀耳，皆鹰犬。平祸乱。归炎汉。势奔倾。兵散月明。风急旌旗乱，刁斗三更。命虞姬相对，泣听楚歌声。玉帐魂惊。 泪盈盈。恨花无主。凝愁绪。挥雪刃，掩泉扃。时不利。 骓不逝。困阴陵。叱追兵。喑呜摧天地，望归路，忍偷生。功盖世。成闲纪。建遗灵。江静水寒烟冷，波纹细、古木凋零。遣行人到此，追念痛伤情。胜负难凭。（《六州歌头》）

项羽一生英勇，秦末揭竿而起，反抗秦朝的黑暗统治，“驱龙虎。鞭寰宇。斩长鲸。扫欃枪。血染彭门战。视馀耳，皆鹰犬。平祸乱。归炎汉。势奔倾”。刘邦为争得霸权，转头把剑尖对准项羽，制造了四面楚歌，项羽终走向末路，悲戚地与虞姬诀别，美人虞姬拔剑自尽。英雄纵是艰难地突出了重围，却逃不出命运的玩笑，退至乌江，因无颜见江东父老而“不肯过江东”，一刎了结自己。“功盖世。成闲纪。建遗灵。”英雄功高盖世，终成闲纪，后人敬重之，而为其造庙以示纪念。只是此处“江静水寒烟冷，波纹细、古木凋零”，行人至此，不禁心生惋惜、伤痛之情。

张巡、许远为唐代平定安史之乱的英雄人物，他们的骨节及坚毅情操一直为后人所称颂。文天祥到潮阳张许二公庙凭吊时，敬重这两位英雄，写下了这首著名的《沁园春·题潮阳张许二公庙》：

为子死孝，为臣死忠，死又何妨。自光岳气分，士无全节，君臣义缺，谁负刚肠。骂贼睢阳，爱君许远，留得声名万古香。后来者，无二公之操，百炼之钢。 人生翕欻云亡。好烈烈轰轰做一场。使当时卖国，甘心降虏，受人唾骂，安得留芳。古庙幽沉，仪容俨雅，枯木寒鸦几夕阳。邮亭下，有奸雄过此，仔细思量。

词人在词中，极力颂扬张许二人忠信坚贞的节操：“为子死孝，为臣死忠，死又何妨。”国事艰危之时，国民当有取义成仁的大无畏精神。为臣者当效此二者之操，轰轰烈烈为国效力，断不可卖国，甘心当“降虏”，留得万世唾名。

精忠报国的岳飞，带领岳家军一直坚守在抗金的最前线，把金兵

打得落花流水。外敌难撼的岳飞，却为朝廷内的投降派所撼动，被秦桧以“莫须有”罪名毒死于临安风波亭。1162年，宋孝宗时诏复官，谥武穆，宁宗时追封为鄂王。《宋史·岳飞传》：“孝宗时‘建庙于鄂，号忠烈’，此岳庙位于武昌蛇山附近，已废。”刘过路过忠烈庙时，怀着忧愤之情写下了词作《六州歌头——吊武穆鄂王忠烈庙》：

中兴诸将，谁是万人英？身草莽，人虽死，气填膺，尚如生。年少起河朔，弓两石，剑三尺，定襄汉，开虢洛，洗洞庭。北望帝京，狡兔依然在，良犬先烹。过旧时营垒，荆鄂有遗民，忆故将军，泪如倾。 说当年事，知恨苦；不奉诏，伪耶真？臣有罪，陛下圣，可鉴临，一片心。万古分茅土，终不到，旧奸臣。人世夜，白日照，忽开明。衮佩冕圭百拜，九原下、荣感君恩。看年年三月，满地野花春，卤簿迎神。

上片主要颂扬岳飞的英雄气概。词人起笔就将岳飞列为“万人英”。人虽不在，其气概仍存。“年少起河朔”后，凭着“弓两石，剑三尺”，“定襄汉，开虢洛，洗洞庭”，过关斩将，百战百胜。他的英雄事迹，至今思起，仍让人泪流满面。下片主要论岳飞之“罪”。以反语控诉朝廷为岳飞定下的“莫须有”罪名。“人世夜，白日照，忽开明”指统治者终于“开明”，为岳飞翻案。“衮佩冕圭百拜，九原下、荣感君恩。”九泉之下，岳飞顶礼谢主隆恩。“看年年三月，满地野花春，卤簿迎神。”年年三月，春暖花开，百姓欢腾，以王公仪仗迎接祭奠岳飞，天下太平。可是这只是单纯的愿望而已。

斯人已逝，供奉着他们塑像的庙宇，成为后人追念他们的圣地，有着丰富情感的文人更是偏爱到这些地方，感受故人的气息，追忆旧事，探索世间真理，寻求人生真谛，让胸中的心意找得一处安放的地方。

4. 其他凭吊怀旧

词人凭吊怀旧的地方有许多，除以上几个比较频繁出现的地点外，还有多景楼、长安、赤壁、郧都、姑苏台、滕王阁、黄鹤楼、骊山等地，聚焦着词人们炽烈追忆过去的目光。

据统计，仅唐宋怀古词一块，多景楼怀古的词就达13首，该地也成为南宋词人最爱的凭吊怀旧场所。多景楼，在号称“京口第一山”的北固山上，是古代“万里长江三大名楼”之一，与洞庭“岳阳楼”、武昌“黄鹤楼”齐名，因米芾题书“天下江山第一楼”匾额而闻名。在多景楼上极目远眺，东望滔滔江流，一泻千里；西边千峰万岭，山峦重叠，有凌空飞翔之感。又因梁武帝曾登山顶，北览长江壮丽景色，改名北固山，所以这里也就成了南宋词人眺望中原的最佳之所，他们每每远眺都无不勾起对中原故土的深切怀念。多景楼也在南宋词人的登览中被赋予更多更深的含义，慢慢成为词人凭吊抒情的平台，被用来感发他们的千古之叹伤，时势之悲愤。

程珌的《水调歌头·登甘露寺多景楼望淮有感》就是多景楼凭吊怀古中的优秀词作之一。

天地本无际，南北竟谁分？楼前多景，中原一恨杳难论。却似长江万里，忽有孤山两点，点破水晶盆。为借鞭霆力，驱去附昆仑。 望淮阴，兵冶处，俨然存。看来天意，止欠士雅与刘琨。三拊当时顽石，唤醒隆中一老，细与酌芳尊。孟夏正须雨，一洗北尘昏。

上片以景为主。词人登上镇江甘露寺多景楼，四面眺望。“天地本无际，南北竟谁分？”辽阔的中原本无界线，如今却劳烦敌人将其分为南北两块。“楼前多景，中原一恨杳难论。”对于中原沦落敌手，词人有着无限的愤慨。“却似长江万里，忽有孤山两点，点破水晶盆。”这里形象地点出了江山已非完璧，敌人已拿下半壁江山。“为借鞭霆力，驱去附昆仑。”借用鞭策雷霆的力量，将附属于昆仑的小山退赶下去，在此暗指收复失地的决心。下片主要是抒发词人收复失地的主张。北伐收复失地乃人心所向，只是缺乏像晋代祖逖（字士雅）、刘琨那样的爱国之士，像诸葛亮那样的战略家。最后以“孟夏正须雨，一洗北尘昏”结束词篇，呼唤宋军早日北伐，解救处于水深火热之中的北国人民，为他们撒下夏日大旱后的甘霖。

扬州，江南经济重镇，同时也是古代著名的烟花之地，许多达官贵人、风流文人爱在此驻足。南宋不断遭受金兵的入侵，繁华的扬州是遭

受焚掠蹂躏最惨重的城市之一。姜夔重临扬州，看着荒凉残破的扬州，心灵不禁瑟缩抽搐：

（淳熙丙申至日，予过维扬，夜雪初霁，荠麦弥望。入其城，则四顾萧条，寒水自碧。暮色渐起，戍角悲吟，予怀怆然，感慨今昔，因自度此曲。千岩老人以为有黍离之悲也。）

淮左名都，竹西佳处，解鞍少驻初程。过春风十里，尽荠麦青青。自胡马窥江去后，废池乔木，犹厌言兵。渐黄昏，清角吹寒，都在空城。 杜郎俊赏，算而今重到须惊。纵豆蔻词工，青楼梦好，难赋深情。二十四桥仍在，波心荡、冷月无声。念桥边红药，年年知为谁生？（《扬州慢》）

上片虚实结合写扬州的兴衰对比。“淮左名都，竹西佳处，解鞍少驻初程。过春风十里，尽荠麦青青。”以虚笔反衬战祸以后的“废池乔木”、黄昏下空城里的“清角吹寒”。下片抒发忧国忧民之情。晚唐曾到此尽情游览的杜牧“重到须惊”，无法在繁华不再的扬州寻得旧栏美梦。唐代时，扬州城内还有“二十四桥明月夜”，今日桥不在，词人却偏说在，以此反衬扬州景色之哀，“波心荡、冷月无声”，腐败无能的朝廷与虎视眈眈的金国就像荡冷的波心，国仇家恨当前，无论是知识分子，还是平民百姓，都只能如明月般不能发出些许声息。“念桥边红药，年年知为谁生？”桥边红药年年开放，而国仇家恨到底何时能报？

金代词人高宪到襄州这一军事要地游览时，古人留下的辉煌足迹掀起了他心中的波澜：

上楚山高处，回望襄州。兴废事，古今愁。草封诸葛庙，烟锁仲宣楼。英雄骨，繁华梦，几荒邱。雁横别浦，鸥戏芳洲。花又老，水空流。著人何处在，倦客若为留？习池饮，庞陂钓，鹿门游。（《三奠子》）

襄州为南北交通要冲，自古为兵家必争之地，见证着古今战事，国家兴衰。词人到此游览，登临四望，满目苍凉。“草封诸葛庙”，诸葛武侯的庙宇长满了青草；“烟锁仲宣楼”，当年王粲所登临的城楼已是烟雾朦胧。“英雄骨，繁华梦，几荒邱。”英雄铮骨化荒冢，繁华似梦，一切已荒芜。“雁横别浦，鸥戏芳洲。花又老，水空流。”大雁和海鸥不知愁地飞翔，花朵照常花开花落，水不间断地奔流向前，岁月却在不经意之间流逝，昔人不知往哪里栖息去了？自己若想停留，也得学学山简醉卧高阳池，或仿庞德公以垂钓消磨时光，或到鹿门游览。

缄默地承载着历史记忆的各个地方，赋予了到此的词人不同的感受，勾起了他们不同的记忆。一缕缕的旧事，在词人的加工下成为美妙的词句，一波波涌动的情绪，被巧妙地夹杂于对景物的咏叹之中，一字一句在词人的笔下汇成优美的怀古词，所咏之事皆为旧事，所叹之音皆为鲜感新恨。

第四节　戏曲古韵

“在元代登坛树帜、独领风骚的文学样式是元曲。而人们通常所说的元曲，包括剧曲和散曲。剧曲指的是杂剧的曲辞，它是戏剧这一在舞台上表演的综合艺术密不可分的组成部分；散曲则是韵文大家庭中的新成员，是继诗、词之后兴起的新诗体。”①元代怀古散曲承接传统诗词怀古之音而崛起，以一种更无谓、更离经叛道的反传统姿态，或借古讽今，或追忆抚今，或借古伤今。

1. 关注民生

游牧民族入侵中原，建立了元政权，曾一度对中原悠久的文化造成极大的冲击，其中影响最大的是发布废除科举的政令，科举总共被废止80年之久，这一政令让知识分子出路断绝，精神寄托沦丧，生活陷入悲酸之中。只有极少的知识分子如卢挚、姚燧、张养浩等如愿进入朝廷，为国分忧效力，但他们的仕途在这个蒙古官员占主要地位的朝廷里也并

① 袁行霈：《中国文学史》（第三卷），高等教育出版社2005年版，第192页。

非一帆风顺。即便现实不公，元代的知识分子们也并未完全跌入自叹自怜的境地，他们继续关注着社会发展，关注着百姓的生活。

心系百姓的张养浩拖着六十高龄的病弱身体奉命到陕西赈饥，写下著名的关怀民瘼之作《［中吕·山坡羊］潼关怀古》：

峰峦如聚，波涛如怒，山河表里潼关路。望西都，意踟蹰，伤心秦汉经行处，宫阙万间都做了土。兴，百姓苦。亡，百姓苦。

以“聚”和“怒”写出了山河之灵性与动态，勾勒出山之雄伟与水之奔腾，同时暗喻了自己吊古伤今的悲愤伤感之情。“望西都”四句转入怀古之中，古往今来，群雄逐鹿，朝代更迭，霸如秦，强如汉，转眼间，一一成焦土。“兴，百姓苦。亡，百姓苦”八字一针见血揭示了历史真谛，可谓鞭辟入里，振聋发聩。

除此曲外，张养浩还有另一首关注百姓疾苦的散曲，即《［中吕·山坡羊］沔池怀古》：

秦如虎狼，赵如豚鼠，秦强赵弱非虚语。笑相如，大粗疏，欲凭血气为伊吕。万一座间诛戮汝，君也，谁做主，民也，谁做主。

蔺相如完璧归赵的仁义与机智一直为人所称颂，可是作者却无法沉湎于对其的颂扬之中，他认为“秦如虎狼，赵如豚鼠”，秦国比赵国强大多倍，且国与国之间的残酷战争、利益交易、关键交锋中基本无道义的存在。蔺相如奉璧使秦，凭血气之盛报效君主，假若秦王强硬夺璧，拒不妥协，赵国百姓就会成为人家的刀俎。作者爱民如子的急切之情跃然纸上。

仕途并不十分得志的张可久有不少“怀古”之作，借古伤今，表达对现实、时事之看法与认识，倾吐对百姓疾苦的关怀，而《［中吕·卖花声］怀古》就是其中一首：

美人自刎乌江岸，战火曾烧赤壁山。将军空老玉门关。伤心秦汉，生民涂炭，读书人一声长叹。

曲一开头就直接进入怀古之中，分别写了三件史事，第一件是“美人自刎乌江岸”，楚汉之争，汉胜楚败。项羽于被困垓下，四面楚歌，帐内与虞姬诀别。后突出重围，被汉军追至乌江，自刎而逝。第二件“战火曾烧赤壁山”，三国时的赤壁之战，吴蜀联军击败曹操的百万大军。第三件“将军空老玉门关”，典出自《后汉书·班超传》。东汉班超因久在边塞镇守，年老思归，给皇帝写了一封奏章，上面两句是“臣不敢望到酒泉郡，但愿生入玉门关。”“伤心秦汉”三句，作者直接抒发感慨：秦皇汉武的伟业，弹指间成云烟，可是英雄的争强斗胜，帝王们的争权夺利、好大喜功，给百姓带来的却是漫无边际的灾难、战争、瘟疫、死亡时刻折磨着无辜的他们。然而，作为“读书人”，却无力改变现实的残酷，只能感慨地发出“一声长叹”，实属无奈。

张可久的《［双调·水仙子］怀古》同样高唱为苍生的曲调：

秋风远塞皂雕旗，明月高台金凤杯。红妆肯为苍生计，女妖娆能有几？两蛾眉千古光辉。汉和番昭君去，越吞吴西子归。战马空肥。

“皂雕旗”指绣有黑色大鹰的军旗。此句指王昭君要出塞到番邦去。高台指姑苏台，吴王夫差所建。金凤杯，指刻镂有凤凰的金杯。此句指西施很受吴王的宠爱，常在姑苏台上侍宴。美女为国家、百姓利益，而不惜牺牲自己，像这样的女子，能有多少？这两位女子，必定会千古留名。为汉朝，昭君出塞和番。为越国吞吴国，西子甘愿耻辱陪夫差。作者不禁感慨，统治者保卫国家守护边关，靠的是美人计，而非军队。这首曲子，作者将昭君和西施的行为上升到为国为民的角度，以此来讽刺那些贪图安乐，不顾国家利益的庸碌之辈。软弱如女子也懂得国家利益至上的道理，何况是男儿，甚至是饱读诗书的知识分子呢？

2. 谈论历史

“青山依旧在，几度夕阳红”、“是非成败转头空”，冷面无情的岁月虽然会夺走一切的繁华、强盛、富贵利禄，但是它会将历史打入后人的记忆之中，让后人评价前人的盛衰得失，吸取历史的教训，从而更加清醒地看待现实与生命。元代怀旧散曲作者同样以此角度看待前事。

查德卿的《［越调·柳营曲］金陵故址》云：

临故国，认残碑。伤心六朝如逝水。物换星移，城是人非，今古一枰棋。南柯梦一觉初回，北邙坟三尺荒堆。四围山护绕，几处树高低。谁？曾赋黍离离。

游六朝古都金陵，抚残碑，作者不由产生伤感情绪，“伤心六朝如逝水”。“物换星移”，城郭未变，而百姓已不同，今古的成败，不过一局棋罢了。一切的美好也不过是南柯一梦，梦醒才发现，北邙坟已堆积了三尺的荒堆。“四围山护绕，几处树高低。谁？曾赋黍离离。”山护绕，树有高低。谁曾因看到故国的宗庙尽是禾黍而徘徊感叹，吟作了《诗经·王风》中的《黍离》篇，“彼黍离离，彼稷之穗。行迈靡靡，中心如醉”？岁月不饶人，转眼间，已变了个天地，繁华、美好，都只是南柯一梦，能激起的也只是后人的徘徊感慨。

赵善庆的《［越调·凭栏人］春日怀古》道：“铜雀台空锁暮云，金谷园荒成路尘。转头千载春，断肠几辈人。”铜雀台为曹操所建，现在已经荒废。“金谷园”为晋代豪富石崇所建，常用来招待宾客，现在也已荒废，盖上了厚厚的路尘。一转头，原来已过了许多个春秋，已经变换了几辈人。

任昱的《［双调·清江引］钱塘怀古》云：“吴山越山山下水，总是凄凉意。江流今古愁，山雨亡泪，沙鸥笑人闲未得。”吴越的山水总带有凄凉之意。江流也带上了古今流不尽的许多愁，山雨也似乎为历代的兴亡而泪流不止。人总是停不下来，不断地为权力、荣誉、富贵等奔波劳累，连无拘无束的沙鸥也嘲笑世人的无谓忙碌。作者借沙鸥点明主旨，朝代更迭、兴亡为平常事，生命无常，人如此闲不下来到底是为何？

汤式的《［双调·天香引］西湖感旧》曰：

问西湖昔日如何？朝也笙歌，暮也笙歌。问西湖今日如何？朝也干戈，暮也干戈。昔日也二十里沽酒楼香风绮罗，今日个两三个打鱼船落日沧波。光景蹉跎，人物消磨。昔日西湖，今日南柯。

昔日的西湖朝暮笙歌，繁华极致。今日的西湖，则是另一个样子，早晚战争不断。昔日的西湖“二十里沽酒楼香风绮罗”，今日的西湖却是一片荒凉，“落日沧波”里有孤零零的两三只打渔船。光阴蹉跎，人的意志也消沉了。昔日的西湖对于今日来说，也只是南柯一梦。

3. 感叹人生

元朝实行民族歧视政策，推行民族分级政策，将汉族列为低级民族，这让汉族人无法抬起头颅，失去了原有的民族优越感，而对于知识分子来说，无疑是一种天大的耻辱。除此之外，元朝统治者还废除科举考试达80年之久，堵阻了知识分子出仕的道路。现实的不公，仕途的不明朗，加重了知识分子心中的郁闷，使他们为前途担忧，为生活奔波，而其中的迷茫、伤感、辛酸却只能倾注在他们的曲作之中。

张养浩的《［中吕·山坡羊］骊山怀古》云：

骊山四顾，阿房一炬，当时奢侈今何处？只见草萧疏，水萦纡。至今遗恨迷烟树，列国周齐秦汉楚，赢，都变做了土；输，都变做了土。

骊山位于陕西省临潼县东南，是秦国宫殿的主要所在地，阿房宫就建在骊山之上，后项羽引兵而至，付之一炬，“烧秦宫室，火三月不灭”（见《史记·项羽本纪》），阿房宫终成灰烬。作者就此反问，“当时奢侈今何处？”旧日的奢侈已不在，骊山上可见的是“草萧疏，水萦纡”。谁会想到曾是春秋战国列国争夺目标的福地，今日已成为满目衰落苍凉的荒土，真让人感慨不已。最后作者以“赢，都变做了土；输，都变做了土”作总结，无论输赢，都是一时之事，最后的命运都一样，终将同样变成灰土。为人也是如此，何必过于计较功名得失，名誉、富贵、权利都只是过眼烟云而已，无法永久占用。张养浩特殊的仕途经历，赋予了他的怀古散曲作品这种淡泊的气息。除了《骊山怀古》中所写的“赢，都做了土；输，都做了土”外，《洛阳怀古》中写道“功，也不长；名，也不长”，《北邙山怀古》中写道“便是君，也唤不应；便是臣，也唤不应”，生与死，功与名，胜与负，其实并无差别，作者借古人事，道明人生之真谛。

乔吉的《［双调·折桂令］毗陵晚眺》谓：

江南倦客登临，多少豪杰，几许消沉。今日何堪，买田阳羡，挂剑长林。霞缕烂谁家昼锦？月钩横故国丹心。窗影灯深，磷火青青，山鬼喑喑。

作者登临毗陵，遥想在此出现过的豪杰，只是时代浮沉，今日旧地已暗淡凄清。“买田阳羡”典出苏轼诗“买田阳羡吾将老”，作者想学苏轼终老田园。“挂剑长林”典出《史记·吴太伯世家》“季札之初使，北过徐君。徐君好季札之剑。田弗敢言。季札心知之，为使上国，未献。还至徐，徐已死，于是乃解其宝剑系之徐君冢树而去”，愿效季札遵守诺言。“昼锦”出自《史记•项羽本纪》“富贵不归故乡，如衣锦夜行”，后来北宋韩琦“仕宦而至将相，富贵而归乡”，在家乡建“昼锦堂”，并请欧阳修作记。然而，作者又有着一片丹心，愿意为国家效力，后衣锦还乡。现实并不如意，“窗影灯深，磷火青青，山鬼喑喑”，连鬼也为之泣不成声。

人生之路为何如此不平坦？乔吉心生隐居的愿望，于是又作《［双调·殿前欢］里西瑛号懒云窝自叙有作奉和》：

懒云窝，静看松影挂长萝，半间僧舍平分破，尘虑消磨。听不厌隐士歌，梦不喜高轩过，聘不起东山卧。疏慵在我，奔兢从他。

住在懒云窝里，“静看松影挂长萝，半间僧舍平分破”，俗念也被消磨掉了。隐士们所唱的歌总听不厌，“高轩过”典出《新唐书·李贺传探》：“（贺）七岁能诗章，韩愈、皇甫湜始闻未信，过其家，使贺赋诗。援笔辄就，如素构，自目曰《高轩过》。”“梦不喜高轩过”的意思是梦中也不希望出现贵宾乘着华贵的车子前来探访的情景。“东山卧”典出《世说新语·排调》：“卿（谢安）屡超违朝旨，高卧东山。”东晋政治家谢安曾经隐居会稽东山，不肯出仕。此句指愿学谢安隐居，不再过问外界风雨。“奔兢”出自卢照邻《五悲文》：“夸耀时俗，奔兢功名。”“疏慵在我，奔兢从他”明确地表达了自己的愿望：

懒散如我，实在无心为名利到处奔走，拼命竞争。

俗化色彩更为浓重的散曲为文人怀旧情绪的寄放开拓了一片更为广阔的天地，追忆古人古事，或抚今，或讽今，或伤今，以新的方式抒发着心中的情感，以歌唱的形式传播自己对历史的态度、对现实的看法、对人生的见解。

小 结

古代，既是一种文学的根基，也是一种文化想象的源头，更是文人抒发“思古之幽情”的原点。

王羲之在《兰亭集序》中，谈及《兰亭集》的编纂缘由时说：

永和九年，岁在癸丑，暮春之初，会于会稽山阴之兰亭，修禊事也。群贤毕至，少长咸集。此地有崇山峻岭，茂林修竹，又有清流激湍，映带左右。引以为流觞曲水，列坐其次，虽无丝竹管弦之盛，一觞一咏，亦足以畅叙幽情。

是日也，天朗气清，惠风和畅。仰观宇宙之大，俯察品类之盛，所以游目骋怀，足以极视听之娱，信可乐也。

夫人之相与，俯仰一世。或取诸怀抱，悟言一室之内；或因寄所托，放浪形骸之外。虽趣舍万殊，静躁不同，当其欣于所遇，暂得于己，快然自足，曾不知老之将至；及其所之既倦，情随事迁，感慨系之矣。向之所欣，俯仰之间，已为陈迹，犹不能不以之兴怀，况修短随化，终期于尽！古人云：“死生亦大矣。”岂不痛哉！

每览昔人兴感之由，若合一契，未尝不临文嗟悼，不能喻之于怀。固知一死生为虚诞，齐彭殇为妄作。后之视今，亦犹今之视昔。悲夫！故列叙时人，录其所述。虽世殊事异，所以兴怀，其致一也。后之览者，亦将有感于斯文。

此处，“后之视今，亦犹今之视昔。悲夫！”不可谓不令人感伤。生命的存在是如此短暂，人类来不及寻找过去和未来的真相，便已经随风而逝，化作脉脉青山。诗人虽然不停感叹“江畔何人初见月，江月何年初照人？人生代代无穷已，江月年年只相似。不知江月待何人，但见长江送流水”（《春江花月夜》），却无法让时光停止哪怕一秒钟、一刹那。

于是，怀旧的人，就在怀旧之时慢慢老去，然后成为后人的怀旧对象。这是生命的恶作剧，也是莫大的悲剧。

第七章
“怀旧”的哲学反思

哲学是文学的归宿，尤其是在一个文学、历史和哲学彼此相互依存的国度里讨论文学的主题，显然无法回避二者的距离问题。探究文学中的主题，事实上也在一定程度上考察相关的哲学命题。

作为文学主题与审美倾向的“怀旧”，与哲学中的“循环”、“复古”等命题是休戚相关的。文学中的怀旧的某些意义指向，其实就是哲学意义上的“圣人复归”。所以说，怀旧和“回忆是不落窠臼的，是别具一格的，它不是那种一成不变的东西……回忆和回忆的可能性是同骤然的中止、间断，以及某些在稳定地、自顾自地发展的自然中被无意地冲到表层来的东西联系在一起的。程颐认为圣人与天地同在，相比而言，对文学的热诚是有局限性的，他说文学有局限性，这是对的；文学

就其性质而言，确实像他所说的，是整体中的一个分支。文学是圣人不能成为圣人的一个缘由：文学需要说‘我是’、‘我曾经是’。……中国人的思想强有力地趋向于统一和再统一。圣人就是这一过程的完满的结果，他通过某种深奥的途径与天地同在。如果用家庭来打比方，圣人就是孩子眼中的父母……但是，孩子永远也不能成为他或她所见到的父母；回忆总是使我们成为某个人的孩子”。所以，“还乡”和“怀旧”在我们中国的文化里就是一项“西西弗”式的无聊工作和伟大使命——永远无法完成，却又一直在努力完成。

第一节 “不如归去”

追忆个体往日美好图景的作家和诗人们歌唱“怀旧”情结，具有农业文明“天人合一”思想立场的作家和诗人们，也在“怀旧”中点燃了道德重建的希望之灯，并对“回归”充满了种种浪漫幻想。西方的诗人们也在“被抛”状态、“无归”状态和荒原状态中表达了对“回归”的渴望，展示了其文化中的“回归意识”。①对于这些“怀旧”的立场，都必须进行其意向性的本体论的研究，才能从终极意义上阐明他们的审美缺失和成就，以及在今天中国文化的现代化转型和全球化语境中他们各自的审美贡献和不足。

诗人是对“怀旧”情结最有体验的一些人，在他们身上的感性因素是极其活跃的。他们在诗歌中对往日和往事、童年和故乡的吟诵也具

① “被抛”状态语出海德格尔的《存在与时间》，指无根基的、非本真的生存状态，是此在的一种沉沦。“无归”状态指人背离自然、精神上无家可归的生存境况。它们都用来表现人类的异化、蒙蔽的生存状况。针对这种状况，人类产生了“回归”意识，即为获得一种圆满的存在，人们寻找各类外在的象征物并把它作为自身的归宿，如回归母体、回归故土等，这种倾向体现在人们的精神领域。那些获得了精神满足的人就是那些获得了“归属感”的人。参见鲁枢元、童庆炳等：《文艺心理学大辞典》，湖北人民出版社2001年版，第190、250、251页。

有最震撼人心的审美力量，东西方的诗人在这一点上有相通性。诗人是“怀旧”情结最典型的主体，分析诗人身上“怀旧”情绪的展示可以阐释“怀旧”所具有的那种最令人迷醉而不可自拔的情感力量，以及“怀旧之美”所具有的审美价值。

一、中国“怀旧”与“文化乡愁”

中国诗人的“怀旧”审美历程首先要追溯到屈原甚至更久远的没有文字记载的古代。古代的一切在诗人眼中是那么的完美、激情奔放而自由，这是他们在现实生活中苦苦追求却又求之不得的。尽管从现在文化人类学的研究成果来看，古代原始社会是野蛮、不开化的，生存条件极其恶劣，但是诗人们仍然在幻想中虚构出一个自由的、人与自然亲和的“原始社会”，不管这种“艺术错觉”是多么不符合历史真实。对天地的自然崇拜，对动植物、山川河流和对日月星辰的崇拜以及对祖先鬼魂的崇拜，都在某种程度上影响着诗人们的心理体认，使得诗人们在进行文艺创作时把这种宗教性的情感转化为“怀旧”的激情和艺术冲动。

屈原在被放逐的过程中，觉得自己是被自己的儒家政治理想所放逐，于是悲愤地向天地和鬼神发出了质问和控诉，并本能地向“古代”归依，开始怀念记忆错觉中的“古代”的美好，“昔三后之纯粹兮，固众芳之所在，杂申椒与菌桂兮，岂维纫夫蕙茝？彼尧舜之耿介兮，既遵道而得路”。在质问和“怀旧”的情绪冲荡中，他终于悲叹道：“已矣哉！国无人莫我知兮，又何怀乎故都？既莫足与为美政兮，吾将从彭咸之所居！”[①]他不但在精神上进行了回归，而且将自己的身体也“与天地同化”。虽然后世的诗人很少效法他的自杀之举，但在精神层面却学习得惟妙惟肖。陶渊明认为“羁鸟恋旧林，池鱼思故渊”，“田园将芜胡不归”，向秀、李白等一代又一代的诗人在对“古代”、故土、家园的“怀旧”中获得了抵抗现实中黑暗、丑陋、罪恶的力量。

陶渊明的恋旧还乡具有特别的文化意义，因此对后世的文人影响

① 屈原：《离骚》，见陈器之：《中国历代文学精华译注》，湖南出版社1995年版，第144~148页。

极大。

李白最有名气的诗歌之一是那首语言质朴却情深意切的《静夜思》：“床前明月光，疑是地上霜。举头望明月，低头思故乡。”也许这位曾经自诩“仰天大笑出门去，我辈岂是蓬蒿人”的“诗仙”经历了太多的沧桑，如今已经“白发三千丈”了，于是油然而生一种“怀旧”和思乡的情绪。李白的“思乡病”既发生于他一生的坎坷经历，也发生于他思想深处对古人理想和文化故土的追思。“故乡”意象在李白的诗歌“场域”中有着独特的作用，理解了“故乡”的意象就等于把握了李白的思想立场和审美心理构造。“李白怀古情结的郁结点也正好是对战国时期‘士’的自由境界的向往和回归，正是战国时期的原始士道精神影响了李白的功名欲望、政治态度及人格理想，它为李白构画了一种超现实的行为模式，以一种遥远的似曾出现的历史理性代替诗人对现实的思索，在历史与现实的认同中充实其心理构架，组合成一种独特的融古于今、今古一体的文化心态。”①

和李白齐名的杜甫同样具有这种审美怀旧倾向，因为在“奉儒守官”的杜甫的思想深处是对古代儒家文明的“高山仰止”；在《蜀相》一诗中，他对诸葛亮的“怀旧”之情体现了他的这种思想立场。至于写了《怀旧赋》的岑参和《题都城南庄》的崔护，都刻画了记忆中过往的一段生活的情感遭遇，其中流露着令人感伤的“怀旧之美”。李商隐的《贾生》和《隋宫》等，也是思古怀旧之作。元代“曲状元”马致远的小令《天净沙·秋思》被称为“秋思之祖”，是历代诗人乡愁的代表之作，那简明而隽永的一组意象，构成了一幅令人黯然销魂的思乡怀旧的图景。经过简单统计，历代诗人所作的诗歌，超过四分之一数量比例的诗歌其内容是和怀旧思乡有关的，不可谓不令人惊叹。“文化乡愁”作为“怀旧”的一个对象的魅力可见一斑。难怪有人说：“乡愁，历来是个世界性的文学母题，它具有超越时代与历史的共同性。古往今来，不

① 傅绍良：《论李白的怀古情结与心理调适》，载《陕西师范大学学报》（哲学社会科学版）1995年第4期。

同种族不同肤色的人们，都以各种方式来表达他们离开家园的痛苦及归乡的渴望。再没有一个民族像中国人这样执著于抒写家园之思，故国之恋了。”①

在20世纪的中国文化语境中，最能代表这种文化“怀旧”和“文化乡愁”的艺术杰作相当一部分产生于当代台湾。台湾的老中青三代作家“尽管他们年龄不同，但‘根’都在大陆，对大陆都有很强烈的恋旧情结。即使是台湾本土出生的作家，由于他们和大陆来的外省人常有接触，祖先也来自大陆，所以，对这些外省人的思乡恋旧情结也很有体会。这便发而为文，出现一批恋旧思乡的文学作品。他们的恋旧感情深深地打动了读者……这些抒发怀旧情绪的小说，在艺术上也很有特色。它们常常抓住与亲人、故乡、内地联系最亲切的事物，着力予以描写，使作家的怀旧情结在具体事物上得到升华”②。像小说家王鼎钧、潘人木、司马中原，诗人余光中、朱学恕、席慕容等，都是怀着那种情感的依恋来抒发对大陆故土、文化故乡、精神家园的“文化乡愁”。

当前大陆的文学视野中，历史性的“怀旧”仍然是民族文化曲谱上的一个主音符。

作为人类的一种心理机制和情绪功能，怀旧在本质上大概是没有“古代怀旧”和“现代怀旧”的差别的。作为一种美学实践，怀旧也是古已有之。比如中国古典诗词中的怀旧意象，现代都市小说中的怀旧主题（从施蛰存、刘呐鸥、穆时英到张爱玲、苏青，再到苏童、须兰、王安忆等），80年代末的校园民谣（《同桌的你》、《再回首》、《团支部书记》等），90年代以来的感伤电影和“老”系列的摄影绘画艺术（《摇啊摇，摇到外婆桥》、《红粉》、《风月》、《上海故事》、《花样年华》等，老照片、老城市、老房子等）；西方18世纪末19世纪初的浪漫主义运动，20世纪以来由长篇小说《根》掀起的寻根思潮，大量以旧日温情为主调的电影（《廊桥遗梦》、《阿甘正传》、《云中漫

① 张金虹：《孤舟一系故园心——当代台湾散文中的乡愁母题》，载《文艺报》1996年1月第19期。

② 陈辽：《论台湾文学五“性”》，载《福建论坛》（文史哲版）1999年第3期。

步》等），甚至愈演愈烈的以身体抗议现代都市文明的某些艺术行为，怀旧的美学实践可谓不胜枚举。[①]

历史往往在现实中存在。

在《曾国藩》（唐浩明）、《天下荒年》（谈歌）等文本里，我们所目睹到的是关于民族人格精神的某种张扬；而在《战争往事》（尤凤伟）、《我是太阳》（邓一光）等作品中，让我们感受到的却是英雄主义气度的冲击。至于《尘埃落定》（阿来）、《红瓦》（曹文轩）等则在重新诠释一种回到古典的浪漫主义诗学。在凌力的《少年天子》、《倾国倾城》和《暮鼓晨钟》，以及二月河的《康熙大帝》、《雍正皇帝》等长篇巨构的历史写作中，我们仍能发现其与《曾国藩》同样的历史话语构架方式和指归。

就“后新历史主义”小说家浓烈的怀旧意趣而言，历史在他们那里，体现的主要是一种源自情感层面的关怀。他们对于历史的深情回眸，已经不再是出于对已逝重大时事的单纯迷恋，而实在是因为它纠结着个人命运的沉浮起落。在张贤亮、王蒙等人于20世纪90年代的历史怀旧情绪中，这一点表现得相当明显。他们为历史付出了太多，而在某种程度上，这历史也造就了他们故此，他们根本没法像“新历史主义”小说家那样，可以对自己的历史随意施行篡改或者否决。“美丽往事”的叙述，在某种意义上，也昭示了其对于自我的肯定。可以说，他们的怀旧除了是历史本身使其难以忘怀之外，更重要的，是因为这段历史属于自己的过去故而令其无法割舍。由这一层面来看，张贤亮、王蒙的历史叙事冲动首先是基于个人记忆的某种维护。通过回到这种记忆的方式，他们不仅得以倾诉欲望，亦能够从中获得对自我存在价值的确证。对于他们来讲，如果失去了这一段历史，那无异于自我将不复存在。从张贤亮、王蒙的“后新历史主义”文本中不难看出，他们始终在强调人的历史性存在；并且，这种历史性里蕴藉着格外沉重的情感分量。[②]

① 赵静蓉：《作为一个美学问题的现代怀旧》，载《福建论坛》2003年第1期。
② 路文彬：《作为修辞的历史感——“新历史主义”小说之后的历史叙事》，载《文学评论》2004年第2期。

二、彼岸世界与拯救诉求

西方诗人的“怀旧”和“思乡病”不仅是对一种文化家园的心理体认，而且是对彼岸世界的宗教意义或哲学本体论意义的追求。不必追溯到久远古希腊的奥林匹亚山上众神的族谱，不必追叙诗人荷马吟唱的众神之战和远古英雄史诗，单单从集西方古希腊古罗马文化之大成的《圣经》中就可以找到西方人对“乐园失落”主题的原型意识。在《圣经》的记载中，人类是由于“原罪”而被放逐出永恒美好的“伊甸园”的，为了赎罪并重返乐园，人类在茫茫大地上苦苦挣扎着，承受着“原罪”带来的生育苦难和生存苦难。人类在深渊中祈祷并学会忍耐，唯一的目的就是返回至真至善至美的“上帝之国”；而一旦关于“上帝之国”的信仰之塔轰然倒塌，西方人就陷入了“荒原”和“生存的荒谬”中。没有希望就意味着绝望，生存所遭受的苦难就是虚无的、无价值无意义的。因此，尼采关于“上帝之死”的提出带来的不仅是宗教世界观念的变化，也是哲学、文学、美学等一切文化的价值和观念的变化。

文学是和记忆紧密相关的，从《失乐园》以及更早的《神曲》等开始，对人的堕落和人的深渊状态的思索就从来没有停止过，在作品中诗人对如何重归“伊甸园”的问题和出路提出了种种拯救之路。1806年，诗人荷尔德林在患了精神分裂症后隐居了起来，对此，国内学者刘小枫认为：“荷尔德林精神分裂之后，竟然翻译和注释了索福克勒斯的悲剧作品，这些注释流露出诗人隐忍地坚持的信念。一个精神病人怎么还能关注精神问题？在晚年的隐居中，荷尔德林还写了不少诗篇，据说他的日常生活充溢着诗意般的宁静，人们时常听到这位诗人在钢琴或古竖琴上弹奏温柔的曲调。”[①]在青年时代曾经把生命奉献给祖国，却在漂泊流浪中收获血腥、破碎、诅咒的一个真正的诗人，发疯的原因据说就是“世界丧失了神性”，“荷尔德林无法忍受人性与神性的绝对分离，无法忍受自己所处身于其中的无神性的精神和现实世界……陶渊明、嵇

① 刘小枫：《拯救与逍遥》（修订版），上海三联书店2001年版，第200页。

康以及众多同类诗人不会发疯，他们没有一个可以而且应该为之操心和忧虑的神性世界……退隐成为诗人的生存方式。然而，退隐对于荷尔德林和陶渊明具有本质上不同的含义，这意味着，成为诗人的含义根本不同。对于躬耕淡泊、饮酒采菊的陶渊明，隐居是回到自然，回到清虚的生存状态；对于荷尔德林，隐居是一种精神冒险，在丧失神性的黑夜守护神圣者离去的身影，孤身承受神圣的痛苦。不难想象，荷尔德林根本无法像陶渊明那样在虚无之夜安睡”[①]。

在《荒原》中，艾略特对人的“荒原”状态的真相作了极其深刻的刻画。在其他作家的作品中，对人的存在状态进行反思和试图“怀旧”与回归彼岸世界的文学痕迹清晰而鲜明。特别是在20世纪初以来的人文主义思潮中，这种“怀旧”主义成为其中很重要的一条支流。就连叫嚣“上帝死了”和“重估一切价值”的尼采，也对古希腊的“日神精神”和“酒神精神”怀念不已：“‘上帝死了’，科学也已被证明无法拯救人类精神世界的水深火热，无所依傍的人该如何度过这已赤裸裸地显示其虚无本质的人生？尼采自命为新世纪的早产儿，以形而上的乐观和坚定的自信向世人展示了通向光明的道路：回归个体生命本能，在狄奥尼索斯式的与生命本体的认同中寻求个人精神复兴的强大力量源泉，最终使西方文化在整体上更生。”[②]尼采用诗歌的言语来预示这种古代文化的“更生”，实际上是放弃了西方文化的神学立场，专取西方文化的生命哲学中的“存在的人”的思想立场。尼采之后，西方的文学和哲学的风格随之发生了根本性的格局变化。

诗人艾略特在“荒原”的思索之后，在另外一篇诗章中这样询问并自己给自己亮出了一束希望的阳光——“向上帝祈求”，诗人相信这是能够在追忆中照亮前途的神圣光芒。此刻，向上帝的诉求，预示着人类需要向“失落的乐园”作最后回归的努力：

这无声的呜咽，这秋花的悄然谢去，

① 刘小枫：《拯救与逍遥》（修订版），上海三联书店2001年版，第200页。

② 刘小枫：《拯救与逍遥》（修订版），上海三联书店；2001年版，第201页。

花瓣飘落从此凝然不动，它们的终极在哪里？

……

你来这里是要跪下，

这里，祷告是一直见效的。祷告远远

超过一道命令的言词——祈祷的头脑中

意识到的工作，或祈祷的嗓音。①

……

沿着我们不曾走过的那条通道，

通向我们不曾打开的那扇门，

进入玫瑰园中。②

对“伊甸园”的迷恋和追思，构成了西方诗人在诗歌中“怀旧”的主要思想倾向。在后现代的语境中，随着哲学和文化学层面抵抗“工业化”和“科技化”思潮的涌动，这种“怀旧”和古典主义的潮流在20世纪蔚为大观，深深渗透到了人们生活的每一个角落。

第二节　“怀旧”与意向性

“意向性”原本是一个中世纪经院哲学术语，后来成为胡塞尔先验现象学的核心概念，贯穿于胡塞尔哲学思想发展的全过程。胡塞尔认为，意向性就是指意识活动总是指向某个对象，不存在赤裸裸的意识，不存在把自身封闭起来的意识，意识总是对某种东西的意识。意向性作为意识的基本结构，也是意识的本质所在，构成了主体和客体之间的桥

① ［英］艾略特著，裘小龙译：《四个四重奏》，漓江出版社1985年版，第217页；转引自刘小枫：《拯救与逍遥》（修订版），上海三联书店2001年版，第396页。

② ［英］艾略特著，裘小龙译：《四个四重奏》，漓江出版社1985年版，第82页；转引自刘小枫：《拯救与逍遥》（修订版），上海三联书店2001年版，第395页。

梁和媒介；它将意识的本质和对象本质呈现出来。[①]中国"怀旧"事件的"意向性"指向了中国审美和哲学本体的终极，即"桃花源"式的"天人合一"的伦理和谐的境界；西方"怀旧"事件的"意向性"指向了它的宗教和哲学本体的终极，即"伊甸园"式的"神人合一"的真善美境界。

一、伦理意向与宗教意向

"怀旧"是一种情感的归依体验，一种情感终极价值的寻找。作家的归依体验主要有对宗教的皈依、向自然的复归和向童年的归依等。对宗教至美境界的皈依或对具有宗教意味的精神审美境界的向往主要体现在宗教色彩浓厚的西方，而崇尚自然、复归自然和向个体童年及人类童年——古代纯朴的人性的回归则主要体现在东方。[②]

深受道家思想和艺术旨趣影响的中国古代诗人和艺术家，对"复归自然"和原初生命状态保留着一份单纯而深厚的信仰与热爱；而在传统儒家伦理文化下的遮蔽又使得古代士人和诗人在思想立场上对"古代伦理和谐社会"有着天然的心理体认。因此，"达则兼济天下，穷则独善其身"就可以并行不悖；"居庙堂之高"和"处江湖之远"就能够相得益彰，社会伦理和自然伦理成为古人进退自由的两个生活境界。也许没有文化水平的"九斤老太"没有意识到她的"怀旧"的意向性，但是在她的无意识结构中她已经被打上了"集体无意识原型"的烙印，这个烙印就是对古代社会的一种无意识认同。"九斤老太"这类人群在社会底层有很多，不管认识文字与否，不管有无文学和文艺阅读的经验，他们都能够信誓旦旦地指认"一代不如一代"或"从前啊……多么好啊"之类。在文字经验中，风流和谐的"古代"、"桃花源"成为一种文学母题或"原型"，"香格里拉"也成为民族记忆中的胜地并形成一种"文化辐射"，吸引着外民族的人们万里迢迢来到中国寻找它的踪迹。这也就是中国人"怀旧"所要追求的终极性的生命美学境界，这个境界是自

① 王岳川：《现象学与解释学文论》，山东教育出版社1999年版，第27页。

② 童庆炳等：《现代心理美学》，中国社会科学出版社1993年版，第193页。

然、伦理、道德、文化和个人交感通融的本真之境；也是“怀旧”现象的中国式的“伦理意向性结构”。

而宗教色彩浓厚的西方艺术世界却不是这样的。在基督教文明建立之前，他们就有非常明显的宗教崇拜历史。在他们的艺术作品和其他文化产品中，人格神和人类之间的战争与和解就是很常见的一个艺术主题，对于“神人以合”的世界的渴望也是作品很常见的主旨思想。从遥远的古代到柏拉图再到康德，从“理式”说到“物自体”，对于此岸和彼岸关系的讨论和分析在哲学、艺术、美学的领域是具有优先的本体论地位的。《圣经》所启示的“创世—灭世—救世”的文化——哲学结构本身就是一个民族心理结构和无意识原型。宗教感和宗教世界代表着一种敬畏、崇敬、安详、神圣的内在感受，能够反映人的某些本质，并成为人类的一种精神家园。德国诗人海涅说过：“对上帝本性的思考却很值得嘉许。这种思考是一种真正的上帝崇拜，通过它，我们的心灵就离开那暂时的东西和有限的东西，而意识到原始的美和永恒的和谐的意识。”[①]可以说，“怀旧”现象具有“宗教意向性”结构，“宗教意向”代表了人类在宗教体验和宗教想象中所获得的崇高、永恒、宁静、虔诚的审美境界，人们通过这种皈依，可以暂时避免孤独、焦虑、心灵放逐的痛苦，减轻“人在深渊”的无力感和“人在荒原”的放逐感，从而得到心灵的审美慰藉。

东西方在“怀旧”意向结构上具有一定的交叉性，例如在“宗教意向”上，中国的文化中也具有祖先崇拜、月亮崇拜等比较原始的宗教崇拜心理，在文艺作品中也流露出某些具有泛神论色彩的宗教情感和宗教体验等。存在这种交叉可能的原因是，各个民族的文学渊源和艺术形式都得益于原始人类的原始宗教和巫术。正如文化人类学学者所分析的，“人类文化的根源在于人类的心灵；而心灵的表现在文明社会有很多方面，除宗教外尚有哲学和科学，在原始社会则只有宗教一方面最为显著”[②]。

① [德] 海涅著，海安译：《论德国宗教和哲学的历史》，商务印书馆1974年版，第110页。

② 林惠祥：《文化人类学》（第2版），商务印书馆1991年版，第218页。

二、童年意向与精神分析

童年既是个人“怀旧”的对象，也是民族“怀旧”的对象，对民族古老记忆的回溯在历代文学作品中都有以各种置换形式面目出现的可能。对于童年为什么具有如此大的精神回归号召力，心理美学回答说：

“这与人们不可遏制的、普遍存在的怀旧情绪和回归愿望有关。怀旧情绪是一种朦胧的、不确定的，然又是固执的、萦绕不去的心理状态。怀旧情绪是基于现实和理想这一人类的基本矛盾而存在的，是普遍的，与人类成长相伴随。怀旧情绪就是在过往的生活中去发现人生的意义和存在价值，表现为对过往生活的追思和怀恋。当然，怀旧并非总是要求历史退回到过去的岁月，而是欲在更高的人生阶梯上找回失去的人生中有意义有价值的东西，以达到心灵的平衡。”①

根据精神分析学理论，童年经验塑造了人一生的性格与记忆，成年人对童年的依恋与回归可以看作是一种被压抑的“本我”的释放和觉醒。童年经验在文艺作品中的种种呈现，既是创作主体的内在审美需要的满足和外化，也是人类潜意识结构的展开和扩散。②

童年就是向过去的生活和岁月寻找“人生的意义”，人生的意义就是个人由于现实缺失感而要求的一种“心灵的真实与平衡”。“艺术家的缺失体验首先是对自身缺失状态的体验……艺术家自身的缺失性体验又往往进而变为对于更为普遍的缺失的体验，自身的缺失使他们感悟到社会的缺失、人类的缺失。”③童年体验包含着最丰富、最深厚的人生真谛，它本身就是一种超然的审美体验和记忆。“童年体验作为人类个体的一种本真的生命体验超越了现实世俗的干扰，是对经历物所作的天然纯真、直观的把握，因而这种体验最接近人的本性，是最真实、天然的，也是最具有普遍的人生意义的。”④从而，“怀旧”现象中的“童

① 童庆炳等：《现代心理美学》，中国社会科学出版社1993年版，第199页。

②［苏］列·谢·维戈茨基著，周新译：《艺术心理学》，上海文艺出版社1985年版，第343页。

③ 童庆炳等：《现代心理美学》，中国社会科学出版社1993年版，第125页。

④ 童庆炳等：《现代心理美学》，中国社会科学出版社1993年版，第106页。

年”就成为“怀旧意向”的一个指向，因为这种“童年意向”是一种对人生意义、存在意义、生命审美意义的个体终极性寻找，能够弥补作家个体缺失和个体缺失带来的社会性缺失感。“童年意向”和“伦理和谐意向”是有所区别的，后者是在集体生存的伦理意义上的一种终极性审美追求，前者倾向于个体存在的意义的终极性审美追求。从这个角度来说，中西方的“童年意向”是相通的。在中外的文艺作品中，含有“童年意向”的怀旧美风格的杰作数量很多，例如美国作家马克·吐温的《汤姆·索亚历险记》、中国数量庞大的“成人童话”——武侠小说等。

“伦理意向”、“宗教意向”和“童年意向”是构成“怀旧意向”的三大支柱。作家们不管有没有意识到自己的“意向”，但是文艺作品在民族记忆中形成又塑造和丰富着民族的集体记忆，艺术家一方面陶醉在这种“记忆与怀旧”的状态中，也使得读者在阅读中得到了“净化”，并深深迷醉在“怀旧意向”所拥有的“怀旧之美”的境界中。“趣味无争辩”，对于审美趣味中的“怀旧”趣味人们也是难以下一个准确的“好坏优劣高低”的是非真假判断的。但是人们依然可以在对当代文化价值的联系中作出某种取舍，无法作真假判断不代表不能作出某种价值的取舍，而取舍本身就是一种价值批判的结果。

第三节 “寻根”怀旧的文化反思

“怀旧只不过是暂时的逃避，麻醉过后是更深的苦痛，灵魂归宿的寻找敲响了哲学的墙壁。”[①]这是后人在评论“二十世纪三十年代现代主义诗歌的诗学主题”时的一个总结，这句话也为“怀旧”的美学难题——文化保守主义的侵袭如何理解提供了追问方向。个人艺术性的“怀旧”是个纯美学欣赏的问题，可是一旦个人的“怀旧”或民族的

① 张同道：《都市风景与田园乡愁——论三十年代现代主义诗歌的诗学主题》，载《文艺研究》1997年第2期，第102页。

“怀旧”涉及社会伦理、文化立场、思想操守的问题时，就必须在哲学上给予应有的阐释和解决。

一、文化怀旧与保守主义

“怀旧”的“真实”或“事实”可能是个人记忆层面的童年的欢乐、故乡的美景、往日的旧事，也可能是掺杂有封建伦理内容的生活方式、家庭伦理、社会制度等事件。前者构成了“怀旧”艺术作品的主要部分，并经常形成“怀旧之美”的审美风格；后者往往是文艺家反对与批判的对象，而且也是文艺理论家、思想家所批判的对象。那些保守的“怀旧”主义者，面对新的历史语境和崭新的道德氛围无法突围，便仇恨诋毁这新的文化环境，怀旧的情绪油然而生；他们在社会巨变面前迷失了方向，越是对现实不满，就越怀恋过去，把过去理想化。他们对过去的理想化并不是一个单纯的个人的“怀旧”审美体验，而是带有强烈的道德伦理批判色彩。在每一个社会转折和文化转型时期，这样的一些“怀旧”主义者就会以种种面目出现，掀起一股股“怀旧”伤感的保守主义的潮流。

有时，怀旧也是为了表达现实的际遇不顺，以及对往日陈迹的重新解读。《过陈琳墓》是唐代诗人温庭筠创作的一首怀古咏史诗，是唐诗中的名篇之一。在诗中，作者既凭吊陈琳，又自伤身世。

曾于青史见遗文，今日飘蓬过此坟。词客有灵应识我，霸才无主独怜君。石麟埋没藏春草，铜雀荒凉对暮云。莫怪临风倍惆怅，欲将书剑学从军。

这是一首咏怀古迹之作，表面上是凭吊古人，实际上是自抒身世遭遇之感。陈琳是汉末著名的建安七子之一，擅长章表书记。初为大将军何进主簿，曾向何进献计诛灭宦官，不被采纳；后避难冀州，袁绍让他典文章，曾为绍起草讨伐曹操的檄文；袁绍败灭后，归附曹操，操不计前嫌，予以重用，军国书檄，多出其手。陈琳墓在今江苏邳县，这首诗就是凭吊陈琳墓有感而作。

"曾于青史见遗文，今日飘蓬过此坟。"开头两句用充满仰慕、感慨的笔调领起全篇，说过去曾在史书上拜读过陈琳的文章，今天在漂流辗转的生活中又正好经过陈琳的坟墓。古代史书常引录一些有关军国大计的著名文章，这类大手笔，往往成为文家名垂青史的重要凭借。"青史见遗文"，不仅点出陈琳以文章名世，而且寓含着歆慕尊崇的感情。第二句正面点题。"今日飘蓬"四字，暗透出诗中所抒的感慨和诗人的际遇分不开，而这种感慨又是紧密联系着陈琳这位前贤来抒写的。不妨说，这是对全篇主旨和构思的一个提示。

"词客有灵应识我，霸才无主始怜君。"颔联紧承次句，"君"、"我"对举夹叙，是全篇托寓的重笔。词客，指以文章名世的陈琳；识，这里含有真正了解、相知的意思。上句是说，陈琳灵魂有知，想必会真正了解"我"这个飘蓬才士吧。这里蕴涵的感情颇为复杂。其中既有对自己才能的自负自信，又暗含才人惺惺相惜、异代同心的意思。纪昀评道："'应'字极兀傲。"这是很有见地的。但却忽略了另一更重要的方面，这就是诗句中所蕴涵的极沉痛的感情。诗人在一首书怀的长诗中曾慨叹道："有气干牛斗，无人辨辘轳（即鹿卢，一种宝剑）。"他觉得自己就像一柄气冲斗牛而被沉埋的宝剑，不为世人所知。一个杰出的才人，竟不得不把真正了解自己的希望寄托在早已作古的前贤身上，正反映出他见弃于当时的寂寞处境和"举世无相识"的沉重悲慨。因此，"应"字便不单是自负，而且含有世无知音的自伤与愤郁。下句"霸才"，犹盖世超群之才，是诗人自指。陈琳遇到曹操那样一位豁达大度、爱惜才士的主帅，应该说是"霸才有主"了。而诗人自己的际遇，则与陈琳相反，"霸才无主"四字正是自己境遇的写照。"始怜君"的"怜"，是怜慕、欣羡的意思。这里实际上暗含着一个对比：陈琳的"霸才有主"和自己的"霸才无主"的对比。正因为这样，才对陈琳的际遇特别欣羡。这时，流露了生不逢时的深沉感慨。

"石麟埋没藏春草，铜雀荒凉对暮云。"腹联分承三、四句，从"墓"字生意。上句是墓前即景，下句是墓前遥想。年深日久，陈琳墓前的石麟已经埋藏在萋萋春草之中，更显出古坟的荒凉寥落。这是寄托自己对前贤的追思和缅怀，也暗示当代的不重才士，任凭一代才人的坟墓芜没荒废。由于缅怀陈琳，便进而联想到重用陈琳的曹操，想象到远在邺都的铜雀台，想必也只剩下荒凉的遗迹，在遥对黯淡的暮云了。这不仅是对曹操这样一位重视贤才的明主的追思，也是对那个重才的时代的追恋。"铜雀荒凉"，正象征着一个重才的时代的消逝。而诗人对当前这个弃贤毁才时代的不满，也就在不言中了。

"莫怪临风倍惆怅，欲将书剑学从军。"文章无用，霸才无主，只能弃文就武，持剑从军，这已经使人不胜感慨；而时代不同，今日从军，又焉知不是无所遇合，再历飘蓬。想到这里，怎能不临风惆怅，黯然神伤呢？这一句，将诗人那种因"霸才无主"引起的生不逢时之感，更进一步地表现出来了。

全诗贯穿着诗人自己和陈琳之间不同时代、不同际遇的对比，即霸才无主和霸才有主的对比，青史垂名和书剑飘零的对比，文采斐然，寄托遥深，不下李商隐咏史佳作。就咏怀古迹一体看，不妨视为杜甫此类作品的嫡传。①

有人说："怀旧是人类的天性。那浩如烟海的典籍，那林林总总的博物馆，都是人类怀旧的杰作。人生每天都在创新，又每天都在怀旧。历史长着两双眼睛，一双向后，一双向前。"②个人的艺术式的"怀旧"如果只涉及个体的审美，就是纯净而美好的，但是一旦作为意识形态的工具，就成为一个复杂的社会文化学的问题。为了艺术、为了审美的"怀旧"是一种美好的、给人类心灵以安慰的活动；然而，为了抵制历史前进、抗拒文化革新的保守陈腐的"怀旧"则必须进行剖析和批判。"我们知道，每个民族都有自己的文化传统和历史，而且这种文化传统和历史是深入骨髓的，想割也割不断的。但是，在中国，有一种其他国家和民族——或者说大多数国家和民族思想文化历史发展上少见的现象：这就是每当碰到比较难得的变革或转折机遇时，或当这种变革或转

① 《过陈琳墓》，百度百科，http://baike.baidu.com/view/644095.htm。

② 阿克塞尔：《全球遍刮怀旧风》，载《现代妇女》1995年第6期，第12页。

折进行到一定阶段时，中国的知识分子、中国的思想文化界乃至整个中国社会，总会出现一种‘念旧’情绪，一种‘向后看’、‘向后转’的呼声和心态。似乎封闭、保守成为中国传统文化的重要特征。”[1]怀旧与保守主义的盛行未必一定是中国思想与文化的痼疾，但是至少这种现象不是一个在当代理性逻辑上可以接受的文化潮流。时代呼唤多元化，包括多元化的思维方式和多元化的现象世界，“怀旧”主义可以作为多元化的一种，却不能以“一言堂”的话语霸权方式出现。

以《故都的秋》[2]为例，从1921年9月到1933年3月，郁达夫曾用相当大的精力参加左翼文艺活动和进行创作。由于国民党白色恐怖的威胁等原因，他从1933年4月由上海迁居到杭州，居住近三年，这段时间里，过的是一种闲散安逸的生活，并花了许多时间游山玩水，写下许多的游记散文。1934年7月，郁达夫“不远千里”从杭州经青岛去北平，再次饱尝了故都的“秋味”，并写下了此文。作者在对北平秋的描绘中，寄寓了眷恋故都自然风物和对美的执著追求，流露出一种沉静、寡淡的心境。“故都”表明描写的地点，含有深切的眷恋之意；“秋”字确定描写的内容。

秋天，无论在什么地方的秋天，总是好的；可是啊，北国的秋，却特别地来得清，来得静，来得悲凉。我的不远千里，要从杭州赶上青岛，更要从青岛赶上北平来的理由，也不过想饱尝一尝这“秋”，这故都的秋味。

江南，秋当然也是有的，但草木凋得慢，空气来得润，天的颜色显得淡，并且又时常多雨而少风；一个人夹在苏州上海杭州，或厦门香港广州的市民中间，混混沌沌地过去，只能感到一点点清凉，秋的味，秋的色，秋的意境与姿态，总看不饱，尝不透，赏玩不到十足。秋并不是名花，也并不是美酒，那一种半开、半醉的状态，在领略秋的过程上，

① 蒋旭东：《世纪末的怀旧情绪——当代中国文化保守主义的再思考》，载《人文杂志》1999年第6期，第13页。

② 郁达夫：《故都的秋》，吉林出版社2009年版。

是不合适的。

不逢北国之秋，已将近十余年了。在南方每年到了秋天，总要想起陶然亭的芦花，钓鱼台的柳影，西山的虫唱，玉泉的夜月，潭柘寺的钟声。在北平即使不出门去吧，就是在皇城人海之中，租人家一椽破屋来住着，早晨起来，泡一碗浓茶，向院子一坐，你也能看得到很高很高的碧绿的天色，听得到青天下驯鸽的飞声。从槐树叶底，朝东细数着一丝一丝漏下来的日光，或在破壁腰中，静对着像喇叭似的牵牛花（朝荣）的蓝朵，自然而然地也能够感觉到十分的秋意。说到了牵牛花，我以为以蓝色或白色者为佳，紫黑色次之，淡红色最下。最好，还要在牵牛花底，叫长着几根疏疏落落的尖细且长的秋草，使作陪衬。

北国的槐树，也是一种能使人联想起秋来的点缀。像花而又不是花的那一种落蕊，早晨起来，会铺得满地。脚踏上去，声音也没有，气味也没有，只能感出一点点极微细极柔软的触觉。扫街的在树影下一阵扫后，灰土上留下来的一条条扫帚的丝纹，看起来既觉得细腻，又觉得清闲，潜意识下并且还觉得有点儿落寞，古人所说的梧桐一叶而天下知秋的遥想，大约也就在这些深沉的地方。

秋蝉的衰弱的残声，更是北国的特产，因为北平处处全长着树，屋子又低，所以无论在什么地方，都听得见它们的啼唱。在南方是非要上郊外或山上去才听得到的。这秋蝉的嘶叫，在北方可和蟋蟀耗子一样，简直像是家家户户都养在家里的家虫。

还有秋雨哩，北方的秋雨，也似乎比南方的下得奇，下得有味，下得更像样。

在灰沉沉的天底下，忽而来一阵凉风，便息列索落地下起雨来了。一层雨过，云渐渐地卷向了西去，天又晴了，太阳又露出脸来了，着着很厚的青布单衣或夹袄的都市闲人，咬着烟管，在雨后的斜桥影里，上桥头树底下去一立，遇见熟人，便会用了缓慢悠闲的声调，微叹着互答着地说：

“唉，天可真凉了——”（这了字念得很高，拖得很长。）

“可不是吗？一层秋雨一层凉了！”

北方人念阵字，总老像是层字，平平仄仄起来，这念错的歧韵，倒来得正好。

北方的果树，到秋天，也是一种奇景。第一是枣子树，屋角，墙头，茅房边上，灶房门口，它都会一株株地长大起来。像橄榄又像鸽蛋似的这枣子颗儿，在小椭圆形的细叶中间，显出淡绿微黄的颜色的时候，正是秋的全盛时期，等枣树叶落，枣子红完，西北风就要起来了，北方便是沙尘灰土的世界，只有这枣子、柿子、葡萄，成熟到八九分的七八月之交，是北国的清秋的佳日，是一年之中最好也没有的Golden Days。

有些批评家说，中国的文人学士，尤其是诗人，都带着很浓厚的颓废的色彩，所以中国的诗文里，赞颂秋的文字的特别的多。但外国的诗人，又何尝不然？我虽则外国诗文念的不多，也不想开出帐来，做一篇秋的诗歌散文钞，但你若去一翻英德法意等诗人的集子，或各国的诗文的Anthology来，总能够看到许多并于秋的歌颂和悲啼。各著名的大诗人的长篇田园诗或四季诗里，也总以关于秋的部分，写得最出色而最有味。足见有感觉的动物，有情趣的人类，对于秋，总是一样地特别能引起深沉，幽远、严厉、萧索的感触来的。不单是诗人，就是被关闭在牢狱里的囚犯，到了秋天，我想也一定能感到一种不能自已的深情，秋之于人，何尝有国别，更何尝有人种阶级的区别呢？不过在中国，文字里有一个“秋士”的成语，读本里又有着很普遍的欧阳子的《秋声》与苏东坡的《赤壁赋》等，就觉得中国的文人，与秋的关系特别深了，可是这秋的深味，尤其是中国的秋的深味，非要在北方，才感受得到底。

南国之秋，当然也是有它的特异的地方的，比如廿四桥的明月，钱塘江的秋潮，普陀山的凉雾，荔枝湾的残荷等等，可是色彩不浓，回味不永。比起北国的秋来，正像是黄酒之与白干，稀饭之与馍馍，鲈鱼之与大蟹，黄犬之与骆驼。

秋天，这北国的秋天，若留得住的话，我愿把寿命的三分之二折去，换得一个三分之一的零头。

一九三四年八月，在北平

中国文学向来有悲秋的传统，悲秋即是一种文化怀旧。这种文化特征呈现在文学作品中，我们可以看到在20世纪中国文坛上，具有文化“怀旧”的作品为数众多，诗歌、散文、小说中的“怀旧”和道德感伤触手可及。无论是80年代的“寻根小说”还是“知青文学”，无论是90年代的新历史主义小说还是怀旧散文，以及众多的“老房子”、“老北京”、“老照片”等风靡一时的文化现象，其背后都有着文化保守主义、文化“怀旧”的思想根源。例如，在一篇《怀旧、快餐与文化思索》的文章中，作者认为：“老照片沉淀着文化，这种文化的含量多半是因为旧的缘故，而怀旧又是人的天性。一个经济发展迅速、文化变化剧烈的时代，也将是怀旧情绪浓烈的时代。但怀旧的情绪往往容易失之于肤浅和情绪化，有时候又多半是快餐式的。”①固然这些文艺现象有其“存在就是合理”的逻辑立足点，但是也无可否认的是，它毕竟不适合于现代化的语境，不适合中国文化的当代转型。对于这种文化“怀旧”的深入解析，能够说明它如何与当代文化语境的抵触。

二、文化寻根与农业文明

“文革”后的中国文坛，“主义”、“潮流”一波接着一浪，“伤痕文学”、“反思文学”、“改革文学”、“寻根文学”、“新写实主义”、“新历史小说”等“你方唱罢我登场”，使得20世纪八九十年代的文坛着实热闹了一阵子。然而，喧嚣之后是寂寞，在各种形式和潮流的波澜下是枯燥、浅薄的意蕴的荒滩。

在这一时期，文学潮流最重要的特点是怀旧气息浓重，其中怀旧这一主题最突出的审美意象就是“寻根”。1981年前后美国由长篇小说《根》所兴起的寻根热，以及中国1985年以来的文学寻根、文化寻根潮都是形象的证明。尤其是后者，小说家如韩少功、阿城、莫言，诗人如杨炼、欧阳江河，剧作家如高行健等，都是从“十年浩劫”中成长起来的一代人，他们遭遇了神圣价值的颠覆和信仰的幻灭，没有历史，也

① 王干：《怀旧、快餐与文化思索》，载《当代作家评论》1997年第4期，第91页。

"无家可归"，所以其怀旧就是一种以现实境遇为起点、以传统文化为旨归的精神跋涉，是其逃离灵魂荒漠，寻求历史归属感和认同感的尝试。①

对于"寻根文学"这一具有"怀旧"倾向的小说流派，高度赞赏者有之，反对批评者有之。赞赏者称赞其对民族文化的继承与民族久远记忆的寻觅，为中华民族的文化寻找一个往日的根据。然而，反对者认为，"寻根"所寻到的"文化之根"只是封建伦理文明的"毒瘤"，这些早该被抛入历史旮旯的封建伦理，是不该被怀旧主义者的道德乌托邦再次寻找并认同为文化重建的根基的。刘小枫在他的一本影响很大的著作中抨击说："如果在历史文化的土壤深处是一茎腐烂的根，我们是否必得去寻求？根的历史原初性是否就是绝对价值的根据？如果在历史文化的原初形态中包含着谎骗的力量、命定的无用性、形形色色的伪善、疾病、死亡，我们也应该'认同'？历史文化的原初形态凭什么要求我们把其本性可能倾向的犯错误的全部痛苦事实接受下来？"②"怀旧"的历史真实和文化力量被人们否定并加以批判，其后"寻根文学"日渐式微，但是文化"怀旧"心理在随后的文学创作中经过置换后依然有着旺盛的生命力。

在90年代"新历史主义"文学潮流中，许多作家又开始歌颂牧歌式的田园文明，试图用"怀旧"的笔调带领人们进入农业文明的乌托邦伦理世界。"新历史主义"是在全球"后现代主义"的语境下出现的，因此带有后现代主义的许多话语特征。然而，"新历史主义"并不是开给处在社会转型和文化转型时期的中国的一剂"特效药"，文化"怀旧"终究要面对物理时空的历史真实。"后现代主义已被赋予模仿拼凑和浅薄的文本特性，被打上了精神分裂症的标记；正是在这种文化中，'真正'的历史被怀旧所取代。"③王蒙的《季节系列》、邓友梅的《凉山月》、张贤亮的《菩提树》、从维熙的《裸雪》、周懋庸的《长

① 赵静蓉：《现代怀旧的三张面孔》，载《文艺理论研究》2003年第1期。

② 刘小枫：《拯救与逍遥》（修订版），上海三联书店2001年版，第16页。

③ 夏建中：《当代流行文化研究：概念、历史与理论》，载《中国社会科学》2000年第5期，第96页。

相思》、孙民的《盛世幽明》、陆文夫的《人之窝》，还有鲁彦周的几部长篇等，大体都由对社会政治的批判转向了对民族性格心理的反省，由道义的悲愤转向了文化的沉思，由过分的执著转向超然的从容，代表了"文化怀旧文学"的主流方向。雷达先生在《小说评论》的一篇论文中，将"怀旧长篇"作为90年代长篇小说的一类，并评论说："冠以'怀旧'之名好像有失恭敬，好像不如'反思'之类来得庄严。其实，怀旧更自然，更有人情味，更容易接近事物的本源，不像'反思'那样造势，那样用力过猛。我是相信文学的兴趣与年龄有关的。在90年代，对于'归来的一代'作家来说，'过去的生活'成了他们创作上一个共同的兴奋点，其中既包含很浓的反思性，但又不限于反思性。由于人放松了，记忆也就恢复得更充分了，过去被遮蔽的情感、智慧、意趣，也就容易显露出来了。"①

张炜是"新历史主义"作家群中成就和影响比较大的一位，被称为"大地乌托邦的守望者"。张炜善于进行"人和自然"的反思，在他的《柏慧》、《古船》、《九月寓言》等作品中，呼唤"人与自然合一"，试图构建农业文明的"道德乌托邦"。有学者认为："张炜的小说引起关注，一方面来自作者艺术上某种沉静和扎实的努力，衍生出一种不为潮流所动的凝重而拙朴的艺术特质。另一方面，张炜小说中呈现的以'回顾'、'野地'和'纯洁'为主要内容的价值取向在整个文化转型中所引起的熙熙攘攘的争议。一般地说，人类文明包含这样两个基本层面：生存意义上的相安和杀戮意义上的发展和守旧。"②张炜的努力似乎就是在文本怀旧中重建他所认为的"真实"的道德立场和伦理价值，进而推动文化向过去寻找方法和价值真理，向传统文化索取现代化的"入场券"。

"新历史主义"所要关注的就是这些，"新历史主义"的作家学者们以为不如此就无法重新确立社会价值的"道统"和伦理规范。然而，

① 雷达：《第三次高潮——90年代长篇小说述要》，载《小说评论》2001年第4期，第9页。

② 吴炫：《张炜小说的价值取向》，载《文学评论》1996年第1期。

文化“怀旧”所面临的道德立场、伦理逻辑是否真的能够解决个人的审美和现实文化需要？文学“怀旧”文本所体现的农业文明的“道德乌托邦”是否真的能够经受现代化的考验？“怀旧”所要求的社会伦理和道德立场是否先天就有一种可以满足人们精神审美和道德审判的事实性的力量？问题要有一个答案，必须回到过去的文化语境中，寻找“怀旧”的“道德事实”的本源和真相。

三、“怀旧”的生态学溯源

对中国人文化“怀旧”原生态的找寻首先可以上溯到远古。中国人对祖宗有一种半宗教式的敬畏，所以对祖先的景仰乃是发自内心的，因而形成了独特“孝道”文化传统。从《尚书》里面提到的“天地祭礼”与“祖先祭礼”开始，“敬拜祖先”就成为中国人生活中的一件大事。对过去和祖先的心理情感习俗化以后，对祖先时代的情感认同和心理归依就成为一种思维结构。孔子作为中国文化的源头之一，就十分向往古代的“礼乐和谐”的社会伦理境界。他批评自己生活时代的“礼崩乐坏”，希望重建记忆中的社会伦理和谐的社会。在《论语》中，他对古代（主要是周朝）的礼乐伦理制度的推崇，对“大同世界”的道德风尚标准的赞美，在后世的思想文化发展中起到了“原型”性的奠基作用。孔子晚年编订的《诗经》，也在文艺层面为后来的知识分子建立了一个“和谐”社会的艺术典范。

《论语》云：“子曰：‘我非生而知之者，好古敏以求之者也。’”孔子所追求的“古”，是他所未曾见而理想中的“和谐”社会。现代一些学者认为，虽然孔子有“保守主义”的倾向，但是“孔子所处的春秋时代正面临我国古代社会第一个重大历史转折。此时旧的政治制度和社会秩序已被打乱，趋于崩溃，即孔子所说的‘礼崩乐坏’；而新的社会变革还在进行之中，其表现尤呈残酷，其形态不够彰显，给人一种道德弛坏、理性不张的感觉。至于未来如何更难预料。面对这种状况，可以说任何人都感到茫然，自然滋生出一种对古代的向往。而且相对孔子同时代的思想家老子的怀旧情感来说，他对于西周的向往，还

算是现实的"[①]。而老子和庄子对"天道自然"的赞颂与主体回归，同样在艺术和思维两个层面塑造着后来的华夏民族记忆。"儒道合流"以及后来佛教对中国士人的精神境界的改造，使得一代代的知识分子就在典籍事实和心灵深处树立了一个"古代礼乐和谐"的社会典范，并为之在现实和艺术领域的实现而努力。

屈原既是一个试图建立古代"和谐"社会的政治家，又是一个在独特的艺术体裁——"楚辞"中反复对之进行吟诵的诗人。屈原是中国浪漫主义的祖师，《诗经》是现实主义的源头，二者留给后世的"古代政治伦理蓝图"和"古代文艺境界"确立了"古代"在后世知识分子和艺术家心目中的经典地位和"原型"性的思维结构。加上封建知识分子对天命、祖先、君臣宗教般的信仰和热诚，"回到过去"和"回归古代"几乎带有玫瑰般的色彩，深深地吸引着他们。陶渊明就是这样的一个知识分子。虽然弃官归隐，但是在内心深处他对古代和谐社会的向往是更加迫切的。他在诗歌中塑造了一个"芳草鲜美、落英缤纷"的"桃花源"，它是"回归古代"和"回归自然"的"怀旧"意识中古代和谐社会的典型意象，类似于西方的"伊甸园"或"理想国"。

作为屈原之后的最伟大的浪漫主义诗人，李白具有的"怀古情结"实际上就是一种带有文化意蕴的"怀旧"意识。"作为一定心理结构，怀古情结不同于一般意义上的咏古和怀旧，也不是偶然而发的思古之兴，而是一种经过无数次刺激后积淀在潜意识中的深层记忆。它平常或许不露痕迹，但当诗人遇到类似的刺激时，便条件反射式地显现出来，影响诗人的情感和人格。它是诗人心理结构中最敏感的区域，能把诗人心中最普遍最深刻的东西通过怀古的方式表现出来，并形成感情的一贯性和思想的连续性，在古与今的比照中表现诗人的现实态度与人生理想。这是一种深层次的心灵观照，一种高境界的社会反思。"[②]李白的

---

① 夏毅辉：《试论孔子的人文关怀与人文精神》，载《湘潭师范学院学报》（社会科学版）2001年第2期，第22页。

② 傅绍良：《论李白的怀古情结与心理调适》，载《陕西师范大学学报》（哲学社会科学版）1995年第4期，第92页。

“思古之幽情”及作为一种艺术手法的“古今对比关照”，同样是对“古代和谐社会”的真实性的呼唤与美学建构。当然，具有这种“古人幽怀”和艺术手法的古代诗人，在中国古代的文艺史上也屡见不鲜。

而在代与代之间，尤其是在新旧文化传统交替更新的时刻，老一辈往往沉湎于旧传统，并且无论从感情上，还是在具体制度上都维护着旧传统，而下一代则更愿意有新的情感表达和释放心灵的途径，因而冲突不免产生。所以，在这样的时代，就出现了一些极端守旧和另外一些极端新潮的文化对立：

在历史的传统变幻时刻，开风气之先的往往不是体面地生活于社会里的正人君子，而是那些被社会另眼相待的“刺儿头”——正因如此，新传统名誉常常因他们的坏名声而受到影响，这就给新传统的反对者带来了口实。同样，他们也不可能理解老一代。他们不明白老一辈为何宁愿固守着旧传统而放着更舒适的新生活不过。

……传统的盲目自信派坚信传统的可靠性。他们一面极力发掘一切历史闪光点，以证明传统的伟大不朽和生命力，提高人们的自信心，这些工作常常很有成绩——虽然让人感到他们也做了不少牵强附会的扭曲和夸张的工作；另一方面就是用时下的新精神重新阐释传统，给传统的形式注入新内涵——即使它有先见之明，又使它获得了适应现实的生命力，不过同样，这种工作也做的比较蹩脚，给人一种驴唇马嘴的滑稽。按照这些人的意见，在中国，传统的文化中就包含着一切的现代科学和文明，至少也有着这种文明的萌芽。中国的“国粹”足以对付任何危机，即使有必要引进某些外域文化来帮助重建传统，也必须按照“中体西用”的原则来进行。①

① 杨善民、韩锋：《文化哲学》，山东大学出版社2002年版，第278~280页。

小　结

一句古老的谚语说：“没有故乡的人身后一无所有。”“怀旧”者的背后是中国“文化怀旧”和“文化乡愁”，而更深远的背后是农耕文明和“向后看”的民族心理结构。对于“怀旧”意识和“怀旧”情结的存在，以及对“天人合一”的心理—文化结构的认同，从不同的立场和态度出发，就会得出不同的结论和倾向。回忆是一切文化行为的基础，而文化的进程当然离不开对往事文明的记忆与继承。但是，在什么方面和何种程度上继承，却是区别一个民族是保守守旧还是开拓创新的关键。本书无法对此给出一个令人满意的答案，但是却深切地关注着我们的民族最终所给出的答案。

正如作家沈从文一样，在梦中都怀念着美丽、淳朴、忧郁的故乡——湘西，但是在醒来之后又不得不批判湘西的落后、野蛮和愚昧，在面对新的文化表现形态、网络化生活、全球化和地区化生活、商业行为主义的冲击的时候，“怀旧”作为精神的栖息之地，同时也作为不符合时代潮流的力量，人们如何摆正自己的位置，不但是个美学范围的问题，更是个哲学与社会学的问题，值得后来者的继续研究和追问。

参考文献

著作类

[1]［英］艾略特：《四个四重奏》，漓江出版社1985年版；转引自刘小枫：《拯救与逍遥》（修订版），上海三联书店2001年版。

[2]程乃珊：《上海的贵族之血》，见《海上萨克斯风》，文汇出版社2004年版。

[3]戴锦华：《电影理论与批评》，北京大学出版社2007年版。

[4]戴锦华：《想象的怀旧》，见《隐形书写——90年代中国文化研究》，江苏人民出版社1999年版。

[5]［美］丹尼尔·夏克特著，高申春译：《找寻逝去的自我：大脑、心灵和往事的记忆》，吉林人民出版社1998年版。

[6]邓广铭：《稼轩词编年笺注》，上海古籍出版社1978年版。

[7]［英］弗雷德里克·C. 巴特莱特著，黎炜译：《记忆：一个实验的与社会的心理学研究》，浙江教育出版社1998年版。

[8]［美］弗雷德里克·詹姆逊著，胡亚敏等译：《文化转向》，中国社会科学出版社2000年版。

[9]傅道彬：《晚唐钟声——中国文化的精神原型》，东方出版社1996年版。

[10]傅道彬：《晚唐钟声——中国文学的原型批评》，北京大学出版社2007年版。

[11]高亨：《诗经今注》，上海古籍出版社1980年版。

[12]高楠：《艺术心理学》，辽宁人民出版社1988年版。

[13]［德］海涅著，海安译：《论德国宗教和哲学的历史》，商务

印书馆1974年版。

［14］胡经之、王岳川：《文艺学美学方法论》，北京大学出版社1994年版。

［15］［法］加缪著，杜小真译：《西西弗的神话》，广西师范大学出版社2002年版。

［16］老舍：《断魂枪》，京华出版社2006年版。

［17］李欧梵：《统一或多元》，见《寻回香港文化》，牛津大学出版社（香港）2002年版。

［18］李泽厚：《美学三书·美学四讲·艺术》，安徽文艺出版社1999年版。

［19］［苏］列·谢·维戈茨基著，周新译：《艺术心理学》，上海文艺出版社1985年版。

［20］林惠祥：《文化人类学》（第2版），商务印书馆1991年版。

［21］刘小枫：《拯救与逍遥》（修订版），上海三联书店2001年版。

［22］鲁枢元、童庆炳等：《文艺心理学大辞典》，湖北人民出版社2001年版。

［23］鲁迅：《鲁迅散文全编》，浙江文艺出版社1991年版。

［24］［法］M.普鲁斯特著，李恒基等译：《追忆逝水年华》，译林出版社2001年版。

［25］马尔科姆·蔡斯、克里斯托弗·萧:《怀旧的不同层面》；转引自包亚明：《上海酒吧》，江苏人民出版社2001年版。

［26］［德］尼采，周国平译：《悲剧的诞生》，生活·读书·新知三联书店1986年版。

［27］［德］尼采，陈涛等译：《历史的用途与滥用》，上海人民出版社2000年版。

［28］倪梁康：《面对实事本身：现象学经典文选》，东方出版社2000年版。

［29］倪梁康：《胡塞尔现象学概念通释》，生活·读书·新知三联书店1999年版。

[30]［法］M.普鲁斯特著，李恒基等译：《追忆逝水年华》，译林出版社2001年版。

[31]［俄］普希金：《假如生活欺骗了你》，见戈宝权：《戈宝权译文集·普希金诗集》，北京出版社1987年版。

[32]钱仲联：《清八大名家词集·湖海楼词集》，岳麓书社1992年版。

[33]屈原：《离骚》，见陈器之：《中国历代文学精华译注》，湖南出版社1995年版。

[34]沈从文：《边城》，人民出版社1991年版。

[35]沈从文：《沈从文别集：湘行集》，岳麓出版社1992年版。

[36]腾守尧：《审美心理描述》，中国社会科学出版社1985年版。

[37]铁凝：《永远有多远》，解放军文艺出版社2000年版。

[38]童庆炳等：《现代心理美学》，中国社会科学出版社1993年版。

[39]王安忆：《长恨歌》，作家出版社1995年版。

[40]王国健：《明清小说思潮论稿》，广州出版社1993年版。

[41]王岳川：《现象学与解释学文论》，山东教育出版社1999年版。

[42]严可均：《全上古三代秦汉三国六朝文·全上古三代文》，商务印书馆1999年版。

[43]杨志良等：《记忆心理学》，华东师范大学出版社1996年版。

[44]叶舒宪：《神话——原型批评》，陕西师范大学出版社1987年版。

[45]袁行霈：《中国文学史》，高等教育出版社1999年版。

[46]张爱玲：《张爱玲文集》，安徽文艺出版社1992年版。

[47]张炎著，夏承焘校注：《词源注》，人民文学出版社1963年版。

[48]周宪：《文化现代性与美学问题》，中国人民大学出版社2005年版。

论文类

[1] 阿克塞尔：《全球遍刮怀旧风》，载《现代妇女》1995年第6期。

[2] 陈爱平、杨正喜：《从雁蝉蛩声看古代诗歌的悲秋意识》，载《华南农业大学学报》（社会科学版）2003年第1期。

[3] 陈辽：《论台湾文学五“性”》，载《福建论坛》（文史哲版）1999年第3期。

[4] 成绶台：《郑板桥〈念奴娇·石头城〉赏析——〈历代长江词曲赏析〉之五》，载《中国三峡建设》2007年第3期。

[5] 程国赋：《论唐五代士子文化心态的嬗变及其在小说中的体现》，载《学术研究》2003年第3期。

[6] 傅绍良：《论李白的怀古情结与心理调适》，载《陕西师范大学学报》（哲学社会科学版）1995年第4期。

[7] 贺仲明：《20世纪乡土小说的创作形态及其新变》，载《南京师范大学学报》（社会科学版），2004年第3期。

[8] 胡宝平：《哈代作品中的怀旧》，载《外国文学评论》2005年第2期。

[9] 皇甫积庆：《从文学到生命——鲁迅与嵇康、阮籍的联系与比较》，载《鲁迅研究月刊》1995年第10期。

[10] 黄瑛：《中国古代文学中雁意象的文化内蕴》，载《云南师范大学学报》2004年第36卷第1期。

[11] 蒋旭东：《世纪末的怀旧情绪——当代中国文化保守主义的再思考》，载《人文杂志》1999年第6期。

[12] 焦垣生、胡友笋：《新时期以来红色经典“冷”、“热”原因探析》，载《湖南文理学院学报》（社会科学版）2005年第2期。

[13] 雷达：《第三次高潮——90年代长篇小说述要》，载《小说评论》2001年第4期。

[14] 刘成纪：《九十年代审美文化的四种倾向》，载《美术观察》1997年第10期。

[15] 刘卫英：《怀古思绪与意象因袭》，载《写作》1999年第9期。

[16] 刘学锴：《李商隐咏史诗的主要特征及其对古代咏史诗的发展》，载《文学遗产》1993 年第1期。

[17] 刘雨：《经验和艺术的依附与超越》，载《社会科学战线》1995年第4期。

[18] 路文彬：《作为修辞的历史感——"新历史主义"小说之后的历史叙事》，载《文学评论》2004年第2期。

[19] 缪钺：《二千多年来中国士人的两个情结》，载《中国文化》1991年第1期。

[20] 罗岗：《找寻消失的记忆——对王安忆〈长恨歌〉的一种疏解》，载《当代作家评论》1996年第5期。

[21] 邱单丹：《寻找消逝的记忆—— 读王安忆的〈长恨歌〉》，载《龙岩学院学报》2005年第23卷第2期。

[22] 邱贵芬：《历史记忆的重组和国家叙述的建构：试探〈新兴民族〉、〈迷园〉及〈暗巷迷夜〉的记忆认同政治》，载《中外文学》1996 年第5期。

[23] 莎白、王立：《论中国古代文学中的怀古主题》，载《江汉大学学报》1990年第1期。

[24] 宋仁福、王成妃：《杜鹃形象在汉英文化中的异同》，载《无锡商业职业技术学院学报》2006年第6卷第5期。

[25] 谭亚：《怀旧情感在包装上的运用》，载《贵州大学学报》（艺术版）2005年第3期。

[26] 谭云明：《90年代散文怀旧倾向的文化批判》，载《中国文学研究》2000年第1期。

[27] 田承良：《"红色经典"市场化的文化思考》，载《泰山学院学报》2005年第4期。

[28] 王干：《怀旧、快餐与文化思索》，载《当代作家评论》1997年第4期。

[29] 王立：《文学主题与音响乐音》，载《丹东师专学报》2003

年第25卷第2期。

［30］韦春喜：《南朝咏史诗试论》，载《石油大学学报》（社会科学版）2002年第18卷第2期。

［31］韦春喜：《咏史诗产生根源探析》，载《古代文学研究》2007 年第3 期。

［32］吴炫：《张炜小说的价值取向》，载《文学评论》1996年第1期。

［33］夏建中：《当代流行文化研究：概念、历史与理论》，载《中国社会科学》2000年第5期。

［34］夏毅辉：《试论孔子的人文关怀与人文精神》，载《湘潭师范学院学报》（社会科学版）2001年第2期。

［35］夏之放、和磊：《巴赫金的时间哲学——兼及鲁迅文本分析》，载《山东师范大学学报》（人文社会科学版）2002年第6期。

［36］肖云儒：《被拷问的中国人文精神》，载《新华文摘》1995年第5期。

［37］徐光萍：《小思散文的怀旧情结》，载《苏州大学学报》（哲学社会科学版）2000年第4期。

［38］徐敏：《都市边缘的乡土回望——论施蛰存小说中的传统文化特征》，载《南昌大学学报》（社会科学版）2007年第38卷第3期。

［39］杨莉：《繁华而凄凉的梦——评王安忆小说〈长恨歌〉的悲剧性》，载《西安建筑科技大学学报》（社会科学版）2005年第24卷第4期。

［40］姚文放：《都市文化：当代审美文化批判》，载《求是学刊》1999年第1期。

［41］余杰：《心理学视野下的现代人的怀旧情结》，载《黄河科技大学学报》2007年第2期。

［42］张德明：《多元文化杂交时代的民族文化记忆问题》，载《外国文学评论》2001年第3期。

［43］张鸿声：《“上海怀旧”与新的全球化想像》，载《文艺争鸣·当代视野》2007年第10期。

［44］张金虹：《孤舟一系故园心——当代台湾散文中的乡愁母题》，载《文艺报》1996年1月第19期。

［45］张同道：《都市风景与田园乡愁——论三十年代现代主义诗歌的诗学主题》，载《文艺研究》1997年第2期。

［46］赵慧芳：《心灵的歌哭》，载《淮北煤炭师范学院学报》（哲学社会科学版）2000年第3期。

［47］赵静蓉：《作为一个美学问题的现代怀旧》，载《福建论坛》2003年第1期。

［48］赵静蓉：《现代怀旧的三张面孔》，载《文艺理论研究》2003年第1期。

［49］赵奎英：《中国古代时间意识的空间化及其对艺术的影响》，载《文史哲》2000年第4期。

［50］周强：《论怀旧的审美蕴涵》，载《信阳师范学院学报》（哲学社会科学版）2007年第3期。

［51］朱丽霞：《“莫望中州叹黍离”——辛弃疾词的“故土情结”》，载《吕梁高等专科学校学报》2001年第3期。

［52］张坚：《回归生命本体 追逐复兴梦幻》，载《新美术》1995年第3期。

余 记

从一个千年走向另一个千年，从20世纪进入21世纪，“怀旧”不单是个人的一种自我审视，也是一种群体性、民族性乃至世界性的反思、批判和探索。人类在怀旧中找寻新的文化根基，探求生命的新的存在方式，正如罗兰·罗伯森在《全球化：社会理论与全球化》中认为的那样，“20 世纪的全球化，尤其是当代阶段，以各种方式加剧了怀旧的倾向”①。

具体到现代化建设和处于文化转型期的中国，“怀旧”的意义和影响绝不能低估。戴锦华在《想象的怀旧》中分析认为：“如果说，七八十年代之交，‘现代化’还如同金灿灿的彼岸，如同洞开阿里巴巴宝库的密语，那么，在八九十年代的社会现实中，人们不无创痛与迷惘地发现，被‘芝麻，芝麻，开门’的密语所洞开的，不仅是‘潘多拉’盒子，而且是一个被钢筋水泥、不锈钢、玻璃幕墙所建构的都市迷宫与危险丛林。”②

在21世纪的前十年中，社会矛盾更加突出，文化传承、传统失落与文化创新的问题也日益突出。人们在迷惘、无知、矛盾中跌跌撞撞地前行，缺乏文化方向的指引，缺乏文化伦理的约束。未来是未知的，连过去也是未知的。这对于一个人口大国来说，其危险性显而易见。

因此，纵览当今国内文坛和哲学界，对于文化传统和西方文化的研究、学习、论争方兴未艾，比较文学和哲学比较都是很热门的学术潮流。然而，本书却独独选择了从“怀旧”意识的角度出发，来探索这样一个能够融会心理学、文学、哲学、人类学等相关理论的美学论题，试

① 张鸿声：《“上海怀旧”与新的全球化想象》，载《文艺争鸣》2007年第10期。

② 戴锦华：《想象的怀旧》，见《隐形书写——90年代中国文化研究》，江苏人民出版社1999年版，第110页。

图从不同角度和不同层面来研究和透视美学命题的多元性。对于纯粹美学理论研究来说，这是“不务正业”或“异端”，但是“曲径通幽”，相信通过对“怀旧”情结的哲学渊源、文化立场的梳理和“本质直观”，最终能使我们对于“怀旧”现象本身有一个直接、审慎、清晰的认知；也对当前众说纷纭、乱象丛生的文化潮流，有一个“焦点访谈”式的深入探析。

由于“怀旧”现象和“怀旧之美”的内涵和外延过于庞杂，如果要细细研究或罗列，那将是一本专著、一个课题难以容纳的内容。因此，本书力求在行文过程中注意线索和资料的条理性，突出所探讨的理论重点，以免陷入逻辑混乱的状况。不过，由于本书采用的理论涉及多个学科和部门，限于时间和精力，不足之处一定很多。在将来的学习和研究中，笔者将继续努力探求下去。但是在目前，限于篇幅和能力，本书无法继续深入下去，这是一个遗憾。本书不周之处，请各位方家不吝指教为谢！

赵玲玲

2011年（农历辛卯年）仲夏于华南师范大学寒雨斋